## Frédéric Ploussard

Né en 1968, Frédéric Ploussard a longtemps exercé le métier d'éducateur spécialisé. Il vit aujourd'hui en Ardèche où il se consacre à l'écriture. Son premier roman, *Mobylette*, a paru en 2021 aux Éditions Héloïse d'Ormesson et a reçu le prix Stanislas du premier roman.

# MOBYLETTE

FRÉDÉRIC PLOUSSARD

# MOBYLETTE

ÉDITIONS HÉLOÏSE D'ORMESSON

ISBN : 978-2-266-32705-3
Dépôt légal : mai 2023

*À Zélie, Ferdinand et Anne.*

# 1

Les arbres aux angles improbables. Leurs racines souffreteuses. Les troncs ravinés par l'acide ne m'avaient pas manqué. Les fougères, les ronces, les noisetiers aux couleurs de l'automne éternel. Pas davantage. Des corneilles se battent au-dessus de moi. Mes pieds subissent la succion à chaque pas. C'est vert et brun et noir. Gris également, si on y intègre le nuage triste qui nous surplombe par-delà les frondaisons.

La nature est rancunière dans les parages. Cette forêt s'étend sur plusieurs milliers d'hectares, et ce que j'en vois correspond bien à l'image déprimante que j'en ai gardée.

En contrebas du plateau que nous traversons, à une vingtaine de kilomètres vers l'ouest, se trouve une bourgade du nom de Clinquey. Ancienne place forte construite à la sortie d'une vallée encaissée et autoproclamée capitale du Texas lorrain à l'époque du Texas lorrain. Pendant des décennies, le village avait connu la prospérité grâce à la sidérurgie qui s'était développée alentour, avant que cette dernière ne décline et ne renvoie toute son humanité à la maison ou au bistrot.

La suie retombe sur les hauts-fourneaux abandonnés. La pluie s'infiltre dans les anciennes galeries de mines. J'y suis né.

Je suis clinquin. Ma mère est clinquine. Mon père, c'est autre chose.

Pour l'instant, je fais corps avec cette terre grasse. La bruine me détrempe le visage. Mes vêtements me collent à la peau. Dix mètres derrière moi, Matthias patauge. Dans le silence de cette mélasse où même les corneilles se taisent, je l'entends parfaitement. Il râle. Ayant grandi dans les parages, je sais qu'il n'est pas conseillé de se garer trop près. Contre son avis, j'ai laissé la voiture en bordure de la route nationale. Loin derrière nous à présent.

Hier soir, il s'est cru mourir dans la combinaison de plongée de son père. Troublé, il a passé la nuit à regarder en boucle la vidéo des cent vingt-sept secondes en buvant du vin. Un contrecoup de notre grande frousse lacustre. Ce matin, il s'est réveillé en vrac une heure avant notre départ. Quel courage. Ses douleurs ont varié pendant le trajet. Devenues abdominales alors que nous marchions. Quelle abnégation. J'ai moi-même la bouche sèche depuis notre descente de voiture.

Nous progressons dans une végétation dense hors de tout chemin forestier. Des bosses et des creux recouverts d'un sous-bois épais et mou. Le dernier affaissement minier dans la zone date d'une quinzaine d'années, mais notre rythme s'en ressent.

Le relais de chasse se situe devant nous à quelques centaines de mètres. C'est le lieu du rendez-vous. En pleine forêt. Un fouillis de choses gluantes et de bois mort plus loin, je me colle au tronc d'un robinier étonnamment vertical. Matthias me chuchote à l'oreille qu'il n'a jamais eu aussi mal au ventre de sa vie. Je soupire. Pire que sa péritonite en CM1. Je cherche une vue sur le relais. Une envie de chier impossible à réaliser. N'en ayant rien à foutre de ses problèmes intestinaux, je lui demande de fermer sa gueule.

Les découvrir avant qu'ils nous aperçoivent. C'est l'idée.

Un gros bonhomme est assis sur la table fixée au sol de la clairière. Les autres discutent devant le relais en piteux état. J'en reconnais immédiatement deux malgré ma vue approximative. Ce qui aurait pu être rassurant, et pourtant c'est déjà deux de trop : Molosse et mon père.

J'appuie mon front contre le tronc rugueux du robinier. Ma première pensée est que j'avais été à deux doigts de l'appeler la nuit précédente tandis que Matthias regardait encore et encore les dernières minutes du sien. Dix ans que je ne l'avais pas fait. Pour lui annoncer que j'avais failli mourir avant lui.

La vie est étrange. Un poisson me fait flipper, je pense à mon père et, quelques heures plus tard, je le découvre dans un bois. J'ai l'impression que l'arbre vibre. La dernière fois que je l'ai vu, j'étais sur le parking de l'immeuble avec mes affaires éparpillées autour de moi, et lui à la fenêtre de ma chambre, dans l'appartement au premier étage, à hurler que j'allais mourir avant lui.

L'homme à table est surnommé Molosse pour sa ressemblance avec un gros jambon à l'os. C'est le fils spirituel de mon père, même si spirituel ne convient pas vraiment à leur relation. La table forestière semble sous-calibrée pour le quintal et demi de matières carnées qui repose dessus. Molosse se cure le nez avec une flûte à bec en regardant dans le vide. Le troisième homme porte une veste de cuir noir, des bottes à renforts et des gants de motard. Entre trente-cinq et quarante-cinq ans. Une tête de gagnant. Rougeaud, les cheveux clairsemés, les yeux exorbités. Il agite des mains volatiles. Il a un fusil en bandoulière. Papa a Molosse. Lequel commence à souffler dans sa flûte. J'aurais pu entendre sa petite musique s'il n'y avait pas eu les récriminations incessantes de mon pote. Il me demande ce qu'on attend pour y aller. Je le rassure, mon père est là.

Nous émergeons des fourrés une dizaine de secondes plus tard. L'inconnu nous aperçoit en premier et nous met en joue. La montagne mélomane semble surprise. Papa se retourne vers nous. L'inconnu éructe : « Ah merde, c'est pas des clefs d'antivol, ça ! »

Retour au pays des phrases baroques. Si mon père a déniché une sorte d'alter ego de la déconne pour se promener en forêt, il n'en montre rien. Nous sommes possiblement dans une situation où ça peut faire mal.

Ah non, mon père est présent.

Ah si, en fait, cette donnée n'est pas fiable.

« Matthias ! C'est toi, Matthias ? » poursuit l'homme en désignant mon ami du bout de son fusil.

Trois lettres tatouées sont visibles sur le dos de sa main : HIL. Matthias ne répond pas.

« Pourquoi t'es pas venu tout seul, trou du cul ? Bordel ! Je t'ai pas demandé d'emmener ta sœur ! » Tournant son fusil vers moi : « Salopard, mais t'es grand, toi ! La vache ! T'es qui ?

— Le conducteur. »

Il rote.

Mon père tient un cactus en main. Il a toujours eu des trucs bizarres en main, mais c'est la première fois que je le vois avec une plante verte. Un cactus dans la main paternelle, un fusil dans celle de son collègue, Molosse qui joue de la flûte : ça peut faire très mal.

« Elle est où, ta bagnole, conducteur ? » L'homme jette un œil aux alentours, puis à mon père. « Il va me le dire, Ser… Dès que je sais où elles sont, je saurai où elle est ! T'inquiète pas, tu peux me croire, je te paierai quand j'aurai remis la main dessus ! »

Mon père ne semble pas inquiet, plutôt mortifié. L'autre continue : « T'es pas trop grand pour conduire, toi ? »

C'est l'histoire de ma vie. La bourde initiale. Trop grand pour le conduit. Trop grand pour la conduite. Trop grand tout court. J'opte pour une entrée en matière sans rapport avec sa question : « Salut, papa. »

Molosse bouge. Il se rengorge de m'avoir remis. La table et le sol sous la table craquent lorsqu'il décolle ses fesses du plateau. Mon père a un sursaut, lui aussi paraît m'avoir reconnu. Une contraction sur son visage. C'est déjà une réponse. Il ajoute : « Eh merde. »

Il s'était sûrement fait à l'idée d'en avoir fini avec moi d'une manière ou d'une autre.

# 2

C'était la veille, en sortant du lac, que j'avais accepté d'accompagner Matthias dans la forêt de Clinquey, mais cet épisode touchant de retrouvailles père/fils trouvait son origine un mois plus tôt dans mon quotidien de jeune père à la ramasse. À quelques centaines de kilomètres de Clinquey. Aux alentours d'un foyer de l'enfance à la dénomination étrange érigé à proximité d'un lac magnifique. Pas très loin des prés vosgiens dans lesquels mon pote avait cueilli sa fameuse récolte de champignons hallucinogènes qu'il allait perdre emportée par la forêt qui avalerait mon père.

Nous habitions depuis deux ans, Patricia et moi, dans une maison située entre les étangs et la route départementale 420 qui menait à Saint-Dié-des-Vosges. Matthias avait un appartement à Raon-l'Étape. Je bossais comme éducateur spécialisé dans un foyer situé sur les hauteurs, Patricia était technicienne dans un laboratoire d'analyses médicales de Saint-Dié. Elle était tombée enceinte le printemps suivant notre emménagement.

Analyser le sang et l'urine des Vosgiens étant une activité qui faisait voyager – il y avait peu de substances que l'on ne trouvait pas dans le sang d'un Vosgien –, elle s'était mise en congé au troisième mois de sa grossesse pour protéger notre fœtus des émanations diverses. Noble attention. Elle s'était alors allongée dans notre chambre pour le sentir pousser, se développer, pour lui parler, se caresser le ventre en écoutant de la musique molle. La maison impeccable, le bruit interdit, chaque chose à sa place. Allongée, elle était devenue moins drôle. Allongée avec son ventre qui s'amplifiait, ses lèvres de gourmande, son air pincé. Allongée, elle m'avait fait douter d'elle.

Et six mois plus tard, nous étions parents.

Parents d'un garçon. Pas trop grand selon le personnel médical. Je ne sais pas si cela m'avait rassuré. Concernant Patricia, j'avais gardé pour moi que je la trouvais changée. Certes, nous avions un fils, elle était mère, alors elle avait changé. D'ailleurs, elle me reprochait clairement de ne pas avoir changé. En avait découlé moins de rires entre nous. Avec les pleurs du bébé, nous ne nous serions pas entendu rire de toute façon.

À ce moment-là, quelque temps avant de retrouver mon père en forêt, avant bien entendu de perdre mon boulot parce que mon directeur avait fini dans une haie, avant que ma femme ne croise la maladie et que mon pote ne décime tous les pigeons de Raon, mon fils avait achevé sa première année d'existence. À pleurer et à régurgiter, et toujours la couche pleine. Patricia me paraissait en être au même stade : pleurer et régurgiter en donnant l'impression d'avoir toujours la couche pleine. Je ne me sentais guère père. À son crédit, elle se sentait mère. Je la trouvais déprimée, tendue, revêche, à cran. Elle me jugeait défaillant, idiot, geignard, égoïste. Amant flottant, maîtresse allaitante. Je dormais de plus en plus souvent dans le canapé du salon.

Le mois dernier, elle était rentrée mutique d'un rendez-vous avec son généraliste. Elle aurait pu avoir une aventure avec son généraliste tellement elle le voyait souvent. J'avais supposé qu'il s'agissait d'inquiétudes liées à la fin de l'allaitement. Elle se plaignait tout le temps. Merde, elle donnait du lait, elle n'allait pas donner de la joie en plus. Non seulement je n'avais pas changé, mais je ne comprenais rien à sa vie de mère. Je la gonflais et Dieu savait qu'elle n'en avait pas besoin – comme si Dieu avait une alerte « allaitement difficile compliqué par le conjoint ». Notre dernier échange avant que je prenne mon poste au foyer de La Dent du diable ce jour-là. Je n'avais pourtant pas posé de questions. Juste fait une remarque. J'avais dansé avant de partir.

Assis dans le bureau de l'internat, je savais que des roses m'attendraient le soir en rentrant. Assis sur Anthony dans le bureau. Des Post-it roses. Depuis son accouchement, c'était sa façon de communiquer quand elle était colère. Avant, il n'y avait jamais eu de Post-it entre nous. Jaune la veille sur le micro-ondes : « Tu fais chier, égoïste. » Vert l'avant-veille sur la lunette des chiottes : « Tu fais chier, égoïste. » Là, forte chance qu'ils soient roses et sur le frigo. Elle avait ses codes couleur, ma femme, elle était très organisée. Encore une paire d'heures donc, avant d'étoffer ma palette et de retrouver les hurlements de la chair de ma chair avec pas mal de la sienne.

L'activité de l'après-midi m'avait rincé. Derrière la fenêtre du bureau, la pluie tombait fort. Elle s'était intensifiée alors que je quittais le skate-park avec le groupe. Pas de mort, un disparu, peu de sang. J'avais récupéré les vélos et le ballon. Simplement un rétroviseur cassé.

Assis sur Anthony, je pouvais me féliciter d'être au moins à l'abri de la pluie. Anthony était un des ados du groupe des 12-18 ans dont j'avais la charge. En tant qu'éducateur spécialisé en gestion des crises, du mal-être et autres boulettes. Il avait perdu deux dents dans l'après-midi. Il s'était battu, s'était fait piétiner par la horde, puis un coup de boule de Mélanie l'avait mis à terre et, à cet instant, je l'écrasais. Ou plutôt je lui maintenais la tête contre le sol pour nous calmer. Installé sur son dos, je lui parlais. Je lui disais que cela m'apaisait. Il ne se débattait plus. Lui aussi s'apaisait. À défaut d'être convaincant, j'étais relativement lourd.

À l'extérieur, le gymnase masquait le terrain de basket et la section des ateliers. De mon siège vivant, je voyais le parc s'étendre flou jusqu'à la route montant vers le col où aucune voiture ne circulait jamais. Au-delà, les bois de mélèzes engloutis par la nuit. L'éclairage public était allumé dans la vallée. Pas encore à notre altitude. Cela semblait paisible dehors. Humide, sombre et paisible.

Le foyer de La Dent du diable tirait sa dénomination pittoresque d'une pierre en forme de couille plus haut dans la montagne. Avec leur donjon pointu et leurs tourelles arrondies, les bâtiments ressemblaient davantage à un château de conte de fées qu'à une dépendance diabolique de l'aide sociale à l'enfance. Magie des vieilles pierres, sûrement.

Nulle innocence n'habitait hélas ce château. Ni prince, ni princesse, pas d'éduc' magicien, de psychologue devin ou de prof d'atelier empathique. Sans parler du nouveau directeur… Il n'y avait jamais eu de fée dans les environs. Ou alors elle s'était fait tatouer des étoiles sur les fesses pour partir sucer des bites à la frontière avant que j'y bosse.

L'internat accueillait quarante-deux adolescents et adolescentes fracassés. Sa capacité maximum. De douze à dix-huit ans. Victimes d'horreurs. Coupables d'horreurs. Sur des temps différents. Ces gosses avaient tout connu dans la trahison et la peur. J'en avais un bon exemple sous mon derrière. Anthony Sagrel. Je lui tenais la gorge pour l'obliger à se taire. Qu'il s'apaise en se taisant. Il haletait quand je relâchais la pression et je voyais alors dans sa bouche l'espace laissé par ses dents manquantes.

Il venait de me frapper. De m'insulter et de tenter de m'en mettre une deuxième. J'avais mal à la pommette. La pluie crépitait. Nous discutions alors de ses amours adolescentes depuis quelques minutes. Il se pensait amoureux d'une jeune fille du groupe, la tendre Mélanie. Rien n'était simple. C'était donc compliqué. Pas sûr qu'elle en pince pour lui. Mélanie était relativement dangereuse pour une jeune fille de quinze ans. Pas sûr qu'il voit clair en lui, les hormones, son statut dans le groupe, son surnom de « honte au nid ». Pas sûr qu'il voit clair en elle, surtout. Mélanie, merde ! Il m'assurait que si. Embrasse une flamme, plutôt. Il n'en démordait pas, mais comme elle venait de lui coller le coup de boule qui lui avait fait tomber deux dents, il doutait. Sa frustration était importante. Je m'étais employé à relativiser ses espoirs fous. Il n'avait pas supporté. Il m'avait surpris par une patate en pleine gueule. Bien que fatigué par ma vie de couple, je ne lui avais pas laissé l'occasion de m'en mettre une deuxième.

# 3

Je m'étonnais que cet adolescent soit encore en un seul morceau. Certes, il courait vite. C'était son principal atout. Anthony avait eu quinze ans en avril. Je relâchai ma prise. Il avait trop souffert trop tôt. Sa mère l'avait secoué comme un maraca pendant les quatre premières années de sa vie. Il avait été hospitalisé une année pleine après avoir été balancé dans une rivière. Ensuite étaient venus les placements en famille d'accueil puis les déplacements en institution. Sa mère était en psychiatrie quelque part. Une longue succession d'échecs entrecoupés de petits bonheurs qu'il avait saccagés. La violence ne l'avait jamais quitté. Hyperactif permanent, bouc émissaire du groupe, il était capable de donner des pulsions de meurtre au gosse le plus comateux du foyer. Fatigant même au repos, il n'avait pas une vie sans « histoires ». En m'asseyant sur lui, je le protégeais donc autant de lui-même que des autres. Ces jeunes pratiquaient la maltraitance déconstructive et c'était une facette de notre boulot de maintenir le cap en pratiquant la maltraitance constructive. Expérimenter la violence entre les mots : discussion, violence, discussion. J'en étais à une transition.

L'internat occupait les deux premiers étages du bâtiment principal. Les adolescents qui y séjournaient étaient mal en point, débordants de rage, durs ou mous, suicidaires ou tortionnaires. Ils étaient encadrés par des éducateurs qui, pour la plupart, avaient des profils similaires. Durs, mous ou cinglés. J'avais la chance de pouvoir passer de l'un à l'autre selon mes humeurs : dur, mou et passablement cinglé.

La plupart de ces jeunes étaient issus de familles disjonctées elles-mêmes issues de familles disjonctées. Le genre d'ascendance plus encline à prodiguer des câlins à coups de bite ou des caresses du plat de la main qu'à faire des crêpes en chantonnant. Ces gosses avaient été violés, frappés, affamés, jetés ou enfermés. Puis les placements, les errances et l'internat dans le meilleur des cas. L'inimaginable avait été leur quotidien. Nous nous occupions de la frange qui avait survécu.

Les violences étaient courantes à mon étage. Celui de la pénitence et des grands écarts. Celui de la horde. Rares étaient ceux que leur passé avait éteints : ils étaient tous allumés. De la petite veilleuse flageolante à la rampe de projecteurs de stade. L'épisode du cinéma datait d'octobre. Mais pour l'heure, Mélanie était rentrée de fugue la veille. Deux semaines d'absence et une petite mine à l'arrivée. Son retour les avait rendus dingues. D'autant plus que j'en avais une autre comme elle dans le groupe : sa petite sœur. Étrangement calmes toutes les deux cette nuit-là, mais la matinée avait été sur le fil, le petit déjeuner émaillé d'insultes et de promesses. Parmi les jeunes du groupe, dont sept filles avec

Mélanie, aucun n'était scolarisé à l'extérieur. Aucun n'était scolarisé tout court, et le prof d'atelier, le dernier en fonction, travaillait à son abri antiatomique cette semaine.

Après le déjeuner, la charge électrique était conséquente. Adama, Sullivan et Jason avaient tenté de passer une table par la fenêtre. Peu avant quatorze heures, je les ai tous fait monter dans le transport de troupe, un fourgon de vingt-quatre places, et nous avons pris la direction du monde libre : un skate-park perdu à la sortie de Raon, en l'occurrence. Propice à la méditation en théorie.

En théorie.

Deux minutes après notre arrivée, Cindy avait disparu. Je récupérais une sœur, j'en perdais une autre. Cindy mesurait un mètre cinquante pour quarante-quatre kilos. C'était une petite blonde aux cheveux raides. Sa sœur était à peine plus grande, à peine moins vivante. Les garçons s'étaient éparpillés dans le skate-park désert. Mélanie, accompagnée des autres filles, s'était installée sur un muret un peu plus loin. Le temps de sortir un ballon et la trousse de soin, Cindy n'était plus visible. Partie pisser selon sa sœur. C'était possible au même titre que tout le reste.

Ces gamines avaient traversé l'enfer et l'enfer s'était écarté devant elles. Leur mère était morte dans un accident de la route de nombreuses années auparavant. Elle se prostituait, le père avait été son maquereau. Elles n'avaient jamais témoigné contre lui. Il était issu de l'aide sociale lui aussi, entrant et ressortant régulièrement de prison. Comme d'autres le sont par des écoles de musique, cette famille avait été modelée par l'intervention sociale. Je n'avais jamais rencontré leur père, mais cela ne tarderait pas puisqu'il venait de prendre contact avec la juge des enfants afin de récupérer la garde de ses filles. Le salopard, malgré les suspicions de viols et les trafics, n'avait pas été déchu de son autorité parentale. Il était donc en droit de le faire. J'avais du mal avec les pères. Ils m'affligeaient rapidement.

Les deux sœurs avaient été placées au foyer l'année dernière en provenance d'un autre foyer. Mélanie était la reine des fugues, menaces et coups de boule pour un oui, pour un non. Cindy était une incendiaire, impressionnante en crise pour une fillette si fragile, capable de réactions excessivement promptes. Notre nouveau directeur, en poste depuis l'été, ne comptait pas supporter leurs dérapages bien longtemps. L'épisode du cinéma avait cristallisé ses angoisses.

Avisant Anthony qui se tenait la tête dans un coin du bureau, je repris mon argumentation là où je l'avais laissée avant de le coller au sol. Qu'il arrête de se monter la tête. Il n'était pas amoureux de Mélanie. Il croyait l'être mais il ne l'était pas. Personne ne pouvait être amoureux de son bourreau. Il était plus attentif qu'avant ma contention, mais avec lui c'était comme pisser dans un violon. Chaque changement de pièce réinitialisait ses circuits en le focalisant sur ses idées fixes. Après quelques minutes, je l'envoyai prendre sa douche en lui conseillant d'éviter Mélanie et tous les autres.

Je m'assis et tapai le rapport qui contenait l'essentiel des événements de l'après-midi : « [...] Nous jouions au foot depuis une vingtaine de minutes quand une bande de jeunes est arrivée. Anthony s'est battu avec l'un d'eux au premier regard. Probablement pour impressionner Mélanie. Je les ai séparés, j'ai maintenu l'autre jeune pendant qu'Anthony insultait le reste de la bande à la cantonade. Les filles se tenaient à l'écart, sauf Cindy qui avait déjà disparu à ce moment-là. La tension est montée rapidement et des coups ont été échangés entre Anthony et les autres. Les miens ont arrêté le match pour venir en soutien à Anthony ou aider la bande adverse à le défoncer, pas facile à déterminer. Les assaillants étaient une dizaine, la bagarre s'est généralisée. Anthony s'est fait piétiner, les assaillants ont été bigrement malmenés. J'ai récupéré le ballon. Les mecs extérieurs n'étaient pas préparés. Quand les filles sont entrées dans la danse, ils ont salement dérouillé, les nôtres, moins… »

Depuis le cinéma, j'avais décidé de ne plus m'interposer dans les bagarres générales.

« … Après le départ de la bande, un homme a tenté d'approcher Mélanie. Il s'est enfui quand il m'a vu… »

Une certaine méfiance s'imposait lors du retour de fugue d'une jeune fille. Méfiance envers ce qui pouvait traîner dans son sillage. Les affreux, les vicieux, les prédateurs. Tous les tarés que les fugueuses excitaient, ce qui pouvait faire du monde. Le type était reparti sur sa moto.

« … J'ai commencé à prodiguer des soins. Anthony, déjà mal en point de s'être fait piétiner et frapper, s'est approché de Mélanie, blanche comme un linge. Il lui a murmuré quelques mots à l'oreille et elle lui a mis un coup de boule qui l'a envoyé valdinguer en lui faisant sauter deux dents. J'ai procédé aux soins les plus urgents avant de remettre tout le monde dans le véhicule. Anthony a tapé dans le rétroviseur en montant dans le fourgon… »

Penser à ne plus aller à ce skate-park pendant quelques semaines. Cindy était déjà rentrée au foyer lorsque nous sommes arrivés. Elle ne m'en avait pas dit davantage pour le moment.

« … Les deux dents sont dans le tiroir de la pharmacie du groupe. Trois ados légèrement amochés. La glace du rétro avant droit a sauté. »

Je transmettais par mail le compte rendu au patron. Ce dernier souhaitait être informé de tout ce qui pouvait entraîner des frais. Je ne le sentais pas, ce mec. C'était tout moi avec mes préjugés. Par exemple, il avait viré le cuisinier en arrivant. Je n'appréciais pas davantage le cuisinier, mais le remplacer par des repas en liaison froide m'avait foutu en rogne. Nous étions passés de plats trop copieux à des merdouilles prémâchées. Les ados ne se nourrissaient plus que de pain, les dégradations n'étaient plus réparées au plus vite, l'abonnement satellite avait été résilié. Et s'il n'y avait eu que ça…

Quelques jours plus tôt, Adama avait lancé deux javelots. Cet ado de seize ans, bien balèze, avait la sale manie de lancer tout ce qui lui passait par les mains. Du genre à s'emporter facilement, il était rapide et d'une précision remarquable.

Deux javelots. Il les avait récupérés dans le gymnase après s'être engrainé la tête avec Sullivan. Les javelots auraient dû être sous clef, mais la serrure n'avait pas été remplacée. Sullivan, sentant le vent tourner, était sorti du gymnase telle une fusée. Le premier javelot avait survolé le terrain de basket pour se ficher en terre à quelques mètres de lui. Le second avait atteint le fourgon du boulanger qui passait sur la route. Soixante-dix mètres plus loin.

Le recadrage de l'adolescent relevait du directeur puisqu'il y avait des dégâts à l'extérieur. Le fourgon du boulanger avait été traversé, le javelot achevant sa course dans son frigo. Et Sullivan avait failli finir en brochette andalouse sur le terrain de basket. J'ai accompagné le jeune lanceur pour qu'il entende notre saine réprobation.

À l'arrivée dans le bureau en haut du donjon, je m'étais installé confortablement dans un fauteuil tendance face à l'écran trente-deux pouces que le dirigeant s'était fait livrer. J'avais allongé mes longues jambes, Adama était resté debout.

J'avais dû faire un malaise ou m'assoupir car je repris conscience au moment où le directeur proposait à Adama une balade en Mégane – la seule voiture du parc automobile du foyer, le reste n'étant composé que de fourgons et de camionnettes. Quel rapport entre la Mégane et le fait que ce jeune ait failli empaler Sullivan et trépaner un artisan qui roulait paisiblement ?

J'étais abasourdi. Je soupçonnais le directeur de ne pas vouloir remonter les bretelles du jeune capable de lui réorganiser son bureau bien propret en bidonville. Je m'étais permis d'émettre un doute. Loin de moi l'idée de vouloir priver Adama d'une balade dans une voiture non volée, une sensation nouvelle pour lui à n'en pas douter, mais je ne voyais pas ce qu'il y avait de recadrant dans cette proposition. Adama non plus, d'ailleurs. Le directeur m'avait rétorqué qu'il se passait bien de mon avis et que, puisque je me permettais de critiquer sa sanction, je n'avais qu'à me démerder tout seul pour signifier à Adama ma désapprobation.

C'était un con.

J'avais contraint Adama à nettoyer les abords du foyer. Sullivan, lui, se satisferait de ne pas avoir été traversé par un javelot.

Je déposai le double du rapport du skate-park dans l'armoire blindée. Anthony était assis de l'autre côté de la vitre dans la salle de vie. Il me dévisageait fixement, les mains à plat sur la table. Fatigant même au repos. La plupart des ados avaient rejoint la salle télé. Quelques traînards étaient encore sous la douche. L'intensité lumineuse du bureau baissa d'un coup. Jason franchit la porte : « Hé, Dom, t'as pensé à mon dessin ? »

Je dessinais avec certains jeunes. J'avais beaucoup dessiné au lycée. J'animais régulièrement des sessions arts plastiques avec les ados capables de tenir un crayon sans blesser quelqu'un toutes les deux minutes. Ainsi, Jason avait travaillé à un portrait de Bob Marley pendant une semaine pour arriver à un croquis qui ressemblait à une aubergine avec des dreads. J'avais proposé de le lui améliorer. J'aurais préféré Sabrina, mais Sabrina n'intéressait pas Jason.

« Oui, Jason. Et je t'ai dessiné une véritable aubergine de l'autre côté, comme ça tu sauras à quoi ça ressemble. »

J'ouvris la pochette et en sortis le dessin : « Waouh ! Il est beau ! » s'extasia Jason.

L'aubergine n'était pas mal non plus. Il était content.

« Ah ! pousse-toi, gros con ! »

Une voix hargneuse dans son dos. Jason emplissait l'encadrement de la porte.

« Mais casse-toi ou je te découpe, gros sac ! »

Jason pesait plus de cent vingt kilos. Il était goal lors des matchs de foot aléatoires de l'équipe du foyer. Le goal titulaire, le seul et l'unique capable de survivre d'un match à l'autre. Mélanie pesait moins de la moitié de son poids mais rien ne lui faisait peur, à cette gamine : « Il faut que te parle, Dom !

— Mélanie… J'aimerais que tu puisses arriver quelque part sans insulter tout le monde à la ronde !

— Oh, ça va, c'est Jason ! Il faut que je te parle, Dom ! »

Je pris les clefs : « OK. Je suis là pour ça. »

C'était une blague. J'étais là pour d'autres raisons que je n'arrivais pas clairement à établir à cette seconde.

# 4

Celle d'après, je déverrouillais la porte de la salle de présence neutre installée dans la première chambre à droite en partant du bureau. Mélanie s'assit en tailleur sur une chaise. Elle portait un sweat-shirt siglé 93 et un legging Adidas usé. Ses cheveux étaient tenus par un élastique. Elle tendit la main vers les fleurs en plastique qui constituaient la seule touche décorative de la pièce, sauf à considérer la table et les quatre chaises fixées au sol comme une touche décorative, et leur mit une claque. Une caméra s'activait à l'allumage des appliques. C'était le même principe qu'au distributeur de billets, votre prestation était enregistrée et vous pouviez revoir le film de l'agression.

Il était parfois raisonnable d'utiliser cette pièce dans certaines situations. Lors d'entrevues avec des adolescentes, notamment, pour se prémunir des accusations mensongères ou éviter de succomber à leurs charmes entre autres. Le nouveau directeur avait remis cette pièce au goût du jour. Les adolescentes l'emmerdaient et il ne voulait prendre aucun risque avec ces « petites salopes ». C'est ainsi qu'il les nommait. Le directeur désirait supprimer la mixité au plus vite, réorienter les petites salopes ailleurs, en finir avec les serviettes hygiéniques et les coups de boule pour nous concentrer sur les problèmes de sodomie et les classements Fifa. C'était un con, je me répète.

« J'ai mal au crâne ! maugréa Mélanie alors que je prenais place en face d'elle.

— Arrête de donner des coups de boule ! »

Elle pouffa. Elle avait un joli visage. Un peu marqué. De grands yeux verts sous une frange de cheveux blonds.

« Très drôle, mais avec l'autre enc…

— Ah, je t'arrête, Mélanie ! Des "enc" et des "filsdetepu", j'en ai entendu suffisamment pour aujourd'hui. Alors si tu as demandé à me parler pour évoquer Anthony, prends plutôt rendez-vous avec Clément-Sournois. »

C'était la psychologue de l'établissement. Tout était révélé par son nom.

« Elle ne veut plus me recevoir, cette vieille peau. »

Je la regardai comme si je découvrais cette réalité.

« Le directeur va nous virer, non ?

— C'est possible. C'est toutes les filles qu'il compte réorienter. Mais tu n'es pas souvent là, ça ne te changera pas trop ! Tu sais, il y a vingt ans, ce foyer n'était pas mixte.

— Ouais, y a vingt ans, y avait les sœurs aussi… »

Les bonnes sœurs. Une ambiance différente faite de privations et de punitions avec les plus chiants enterrés à la cave. Une autre époque.

« Il m'a proposé un tour en Mégane. »

Le directeur l'avait reçue pour son retour de fugue. Il n'avait pas souhaité ma présence. Probablement pour lui proposer un tour en Mégane sans me voir ricaner.

« Sinon, Dom. Je suis désolée pour le cinéma. Je m'excuse. »

C'était ce que j'espérais sans trop y croire. La plus longue course de ma vie, poursuivi par une centaine de personnes dont une bonne partie avait paru croire que j'étais le père de cette bande d'ados énervants. J'avais dû faire un tour complet des installations avant de pouvoir revenir au fourgon pour les récupérer. J'avais garé le camion assez loin de l'entrée du multiplexe.

Lors de cette séance, Mélanie, Cindy et les cinq autres filles du groupe avaient insulté tous les spectateurs. Dès le début du film. *Fast and furious*. Elles s'étaient installées au premier rang. Elles parlaient fort, elles parlaient mal. Derrière elles, les gens avaient rapidement fait des remarques, leur demandant de la mettre en sourdine. S'ils pensaient s'entretenir avec de simples filles un peu trop excitées, ils se trompaient. Leurs requêtes avaient eu l'effet inverse : « Pourquoi tu fais chier, connard ?! », « T'as qu'à aller te branler dans les W-C PBG ! », « Va te faire sucer par ta pouffe ! » Quelques exemples.

Elles s'étaient levées pour faire face à la salle qui commençait à frémir, poursuivant avec des insultes personnalisées pour les spectateurs les plus proches. Des ondes négatives parcouraient le public. Essentiellement des gars motivés qui voulaient regarder tranquillement Vin Diesel au volant d'une voiture de kéké qui dérapait. Le genre de types qui n'étaient pas spécialement habitués à se laisser emmerder par des adolescentes, ou par les femmes en général. Assez éloignés d'un public d'Alain Souchon, par exemple, possiblement plus réactifs et vindicatifs. Vin Diesel leur héros.

Je m'étais garé loin. Mon corps – je parle de mon corps – était garé loin. J'étais assis dans les derniers rangs de la salle. Je me plaçais souvent en position de sûreté quand j'introduisais le groupe dans le monde normal. Je n'étais qu'un salarié de l'éducation spécialisée, je pouvais me permettre ce recul.

Les jeunes filles. Des adolescentes. Notre avenir. Nos amours, notre larme à l'œil. Derrière elles, Vin Diesel conduisait en maillot de corps une puissante voiture vert émeraude volée. Seules face à la salle qui s'échauffait de plus en plus, elles faisaient le spectacle. J'étais tassé, dubitatif, presque sur la voie de l'inquiétude. Des mecs enjambaient les rangées de sièges, se rapprochaient, s'arrêtaient, hésitaient. Rendus fous par les insultes, ils connaissaient un épisode de frustration grandissant. Des adolescentes. Déchaînées et sans limite, certes, mais contre lesquelles ils ne pouvaient rien faire. Physiquement, du moins. Frapper une fille devant témoins, même le pire balourd ne s'y risquerait pas. Vin Diesel réussissait à rejoindre un garage en semant tout le monde quand un spectateur me fit mentir. Tatoué comme son idole, mettant de côté honneur et élégance, soutenu par les hurlements de sa grosse copine, il bondit vers mes furies pour s'en prendre à Cindy. Celle-ci l'accueillit par un coup de pied dans les couilles qui le plia instantanément en deux, avant qu'une patate de Priscilla ne l'envoie s'étaler contre le bas de l'écran. Les autres téméraires se mirent à relativiser. Dans la salle, les seuls qui paraissaient calmes étaient les garçons du foyer, installés à dix mètres des filles dans le coin gauche du périmètre. Ils avaient vaguement participé au début de l'altercation, quelques insultes molles, mais ils étaient figés à présent. Eux savaient de quoi elles étaient capables. Certains me lançaient même des regards interrogatifs, Adama, notamment.

C'était le moment. La suite serait pire. Je me levai, leur fis signe. Je ne me sentais pas d'attirer l'attention des filles. Un signe de Los Cassos, et que les filles se démerdent. Ils connaissaient le langage non verbal que je maniais avec pragmatisme : rassemblement des troupes et retour à la maison dans les meilleurs délais. Adama secoua Sullivan, Anthony s'accrocha à Franck qui poussait tout le monde pour sortir de la rangée. C'est alors qu'un cri traversa l'espace pourtant finement sonorisé par la voix de Vin Diesel qui marmonnait que la voiture n'était pas dotée d'un moteur V12 suralimenté mais d'un simple V8 qui lui faisait honte : « Ouèche, Dom, VIENS NOUS AIDER ! »

Ma part de responsabilité n'était pas assez importante pour m'engager à aider qui que ce soit dans cette situation. C'était une voix aigüe comme on en entendait rarement. Priscilla. L'anorexique du groupe. Dix-sept ans, dix-sept neurones, dix-sept kilos. Devant l'écran, à mouliner des bras dans ma direction. Une fille que j'avais encore tenté de resservir au déjeuner avec compassion. Derrière elle, Cindy donnait des baffes à une jeune femme. Mélanie invectivait à tout va une paire de mecs. Des spectateurs se battaient entre eux ; les autres filles, je ne les voyais même plus.

Un certain nombre de visages se tournèrent à l'appel de cette voix haut perchée. Des visages à la Jack Nicholson dans *Shining*, vers la fin du film dans la salle de bal, ou à la Sissi Spacek dans *Carrie*, juste après qu'elle s'est pris le seau de sang sur la tête. Des visages qui découvraient une possible solution pour satisfaire leur rage : un adulte responsable de ces gamines infâmes. Merci Priscilla. Compte sur moi pour ne plus jamais te laisser t'enfoncer les doigts dans la gorge.

La porte n'était qu'à trois mètres. Je me mis en action immédiatement, la franchis tout en percevant le mouvement qui s'amorçait derrière moi. Je traversai le sas en courant comme je n'avais couru qu'une fois dans ma vie. Et pour finir par me prendre un arbre cette fois-là. J'avais l'intention de faire mieux ce jour-ci. Franchement, à cette seconde, je ne pouvais que souhaiter aux ados d'avoir pleinement capté mon top départ. Derrière moi, la porte se referma sur le grondement qui enflait.

Je ne percutai rien. Je ne chutai pas. J'étais même étonné de courir aussi bien. Un tour complet à l'extérieur. La forêt n'était pas le seul endroit dangereux. J'achevai le tour des équipements sous un soleil radieux en espérant ne pas avoir à en faire un deuxième. À l'arrière de la salle, je croisai des gens qui sortaient d'*Amélie Poulain* ou de *Harry Potter*, des innocents qui ne pouvaient rien pour moi.

À l'issue de ce tour de fuite, miracle ! mes adolescents étaient au point de rendez-vous. Essoufflé, mais tellement heureux de n'être pas mort sur un parking UGC pour ma part. Même cette conne de Priscilla était là, « Benoùquetétais ? », *Je faisais un tennis, pauvre débile.* Et les deux sœurs, « Quel film de merde quand même. Je peux m'asseoir devant ? », avec leurs beaux sourires innocents. *Je veux vous voir derrière, derrière, tous derrière !* J'ouvris le camion, Anthony me reprocha : « Merde, t'as pas assuré, Dom, t'aurais dû te battre ! »

*Putain, toi, je vais te laisser là !* Adama lui envoya une claque derrière la tête. Alors que je les poussais dans l'urgence à l'intérieur, Jordan me demanda : « Tu l'as compris, toi, l'histoire du film ? » *Mais putain, on n'a même pas vu le début, Jordan !*

Je démarrai le transport de troupe en leur hurlant de boucler leur ceinture, en me foutant de la checklist, la foule nous avait repérés. Un mec nous balança un caillou qui rebondit contre la carrosserie. J'accélérai comme Vin ou sa doublure dans cette première scène de vol de voiture, et nous quittâmes le parking en faisant crisser les pneus dans un nuage de gomme. Nous prîmes l'autoroute jusqu'à Saint-Dié pour rire. C'était nerveux. Pour pisser. Pour rire. Pour décompresser. Je les engueulai également, c'était mon boulot de les engueuler lorsqu'ils provoquaient une catastrophe. Mais rire, je n'avais pas pu m'en empêcher. J'étais content que nous soyons tous en un seul morceau.

La salle de cinéma avait été détruite après notre départ. La bagarre s'était poursuivie sans nous. Il y avait eu un article dans le journal local intitulé « Est-ce que les films violents rendent les spectateurs violents ? » Encore eût-il fallu que le film soit vu, à mon avis.

Nous n'avions pas été inquiétés. Personne n'avait fait le lien avec le foyer. J'avais puni toutes les filles, parce que, franchement, au moment où Priscilla m'avait appelé, j'avais senti le vent de la honte, climatisé, le vent, me caresser le visage. Les ados en avaient parlé pendant une semaine, puis d'autres événements étaient venus recouvrir celui-ci. Mélanie était partie en fugue, Priscilla avait fait une surdose d'eau écarlate… Puis Mélanie était revenue. Elle ne s'excusait pas souvent.

Je ne l'avais jamais entendue s'excuser pour tout dire. J'acceptai ses excuses sans pinailler : « OK. Tu avais autre chose à me dire ?

— Oui. Je voudrais te parler de mon père. »

Plusieurs coups retentirent à la porte.

« Dom ! »

Cinq minutes tranquille, ça m'étonnait aussi.

« Dom, OUVRE ! »

Je me levai pour ouvrir.

Anthony sautillait dans l'encadrement. Son regard trouble me donna à penser qu'il s'était réinitialisé. Il me prit par le bras : « Dom, Dom, y a une bagnole devant la grille ! »

# 5

Je dévisageai Anthony avec une lassitude que seuls lui et ma femme savaient provoquer à cette époque. Mélanie le bouscula en quittant la pièce, me disant simplement : « Je t'en parlerai plus tard, Dom.

— Je passe après », lui répondis-je.

L'édenté se massait l'épaule en souriant, le regard rivé sur elle.

« Après le sang ! » me rétorqua-t-elle en disparaissant dans sa piaule. C'était une de mes répliques, dite sur le même ton. Sous-entendu : « Après avoir nettoyé le sang. »

Dans le couloir, Anthony semblait proche de l'orgasme à se frotter l'épaule d'un air salace en lorgnant la porte de la chambre de Mélanie. L'attrapant par le bras, je traversai la salle de vie. La fenêtre à droite du trombinoscope donnait sur le parc et ses dépendances, la route, les mélèzes, tout le bordel. Une bagnole était effectivement devant le portail renforcé du foyer. Une grosse bagnole avec une rampe de projecteurs et deux ombres contre les grilles. Il commençait à se faire tard pour une visite de courtoisie. Non pas que le foyer soit réputé pour ce genre de visites. Depuis sa spécialisation dans le domaine de l'adolescence exaltée au milieu des années 1970, les visites de courtoisie s'étaient faites plutôt rares à La Dent du diable.

Anthony respirait comme une gerboise à côté de moi. Au moins, il était douché. Les sons de la salle télé nous parvenaient étouffés. Je remarquai qu'il était d'une pâleur extrême, mais tout le monde l'était depuis que Sodexo nourrissait l'établissement. Il ne suivait pas le foot. Match de Ligue 1 ce soir. Il m'avait dit un jour que, dans le foot, l'unique truc auquel il pouvait s'identifier, c'était le ballon. Coup de pied, coup de tête, écrasement, rebonds sauvages.

Les silhouettes à la grille gesticulaient. Elles semblaient crier, et l'amabilité était absente de leur attitude. Pour ne pas l'avoir dans les pattes, je demandai à Anthony de descendre à l'arrière du bâtiment pour attendre Matthias et d'informer ce dernier de la présence d'une voiture à la grille. Il en fut soulagé et se passa une main dans le cou avant de partir. Je me grignotai l'ongle de l'auriculaire.

J'entrai dans le bureau. Patti n'appréciait pas que je me ronge les ongles. Elle n'aimait pas nombre de mes loisirs. Je déverrouillai l'armoire blindée qui se trouvait contre le mur du fond. Toute visite impromptue, surtout avec une voiture surmontée d'une rampe de phares de péquenots, était à considérer comme une source d'emmerdements probables. Je regrettai de ne pas avoir demandé à Mélanie si elle avait ramené un ou deux monstres dans son sillage.

L'armoire blindée datait du sanatorium. Un modèle du siècle précédent. Les bonnes sœurs avaient toujours apprécié les grosses serrures et les petits coins secrets. Il y avait d'autres caches de l'époque dans l'établissement. Je tirai la lourde porte. Les bouquins de cul s'empilaient sur l'étagère du haut avec quelques sachets de poudre marronnasse et d'herbe compressée. En-dessous, les armes diverses confisquées à notre belle jeunesse : du sabre au cutter en passant par les tournevis et les gourdins. Plus bas, les plus grosses : des battes, deux haches, des barres à mine et trois boîtes d'objets contondants, pointus, coupants ou chauffants. Tout sauf des gommes. Presque au niveau du sol reposaient deux Taser et le fusil hypodermique dont on se servait parfois pour des adolescents qui pratiquaient le rugby en plus de leurs autres pathologies. Parmi les battes, il y en avait une que j'aimais bien, je l'avais confisquée dans une fête foraine. « American Church » était gravé dans son bois abîmé. Elle avait servi à lancer des cailloux. La mémoire de forme d'un capot n'y résisterait pas, pas plus que celle d'un crâne : c'était l'équipement idéal pour descendre à la grille. Pour davantage de sécurité, je glissai aussi un marteau dans ma poche arrière.

Un éducateur était mort l'hiver dernier dans un foyer de Bourgogne. Il avait ouvert la porte sans prévoir le pire. Tué d'un coup de couteau dans le ventre par une mère de famille qui s'était introduite par une fenêtre pour récupérer ses enfants. Notre métier n'était pas facile, mais il y avait des erreurs à ne pas commettre.

# 6

« BANDE D'ENCULÉS ! »

Le hurlement me parvint à l'ouverture de la porte du hall. J'allumai la lumière extérieure du bâtiment. Le projecteur accroché sous le donjon éclaira le parc jusqu'aux arbres de l'autre côté de la route. Ils n'avaient pas ce modèle-là sur leur véhicule.

Deux hommes s'agitaient devant la voiture. Celui qui venait de crier secouait les grilles. J'avais une cinquantaine de mètres à parcourir. Ma respiration faisait un nuage de condensation. Alors que je remontais le chemin vers les grossiers, d'un air bien plus décidé que je ne l'étais en réalité, le manche en métal du marteau me rentrait dans la fesse à chaque pas. En avançant, je distinguai clairement ce que le plus massif psalmodiait : « Mes poules ! Putain, mes poules ! »

Et l'autre de surenchérir : « BANDE D'ENCULÉS ! »

Une onde de soulagement me traversa. Ce n'était pas des monstres de sillage. C'était des propriétaires de poules. Et je les connaissais. Celui de la grille, je l'avais rencontré l'année dernière pour pleurer sa vache – j'ignorais qu'il avait également des poules. Mais quelle idée de nous offrir des Taser aussi ! Cadeau du Conseil général pour nous protéger en électrocutant les gosses trop méchants en dernier recours. Je n'étais pas prêt à me résoudre à ce genre de pratique, mais, vers Noël dernier, nous avions décidé de les essayer. C'était tentant. J'avais proposé Clément-Sournois comme gibier – la psychologie gagnait parfois à des expériences nouvelles –, mais Mathurin, le prof d'atelier survivaliste, avait pensé qu'avec une vache ce serait plus sportif.

J'adressai un sourire de compassion à l'éleveur. Sa vache avait connu une mort digne de celle qui peut frapper des randonneurs abrités sous un arbre pendant un orage. Nous en avions chié pour traîner le cadavre jusqu'à la rivière. Contre l'avis du directeur d'alors, j'avais dédommagé le malheureux qui me faisait face avec une partie du budget culture.

« Ses poules ! 'Culé ses poules ! »

Celui qui m'insultait avait la dégaine type du patient zéro du laboratoire d'analyses médicales dans lequel bossait Patti. Tous ses fluides devaient contenir soit de l'urée, soit de l'alcool. Dans la quarantaine, habillé par sa mère avec les habits de son défunt père, des doigts comme des saucisses de Morteau, un nez proche des dernières images envoyées par la sonde Mars Explorer. J'étais grand et certain que mes fluides contenaient des globules rouges : « Bonsoir, messieurs ! » articulai-je en claquant la batte contre la grille. Ils reculèrent vivement. « Je vais faire comme si je n'avais pas entendu. Il est un peu tard pour nous rendre visite, non ? »

La question se posait. L'éleveur, lui, était en veste de laine. Possible qu'ils aient des moutons également. Dans la lumière du projecteur, ils avaient les faces bien rougeaudes de ceux qui s'en servaient essentiellement pour porter des bonnets au crochet ou siffler des verres de gris. Il recommençait à pleuvoir. Il faisait si beau quelques semaines auparavant quand j'avais couru autour du multiplexe. Dévisageant celui qui était en laine, je lançai : « On se connaît tous les deux.

— Ah ? Mais oui ! C'est vous que j'ai vu pour ma vache. »

Les jeunes avaient été injustement accusés pour la vache. Je n'avais même pas eu à intervenir. Il n'y avait pas que des désavantages à travailler auprès des suspects idéaux.

« Quoi, c'est lui pour la vache aussi ? » s'insurgea l'homme de l'urée.

Je déplaçai le marteau le long de ma hanche. Il fallait que je pense à mettre du caoutchouc sur le manche. À chaque fois, ce truc m'arrachait une fesse.

« Joseph, arrête ! C'est celui qui m'a payé. L'autre y voulait pas. Va plutôt éteindre les phares ! »

La glace était brisée. Il était éleveur de bétail, j'étais gardien de troupeau. Je lui parlai en ami de tous les élevages. Le mien d'adolescents turbulents était certes un peu plus nocif que les siens, constitués d'animaux placides à la tête mal attachée ou inflammable, mais nous étions sur le même bateau. Ses difficultés étaient mes difficultés.

L'autre, le beau-frère, crus-je comprendre, ouvrit la portière de la voiture et revint une poche plastique en main. Elle était pleine de têtes de poules. Leur problème était bien là : de leurs poules, ils ne retrouvaient que les têtes ces derniers temps. Ce qui ne m'étonnait pas outre mesure puisque nous récupérions le reste des corps à l'internat ces derniers temps. Après une période fouines et ragondins, Franck s'était ouvert aux gallinacées. Il était rentré d'un temps libre avec une poule pas plus tard que la nuit précédente. Sa tête devait être dans le sac.

C'était notre spécimen de la catégorie chasseur-cueilleur, ce garçon. Blond trapu avec un brouillard dans l'œil. Il avait été livré à lui-même pendant sa prime enfance, dans un repli de terrain des Hautes-Vosges. Signalé aux services sociaux en primaire pour actes de barbarie envers les animaux de l'école. Il avait joué au foot pendant une semaine avec un chat mort avant d'être exclu du club de foot. Bizarrement, il avait ensuite été placé dans une famille de circassiens. Il était arrivé au foyer un an et demi plus tôt. C'était un garçon agréable, rustique, qui avait ses périodes sans et ses périodes avec. Les renards, les hérissons et même un sanglier une fois. Il était le seul gosse que j'avais vu mordre un chien. Et donc, ces derniers temps, son truc c'était les poules.

Décapitées et en partie plumées. Pas facile à insérer, Franck. J'avais proposé sous-marinier à la dernière réunion de projet. Selon Clément-Sournois, notre psychologue à demeure, Patience de son prénom, son état s'améliorait. Elle considérait que décapiter des poules, davantage ancré dans un rituel paysan, était moins pathologique que décapiter des chiens. D'autant plus qu'il les offrait. À Matthias principalement. Franck paraissait donc en meilleure relation avec les autres. Elle m'avait néanmoins demandé s'il était possible de déterminer s'il les violait également. Enculer la bête avant de l'offrir. Difficile de savoir si ça entrait dans un rituel paysan. Je mangeais moins de poulets depuis sa remarque.

L'homme ralluma sa roulée. L'autre ajouta : « Ça porte la poisse, en plus, les têtes décapitées ! » en agitant la poche pour me les montrer.

Mon interlocuteur tira une taffe : « Et c'est moins nourrissant ! »

Le bon sens paysan. Il me tendit une clope que j'acceptai. Je ne refusais jamais un cadeau qui ne provenait pas de mes parents. Il avait une bonne quinzaine de têtes en main, le beau-frère.

« Je vous donne cinquante euros, et on n'en parle plus ! »

J'avais l'impression d'entendre causer ma mère. J'imaginais que Franck en avait tué bien plus. « On a dit qu'on n'en parlait plus. » Une phrase chérie de ma mère. La lavandière du foyer m'avait avoué la semaine dernière que le gamin fournissait son mari qui tenait un *food truck* de poulets frits à la Chaume Francis. J'essayai de me souvenir si j'avais déjà mangé là-haut en avisant la tête des deux gusses interloqués, rouge betterave pour le beau-frère, rouge brique pour l'éleveur. C'était des sanguins, ils accusaient le coup. Bien moins qu'espéré, leur murmurait leur lobe frontal gauche, celui qui comptait les verres en temps ordinaire.

« Mais c'est des poules de race !

— Ouh, messieurs, on va se calmer ! Vous avez quelques têtes, j'ai une vingtaine d'ados. Si vous voulez plus, vous voyez avec le directeur, demain matin.

— C'est mes poules ! »

Et alors ? Ce n'était pas mes enfants, mais si cela avait été le cas, je ne me baladerais pas avec leur tête au bout du bras de mon beau-frère.

« Je comprends votre colère, et il est possible qu'un des jeunes du foyer soit responsable de quelques-unes de ces morts mais… » Je soupirai. « Je peux monter à cent euros. »

Le temps pressait. Je désirais retourner voir Mélanie pour entendre ce qu'elle avait à me dire au sujet de son père. L'autre tira deux longues taffes de sa roulée. J'en tirai une légère. J'ajoutai : « Parce que c'est vous. »

Parce que c'est toi. Parce que c'est moi. Ma petite voix me soufflait d'en finir au plus vite. Je sortis la fiche de dédommagement de mon carnet de travail. Il acquiesça : « D'accord, mais c'est pas cher payé ! Vous vous souvenez de ma vache ? C'était ma meilleure laitière ! »

Jamais facile, la confrontation avec les familles de victimes. J'avais moi-même un problème avec une laitière qui me faisait chier en ce moment. Je compatis. J'eus alors la sensation que ça s'animait dans mon dos.

« J'en aurais plus jamais une comme ça ! » marmonna l'homme.

Moi non plus, mais, la vie à la campagne recelant de tant de surprises, il ne fallait jamais dire jamais. N'ayant rien à ajouter de plus pertinent, le foyer s'en chargea par un long hululement porté par le vent qui se finissait en « … uuuuuttte ! »

« On dirait qu'il y a de l'animation chez vous ! »

Perspicace, le pécore. Je les abandonnai en l'état.

# 7

Il y avait indéniablement un côté château de conte de fées, dans cette fichue baraque. Un conte méchant, comme ils l'étaient tous.

« Va sucer ta pute de mèèèère ! » en provenance des étages alors que je franchissais le seuil du hall. Éructé par une gamine qui avait perdu la sienne dans un accident de voiture. La voix foutrement reconnaissable. J'avais relu le dossier des sœurs à fond pour l'audience qui s'annonçait. J'étais leur éducateur référent. Je passai devant les casiers des ados au rez-de-chaussée. Chacun en avait un à son nom, celui de Franck était en bas à droite. Je l'ouvris avec mon passe et y fourrai les têtes de poules que m'avait données le pécore en échange du remboursement. Il comprendrait.

« Lâche-moi, connard, putain, mon père il va te tuer ! »

Cindy. Elle était montée se coucher après le dîner. Patraque, qu'elle m'avait dit. Elle avait repris du poil de la bête, manifestement.

« Des gosses ! avait ricané Matthias en postulant au foyer à la fin de l'été. Pffff, Dom, ce ne sont que des enfants ! Faibles et incomplets. Un peu d'attention, de l'écoute, des conseils, et l'affaire sera dans le sac ! »

Que des enfants, j'avais adoré.

Licencié de sa boîte informatique six mois plus tôt, il avait eu l'idée saugrenue de postuler au foyer. Aucun diplôme n'était requis pour occuper un poste de veilleur à La Dent du diable. Ne pas être inscrit dans le fichier des délinquants sexuels et être capable d'affronter les pires situations sans pleurer était un bon début. Supporter la vue du sang, notamment le sien, un atout supplémentaire pour le poste. Je n'avais même pas eu à le pistonner, le nouveau directeur l'avait embauché dans la minute qui avait suivi son entretien. Depuis, mon pote « un peu d'écoute et d'attention » avait eu l'occasion de découvrir les soucis induits par l'enfance maltraitée qui ne voulait pas dormir alors que, pour ma part, je découvrais ceux induits par la petite enfance de mon propre sang qui ne voulait pas dormir non plus. Patricia, toujours lestée de ses kilos de grossesse, était devenue râpeuse de l'intérieur et j'angoissais de me constater aussi peu père que mon père sur ces premières longueurs.

J'avais déconné pour le prénom. Tout sauf Laurent ou Dominique junior avait été mon seul souhait clairement formulé. Et elle m'avait mis N-o-ë-l à l'envers. Ce qui avait été le cas de tous les Noël de mon enfance. Le pire étant que ça m'avait pris un certain temps avant de m'en apercevoir.

« Je te lâcherai quand tu m'auras rendu ce papier, Cindy ! »

La voix de Matthias montait dans les aigus. J'étais dans l'escalier, l'action se déroulait plus haut. Magie des petits silences dans un monde d'insultes, un raclement de gorge grossit, presque musical, avant le chuintement du crachat. Une seconde suspendue, un ange devait passer quelque part, puis le clac net d'une claque. Une nouvelle suspension du temps et un hurlement de rage qui fit vibrer mes verres de lunettes : « Oh l'enculé, il m'a mis une claque ! »

J'en étais arrivé à la même conclusion. J'avais espéré que Matthias réussirait à s'en sortir seul, après tout ce n'était qu'une fillette de douze ans et demi, un petit être faible et incomplet qui ne demandait qu'à être rassuré et calmé. Quoique, objectivement, je doutais qu'une claque puisse calmer qui que ce soit par ici. Ces adolescentes, notre avenir au sens large, notre responsabilité au sens court, ces gosses pouvaient être tristes et drôles. Très tristes et très drôles parfois…

« Tu m'as craché à la figure, Cindy ! Cindy, ne touche pas à cet extincteur, bordel ! Cindy, Cindy, Cindiiiiiie ! »

… mais pas tout le temps. Sa voix vrillait dans les aigus. À l'ouïe, c'était douloureux. En pratique, c'était une erreur. Jimmy Somerville qui intimait à Cindy de se calmer après lui avoir mis une claque. Je vous laisse juge.

Le psychiatre de secteur n'avait rencontré Cindy qu'une fois depuis son arrivée au foyer. Quatre minutes d'entretien, et il avait dû refaire son bureau suite au début d'incendie. De mémoire : « Cindy porte en elle les fulgurances annonciatrices des sombres lendemains qui lui semblent promis. » Ce n'était pas faux tant elle était prompte à passer de la plus complète apathie à la plus complète démence, mais de là à parler de « fulgurances »…

En atteignant le palier, je découvris Matthias plié en deux. Visiblement, il venait de se faire percuter par l'extincteur. Petite sœur tournoyait avec la cuve à bout de bras. Son visage congestionné de jouvencelle virait au violet.

Je lui arrachai la cuve des mains alors qu'elle repartait à l'assaut. Elle tomba, je la suivis. L'extincteur roula – un extincteur pour Cindy, la bonne blague quand on y pense – et je m'assis sur elle sans ménagement. Je lui bloquai les jambes avec les miennes et ses bras avec mon bras droit. Me restait le gauche pour lui maintenir la tête au sol. Les insanités, je supportais, sa morve, je préférais éviter. Ma grande main sur sa tempe, je l'interrogeai : « Eh, Cindy, qu'est-ce tu fous, bon sang ? »

Pas de réponse construite. De la rage, des convulsions. Ma prise était bonne.

« Je peux rester là longtemps ! »

Je lui parlais d'une voix grave et douce. Elle se cabra une fois. Je pouvais rester longtemps effectivement, elle finirait par m'entendre. Une boîte d'allumettes tomba de sa poche. Je la fis glisser vers Matthias qui était appuyé au mur, grimaçant. Elle cracha sur le carrelage entre deux éructations à l'adresse de mon pote. Penser à lui demander de se laver les cheveux à l'occasion.

Une petite fille. J'écrasais une petite fille à qui j'avais resservi du gratin au dîner. La seule qui m'en avait redemandé. Étrange boulot. J'en avais singulièrement conscience lorsque j'étais assis sur une frêle ossature en professionnel pragmatique. Conscience aiguisée par le fait que je n'avais pas pu m'asseoir tranquille pendant un an et que j'en avais gardé une sensibilité particulière. J'attendais. Matthias demeurait muet, se frottant la cage thoracique. Muet pour se retenir de hurler : « Espèce de sale petite conne, tu m'as pété deux côtes ! », par exemple. Mon regard glissa vers l'extincteur qui aurait pu me rappeler mon père ce pompier. Je me concentrai sur ce que je faisais.

L'endurance, l'autre versant de mes interventions. Une fois installé sur le gosse, il fallait tenir la prise. Sans s'en prendre une, sans s'essouffler, sans lui faire mal et dans le calme si possible. Nul besoin d'en rajouter avec les sanctions à venir assénées sous le coup de l'énervement ou de la douleur. Patienter sur lui ou sur elle et, invariablement, se rendre compte, au bout de quelques minutes, qu'un gosse ce n'était jamais confortable. Même les gros.

D'une petite voix étouffée par ma grande main : « Va te faire foutre.

— Je n'irai pas. Je te lâche la tête si tu promets de ne pas me cracher à la figure ni de me mordre.

— Va te faire foutre ! »

J'attendais. Matthias me fit signe qu'il allait s'occuper des autres. Elle tenta un coup de pied à son passage, le manqua mais il faillit quand même se casser la gueule dans l'escalier. De nouveau, je vis ses lèvres se retenir d'exprimer une pensée cinglante. J'admirai son professionnalisme.

« Barre-toi, veilleur de merde !

— Reste polie, s'il te plaît… »

Mon pote et collègue me lança un dernier regard avant de passer l'angle du couloir.

« Je finis à vingt-trois heures, Cindy. Si j'entame l'heure suivante, elle me sera payée en entier. Tu n'es pas pressée, j'espère ? »

Un peu d'humour ne pouvait pas nuire. Tout était bon pour retarder mon retour.

« Alors je te repose la question : est-ce que je peux te lâcher la tête sans risque de morsure ou pire ? Pour qu'on puisse parler plus à l'aise. »

J'aurais proposé un tel choix à Anthony – question, risque, morsure, pire – il se serait évanoui. Quant à elle, elle se dégonfla. Littéralement. Sous moi. Je ne relâchai rien pour autant. Je retirai simplement la main de son visage

« Il m'a foutu une claque !

— Tu l'as frappé avec un extincteur.

— Après ! Je l'ai frappé après ! Il est venu me faire chier, ce con, pour son papier de dealer, et il m'a frappé. Il m'a foutu une claque. Je vais porter plainte ! »

Je la laissai s'imaginer porter plainte auprès des flics qu'elle insultait chaque fois qu'elle les croisait. Je n'étais pourtant pas un défenseur de la claque au travail. À mon avis, la claque devait rester une activité de loisir. J'avais moi-même distribué quelques bonnes claques au cours de mon existence, mais jamais en tant qu'éducateur spécialisé. Et les miennes étaient un peu plus fortes. J'avais de grandes mains. Cindy n'avait même pas de trace sur la joue.

« Tu le diras à la juge ?

— Quoi ?

— Qu'il m'a mis une claque !

— Tu lui diras toi-même. L'audience a lieu la semaine prochaine. »

Je lui lâchai le bras et me relevai sans brusquerie. Elle se tourna vivement : « C'est à cause de mon père. Il veut nous reprendre.

— J'ai appris ça. »

Elle se redressa le dos contre la rampe. Elle ressemblait à sa sœur, un vrai visage de cristal éraflé par les égratignures. Elle en avait sur les mains aussi. Elle m'observait avec ses yeux sans fond : « Il pourra pas, hein ? »

J'essayai de la rassurer. Son avis et celui de Mélanie seraient pris en compte. J'étais contre au vu de la situation merdique. Nous avons discuté pendant une vingtaine de minutes. Ensuite, je la raccompagnai jusqu'à sa chambre. Les autres jeunes étaient couchés. Matthias, dans la salle de veille, m'offrit un café.

« J'ai encore mal. »

Je lui proposai un massage. Il refusa. Il avait besoin de décompresser. Je bus mon café avant de prendre congé.

« Bonne nuit, mon ami. Appelle-moi si problème. Tshaw. »

Je fis un crochet par le secrétariat où étaient les casiers du personnel. Dans le mien, il y avait une note de service de l'infirmière relative au nouveau protocole de sédation. Je la pliai et la glissai dans ma poche. Je me dirigeai ensuite vers le gymnase plongé dans le noir, le contournai et traversai le terrain de basket pour passer entre les deux préfabriqués qui avaient servi de salles de classe par le passé. Celui de gauche avait brûlé deux fois. Le vent se levait, j'entendais les tôles siffler. C'était le chemin le plus long pour rejoindre ma voiture. Les ateliers se trouvaient en contrebas. Des trois ateliers originels – bois, mécanique et tendance du moment – n'en subsistait plus qu'un, celui dit de la

« mécanique enseignée par un fou furieux à des jeunes démotivés ». Un vieux camion Ford était garé contre la porte du garage.

Pétri de ses idées de petit fasciste survivaliste, Mathurin, c'était le nom du prof d'atelier, ne travaillait plus que sur des moteurs. Le reste l'emmerdait. Lorsqu'il démarrait ceux qu'il avait à l'intérieur, le groupe d'ados avait intérêt à retenir sa respiration. Le prof se construisait un abri de survie enterré dans son terrain de la Bresse pendant son temps libre. Avec tout le confort moderne à ce qu'il disait. Il aurait pu être de ma famille, ce mec.

Je longeai le premier hangar, l'ancien atelier bois, et constatai avec surprise qu'il était vide. Jusqu'à peu, il servait de débarras à tous les objets brisés du foyer. La dernière commission de sécurité, celle de 2005, avait obligé le prof à ne plus piéger le périmètre alentour. Je pouvais donc me permettre de poursuivre jusqu'à l'atelier principal sans perdre une jambe dans un collet à la con qui agiterait des clochettes à la con à l'intérieur dudit atelier. Au passage, je saluai les deux arbres morts de s'être fait pisser dessus par des générations de clampins en bleu de travail. Dehors se trouvaient les moteurs les plus imposants, ses œuvres inachevées : un moteur de remorqueur, deux diesels de locomotive et les restes d'un moteur fusée récupéré sur un aérotrain. Parfois reliés à un compresseur ou à un essieu. Le moteur du remorqueur avait servi un temps à faire fonctionner une télébenne qui montait jusqu'à la crête du crochu. Certains pylônes étaient encore dressés le long de la pente, d'autres parties pendaient à des chaînes entre les sapins.

Ma voiture était garée sur l'autre versant du talus. Il était presque une heure quand je démarrai. Les hurlements de Léon qui m'avaient réveillé à cinq heures du matin dans le clic-clac, qui avaient réveillé Patricia dans la chambre, laquelle m'avait reproché de ne pas avoir entendu les trois précédentes sessions de hurlements, me revinrent en mémoire dès que j'enclenchai la vitesse.

Il ne pleuvait plus vraiment. Ailleurs, on aurait dit…

# 8

La maison était éclairée de toutes ses lumières. Chaque lampe semblait avoir été activée. Toutes, sauf celle de l'escalier extérieur – lorsque j'en ressortirais vingt minutes plus tard, l'inverse serait vrai. Je n'avais jamais vu le néon du vestibule allumé depuis que nous avions emménagé. « Salut, chérie. » Pas de réponse. Le salon était vide. L'halogène poussé à fond, la lampe près de la télé, ma lampe de chevet à côté du clic-clac. Pas de Post-it rose ni d'une autre couleur. J'en étais presque déçu. Je me rendis dans la cuisine.

Elle m'attendait.

La vie n'était qu'attente, en fait. Une seule lampe allumée ici, celle de la hotte. C'était sombre par rapport au reste. Je heurtai une chaise. Malgré l'heure tardive, il y avait une assiette sur la table. *Mon dîner, c'est gentil.* Mon neurone de la déconne commençait à s'agiter. Je le connaissais bien, celui-là : il était drôle mais il avait toujours tort. Ça puait l'embrouille. Qu'imaginer d'autre ? Une pipe ? Peu probable. La chaise craqua lorsqu'elle se recula pour refuser mon baiser.

« Tu te rends compte de l'heure qu'il est ? » d'une voix glaciale.

J'hésitai à m'asseoir. Une seconde.

Je m'assis finalement face à l'assiette froide, figée, blanche, tel un enfant fautif. *Maman m'a gardé mon assiette.* Je ressentais pleinement cette ambiance de merde qui accompagnait mon retour d'un boulot caractérisé lui aussi par son ambiance de merde. Ses yeux étaient noirs. Ses idées aussi probablement. Ses cheveux, pareil. Je laissai passer les secondes. Lourdes, poisseuses, froides comme l'escalope à la crème. On aurait pu croire qu'il s'agissait d'une recette de ma mère.

« Vide ton sac. T'as collé les Post-it où ? Sous l'assiette ?

— C'est ça ! Retourne-la-toi sur la gueule et tu verras. » Elle articulait chaque mot. « Ne commence pas à me faire CHIER ! »

Elle hurlait le dernier mot. Juste le dernier mot. Comme une petite folie qu'elle se permettait. OK. Je ne voulais embêter personne, moi. Je touchai du doigt l'escalope qui me rappelait vraiment un plat de Noël préparé par ma mère. Je devais avoir une tête de bienheureux avec mes réflexions culinaires car ses yeux devinrent fentes : « T'es vraiment un CONNARD ! »

Toujours cette diction épatante. Et elle envoya voler l'assiette contre la cuisinière.

« Tu fais CHIER ! »

Je me retins de donner un grand coup sur la table pour faire quelque chose moi aussi. Je me retins de crier, de me lever ou de partir. De ramasser l'escalope et de la lui coller sur la gueule, de danser. Je me retenais.

« Tu n'écoutes rien ! Tu ne vois rien ! Tu ne fais rien ! Tu sais juste me faire CHIER ! Tu t'en fous de tout en fait. Tu rentres avec deux heures de retard et putain tu… »

Elle s'arrêta. Elle bouillait intérieurement. Ce qui se passait à l'intérieur se reflétait à l'extérieur. Pour moi aussi, sûrement, et ça se résumait en trois mots : contrit, perplexe, ironique. Je bridai cependant mon neurone rigolo et me contentai d'un « J'ai passé une journée de merde ».

J'eus honte de m'entendre prononcer cette phrase : j'en connaissais un paquet, de journées de merde, dans mon taf de pimpin. Jamais je ne rentrais avec « Oh devine quoi ? La Priscilla a eu son CAP de pâtisserie et elle a fait un gâteau pour fêter ça ! Délicieux ! », plutôt « La Priscilla, elle a vomi sur son sweat puis elle s'est scarifié les poignets pour reteindre son pantalon ! »

Dans son travail à elle, au laboratoire, parfois, souvent – parfois, disons, nous étions dans les Vosges –, elle pouvait annoncer des résultats d'analyse normaux aux patients. Des pas trop gras pas trop alcoolisés non farcis de sucre avec des artères étanches, ça existait dans sa profession. Dans la mienne, jamais, ni étanche ni pas trop ou pas farcis. Mais ce n'était pas chose à lui opposer à cette heure tardive. Elle m'avait attendu pour déverser sur moi son courroux. J'ouvris le frigo pour choper la bouteille de rosé en bas de la porte.

Elle dut le sentir. Que je relativisais. Que je relativisais au point de me servir un verre de rosé. Les yeux sombres d'avoir trop gambergé, les lèvres serrées, les cheveux en vrac, elle pleurait à présent. Étais-je si mauvais ? Si connard ? Si égoïste ? C'était possible. Je pataugeais : « Léon dort ? »

*Mon fils haha ! Tu vois ? Je ne suis pas si mauvais. Je me souviens que j'ai un fils.*

Ma navrante déroute. Je goûtai le vin. De l'autre côté de la table, les bras croisés, en adulte responsable et mature, tout ce que je n'étais pas, elle se moucha dans un mouchoir immense, quelle organisation, et me lança un regard humide et dépité avant de lâcher : « Léon est chez ma mère. »

C'était l'eau qui se retirait de la plage avec les chèvres qui prenaient la direction des hauteurs et les oiseaux qui se barraient vers le large. L'annonce du tsunami imminent. Il ne restait au surveillant de baignade qu'à mettre les mains en chapiteau face à la déferlante. J'étais le surveillant de baignade.

La vague arriva.

Ces torts que j'avais, ces faiblesses qui semblaient me caractériser, ces remarques que j'appréciais tant. Moi, le père impossible, l'amant lunatique, le fils mal calibré, l'éducateur placide, l'abruti non impliqué, le nageur en eau libre… Elle m'avait préparé une compilation de mes défauts par ordre alphabétique.

Alphabétique. La vacherie. Elle était organisée.

La chaise couina lorsqu'elle passa d'une fesse à l'autre pour se lancer. A pour abruti, B pour bébé, C pour connard. Au niveau des reparties, je me sentais faible. Je virai aussi blanc qu'Anthony plus tôt dans la soirée. Blanc comme chauffé à blanc. D comme défaillant.

E comme euphémisme. J'étais un « euphémisme ». Une sous-catégorie d'un pire. C'était raide.

Je me levai le regard posé sur elle, abandonnant mon verre de rosé dont je n'avais bu qu'une gorgée. Je m'apprêtai à faire une sortie sans fioritures quand…

« Tu deviens pire que ton père. »

## 9

Je vacillai. Elle avait fait mouche.

Je me mis à danser. L'une des pires danses de ma vie. Je dansais souvent devant les gens énervés. Je m'étais rendu compte que cela les énervait encore plus. Faire chier en dansant. Pour ne pas faire pire. J'avais conscience que je regretterais tout ce que je pourrais dire. Alors je ne dis rien. Je me trémoussai.

Elle se leva à son tour, d'un bloc, le doigt pointé sur moi, me martelant que je n'étais qu'un malade mental. Je dansais.

Elle quitta la cuisine ; la porte de la chambre claqua.

Je cessai de danser. Quelques secondes les bras ballants.

J'attrapai ma veste de nage, celle pleine de poches, et mon sac avec mes petites affaires. Il s'était écoulé vingt-quatre minutes depuis mon arrivée. L'euphémisme éteignit toutes les lumières, sauf celle de l'escalier extérieur, qu'il alluma. Et sortit dans la nuit.

Je partis à la recherche d'un pommier dans le jardin. Pas question pour moi de prendre la voiture pour rouler au hasard, marcher me ferait davantage de bien. D'abord, il me fallait un pommier ou un poirier. Je croyais me souvenir que nous en avions plusieurs en bas du terrain, mais je ne les distinguais même pas dans les hautes herbes. T comme tondeuse. J'en trouvai un au bout de quelques pas et frappai son tronc plusieurs fois à poings nus. Ça me fit du mal, ça me fit du bien. Après quoi, j'empruntai le chemin de terre qui longeait les étangs, remontai vers la route, la traversai. Nul phare à l'horizon, un unique lampadaire à l'intersection, un chat noir dans le halo.

Planète morte.

Le lotissement se situait au-dessus. Une balançoire grinçait dans la pénombre. Si je virais tueur de masse un jour, après une discussion avec ma femme ou une journée de trop avec Anthony, ce serait par ce lotissement que je débuterais ma profession de foi. Dans ces maisons de plain-pied au sol carrelé construites en portes-fenêtres. Entourées de tristes haies taillées au cordeau. Une collection de couteaux japonais dans chaque cuisine, de grands sacs poubelle sous chaque évier et un nettoyeur haute pression dans le garage pour rincer le sang après avoir découpé tout le monde.

Un sentier de randonnée débutait au-delà des dernières maisons. Le sol était lunaire sous les noirs sapins. J'allumai ma frontale. Les conifères poussaient en rangs serrés sur ce versant. Comme des soldats de bois. Plus haut, une fois la première crête franchie, les frênes et les ormes seraient en nombre et il y aurait moyen d'y voir un peu plus clair. Ce sentier montait jusqu'au lac de Pierre-Percée au gré des ressauts et des dolines.

Mon lac.

*Quelle conne.*

Les sapins m'impressionnaient plus que les autres arbres. Il faisait nuit comme dans un four dans la côte.

« Quelle conne. Quelle conne, quelle conne ! » Je crie. « Vingt kilos de Patti en plus et pas un seul de sympa dans le tas. »

Merde, j'étais con moi aussi.

La forêt m'avalait. Le vent agitait les branches. Mes yeux s'habituant à la luminosité de crypte qui m'entourait, j'éteignis ma lampe et accélérai le pas. Je l'avais aimée, Patti, mais je doutais de plus en plus de l'aimer encore. Ma jauge n'était plus trop lisible, mes sentiments dans un flou électrique. Elle m'avait craché à la figure que je devenais comme mon père. Pire que lui. Elle savait pertinemment que mon père avait été un père au rabais. Entre le cocasse et le méchant. Pire que lui ne me laissait que le méchant. Elle avait raison sur un point cependant : avec mon fils, j'étais en dessous. Comme mes parents l'avaient été avec moi.

Mes parents.

Tout petit déjà, je… Ah non, je n'avais jamais été « petit déjà ». Je repensai à mes premiers pas. Au fait que j'avais failli ne jamais les faire.

Au préalable, pendant la grossesse de ma mère, il y avait eu le choix du prénom. Mes parents avaient failli s'entretuer à ce sujet. Papa aurait aimé un Jean-Pierre ou un Jean-Louis. Tout le monde s'appelait Jean quelque chose dans sa lignée de forestiers. Il n'en était pas question pour ma mère. Pas plus que d'un prénom de cinq ou de huit lettres. Elle aurait aimé Cédric ou Sébastien. Il n'en était pas question pour mon père. Rainer, peut-être ? Même pas en rêve pour maman. Leur quête piétinait, la grossesse avançait. Ils s'engrainaient. Elle lui mettait des coups de ventre.

Laurent s'était imposé quelques jours avant le terme. Sept lettres qu'aucun apôtre n'avait jamais portées, qu'aucune femme n'avait jamais prononcées. Un prénom qui n'engageait à rien puisqu'ils ne connaissaient personne, vivant, mort, en prison ou de la famille, qui le portait. Facile à articuler, en plus. À beugler, même.

J'étais né à la clinique des Mines de Clinquey un jour étouffant d'août. La chaleur s'était installée, ciel sans nuage et température qui dépassait les trente degrés. Maman m'avait souvent conté ces tristes journées – parce qu'il y en avait eu trois finalement. La gueule de mon père, la sienne, tout ce qui avait été de travers, les mots de la sage-femme.

Elle était entrée à la maternité dans l'après-midi du 8 août. J'étais prévu pour la soirée. Seulement, la délivrance avait duré une éternité. Maman avait failli ne pas être délivrée du tout, pour faire simple, et ma vie aurait pu se réduire à nager neuf mois dans un placenta. De contractions hasardeuses en épanchements de liquides divers, elle avait hurlé pendant quarante-deux heures entre les murs défraîchis de la salle de travail. Elle avait une belle voix, ma mère. Mon père, lui, avait engueulé et menacé tout ce qui portait une blouse dans la clinique. Arguant qu'il lui fallait moitié moins de temps pour apprendre à n'importe quel guignol à conduire et le présenter au permis. À la quarante-deuxième heure, pour clore ce marathon de douleurs et de larmes, ils m'avaient extrait à la ventouse. Tout le monde avait eu chaud. Il faisait chaud. Vraiment très chaud.

Plus tard, la sage-femme – la fourbe – avait révélé à ma mère ce qui, selon elle, était responsable de mon arrivée sportive en ce bas-monde dans cette lumineuse aube briotine. Maman n'en demandait pas tant. Moi non plus. Papa n'était pas dans le coup. J'étais un trop grand bébé pour son utérus. Trop grand pour le conduit. Pas trop gros ni mal positionné : juste trop grand. J'avais tout coincé avec mes soixante-deux centimètres. J'avais mis à l'épreuve le savoir-faire médical de la clinique. Je les avais obligés à sortir le matériel lourd et la petite ventouse. J'avais embarqué une partie de la tuyauterie de ma mère en passant. J'avais été trop grand, point à la ligne.

La bourde initiale.

Papa avait connu l'aphasie post-natale. Il tenait la main de ma mère sans regarder le berceau ni engueuler personne. Il avait murmuré : « Pas Françoise, alors ? »

La sage-femme nous avait demandé de quitter la chambre avant quatorze heures ce jour-là. Le 10 août.

« On peut dire que tu as déçu ton père dès ta naissance », me rappelait gentiment ma mère de temps à autre. Ma taille comme un signe. Ils aimaient bien les signes dans la tribu de mon père. Un signe de poisse, un signe de la génétique de sa belle-famille incarnée dans son premier-né. De celle qui mettait des patates dans les dents au bal des pompiers.

Le frère de maman était grand, et le frère de maman avait cassé la figure de papa au bal des pompiers deux ans avant mon arrivée. C'était l'histoire de leur rencontre. Maman l'avait consolé pendant qu'il comprimait son œil d'un linge en insultant son frangin. Cupidon avait lancé sa flèche. Un tir hasardeux à n'en pas douter. Et il avait fait mouche, le dodu ailé.

Nous avions donc quitté la clinique des Mines en début d'après-midi ce 10 août. Maman toute blanche, papa tout rouge, moi trop grand. Dans la soirée, ma grand-mère paternelle avait ajouté l'acte final à notre drame. Elle qui, dorénavant, habitait avec un fusil dans son jardin avait fait ce constat : « Quelle drôle d'idée tout de même d'appeler Laurent un gosse né à la Saint-Laurent ! »

Un silence de plomb s'était abattu sur la famille réunie. Même les animaux empaillés avaient baissé la tête. Après des jours à s'être égosillée : « Sors, sors, sors mais sors bordel ! », ma mère se retrouvait au cœur d'un nouveau cataclysme. Elle qui avait cru accoucher le 8 août, et mourir, puis le 9, et mourir, avait finalement accouché et survécu le 10 au matin. À la Saint-Laurent. Me prénommer Laurent était impensable pour ma mère. Ils en avaient chié des ronds de chapeau pour trouver mon prénom, merde !

Malgré une tension sanguine ébouriffante pour une personne qui avait perdu autant de fluides, subi des sutures en bas et en haut, et qui exhalait une odeur de transpiration à réveiller un mort, maman avait exigé de régler ce malentendu immédiatement.

« Qu'on m'apporte le calendrier, qu'on m'apporte le calendrier ! Argghhh ! »

Dans l'étuve de la pièce, elle avait d'abord vérifié. Elle avait eu un autre spasme avant de s'exclamer : « Je le prends à rebours ! » Suivi de « Il m'aura tout fait, il m'aura tout fait ! » Je n'avais que quelques heures.

Le 9 août : saint Amour. Rire nerveux. Ce n'était pas le moment de plaisanter. Saloperie, perversité et j'en passe. Le 8, saint Dominique. Ouf, c'était plié. Papa, les avant-bras dans l'aquarium, le bronzé et le pâle, répétait « Je m'en tape ! » en donnant des pichenettes à des poissons qui nageaient sur le dos. Avant que le soleil se couche, Laurent était devenu Dominique. Un homme différent à n'en pas douter.

Je m'arrêtai contre un frêne pour pisser. Heureusement qu'ils ne m'avaient pas appelé Amour. Plusieurs oiseaux s'envolèrent dans la nuit. Le lac n'était plus très loin. Je sortis une clope de ma veste de nage. J'appréciais cette veste parce qu'elle était pleine de poches. Mes lunettes de nage, mes clopes, mes clefs, la fiole, un marteau, la frontale, un étui et une serviette de bain. Ma combi était dans le sac. Je n'avais pas emmené la bouée. La cigarette me fit du bien.

## 10

J'ai passé mon enfance sur une île.

Une île située dans une mer de colza, reliée au reste du monde par une voie rectiligne plantée de cerisiers du Japon mal en point. Lotissement recouvert de villas cartons et d'immeubles de quatre étages sans ascenseur. Elle avait été gagnée sur les colzas et végétalisée de pelouses à pissenlits et de buissons d'églantiers pour lutter par le vert contre le jaune. Sans animation ni commerce. Vide le jour et calme la nuit. Les arbres de la voie d'accès – d'origine étrangère, ce qui avait toujours énervé mon père – ne s'étaient pas vraiment acclimatés à leur nouvel environnement. À l'inverse de leurs confrères autochtones que l'on apercevait au loin derrière les champs, les métaux lourds et les pluies acides avaient rapidement altéré leur teint et leur santé. Ceux qui n'étaient pas morts avaient bénéficié d'une croissance minimale. Ayant pour ma part bénéficié d'une croissance maximale, j'en dépassais certains dès l'adolescence.

Le quartier s'appelait la Kaukenne. Quartier résidentiel bas de gamme de Clinquey-Haut. Mes parents avaient acheté un appartement au premier étage d'un des immeubles de la voile peu de temps avant ma naissance. Pour l'anecdote, on avait conservé le « Ko » de colza et remplacé le « lza », qui faisait polonais, par un « ken » qui faisait Ken. C'était Molosse qui m'avait raconté cette histoire un jour, après ma mésaventure à vélo en forêt, donc je m'en souvenais bien. Mon père ne devait pas être loin.

Mes parents s'étaient épanouis dans ce lotissement. En sus de leurs différentes implications sociales, leur capacité à instiller la peur ou la gêne avec des objets du quotidien leur avait permis de se démarquer du lot des mollassons et des promeneurs de chiens qui peuplaient la Kaukenne.

« Pourquoi le premier étage ? » avais-je demandé à ma mère un jour. Au quatrième étage, il y avait la vue, au troisième et deuxième, des économies conséquentes de chauffage, au premier, rien. Sinon des garages glacés en dessous. Elle m'avait répondu : « Bah parce que c'est plus près ! »

La Kaukenne participait à la grandeur immobilière clinquine. Cette dernière avait débuté à la fin des années 1950. La période faste de la sidérurgie. Des routes en dur, des cerisiers du Japon, puis la construction de la Cité radieuse Le Corbusier. Le vent avait commencé à faiblir dans le Texas lorrain, ce qui n'avait pas suffi à ralentir l'enthousiasme du bourg. Le développement s'était poursuivi alors que l'activité sidérurgique alentour toussotait de plus en plus fort jusqu'à ne plus toussoter du tout. La dynamique de la région en avait pris un coup, mais Clinquey n'avait rien voulu savoir.

À défaut de sidérurgie pour faire tourner les affaires, la classe dirigeante et les vivants s'étaient rabattus dans les trafics en tous genres, les magouilles inter-États et toutes les mamailles possibles de ce côté-ci de la frontière. Nous étions au sud du Luxembourg quand même. Sa Côte d'Azur en quelque sorte. Cette reconversion avait d'ailleurs donné du travail à mon père. Il avait un temps été adjoint culturel dans l'équipe municipale. Laquelle équipe avait initié les grands projets de la commune. Ce que les politiques n'avaient pas détourné, ce que le BTP avait bien voulu construire, ce que le maire avait imaginé. Personne n'y connaissait rien en mégalomanie dans les parages. Le quartier de la Kaukenne avait été porté par cette vision, au même titre que le parking de l'église, le Point central, le belvédère néo-grec ou le curetage récurrent du plan d'eau. Tout avait été fait à Clinquey pour éviter de redevenir le bled à vaches au bout d'une rivière morte qu'il avait été.

Le plan d'aménagement avait été conçu par un visionnaire, celui qui avait accolé deux « hauts », un « bas » et un « en forêt » à un bled qui ne comptait que trois rues. Celui qui avait convaincu Le Corbusier de construire une cité radieuse dans une vague forêt à côté d'un bled à trois rues. Celui dont le fils purgeait une peine de trente ans en Thaïlande pour trafic côtier mais dont la fille avait travaillé à la banque Drexel Burnham Lambert jusqu'à sa faillite. Un homme persuasif dont la probité n'avait jamais été mise en cause puisqu'il n'en avait jamais eu. Pour la Kaukenne, il avait recouru aux services d'un architecte suisse de renommée suisse qui, emballé par l'idée de construire un lotissement à proximité d'une œuvre de Le Corbusier, s'était retrouvé à faire n'importe quoi dans les colzas.

Un projet nautique en premier lieu. Clin d'œil au paquebot Le Corbusier. Les six immeubles représentaient les voiles, les villas, des barques, les principaux trottoirs étaient en imitation bois insulaire et les toits des deux bâtiments administratifs, Pôle emploi et troisième âge, avaient été peints aux couleurs des pavillons de complaisance du monde entier. La voie d'accès était un ponton serti d'arbres moribonds qui desservait, en ultime destination, la villa de la proue, un cottage en pointe qui donnait l'impression de fendre les colzas. Celle-ci n'avait abrité que des cinglés, à commencer par madame Heaulme et son fils Francis pendant quelques mois après qu'ils ont été virés de la cité.

L'architecte avait fait une overdose le soir de l'inauguration du lotissement. J'imaginais sans mal Le Corbusier avoir vécu un trip à peu près similaire pour décider d'implanter son village vertical au milieu de nulle part. Nous étions au sud du Luxembourg, certes, mais quand même.

J'écrasai la clope entre mes doigts. La côte était forte avant de rejoindre la crête suivante. Le lac était deux crêtes derrière. Trois kilomètres plus loin et plus haut dans la forêt.

À Clinquey, l'école élémentaire se trouvait rue Richard-Nixon, à l'est de la Kaukenne. Les rues portaient toutes des noms de présidents américains à Clinquey-Haut. De banquiers célèbres à Clinquey-les-Hauts. Des noms de villes du monde entier à Clinquey-Bas, et pour ce qui était de Clinquey-en-Forêt, la seule rue s'appelait « rue du Diamant-d'Eau. »

J'étais le plus grand de ma classe dès le départ, et le plus grand de l'école à compter du CE2. J'étais nul en sport. J'aimais bien dessiner. La grande perche du coin gauche de la photo de classe parce que la maîtresse était à droite, c'était moi. Aussi essentiel que la rouquine ou le beau gosse, mais plus rare.

Un souvenir de mes parents à cette époque ? Mon père me demandant « Alors, toujours le plus grand de l'école ? », comme si je ne faisais aucun effort. Et ma mère renchérissant « Et le sport ? », non merci. Elle soupirait. Je n'avais pas de soucis sérieux jusqu'à ce jour-là. Quelques incompréhensions, des trucs de gosse mal dans sa peau, avec des parents qui habitaient la leur de manière bizarre. J'étais en CM1. Un dimanche de printemps. J'avais retrouvé deux copains d'école pour faire du vélo. Thierry et Christophe. Je n'avais pas vraiment le droit de quitter la Kaukenne, mais j'avais fait comme si. Nous avions pris la direction de Clinquey-en-Forêt.

La forêt s'étendait au-delà de l'hôpital Slip de Clinquey. Un hôpital de province surtout connu pour ses purges à l'eau salée. Les bois remontaient les coteaux jusqu'à la cabane des chasseurs d'un côté et Brieux de l'autre, un hameau connu pour ses pluies de crapauds en été ; plus loin encore, c'était le Luxembourg. La Cité radieuse était en retrait dans un grand espace dégagé à un kilomètre de distance. Le bâtiment était muré. Clinquey-en-Forêt tombait en décrépitude depuis sa création. La rue du Diamant-d'Eau faisait flipper. La municipalité avait même envisagé de déconstruire la route pour inciter les derniers habitants à repartir vers le bas. Christophe nous avait motivés pour l'esplanade derrière la cité. Pas de voiture, une grande dalle de béton, idéal pour faire du vélo. Je n'avais pas été difficile à convaincre. Il faisait presque beau, mes parents n'en sauraient rien. Mon pantalon était neuf. Trop court mais neuf. Je me sentais élégant. Ma mère avait dû me dire un truc du genre : « Si tu l'uses, je te tue. »

Vingt minutes plus tard, le paquebot Le Corbusier nous surplombait de toute sa masse. Des arbres avaient poussé entre ses piliers de béton. Il restait des couleurs dans les étages, mais la base de l'immeuble, au-delà des piliers qui la soutenaient, était grillagée jusqu'au troisième étage. Plus haut, jusqu'au trentième, c'était sombre. Mort. Abandonné. Une voie circulaire entourait l'immense dalle de béton pour s'enfoncer dans la forêt en une boucle de quelques centaines de mètres qui rejoignait l'avant du bâtiment.

Nous pédalâmes en grognant et rigolant. Le parcours était sympa. Il y avait des tremplins. Je faisais attention à mon pantalon. À un moment, Thierry en eut marre. Nous nous assîmes près de l'ancienne station d'épuration. Un bloc de béton qui ressemblait à un bunker situé à une centaine de mètres de la cité. Christophe avait une gourde d'eau tiède, j'avais deux pommes, Thierry, des Tuc et un couteau. Il n'y avait personne, les herbes étaient hautes, nous ne les avions pas entendus arriver quand un premier caillou s'écrasa à mes pieds. C'est alors qu'ils apparurent. Ils étaient trois. Plus âgés, peut-être quatorze ou quinze ans, à rire en reprenant des pierres.

Je me levai. Un caillou me toucha la jambe. Nous étions trois, ils étaient trois. Eh ben non, j'étais seul, mes copains couraient déjà.

Je courus. Ma tête dépassant des buissons de manière éhontée.

Je courus les omoplates contractées dans l'attente du caillou en me disant : « Merde, mon vélo, merde, mon vélo, et merde, mon futal, faut que je fasse gaffe à mon futal ! » Thierry et Christophe pénétraient les sous-bois vingt mètres devant moi. Je les suivais. Je me savais suivi. Poursuivi. J'étais nul en sport. Surtout en sport de fuite. Les mecs étaient sur mes talons. Mes copains avaient déserté le secteur. Les bruits de mon cœur couvraient tous les autres. Le sentier avait disparu, la forêt m'entourait, mon cerveau paniquait, je courais sans visibilité et percutai un arbre qui me fit tournoyer sur moi-même. Ils me rattrapèrent aussitôt.

Un coup violent dans le dos, je tombai. Mes lunettes s'envolèrent. Je me retrouvai allongé. Un mec me sauta dessus. Les coups se mirent à pleuvoir. Je me débattais, j'essayais de me libérer, au lieu de quoi je mangeais de la terre, la bonne vieille terre de mon enfance. Grande perche de quarante kilos sans effet. Encore des coups. Je sentis des mains tirer sur mon pantalon. Je relevai la tête et reçus une tarte dans la gueule. Je ne voyais que des baskets au ras du sol. Je voulais frapper mais je ne pouvais pas. Mes bras, mes jambes étaient bloqués, j'étais fou. Chacun de mes soubresauts m'enfonçait dans la mousse. Mon pantalon était baissé et maintenant ils m'enlevaient mes chaussures. J'étais à la fois perdu, complètement flippé et prêt à en découdre, mais le rendu n'était pas à la hauteur de mes espérances.

Celui que j'avais dans le dos me tira les cheveux, puis bascula ma tête en arrière. J'entendis ma nuque craquer. Il me passa son bras sous la gorge et commença à m'étrangler. Un autre me palpait les cuisses. Je mettais toute mon énergie à résister mais je n'y arrivais pas. Ils me tenaient et ils me tenaient bien. J'étouffais, je pleurais, je déglutissais. Rien ne sortait. Je ne comprenais plus ce que je voyais. Flou, terrible, terreux. Mon pantalon se fit la malle. Ils me piquaient mon pantalon. Ma mère n'allait pas être contente. Le type dans mon dos me redressa encore. Celui qui me faisait face éructa : « Tu vas me sucer, sale PD ! » Il avait la braguette baissée, sa bite sortie. Violette à quelques centimètres. Celui qui m'étranglait riait. La bite prenait du volume. L'autre riait. « Suce ! » Elle me touchait. Elle se frottait à mes lèvres. Le gland sur mes lèvres. Je voulais hurler mais je ne voulais surtout pas ouvrir la bouche. J'agitais la tête. Elle me poursuivait. Un liquide chaud me coula sur la joue. L'étrangleur me lâcha d'un coup et je retombai au sol. Je pris une bouffée d'air mêlée de terre et de fluides en l'entendant gueuler : « Y en a un autre en vélo là-bas ! »

Du mouvement dans les feuilles, des pas précipités qui s'éloignaient, puis plus rien.

Un spasme. Je crachai de la terre. Un autre spasme. Je gerbai.

Quelques minutes à respirer comme un insuffisant. À regarder autour de moi d'un œil puis de l'autre. Ils étaient partis. Je serrai mon slip malmené contre mes petites couilles d'enfant. Je vomis de nouveau. L'après-midi était bien avancé. Je m'essuyai la bouche plusieurs fois avec toutes les plantes à ma portée, puis je pleurai un certain temps. Ensuite, rassemblant ce qui me restait de volonté, je cherchai mes affaires et mes lunettes, miraculeusement intactes. Je n'avais qu'une vague image de mes agresseurs, mais je voyais distinctement la bite violette tout comme j'entendais cette voix : « Suce ! »

Il fallait que je retrouve mon pantalon. De longues minutes passèrent avant que je mette la main sur ma deuxième basket. Je pleurais toujours. Je me frottais sans arrêt les lèvres. Enfin je le vis. Mon froc. Déchiré. Je me rhabillai. Je ne souhaitais plus que rentrer à la maison, me brosser les dents pendant des heures, me doucher et disparaître dans mon lit. Relire mes *Pif*. Sangloter.

L'immeuble du fada me surplombait à travers les arbres. Je décidai d'y retourner. La route était par là. Il fallait que je récupère mon vélo. Tous mes sens étaient en alerte, même ceux que je n'avais jamais utilisés. Mes grandes jambes faisant des pas immenses vers l'endroit où nous avions couché nos vélos avant qu'ils nous tombent dessus. Il ne restait plus que le mien. Mon pantalon déchiré pendouillait, ma bouche était en feu, mes lunettes, opaques. Mais mon vélo était là. Je pédalai comme un malade. Je ne m'autorisai à ralentir qu'en entrant à la Kaukenne, mon île, ma prairie. Le vent avait séché mes larmes. Thierry et Christophe n'avaient alerté personne. J'avais un goût affreux en bouche.

Mon père bricolait sa voiture devant l'immeuble de la misaine avec son gros copain. Maman devait être au premier avec une pomme et un couteau ou occupée à graisser des cadenas. La douce impression rassurante du retour dans mon chez-moi.

M'apercevant, mon père s'était esclaffé. C'était inédit. D'habitude il était contrit lorsqu'il me croisait. Une durite en main, il s'était marré : « Ah, la touche que t'as ! » La première fois que je voyais mon père se marrer. « Et ton pantalon, t'as fait quoi à ton pantalon déjà ? Il est con ce gosse. Ta mère, elle va te tuer ! »

Je ne pouvais rien lui dire. Je ne voulais rien lui dire. Il n'aurait pas compris, c'était mon père. Je les quittai sans répondre, lui et la brute qui l'aidait à changer les durites de sa voiture. Mon pantalon était déchiré en deux, mon dos me faisait un mal de chien, mon mollet aussi. Il s'en foutait. Il ne demandait pas mieux que mon silence. Je posai mon vélo contre la rampe du hall avant de monter les quelques marches qui menaient à l'appartement. Avec lenteur. J'aurais bien aimé en parler avec quelqu'un, mais ce quelqu'un n'existait pas.

Ma mère remplissait un sac à dos avec des antivols lorsque je poussai la porte de l'appartement. Elle partait en balade. Elle avait repéré un parking illégal dans la rue Zachary-Taylor. Deux ou trois voitures qui ne gênaient pas, mais qui n'étaient pas garées sur un emplacement autorisé. Elle allait s'en occuper. Elle vit mon pantalon. Mon pantalon neuf. Elle ne remarqua pas les ecchymoses, la peur sur mon visage, l'outrage. Elle balança son sac sur la table : « Mais c'est pas vrai ! Mais qu'est-ce que t'es con ! Comment t'as fait ? Ah, me dis pas. Je sais : ton foutu vélo ! Même pas capable de tenir en selle ! Et me dis pas que c'est la faute d'un de tes copains, on sait que c'est toi le responsable ! »

Ma mémoire n'a gardé que les meilleurs moments. Elle ne s'était pas arrêtée là. Elle avait récriminé en tous sens et sans rapport aucun avec ce que je venais de vivre. Après diverses menaces quant à ma vêture future et à mes capacités à ne plus être trop con, elle m'a intimé de disparaître pour la laisser fumer et se remettre de mes conneries.

Enfermé dans la salle de bains pendant des plombes, je m'étais brossé les dents à me les déchausser puis douché à me noyer, jusqu'à ce que mon père me demande de sortir car il avait besoin de se laver de la graisse de moteur.

Ma mère m'annonça au dîner que j'étais privé de vélo. Mon père me regarda comme s'il avait honte. Un mélange de honte et de dépit. Comme s'il avait plus mal que moi. Si j'avais eu des tendances suicidaires affirmées en ce soir printanier, je me serais fait exploser dans son putain d'aquarium avec une bombe étanche. Si j'avais pensé que cela pouvait m'aider de leur en parler, je l'aurais fait. Je m'étais fait frapper, je m'étais fait violer, un salopard avait déchiré mon pantalon, un autre avait tenté de me voler mon slip, mes potes m'avaient abandonné comme des lâches. Ils ne m'auraient pas cru. « Je sais que c'est toi » fut le mantra maternel. J'étais une victime et valait mieux pas que je m'en vante. Mes parents n'avaient pas de tendresse particulière pour cette catégorie de la population.

J'avais eu peur de recroiser les trois garçons mais je ne les ai jamais revus. Je ne les aurais peut-être pas reconnus de toute façon. Je me mis à aller à la piscine et je fis même un peu de footing dans l'espoir que si pareil traquenard me retombait dessus, j'arriverais au moins à éviter les arbres. La plupart du temps, je dessinais.

Je n'ai plus jamais refait de vélo avec Christophe et Thierry. Je les aurais attendus, moi. J'aurais fait mieux qu'eux. J'ai mis des années avant de retourner à la Cité radieuse. Ma vie d'homme débuta cette semaine-là. Les arbres commencèrent à me faire peur cette semaine-là. Et je fus davantage attentif à mes parents à partir de cette semaine-là.

## 11

Mon passage en sixième fut celui d'un élève moyen de grande taille. Dégingandé. Bon en dessin, nul en sport, moyen pour tout le reste. Ma croissance soutenue restait soutenue. Un manque de confiance me saisissait parfois, des douleurs également. À presque un centimètre par mois, j'étais en altitude.

Plus d'un an s'était écoulé depuis qu'un connard m'avait agité sa bite sous le nez. Mes cellules, celles qui avaient vécu l'agression, avaient été renouvelées et empilées différemment. Elles ne m'en parlaient pas trop souvent en tout cas. Mon sommeil n'était pas mauvais. J'avais pris l'habitude de me promener en forêt parce que la forêt me faisait peur depuis l'agression – jamais dans celle de la Cité radieuse, cependant. J'avais lu quelque part qu'il fallait affronter ses peurs. Sûrement dans un roman policier. La bibliothèque était à côté de la mairie, l'odeur des colzas n'arrivait pas jusque-là. James Hadley Chase m'avait ouvert une porte alors que ma mère les fermait. Quelques jours après la rentrée, mon père m'avait demandé dans quelle classe j'étais. Il ne savait pas, il s'en foutait.

Tel était l'état d'esprit dans lequel j'abordais la classe de sixième à la cité scolaire Louis B. de Clinquey. En plus du collège, elle comptait également un lycée général et un lycée professionnel. Située entre Clinquey-Haut et Clinquey-en-Forêt, en surplomb de Clinquey-Bas, la cité scolaire accueillait deux mille quatre cents élèves issus de la campagne environnante. J'en connaissais dix à tout casser.

Mon corps faisait du calcium et du câblage à marche forcée. J'avais mal aux articulations. J'appréciais d'être assis ou appuyé contre un mur. Le premier trimestre s'était déroulé sans événement notable. J'approchais de la taille de mon père cet hiver-là. Je n'avais pas eu de cadeau à Noël. Je m'étais rendu compte que je n'en avais jamais eu. Ma sœur en avait eu un, un pyjama, mon autre sœur n'était encore qu'un bébé. Au retour des vacances d'hiver, j'avais commencé à me faire bousculer dans la cour. Serpent à lunettes, grande perche, connard et bing ! Mes os étaient longs, mes muscles, tout fins et ma tête, trop grosse, c'était ce que me renvoyait le miroir. J'espérais que ça s'arrangerait dans un futur proche, mais j'étais perdu dans mon corps au présent. Il se modifiait trop vite pour que mon cerveau suive. J'étais maladroit au quotidien. J'avais des problèmes de coordination et de réactivité. Pour faire court, quand j'arrivais à réagir à l'agression dans les temps, je me mettais quasiment des pains tout seul. L'esquive, n'en parlons pas.

C'était un jeu.

Un jeu de cour de récré avec un classement et des règles simples. Les juges de ligne n'étaient pas formellement définis, mais les objectifs étaient clairs. Ils consistaient à taper le plus beau, le plus laid, le plus grand et le plus gros du réservoir des deux mille quatre cents élèves. Des beaux, des moches et des gros, il y en avait des dizaines. Des grands, il y en avait deux. Une armoire à glace et moi. Le jeu avait bien marché cette année-là.

« Ta taille est un handicap », aimait marmonner mon père d'un ton las. « On sait que c'est toi », rajoutait ma mère en coupant des pommes. J'étais seul.

« Il fait beau là-haut ? » et paf !

Mon dernier semestre de sixième avait été pimenté par le jeu. Deux à trois fois par mois, un mec, rarement le même, un grand – ah non, c'était moi le grand –, un lycéen plus âgé, me collait une branlée. J'avais évoqué l'histoire à un pion, en quête d'un peu de soutien : « Oh, mec, t'es assez grand pour te débrouiller ! » J'avais tiré la gueule, il avait alors ajouté : « Ce n'est qu'un jeu, ça tourne, tu sais ! »

*Comment ça pourrait tourner à deux, pauvre con, avec l'autre qui ressemble à Hulk ?* J'avais gardé cette pensée pour moi, inutile de me mettre en plus les pions à dos. Personne n'était disposé à m'aider. Enfin, pas tout à fait. À la énième rouste, mon père – nous nous étions croisés dans le salon, une surprise pour tous les deux – m'avait demandé avec raideur : « Pourquoi tu te casses la gueule si souvent à vélo ? » Je venais de récupérer mon vélo et j'avais l'intention de le garder, alors je ne tergiversai pas. Ma mère me reparlait encore du pantalon neuf que j'avais salopé en CM1. Pour elle, dans la vie, il n'y avait que deux catégories de gens : ceux qui tenaient sur un vélo et ceux qui n'y tenaient pas.

Mon père aurait été capable de se mettre dans la file s'il avait su pour le jeu.

Ma base arrière n'étant pas fiable, je tentai de me planquer parmi mes copains, je tentai pas mal de choses sans succès. Pour clôturer cette série, la semaine précédant les vacances d'été, je m'étais fait agresser par un élève de terminale technique qui semblait avoir vingt-cinq ans. Je ne l'avais même pas vu venir. J'étais sur le qui-vive, pourtant. Plusieurs patates dans la gueule et un bon coup de genou dans le ventre. Plié par terre à sentir le sang me couler dans la bouche. Mon visage était resté gonflé trois jours. Je n'avais pas chié pendant une semaine. J'avais été à deux doigts d'en parler à mes parents, puis mon père m'avait demandé : « J'espère que le vélo a rien, Laur… ? » C'était la première fois qu'il m'adressait la parole des vacances. Ma mère passait par là avec ma petite sœur dans les bras : « T'es définitivement pas fait pour le vélo, toi ! » J'avais renoncé à alimenter le débat. Quel enfant pouvait tomber sans cesse de vélo sans s'égratigner les genoux ?

Le lendemain, j'eus un pincement au cœur en découvrant mon vélo attaché par une dizaine d'antivols à la rampe du couloir dans le hall. Merde, c'était sans issue. « C'est pour ton bien », m'avait consolé ma mère. Possible qu'elle l'ait vraiment pensé.

Malgré ce démarrage chaotique, les deux mois d'été m'avaient remonté le moral. Mon corps avait ralenti sa croissance insolente et j'en avais profité. Je prenais quelques kilos. Je pratiquais la natation de manière régulière en juillet, intensive en août. Je marchais en forêt. Il m'arrivait de courir. Ma stratégie de rentrée n'était pas tournée vers la fuite mais je bossais tout de même la course. Mon cerveau devenait opérationnel. Ce qui n'était peut-être qu'une impression car, au cours de l'été, je n'avais eu que ceux de mes parents pour comparer.

Je n'avais traîné que dans des endroits déserts, des endroits où le jeu ne me rattraperait pas. Je voulais être seul pour me concentrer sur septembre. Ma prise au vent était meilleure, je me sentais plus réactif. Si je ratais la première baston avec le premier crétin, j'étais bon pour me faire à nouveau étaler toute l'année. « Mais arrête de grandir, déjà ! » m'avait suggéré ma mère alors que je me plaignais de ma tenue vestimentaire de rentrée.

Le 4 septembre, j'étais prêt.

Le matin dudit jour, les juges de ligne n'étaient même pas encore désignés, tous les beaux et les gros, même pas encore arrivés, l'élève de terminale, celui qui m'avait collé la dernière beigne, celle qui m'avait empêché de chier pendant une semaine, était apparu dans mon champ de vision. À voir sa tête, il venait pour m'en remettre une, comme un signe de bienvenue ou une habitude qu'il prenait, à défaut d'avoir eu son bac.

Je l'avais vu au loin, ça changeait tout. Il était mou, j'étais affûté. Je l'ai frappé dès que possible. Et fort. Mon poing a percuté sa face d'abruti alors que j'étais hors de sa portée. Une bonne patate qui m'est remontée jusqu'à l'épaule, une deuxième et, ah oui, le coup de pied dans son bide pour le priver de toute envie de chier pendant un mois, et encore une autre beigne. Il est tombé au sol en se tenant le ventre des deux bras. Je n'ai pas hésité. Plein d'enthousiasme, je le maravai à grand coups de pied le temps qu'un bus arrive et que tout le monde en descende. Ma plus belle rentrée scolaire. Je connaissais des gens dans ce bus. Ce n'était qu'un jeu. La douleur aux jointures de ma main droite m'avait fait un bien fou. L'élève de terminale n'était pas venu au lycée pendant quatre jours puis il était revenu plâtré. Il ne m'avait pas balancé et ne m'avait plus jamais cherché noise. Après cette introduction réussie, j'étais sorti du jeu. Je continuerais à avoir des problèmes avec des gens qui n'aimaient pas être surplombés, mais pas au même rythme. C'était une satisfaction.

Mais pas la fin de mes soucis. Une visite médicale était prévue ce trimestre-là. Ma première visite hors du giron du médecin de famille et de ses avis déprimants quant à mon châssis disproportionné, ma vue défaillante et mes dents de travers. Je n'avais pas d'idée préconçue avant cette séance de contrôle, et j'avais le moral au beau fixe. Même le fait que ma mère ait demandé à être présente ne m'avait pas inquiété outre mesure. Elle voulait comparer les avis et, comme le dernier en date ne me satisfaisait pas plus qu'elle, je n'y avais pas vu malice. J'aurais dû me méfier…

## 12

Je sentais le lac. Il se trouvait derrière la colline. Je comptais me baigner. À ressasser mon enfance, je n'avais plus pensé baignade pendant la montée. Il faisait nuit, il faisait froid. Quelques longueurs dans l'eau fraîche ne pourraient pas me nuire. Nager seul de nuit était une de ces lubies qui relevaient de mon immaturité pathologique, selon Patti. N'était-il pas temps de maîtriser cette pulsion ? Que nenni. J'aurais aussi pu me demander ce que je foutais dans un bois à marcher vers un lac au lieu de me branler plié en quatre dans le clic-clac du salon en espérant ne réveiller personne. Il n'y avait qu'une véritable réponse à cette question, hormis le fait que le clic-clac était trop exigu pour moi et que j'en avais marre de me branler dans les coussins : je n'avais aucune envie d'arrêter de nager en eau libre. Plutôt de jour que de nuit d'ailleurs, mais elle m'avait énervé avec son escalope à la crème et sa liste de reproches. « Mais va donc à la piscine comme tout le monde, bon sang ! » martelait-elle. Je n'avais pas un bon sang, et elle me faisait chier à vouloir m'interdire la seule activité physique qui m'ait jamais convenu. Elle m'avait donc acheté une bouée. Une bouée de sauveteurs californiens. Puisque je m'obstinais.

Depuis l'adolescence, j'en avais testé, des piscines de profondeur variable, à côtoyer des vieux à lunettes de vue et des femmes calmes : celle de Clinquey pour commencer, d'autres dans le Pays-Haut, des bassins à Metz puis à Nancy ou dans les Vosges. Des bassins de vingt-cinq ou de cinquante mètres. Et des rivières, des étangs, des lacs. Tous interdits à la baignade puisqu'il était interdit de se baigner en eau libre en Lorraine. Principe de précaution contre les métaux lourds. Je m'étais même baigné dans la Fensch, la rivière noire pourrie par Arcelor. Je n'avais pas peur.

Patti flippait que je nage dans un lac, seul, loin des rives et, la plupart du temps, du fond. Surtout depuis la naissance de Léon. Avant notre déménagement, je nageais dans le canal reliant la Marne au Rhin, elle flippait moins. Franchement, il ne fallait pas avoir peur de l'eau en transit. À plat entre deux mondes. Où peut-on être à plat entre deux mondes ? Lors d'un divorce ? Lors d'un AVC ? Rien ne valait la solitude de la nage en eau libre. J'aimais nager la brasse comme d'autres aimaient prendre une douche pendant la coupure pub, pour ne pas se laisser avoir par le consumérisme… Patricia ne l'entendait pas de cette oreille car elle n'était pas branchée sport ni consumérisme. Ce que je pouvais difficilement lui reprocher.

Ma colère contre elle redescendait. J'atteignis la berge au-dessus de la limite des hautes-eaux. À cinq ou six kilomètres vers le sud, derrière les bois de sapins, j'aperçus les lumières du barrage qui clignotaient dans la nuit. Quelle conne quand même – il m'en restait visiblement un peu, de colère –, vouloir me priver de nage. Ma prise de liberté fondatrice ! Tout avait débuté à la piscine Tournesol de Clinquey, et l'importance qu'avait pris mon slip de bain dans ma vie n'avait fait que croître après la visite médicale de cinquième. Celle qui m'avait contraint à me tenir droit dans l'air et, par voie de conséquence, droit dans l'eau.

La fameuse visite se déroula quinze jours avant les vacances de Noël, de ce Noël qui avait ouvert la série des Noël éprouvants pour moi. Le premier Noël de ma vie d'« homme debout ». Avant, je n'avais connu que des Noël fades.

Toute la classe était convoquée à l'infirmerie pour huit heures trente. Ma mère était donc présente. La salle d'attente, trop petite, nous avait vus nous entasser dans l'attente du médecin qui avait fini par se pointer à neuf heures cinq. Nous avions eu le temps de nous observer. Bien qu'ayant un peu forci, je n'étais toujours qu'un piquet sans viande. La moitié supérieure de mon corps, osseusement large quoique étonnamment fine sauf ma tête joufflue, était reliée par des fesses plates à des guiboles de flamant rose. Pas le plus attrayant de la classe, mais pas le plus flippant non plus. Dans la moyenne basse, disons. Nous étions en slips, culottes, chaussettes. Slips de grand-père, culottes de Casimir, nichons pour Fabien et Marjorie. Madame Cermolace, notre prof principale, était là, dans un tailleur strict. Maman, raide sur sa chaise près de l'entrée, paraissait moins stricte mais pas moins inquiétante. Tout le monde mesurait un mètre trente, excepté maman et moi.

Dans la pièce sans fenêtre de l'infirmerie, l'examen de mon grand corps n'avait pas duré plus longtemps que pour mes camarades : dix minutes par tête. Le médecin avait un catogan et une mauvaise peau. Il était de petite taille. Aucun mot n'avait été prononcé au cours de l'auscultation. La présence de ma mère lui mettait la pression. Il m'avait pesé, déplacé, mesuré. Tension, vue, dentition, réflexes. Respirations lourdes pendant qu'il me passait le stéthoscope sur le torse. Les siennes, de respirations. Maman s'était installée sur la chaise du médecin derrière son petit bureau. Après l'examen, il s'assit sur le tabouret du patient et commença à remplir ma fiche en énumérant les défauts de la bête. Myope comme une taupe, on le savait, maman la première, j'avais déjà des lunettes. Dents qui se chevauchaient joyeusement, on le savait aussi, mon père avait les mêmes. Croissance conséquente. Le médecin avait fait une mimique embêtée en articulant « conséquente ». Qui entraîne des conséquences. Il y avait eu des grands du côté de ma mère, ils étaient morts à présent. Tournant la tête vers elle : « associée à une prise de poids faible et à des muscles peu toniques ». Ma mère avait les jambes croisées, les mains sur les cuisses. Il venait de dire « peu toniques », cet enculé ! Je regardai mon bide. Maman paraissait profiter de l'agréable chaise que le hasard lui avait fournie. Sans réaction particulière à l'énumération de ce rapport poids-taille à mon désavantage. Le professionnel de santé dut se faire plus explicite, abordant de front ses craintes quant à ma colonne vertébrale. Je commençais à être inquiet moi-même. Personne ne m'avait jamais parlé de ma colonne vertébrale en ces termes. Inquiet et peu tonique, j'étais mal.

Judicieusement, le médecin montra alors à ma mère une radio en point d'interrogation, puis sa règle dont la glissière était restée bloquée au mètre quatre-vingt-dix, et enfin moi le dégingandé. Je n'osais même plus me gratter. Maman était intriguée à présent. Mes vertèbres, mes disques, mes divers liquides soumis à la force de gravité à cause de ma croissance importante et de mes muscles peu toniques, tout ce bordel en moi risquait d'entraîner une déformation définitive. Et le mot fut lâché : SCOLIOSE.

Ma mère écoutait en caressant le cuir du sous-main ou, plutôt, en se retenant de le griffer. La scoliose me guettait, mes vertèbres allaient se souder en position tordue. Le bossu de Notre-Dame, dormir en boule, donner à caresser ma bosse, ce genre d'images. Le fourbe de médecin scolaire. Pourquoi m'obstinais-je à grandir au lieu de prendre du poids comme tout le monde ? Voilà ce que sous-entendait son regard tandis que je me tenais en slip à côté de ma mère qui hochait la tête. *No limit for the medical* diagnostic*!* Ma première langue étant l'allemand, mon anglais était faiblard. Moins faiblard que l'allemand, cependant.

Pour conclure, après différentes hypothèses purement flippantes que le médecin avait rejetées d'un air chafouin – corsets et autres vacheries –, il avait estimé que la position assise était fortement déconseillée dans ma situation.

La vache.

J'avais vu ma mère se détendre d'un coup. Elle pensait déjà dépassement du budget réparation pour celui-là, et il y en avait deux autres derrière ! De soulagement, elle se leva et laissa sa chaise au médecin qui sembla heureux de s'y rasseoir. Elle n'était pas du genre à accepter les conseils, ma mère, mais les déconseils gratuits lui plaisaient.

J'avais un problème avec le corps médical. C'était un fait. La sage-femme, d'entrée de jeu, puis le médecin de famille qui me vantait les « sports d'équipe » à chacune de mes consultations. Les bienfaits des sports d'équipe, plus précisément. Et pourquoi pas le basket avec mon gabarit ? Quel boulet celui-là. Et maintenant l'autre con qui pérorait sur ma scoliose prochaine si je persistais à m'asseoir. Trop grand pour naître. Trop grand pour mon père, pour ces connards de terminale et pour la plupart de mes fringues. Cerise sur le gâteau en ce jour béni de vérification des options : trop grand pour m'asseoir.

Maman m'avait avoué ce soir-là qu'elle lui avait mis des antivols sur sa voiture en quittant le collège. « Tu te rends compte, s'il t'avait fallu un corset ? » Je me rendais parfaitement compte. Et d'abord d'un point de vue esthétique. Pour mes dents, un appareil dentaire, pour mes yeux, de nouveaux verres, du genre fortement correctifs. La médecine avait décidé de s'acharner mais, Dieu merci, pas de corset pour le moment. À l'issue de cette visite médicale consacrée à l'anéantissement de mes espoirs, j'avais commencé à me faire engueuler dès que je m'asseyais. Poser une fesse pour reprendre des forces ou simplement m'installer sur une chaise relevait du challenge. C'était pour mon bien. Même certains profs s'y mettaient. Élève moyen mais trop voûté. La poisse.

J'étais grand et écorché : en soit, c'était déjà drôle. Je faisais rire les filles de ma classe avec mes gribouillis rigolos : des histoires de grandes perches au pays des nains. J'avais rencontré Géraldine deux jours après cette fichue visite. Ses parents venaient d'emménager à Clinquey-les-Hauts. Elle avait une vraie petite gueule d'amour et des genoux magnifiques. La vie était surprenante. Je perdais la liberté de m'asseoir en paix mais mon cœur battait plus vite quand je la croisais dans les couloirs.

Le réveillon de Noël se rapprochait sous une pluie froide qui durait depuis le solstice d'automne. Une de celles qui s'immiscent dans les cols et refroidissent les pieds. La bonne saucée d'hiver commc on les apprécie dans le coin. Sans pluie, que serait un Noël gris ?

Noël. La seule fête que mes parents consacraient. Mes vieux n'avaient pas la pratique festive facile, et Noël, c'était déjà trop pour eux. Faut dire que du côté de mon père, dans sa famille de « non-joyeux » installée dans des hameaux perdus dans les bois de Brieux, les cadeaux, au même titre que les relations sexuelles avec des animaux de moins de dix kilos, relevaient de la déviance. Un signe de faiblesse qui gâtait la viande dans le meilleur des cas. Aucune fête n'était célébrée par là-haut. Un gosse naissait, ils tuaient un blaireau. Un gosse mourrait, ils tuaient un blaireau. Tradition orale autant qu'anale : des chasseurs, des lames aiguisées et du gras. Simples et purs qu'ils étaient dans la routine de la forêt. La mère de mon père ne lui avait jamais offert quoi que ce soit, quant à son père, il était mort d'un infarctus en compagnie d'une dinde de douze kilos après que sa femme l'avait viré de la cabane. Personne ne faisait de cadeau à personne dans ces coins-là.

Du côté de ma mère, c'était différent. Tous ses aïeux avaient pratiqué l'alcool à haute dose. Son grand-père était mort de plusieurs coups de couteau dans un bistroquet, sa grand-mère avait bénéficié de circonstances atténuantes. Le fils, mon grand-père, n'avait été sobre que les lundis en matinée et ce pendant toute sa vie. C'était un grand, lui aussi, mais je ne l'avais pas connu. Mort un dimanche alors que je n'étais encore que bouillasse. Ma mère avait eu deux frangins. Le plus grand, celui qui avait cogné mon père, avait tenu un bar à Hayange avant qu'Hayange ne lui ferme sa gueule en lui faisant exploser le foie. L'autre avait fait contrebande d'Amer-Bière entre la Suisse et la Belgique la plus grande partie de sa vie pour se perdre en montagne. Dans sa famille, les fêtes n'avaient été que des pugilats avinés dans lesquels un membre de la smala y laissait sa peau quasiment à chaque fois. Maman avait gardé un souvenir mitigé de la notion de fête. Ses attentes d'enfant avaient dû être déçues. L'idée même de fête l'énervait désormais. Par conséquent, nous ne fêtions, au premier étage de l'immeuble de la voile, aucune fête à cadeaux ni aucune fête d'un quelconque calendrier. Sauf Noël. Il avait dû se passer un truc au cours d'un de leurs Noël qui les avait obligés à perpétuer celle-là. Un blaireau bourré ou le souvenir d'un père Noël coincé dans la cheminée. En demeurait une volonté de marquer le coup, mais en tirant la gueule, s'il vous plaît.

Dans l'appartement, l'esprit de Noël était incarné par des décorations datant du Moyen Âge : un sapin cramoisi et une étable miniature étrangement peuplée. Une nappe blanche, avec serviettes assorties et chauffe-plat poussiéreux, couvrait la table. Les meubles du salon et de la salle à manger provenaient de différentes origines et de cette époque où l'alcool était une constante dans le domaine de la menuiserie. Le solide de l'artisanat rural primant sur l'élégance. En confirmation de cet état d'esprit, deux hérissons empaillés encadraient ma photo de classe sur le bahut. Dans le vestibule près de l'entrée, l'aquarium de mille cinq cents litres – récent, l'aquarium, mon père avait fendu le précédent – était en mode Versailles, « J'ai bloqué le compteur électrique avec un clou, j'avais peur que l'épingle à nourrice ne tienne pas ! » Peu de vie à l'intérieur mais pas de ventres flottants non plus. Papa venait de les évacuer.

Aucun repas n'était pris dans la salle à manger. La nappe blanche était mise à l'année. Sauf que, avant Noël, elle était changée. L'appartement étant au premier étage, n'importe quel promeneur aurait pu nous voir de la rue si nous avions mangé dans la salle à manger. Maman n'aurait pu le supporter. Aussi dînions-nous dans la cuisine non décorée, ce qui n'était pas plus mal.

Ma mère avait choisi la musique. Une pléthore de vieux chanteurs qui faisaient pleurer leur public et tous les autres, mais pas pour les mêmes raisons. Une bouteille de vin était débouchée sur la table, une cruche de citronnade lui tenait compagnie. Derrière la fenêtre, la Kaukenne baignait dans une soupe de pluie drue. Un unique père Noël de néons brillait dans un jardin de l'autre côté de l'avenue.

Pour le réveillon de Noël, mon père restait à table avec nous pendant tout un repas, c'était Byzance ! Ou plutôt Pompéi. Les mains sous la nappe, il lorgnait la bouteille de vin d'un œil bovin. En face, mes sœurs ne ressemblaient à rien. Cinq ans et demi pour Françoise, période punk, quelques mois pour l'autre, Laurence, période disco. Papa regardait l'assemblée comme s'il la découvrait. Ma plus jeune sœur mangeait du tabac, mais celle qui avait l'air vraiment bizarre, c'était ma mère. Énervée et prête à enfermer tout le monde comme d'habitude, encore plus peut-être à ce Noël. Presque fébrile.

Au moment où mon père se mettait à parler, ma mère apportait le plat blanc : « Toi qui… Toi que… et d'abord, et déjà, et jamais tu bosses l'allemand toi, qui ? » Il avait su que j'avais des cours d'allemand. Je n'irais pas jusqu'à dire qu'il avait compris que j'étais au collège, mais au moins que j'avais des cours d'allemand et que je n'étais pas bon dans cette matière. Sa question, si c'en était une, comportait plus de mots que tout ce qu'il m'avait dit pendant l'année écoulée. Maman râlait contre la messe en découpant le lapin. Je la sentais nerveuse, j'étais assis sur une fesse. Elle avait préparé ses vieilles pièces autrichiennes pour la quête. Elle conchiait par avance tout l'auditoire mais n'aurait manqué la messe pour rien au monde. La contradiction ne lui faisait pas peur. Mon père attendait peut-être en réponse à sa question un mot en allemand. Il était blanc comme souvent, presque autant que le repas. Dans le poste, un rital chantait une chanson de croisière. Laurence avait arrêté le tabac pour une purée verte. La couleur, c'était réservé aux bébés dans la famille. Pesante dès les premières minutes, cette fête.

Mon père se servit son demi-verre de vin. Ma mère le regarda faire avant de repartir avec la bouteille. La précédente avait dû participer à tous les Noël jusqu'à celui-là. Douze demi-verres : le calcul était bon. Mon père ressentit le besoin d'évoquer mes appareils dentaires, puis il me demanda si, maintenant que j'étais en sixième, j'allais enfin apprendre à faire du vélo. Je pris le temps d'avaler une gorgée de citronnade avant de lui répondre que j'étais en cinquième depuis septembre et que je ne risquais pas de faire des progrès en vélo puisque mon vélo était de nouveau sous scellés dans le hall. Il y avait une tension dans ma voix. J'allais ajouter autre chose quand ma mère réapparut subitement. Elle tenait un objet dans son dos.

« Bon, suffit ! Ça sert à rien de poireauter ! »

Elle se planta devant mon père qui me dévisageait comme il avait dû le faire à ma naissance, avec un mélange de déception et d'incompréhension. Ma mère trépignait. J'étais possiblement en faute puisque j'étais assis. À croire qu'elle voyait mes vertèbres se souder en temps réel. Elle se balançait d'un pied sur l'autre. Mon père ne me quittait pas des yeux. Il y avait sûrement quelque chose qu'il avait compris de travers ou alors il s'était attendu, féerie de Noël, à ce que je lui réponde vraiment en allemand. Elle hurla son prénom et le frappa presque avec ce qu'elle avait dans son dos. Un fusil. Pompéi et sa coulée pyroclastique. Emballé dans un papier avec des petits rennes qui jouaient dans la neige. La forme d'un fusil. « Tadam ! » Françoise et moi étions au spectacle. Mes parents s'offrant un cadeau, pour une surprise, c'en était une… Laurence s'agitait parce qu'elle voulait toucher l'arme dont mon père, entre stupeur et émerveillement, arrachait le papier. La lumière du frigo éclairait maman de profil. Elle ajouta : « Le secoue pas trop fort, il est chargé ! » Elle l'avait caché dans le frigo, il était donc frais également. Laurence pleurait de rage. Papa caressait son fusil à canon scié « pour moins d'encombrement », selon maman. Elle l'avait scié elle-même. Il se passa quelques minutes avant que nous puissions achever de dîner. Papa était content, nous, juste anxieux de la suite. C'était curieux, ce cadeau. Était-ce la preuve de l'existence du père Noël ?

Avant de passer dans le salon, papa avait pris maman dans ses bras et elle avait sursauté. Puis, une fois dans la pièce, il s'était tourné vers son aquarium, fusil en main. Le mois dernier avait été difficile pour cet écosystème. Une épidémie tout d'abord, puis les survivants s'étaient mis à se bouffer entre eux. Papa en avait jeté des kilos dans les toilettes. Deux ou trois poissons nageaient désormais dans la lumière violente devant mon père et son fusil, inconscients des risques. Je me dirigeai vers le sapin éternel en fibrociment posé contre la porte-fenêtre. Le modèle exclusif pour centrale nucléaire fabriqué en résidus de centrale nucléaire et sa crèche en bois flottant entourée de papier roche. Il s'agissait d'objets de famille, en fait. Deux guirlandes qui avaient été écrasées dans la boîte de rangement pendant douze mois pendouillaient tristement d'un côté. Un paquet emballé recouvrait en partie l'étable du grand-oncle de ma mère, celui qui avait fabriqué des alambics avant de tomber dans les bondieuseries. Un seul cadeau dans l'étable. Nous étions trois. Après avoir laissé Laurence toucher l'arme, papa accrocha le fusil en lieu et place de sa hache de pompier : au-dessus du canapé.

Un seul cadeau. La gosse de douze mois ne comptait pas, elle ne pesait pas ses dix kilos. Nous étions trois. Le papier était coloré. Ce n'était donc pas papa qui l'avait emballé, ce n'était donc pas un cadeau pour maman. Nous étions deux en lice. Un de trop. Petit suspense rapidement résolu. Le cadeau était pour

Françoise. J'étais jaloux. Un pyjama. Moins jaloux, du coup, mais je n'avais pas pu m'empêcher de faire une remarque. Ma nouvelle lubie – c'était en tout cas ce qu'affirmait ma mère depuis la rentrée. Une remarque qui me paraissait justifiée en l'occurrence. L'une de ces remarques de jeunesse dont on se souvient ensuite avec tendresse. Une infime fraction de seconde de flottement, « Le grand a un problème ou quoi ? » avant que mon père, le papa des poissons, n'éructe un puissant « Comment tu oses, Laurent ? » et ne saisisse le fusil qu'il venait d'accrocher au mur.

Le retour du prénom primal. La crèche en bois moisi ressemblerait à la maison que j'habiterais plus tard si je ne me faisais pas tuer ce soir. Il n'y avait pas de cadeau pour moi. Sans débattre du plaisir d'avoir un pyjama, il n'y avait pas de cadeau pour moi et je trouvais cela injuste. Telle avait été ma remarque. Papa agita son arme en direction de l'aquarium, quelques secondes, le temps de l'inspiration, qu'il trouva en détachant les syllabes : « Je t'em-mer-de ! » *Moi-au-ssi* aurais-je pu lui répondre si j'avais voulu mourir avant la messe et gagner un « Jamais assis, trop vite allongé » en épitaphe sur ma tombe. Sa main blanche tenait la crosse, la brune le fût. Une demi-seconde figée jusqu'à beugler de nouveau « Je t'emmerde ! », se tourner vers la salle à manger et faire feu.

Nous les enfants, la plus jeune sur le tapis qui picorait de la nourriture pour poissons, Françoise qui serrait un pyjama gris dans ses bras et moi le dégingandé, fûmes impressionnés. Déflagration, explosion et poussière.

Mes parents aussi, à première vue.

Nous étions là, la bouche plus ou moins ouverte dans la poussière, avec la sensation d'être devenus sourds. Mon père s'esclaffait, tenant son calibre 12 à bout de bras devant la pièce dévastée.

Quelques instants plus tôt, alors qu'il me parlait de mon faible niveau dans la langue de Falco, il était pâlot. À présent, il était festival de couleurs. Son avant-bras bronzé, le rouge brique de son visage, le bleu de ses yeux entre ses oreilles jaunes et son autre avant-bras tout blanc. Ma mère se tenait entre l'aquarium et la télévision. Elle ne disait rien. Elle ne soupira même pas. Elle alluma une cigarette. Charles Aznavour chantait *Emmenez-moi* sur le lecteur de la cuisine. C'était à cela qu'on reconnaissait un grand chanteur, des paroles parfaitement en adéquation avec une situation donnée.

Quand papa avait étreint son arme dans la cuisine, maman s'était exclamée « Prévoyant rime avec bon vivant ! » en lui donnant une bonne bourrade dans le ventre. Rien d'aussi visionnaire après le tir.

La poussière retombait. La scène se dévoilait doucement. Le mur du salon avait été traversé, la table, criblée et le fond de la pièce relevait de l'apothéose. Papa avait toujours les bras en l'air. La chevrotine avait percé de part en part le bahut, et le vaisselier bascula en avant sous nos yeux. Le mur mitoyen, en revanche, avait résisté. Quelques trous dans le plâtre à gauche. Les hérissons avaient été dégommés mais, miraculeusement, ma photo de classe trônait intacte. Il y avait cinq gros impacts bien visibles, dont un pas loin de la fenêtre, et une multitude de mitraille partout. Alain Chamfort avait pris le relais. Le chauffe-plat s'était fait fusiller. Le lustre, scalpé. *Manu-Manureva*...

Aucun voisin ne vint aux nouvelles, ni appelé, ni sonné, rien. Pas de police non plus. Personne n'avait intérêt à sonner à la porte de cet appartement de la Kaukenne s'il souhaitait conserver une certaine liberté de mouvement par la suite. Il faut avouer qu'ils en avaient entendu d'autres en provenance de chez nous. Maman finissait sa clope en mode aspirateur Rowenta 540. Elle jeta le mégot dans l'aquarium. Elle demanda à la pleureuse de la boucler, contourna l'autre et se planta devant moi, le regard noir comme le plan d'eau au naturel, pour m'annoncer que je ne m'assiérais plus jamais de ma vie. Mon père, lui, s'asseyait justement dans son fauteuil avec le fusil en travers du torse. C'était rude comme sentence.

Nous remîmes les assiettes droites dans le vaisselier même si une partie du meuble avait été pulvérisé. « Fini les cacahouètes, retrouve la douille ! Fais un tas avec les morceaux de plâtre et un autre avec les morceaux de bois, et attention aux clous. » L'un des hérissons, qui avait perdu son cul dans la fusillade, pourrait servir de couverture au petit Jésus dans la crèche – la belle idée de ma sœur qui tenait ses restes en main et qui voulait également aller à la messe en pyjama. Ce qui eut pour effet d'exacerber l'énervement de ma mère.

Nous ne fûmes même pas en retard pour la messe de minuit qui débutait à vingt et une heures cette année-là. Maman avait pourtant pris le temps de fermer tous les verrous de l'appartement, de l'immeuble et du quartier.

# 13

Concernant la célébration religieuse, mes parents procédaient de la même manière que pour la fête en elle-même. De la mauvaise volonté mâtinée de mauvaise humeur, une seule fois et tous en même temps. La sortie familiale de l'année.

Nous nous installâmes dans la Peugeot 305 de mon père, à laquelle il tenait encore plus qu'à son aquarium ou à maman. Lorsqu'il ne bricolait pas l'une, il était souvent sur l'autre. Il pleuvait toujours, c'était un beau Noël clinquin. Personne n'avait été mécontent de quitter l'appartement. À croire que la poussière ne cesserait jamais de tomber. Mes sœurs et moi étions ventousés à la banquette arrière car elle était toujours recouverte des films plastique d'origine. Comme s'ils étaient des éléments structurels de la voiture. Papa ne les retirait jamais.

Un autre sapin, l'arbre magique désodorisant accroché au rétroviseur, faisait perdurer l'esprit de Noël dans l'habitacle. Maman l'envoya valser alors que papa démarrait. Son ire voyageait aussi vite qu'elle. Après s'être emportée contre la messe, la salle à manger et moi, elle regrettait à présent d'avoir acheté un pyjama pour ma sœur qui lui avait cassé les pieds pour aller à la messe avec. On ne l'y reprendrait plus. Elle venait de promettre de le lui confisquer, d'ailleurs. Françoise ne dormirait pas dans son cadeau pendant une semaine. Maman venait d'inventer le cadeau temporaire. Merde, le père Noël n'existait pas. Ne restait qu'à vérifier la non-existence de Dieu et on pourrait rentrer se coucher l'esprit en paix.

Papa conduisait comme si la voiture était en verre. Il ne conduisait que de deux façons : hyper prudent, à peine plus rapide qu'un fauteuil roulant ou à fond, si quelque chose l'énervait, s'il essayait d'écraser quelqu'un ou s'il était d'astreinte pour les pompiers. Pas si pressé, somme toute, d'arriver ce soir. Il avait eu du mal à reposer son cadeau sur le crochet. Ses jointures étaient encore blanches sur le volant, même celles de sa main rouge. Sans maman, il l'emmenait à la messe. L'ambiance musicale n'était plus au grand Charles. Ma mère inséra une cassette de Leny Escudero dans le poste et monta le son.

J'étais assis sur le plastique de la banquette mais il avait été clair que pour le reste, le reste de ma vie et peut-être au-delà, je serais debout à tout jamais. La punition prenait effet immédiatement, il faudrait voir pour la voiture. Peut-être une décapotable ?

Avant de partir, ma mère avait repris sa litanie en arpentant le salon : « Tu m'auras tout fait ! » *Change de disque*, aurais-je pu lui répondre si je n'avais pas heurté le lustre du couloir en sortant des toilettes. Ils s'obstinaient à le laisser à un mètre quatre-vingt-dix du sol dans mon angle mort. Mon père venait de faire exploser la salle à manger, mais je n'avais pas échappé à une remarque agacée : « Et debout, tu vas tout nous casser, c'est pas Dieu possible ! »

Debout pour la vie et penser à baisser la tête dans le couloir si je voulais le rester, en vie.

Ce fut la première messe dont je me souvins vraiment. Le déroulé de l'office entre discours niais et cantiques morbides, la hauteur sous plafond, ses temps forts, c'est-à-dire aucun sauf la fin. Debout-assis pour l'assemblée sauf pour moi, toujours debout, et les quelques moribonds devant, toujours assis.

Au troisième rang, mon père observait les paroissiens d'un œil faussement morne. Molosse, à ses côtés, mangeait une gaufre qui ne devait pas être bénie. Maman chantait. On l'entendait bien. Elle avait mis deux clefs d'antivols et trois pièces autrichiennes dans le panier de la quête. Pour le bruit. Elle parasitait la vue de tous ceux qui se trouvaient derrière elle. Elle avait bloqué le flux des paroissiens pendant la communion. Sans communier. Elle s'était contentée d'y aller, d'hésiter et de revenir à sa place en bousculant les plus fragiles. Quant à mes sœurs, l'une dormait dans le couffin avec d'autres enfants enrôlés, l'autre contemplait la crèche avec son Jésus bien coiffé comme s'il s'agissait d'un pot de Nutella géant.

Au vingtième rang, je mourais un peu plus à chaque seconde, essayant de me souvenir si c'était mieux avant, assis. Et plus près de toi mon Dieu par la force des choses. Le prêtre s'était mis à me lancer des regards curieux après le troisième chant. S'il lui fallait un enfant de chœur de grande taille pour nettoyer le plafond de son stand, qu'il ne compte pas sur moi.

Maman était sortie fumer une clope avant le « donnons-nous la paix ». L'idée de serrer la main d'individus en leur donnant quelque chose la rendait malade. Papa s'était étalé sur les deux places.

Le lendemain, à mon réveil, je découvris un papier fixé sur la chasse d'eau au-dessus de la lunette des toilettes. À un mètre quatre-vingts du sol. Probablement à mon intention. « T'assieds pas ! », écrit au feutre sur une page du carnet de messe de la veille. Maman s'était levée tôt pour s'occuper de mon bien-être. Papa veillait aux conditions pratiques. Je passai dans la cuisine prendre mon petit déjeuner et m'aperçus que ma chaise avait disparu. De retour dans ma chambre, celle de mon bureau également. Je l'aimais bien, celle-là, elle pivotait. Plus tard dans la journée, alors qu'il avait pas mal de boulot dans la salle à manger, je vis mon père en train de scier le banc au pied de mon lit. Il avait néanmoins, au préalable, rangé le sapin et le papier roche. La fête était finie.

À compter de ce 25 décembre, ma mère posa son plateau pommes-couteau-trousseaux de clefs à ma place dans le canapé. Son expression me disait : « Tu resteras debout jusqu'à la Saint-Glinglin ! » Et Glinglin c'était moi. Mon père, dont la présence à la maison ne s'était manifestée jusqu'alors qu'à travers ses commentaires pour se lamenter des épidémies décimant régulièrement les différentes communautés exotiques hébergées dans son aquarium, prévenait dorénavant ma mère lorsque je m'asseyais. J'étais condamné à demeurer en position verticale pendant les activités que le monde entier avait la chance de pouvoir pratiquer sur son cul : la télévision, la rêverie, les repas, la selle. Semi-penché dans le meilleur des cas ou appuyé contre un buffet par intermittence. Je vivais debout tel un suricate pendant son tour de garde. Avec maman lâchant de temps à autre : « C'est mieux, cette table à quatre, non ? »

Bordel, mais qui étaient ces gens, déjà ?

Rapidement, je pris l'habitude de m'allonger par terre pour une partie des activités que l'on m'interdisait assis. Cela n'ayant pas été contre-indiqué par Monsieur-je-gâche-votre-vie-parce-que-si-j-avais-eu-des-meilleures-notes-et-la-peau-moins-grasse-je-n-aurais-pas-été-médecin-scolaire. Impossible cependant de savoir ce qu'en pensait mon père car il avait souvent cette tête d'ahuri dégoûté qui lui allait si bien lorsqu'il constatait ma présence. Lire le journal local allongé dans le salon, à l'orée de la pièce blanche, sur le ventre, sur le balatum, devint une habitude que je conservai après la Kaukenne.

Se pouvait-il que j'aie été adopté en provenance du pays des grandes perches par un couple contraint à l'adoption pour avoir quelque chose à mettre sur le plastique de la banquette de la 305 ? Peu probable. Se pouvait-il que je sois en état de coma profond avec des rêves de Noël merdique en effets secondaires aux médicaments super efficaces pour soigner ma scoliose de stade 4 ? À peine plus probable. J'avais la gueule de ma mère, les dents de mon père, et aucun médicament ne pouvait donner à voir avec autant de précision des poissons tropicaux perdre leurs couleurs puis choper des boutons et clamser en silence dans un aquarium plus volumineux que la baignoire de l'appartement.

Ne me restait que la drogue ou le sport. J'étais dans la merde.

## 14

J'eus treize ans en août dans l'indifférence familiale. Rien à foutre des anniversaires dans la famille et encore moins ceux au cœur de l'été. Et j'entrai en quatrième C en septembre. Mes verres de lunettes étaient plus épais et mes dents, baguées. Je n'étais plus loin des deux mètres. Ma croissance ralentissait. J'avais l'impression d'en avoir fini avec le plus gros du câblage. J'avais juste dû m'asseoir une dizaine de minutes lorsque Géraldine m'avait largué pour un troisième qui avait une tête de loutre.

Au bahut, le jeu continuait. Le plus beau de la classe venait de se faire défoncer deux semaines de suite. Il était probablement resté trop beau la première fois. Des moches, il y en avait toujours eu plein, et je connaissais des gros qui avaient trouvé une bonne raison de perdre du poids. Le bahut avait ouvert une section basket cette année-là, et les nouvelles recrues, certaines de belle taille avec des petites têtes sur des grands corps et parfois des petites têtes sur des grands cous sur des grands corps, se faisaient plus souvent dérouiller devant le portail qu'elles ne gagnaient de matchs dans leurs shorts trop larges au sein de l'équipe du Magic Basket-Club Clinquey. Le jeu continuait.

J'avais pris quelques kilos, mais je n'étais toujours qu'un roseau dans le vent. Le médecin de famille ne relâchait pas la pression pour que je pratique un sport collectif. Le sauvetage par le sport, c'était plus qu'une mode à l'époque. Combien d'enfants détruits par ces injonctions délétères ? C'est une vraie question. Pour me consolider la charpente, disait-il. Développer mes poumons, muscler ma colonne et travailler mon endurance. Et les apports de calcium, les sucres lents, les compléments alimentaires. Ses déconseils avaient fini par atteindre maman : « Je vous déconseille de ne pas lui faire faire un sport à la con ! » Elle s'y était mise depuis quelque temps. Pour mon bien, pour rencontrer des filles, pour avoir des copains sains, pour transpirer, pour apprendre à jouer au ballon. Je n'avais d'attirance pour aucun sport. Ce qui m'éclatait, c'était de dessiner des caricatures de profs pour faire rigoler les potes. J'étais dans le flou sans lunettes et maladroit avec. Hors de question d'enfiler un short pour m'activer en essayant d'éviter un ballon. J'appréciais la natation, et les longueurs de brasse dans le bassin de la piscine Tournesol me suffisaient. Le médecin n'était pas de cet avis, la natation ne servait qu'à conforter une masse musculaire, or, selon lui, je n'en avais pas, de masse musculaire. Je ne reviendrais pas sur cette relation cocasse entretenue par les professionnels de santé à mon égard – j'ajouterais juste qu'à un moment ce cinglé avait émis l'idée de la boxe. Maman m'avait acheté un short synthétique. Un flamand rose en short, voilà ce que j'étais. L'étau se resserrait.

Une semaine plus tard, tout s'emballait. Ma mère reçut les bons de réduction de la mairie pour les activités sportives et décida de les utiliser contre moi au lieu de les déchirer comme tous les ans au cri de : « Les cyclistes, tous des tapettes, et toi, déjà que tu nages parce que tu sais pas faire de vélo… » Sans rapport réel donc avec le contenu des bons qui donnaient plutôt accès à un ballon pour vingt qu'à un vélo par personne, mais maman se privait rarement d'une phrase piquante à mon endroit. J'avais exclu le basket du domaine des possibles dès le départ. Pas question de suer après un ballon trop gros vêtu d'un short trop large sous le prétexte fallacieux que j'avais le physique de l'emploi. Pas question de reprendre une place dans le jeu pour me faire défoncer en short devant le portail. J'avais été intraitable.

Ma mère s'était laissé convaincre. Le basket exclu, tout le reste demeurait possible, à l'exception du tennis où il fallait une raquette, et de l'équitation où il fallait un cheval. Elle m'avait d'abord inscrit au club de handball de Clinquey-Bas pour renforcer ma tonicité. J'aurais été l'entraîneur, à voir la gueule que je tirais le premier soir, je n'aurais pas accepté mon inscription. Je tins quatre entraînements. Rapide, juste le temps de sortir quelques bonnes vannes. Le mois suivant, c'était le foot. Pour mon tonus et mon habilité. J'aurais été l'entraî… Bref, deux entraînements. Compliqué. Ma mère l'avait mauvaise. Je lui avais fait remarquer que les sports de pile électrique allaient plutôt me vriller la charpente que la consolider. Quinze jours plus tard, nous étions au bord de la pelouse du club de rugby de Clinquey-les-Hauts. Des parents engueulaient leurs gosses et ceux des autres. L'entraîneur avait l'air épuisé, la plupart des gamins avaient des pansements. Ma mère avait enfermé le coach dans les douches avant de partir. Elle avait éteint la salle et verrouillé les portes du gymnase en marmonnant « Qu'est-ce que c'est que cette connerie de ballon ovale ? On a pas idée ! » avant de reprendre la direction de Clinquey-Haut. Deux jours après, j'étais sur le tatami du club de judo. Elle ne voulait pas lâcher. On appelle ça de l'acharnement. Je n'avais fait qu'une seule séance. Le prof m'avait accueilli par un « Toi, le grand, mets-toi derrière ! » de mauvais augure. Je n'avais même pas eu le temps d'obtenir la ceinture blanche mais, pour ne pas tourmenter davantage ma mère, je lui laissai croire que je continuais. En lieu et place, je me rendais à la piscine Tournesol en kimono tous les mercredis après-midi. « C'est bien, tu te salis pas trop, en plus, au judo ! »

Plus tard dans l'année, peu après qu'elle eut obtenu le Grand prix des balcons fleuris du kaukennois pour la septième ou huitième fois consécutive avec son géranium en plastique, la rumeur se répandit de la possible implantation d'un supermarché dans le champ de colza qui bordait le quartier. Sur la parcelle située à droite du balcon de la cuisine. Le cou encore ceint de sa médaille en forme de jonquille, ma mère avait encaissé cette nouvelle avec un cri de rage préfigurant la suite. Ainsi, lorsqu'elle finit par apprendre que je n'allais plus au judo, que je n'y étais jamais allé, elle s'était contentée d'un « Compte pas sur moi pour t'acheter un corset ». Parfait, je ne comptais pas sur elle.

Pendant ce temps, mon père occupait benoîtement quatre emplois. Pompier et gardien d'immeuble le soir et la nuit ; moniteur d'auto-école et adjoint à la culture le jour. Être le moins souvent possible à la maison avait toujours été le fondement de sa philosophie – pour peu qu'un homme qui commençait ses phrases par « Je devrais pas te le dire, mais je te le dis quand même… » ait eu la capacité d'élaborer une quelconque philosophie. Il avait été nommé troisième adjoint à la culture par le maire quelques mois plus tôt. Molosse était son suppléant. Ils sécurisaient les animations culturelles de qualité – accordéons, belotes ou stands de cuisine de terroir – et anéantissaient toutes les autres.

En tant que gardien d'immeuble, il était à la pointe de l'écologie. Un minimum de voisins avait toujours rimé avec un minimum de soucis, un minimum de jérémiades et un minimum de déchets. Notre voisinage immédiat s'était ainsi clairsemé au fil des années. En novembre cette année-là, il ne restait plus qu'une famille qui faisait chier. Il ne restait plus qu'une famille en tout et pour tout. Un couple au troisième. Papa avait fait intervenir deux fois les pompiers chez eux. Sans raison autre que celle d'intervenir. Maman verrouillait les portes, bloquait les passages, le vide-ordures ou remontait leurs poubelles à l'étage. Eux résistaient. Papa avait enlevé toutes les lampes à partir du deuxième niveau. Ils tenaient bon. Ils avaient du mérite. Surtout après ce qui était arrivé aux voisins du quatrième. Les « New-yorkais », comme papa les surnommait. Non pas qu'ils aient à voir avec New York, mais mon père avait appris sur TF1 que les New-yorkais étaient tous communistes. Un 21 octobre, il avait ainsi décidé de frapper au cœur de la nuit. Mon père, ce précurseur, et Molosse, le musicien, avaient pris place sur le palier du quatrième peu après minuit. Les deux loustics s'étaient équipés d'une caisse claire et de cymbales d'une part, d'une guitare, d'un micro et d'un ampli Marshall de l'autre. Sans oublier la flûte. La rallonge électrique descendait jusqu'au premier étage. Papa avait vérifié la puissance du disjoncteur dans la soirée. L'ampli réglé au maximum, Molosse sortit sa flûte, en joua trois notes. Il avait des baguettes en main. Un clin d'œil entre mon père et lui, une complicité que je n'aurais jamais. Ensuite, ils avaient envoyé le gros son. Une bonne partie des habitants de la Kaukenne, jusqu'au château d'eau au nord et la prison au sud, les villas secondaires des Luxembourgeois et le champ de colza destiné à disparaître sous les pelleteuses, avait été réveillée en sursaut, et pas prête de se rendormir de sitôt. Monsieur et madame Vocatelli, nos charmants voisins du quatrième, étaient bien plus près. Derrière le mur du palier, dans leur chambre à coucher, au lit. Eux avaient simplement failli mourir des différentes pathologies associées à une frayeur absolue. Tétanisés à manger leurs draps. Le patapouf avait fini par ruiner la caisse claire pendant que Papa chantait *En rouge et noir* de sa belle voix grave.

La première fête de la musique d'automne : mon père ce précurseur.

Les voisins du quatrième avaient craqué et déménagé le mois suivant. Maman s'en réjouissait, des clients en moins pour le supermarché. Elle venait de bloquer le conseil municipal qui débattait du sujet, mais le permis de construire avait de grandes chances d'être accordé prochainement. Ça la turlupinait. Elle réfléchissait à une catapulte. Elle chercha à obtenir une catapulte. Au taquet, qu'elle était. Dans le salon, le fusil retrouvait son crochet au-dessus du canapé un jour sur deux. Je n'avais aucune idée de ce à quoi mon père pouvait l'utiliser lors du « sur deux ». Il n'était pas chasseur, celui-là. Je l'avais imaginé enseigner la conduite son arme à la main pour dégager la route ou réguler l'animation culturelle du bled en terrorisant les saltimbanques qui ne jouaient pas à la belote. Eh bien non ! En fait, il s'en servait dans ses fonctions de pompier volontaire. Il avait toujours été volontaire, mon père. Trop volontaire, diront certains.

Par une nuit paisible, il avait effectué sa dernière astreinte en intervention sur le terrain dans le corps des sapeurs-pompiers de Clinquey. Cette nuit-là, les pompiers avaient été appelés sur un accident de voiture. Dans la forêt de Bucquegnieux. Un banal accident lié à un dérapage sur chaussée glissante. Mon père était arrivé avec deux de ses collègues sur les lieux dans le camion rouge. La voiture avait fait un tonneau. Le conducteur était encore à l'intérieur. À partir de ce constat, les versions divergeaient. Selon son collègue Jean-Georges, mon père était revenu du camion sans le matériel de désincarcération mais avec le fusil. Papa avait toujours affirmé avoir également pris le matériel de désincarcération. Ce qui était avéré, c'était qu'il avait fait feu sans sommation en direction du véhicule et que l'homme s'était désincarcéré tout seul. Il s'était mis à courir sur la chaussée et papa n'avait jamais compris pourquoi il ne l'avait pas touché avec son deuxième tir. Jean-Georges avait affirmé qu'il y en avait eu un troisième au moment où l'homme disparaissait entre les arbres. Papa ne s'en souvenait pas, mais la voiture avait pris feu ensuite. Ils l'avaient éteinte. La justification de mon père avait été synthétique : « Cet enculé me devait des sous pour des leçons de conduite et il roulait sans permis ! » Ça se tenait. Le fusil était un cadeau de sa femme. Cette ligne de défense pouvait fonctionner à Clinquey. Mais trois tirs, c'était beaucoup, d'autant plus qu'il n'y avait eu que deux leçons impayées.

La commune avait connu d'autres histoires piquantes auparavant, mais un pompier qui faisait feu sur un accidenté de la route par une nuit paisible avec un fusil à pompe, trois fois, c'était embêtant. Même pour Clinquey.

Papa avait été désarmé et cantonné à la caserne lors de ses astreintes. Il avait été vraiment triste pendant une semaine. Cette même semaine, maman avait déposé les statuts de sa milice. Rassemblant une demi-douzaine de mémères pour mener la guerre contre le supermarché, elle prit la tête de la Milice de la bienveillance. Comme elle aimait à le répéter au retour de ses rondes : « Heureusement que j'ai pas une carabine moi aussi, y aurait des morts ! »

Le deuxième Noël de la série des Noël éprouvants approchait.

# 15

Papa, en bout de table, contracté de bas en haut, rechignait devant son demi-verre de vin. Le précieux liquide avait vieilli dans la bouteille ouverte l'année précédente, rebouchée avec une capsule en plastique parce qu'on n'avait pas retrouvé le bouchon, et elle était déjà repartie sous l'évier en l'attente de l'année prochaine. Son avant-bras droit avait pris un coup de soleil hivernal. La peau de sa main pelait. C'était le bras qu'il posait sur la fenêtre ouverte de la portière lorsqu'il enseignait la conduite. Il aimait avoir les manches retroussées, mon père. Huit heures par jour, cinq jours par semaine à engueuler les candidats au permis. Ce bras était la preuve que l'on pouvait bronzer en Lorraine toute l'année. Si papa avait été routier, il aurait eu l'autre avant-bras bronzé. C'était à ça qu'on reconnaissait les moniteurs d'auto-école à l'époque, à leur avant-bras droit bronzé. Avant la climatisation pour tous.

Cet hiver-là, mon père, qui désirait entamer l'année avec un aquarium propre, l'avait vidé pour passer le bocal à la javel. Ce qui expliquait pour partie l'odeur qui régnait dans l'appartement. Les poissons encore en vie hier – pas plus d'une dizaine pour les mille cinq cents litres de flotte – avaient eu le plaisir de découvrir une eau salée différemment puisqu'ils avaient été balancés dans les chiottes.

Ah, Noël ! Son fusil lui manquait probablement pour animer la soirée. Nous étions dans la cuisine. Mes sœurs gloussaient. La discussion n'avait pas commencé. À considérer comme discussion nos échanges baroques sur ma taille, mon niveau en allemand et mon incompétence cycliste supposée. Papa avait les mains en pyramide, la blanche et la rouge, comme dans la nuit du chasseur mais avec des couleurs. Le gratin de béchamel au chou-fleur achevait de gratiner, maman papillonnait autour du four. Elle se plaignait de la messe à venir.

Papa posa son verre et prit une inspiration. Il avait à présent ses rituels, le paternel. L'année dernière, il me croyait en sixième, où allait-il me placer cette année ? Dès ses premiers mots, je compris que son intention ce soir-là était simplement de m'informer que j'étais bon dans ce qui ne servait à rien et nul pour l'essentiel. Analyse d'un père déçu. Délivrée à Noël et soutenue par des phrases comme : « Dominique, je devrais pas te le dire, mais je te le dis quand même… » ou « Puisque tu es nul, déjà… » Il parlait, maman servait. Je me disais que je n'aurais qu'à faire exactement l'inverse avec mes gosses pour avoir une chance d'établir une relation durable : la fermer à Noël et discuter avec eux le reste de l'année sans les dévaloriser constamment. Ses dénigrements me glissaient dessus comme la pluie sur l'écorce d'un peuplier jusqu'à ce qu'il évoque un de ses thèmes favoris. L'allemand. Où en étais-je avec l'allemand ? Il pointa alors son index rouge dans ma direction.

Il n'avait pas oublié. La langue qu'ils m'avaient choisie à mon entrée en sixième. C'était ça ou le russe. J'étais nul en allemand. Elle me faisait mal à l'oreille, cette langue. Je me faisais même peur quand je l'utilisais. J'avais trois de moyenne. Allez expliquer ça à mon père… Il avait une passion pour l'allemand, mon père. Les poissons allemands, les bergers allemands, les aigles allemands. Son aquarium avait été fabriqué en Allemagne. Il ne dégoisait pas un mot d'allemand, mais c'était sûrement le côté flippant du passé de cette nation qui l'attirait parce qu'il était flippant quand il en parlait. À ajouter à la liste de ses troubles.

À la fin de ce premier trimestre de quatrième, je savais traduire « Montre-moi tes seins s'il te plaît » en anglais et en latin. Ma mère m'avait annoncé à la fin des grandes vacances : « Puisque tu fais plus de judo, tu feras du latin ! » Allez comprendre… Mon maximum en allemand était « merde ». Je pouvais, à la rigueur, intégrer un public de supporters de Basse-Saxe. « Fais des efforts en allemand, bordel ! » s'écria mon père avant d'enfourner une grosse fourchette de blanc où, ô miracle, il y avait des touches de vert. « Bah quoi, j'ai mis du persil », précisa ma mère qui avait remarqué mon regard. C'était léger, mais c'était un début.

J'étais alangui par les remontrances paternelles. Je m'en foutais de ce qu'il disait. Je n'avais placé aucun enjeu dans ce réveillon pour éviter d'être trop déçu. Il en avait fini avec l'allemand. « Nager à la piscine en slip de bain… » marmonnait-il. Ah, il avait retenu ça aussi. Il se tenait au courant en fait « … avec les tarlouzes et les handicapés, j'suis qu'à moitié surpris ! » J'avais pris du muscle et il avait dit « à moitié ». Il ne me regardait pas vraiment en face. Mon père, le despote d'un monde liquide éradiqué et ce soir javellisé, mon père était-il étanche ? Sûr que j'aurais aimé le voir, lui, à la piscine avec son bras rouge et son bras blanc. Je lui répondis : « Tu oublies les exhibitionnistes. » Je pensais à Paolo Râcher, toujours en imperméable à la Kaukenne. Il eut un rictus : « Pas faux. »

Maman tripotait le petit Jésus. Elle venait de le sortir du frigo. « Il a eu tellement chaud pendant sa courte vie. » Peut-être qu'elle confondait avec Jeanne d'Arc. Un sourire triste flottait sur son visage. C'était Noël, il n'y avait pas de quoi rigoler. La tension de la messe de minuit montait, et l'office s'annonçait comme un vrai foutoir. Des travaux avaient débuté en octobre autour de l'église. « Ils nous font bien chier avec ces péquenots en tout cas ! Quelle idée de s'enterrer en plusieurs morceaux ! » Elle parlait des ossements découverts dans le sous-sol à proximité de l'édifice religieux. Des dizaines de corps qui retardaient l'achèvement d'un nouveau parking. Papa se leva sitôt son assiette finie, il avait tout donné. Nous nous attardâmes quelques minutes, le temps du dessert, un flan coco. Je participai ensuite à la migration familiale vers le salon avec la conscience de mon corps astral observant mon corps réel se faire chier.

La salle à manger avait été refaite à neuf au printemps. L'assurance avait gobé l'histoire de la batterie au lithium qui aurait explosé parce que ma sœur avait pissé dessus. Maman avait choisi les couleurs : gris et blanc. Les murs gris, les meubles blancs. Plus de photo de classe, plus de plante verte. L'immaculée salle à manger. Salle sans âme qui sentait la javel et rappelait la salle d'attente d'une mauvaise clinique vétérinaire. Chaque meuble était surmonté d'un ou deux animaux empaillés. Des martes – le hérisson survivant de l'année dernière était placé dans la gueule de l'une d'entre elle –, cinq ou six écureuils dont un avait une trace de pneu bien visible dans la fourrure, un renard, des fouines et une belette à l'air salace. Ma préférée. Elle était posée sur son cul à côté du sapin, les cuisses écartées, avec dans ses pupilles dilatées ce trouble inhérent aux grandes émotions. C'était la touche déco de papa, ces bestioles. Celle-ci, il l'avait percutée en marche arrière. Faire empailler ce qu'il écrasait et qui pesait moins de dix kilos était une autre de ses habitudes. Cette salle à manger incarnait la quintessence de l'union de mes parents. J'en étais une autre. L'idée d'y manger aurait coupé l'appétit à n'importe quel affamé. Elle était de cette beauté si particulière qui faisait le charme de mes vieux si on y survivait assez longtemps.

Cette année, le sapin était près du vaisselier qui accueillait la crèche, laquelle semblait être passée sous un camion. L'arbre avait une mine tout aussi affreuse, et son nouvel emplacement immaculé le rendait encore plus incongru. En parlant d'incongruité, il y avait cinq paquets posés sur le papier roche. Cinq paquets emballés ! Ce même papier avec les rennes dans la neige que l'année dernière. Sidéré par le nombre, j'écoutai mon père d'une oreille distraite : « … et me ramène pas une femme d'ailleurs avec des seins jaunes ! »

Cette phrase ne me reviendrait qu'une heure plus tard, à la messe, face à un gros tas de crânes jaunes.

Les défaillances dans notre communication intra-familiale atteignaient leur paroxysme le soir de Noël.

Cinq cadeaux. Hallucination ou réalité ? Peut-être qu'il y en avait quatre pour papa et un pyjama pour Françoise. Ou alors il s'agissait d'un indice annonçant une possible normalisation de cette soirée. L'année prochaine, ce serait bœuf à l'ananas sur son lit de carottes glacées pour le dîner et mon père me parlerait dessin et joies de la baignade.

Peu probable.

Maman plaça le petit Jésus rafraîchi dans sa paillasse, mais elle l'envoya valser entre les cuisses de la belette une seconde plus tard en tentant de maîtriser la ruée vers les cadeaux.

Cinq cadeaux. Le petit Jésus n'avait qu'à se démerder tout seul pour la suite.

Maman procéda à la distribution. Il y avait un paquet pour moi. Un paquet avec mon prénom. Un paquet plat. Peut-être le plus plat des cinq paquets. Je m'immobilisai. Des produits phytosanitaires et une photo de son fusil encadrée pour papa. Touchant. Des cadenas, du lubrifiant et de la colle extra-forte pour maman. Trouver une catapulte n'avait pas dû être possible. Des pyjamas pour mes sœurs, la plus petite avait l'air trop contente.

Je m'assis.

Je déballai mon cadeau en fermant les yeux, je les rouvris : un livre.

Un livre de grammaire allemande.

J'enfonçai le petit Jésus dans le cul de la belette en me relevant.

Un livre de grammaire allemande pour Noël. Qui étaient ces gens, sérieusement ? Les parents de Falco ?

« Je me souviens de ce Noël gris où mes parents m'avaient offert ce bouquin de grammaire allemande si précieux que je désirais tant ! »

Erreur sur la personne. J'avais été adopté.

Je le feuilletai. Merde ! J'avais intérêt à mettre mon nom dessus. Les vingt premières pages étaient déprimantes, des tableaux d'accords et quelques rares explications en français. Difficile à croire, mais je me sentais plus triste avec ce cadeau qu'avec tous les cadeaux que je n'avais pas reçus. Jusqu'à la page 27… La page 26 était occupée par la table des matières de la troisième partie, la 28 expliquait le gérondif, mais la 27 me donna à penser que j'avais un cadeau, finalement. La page 27 était la photo pleine page d'une fille nue sur une plage. Nue au naturel, avec des seins ronds, des hanches fermes et une chatte poilue. Tournée de trois-quarts. De longs cheveux bruns, des yeux bleus. Elle avait la bouche légèrement entrouverte sur un petit morceau de langue. Pas possible ! Il devait y avoir un bouquin de cul quelque part qui avait hérité d'une page 27 de grammaire allemande. Je refermais le bouquin comme si j'avais trouvé un trésor. Ils étaient forts, ces Boches.

Je me cognai dans le lustre quelques minutes plus tard en me rendant aux toilettes où je me masturbai, le bouquin posé sur la chasse d'eau, ouvert à la page 27. Je haletais lorsque ma mère me cria à travers la porte : « Dominique, j'espère que t'es pas assis ! » Elle me cassait encore les couilles avec ça de temps à autre.

« Dépêche, c'est l'heure de la messe ! »

# 16

Cinq minutes plus tard, nous montions à bord de la 305. Le champ de colza du père Rose venait d'être déclassifié et le panneau annonçant le permis de construire pour le supermarché avait été replanté à l'angle. Sept fois pour le moment. Nous en avions deux dans le garage et maman avait pulvérisé les cinq autres. Celui qui était encore en place semblait avoir été attaqué à l'acide.

Le champ disparut dans la bruine. Nous traversâmes la Kaukenne à fond les ballons. Papa était en mode pressé. Les abords de l'église n'existant plus, il ne voulait pas prendre le risque de se retrouver sans place dans un périmètre raisonnable. Autour de l'édifice, plusieurs tranchées avaient été creusées depuis le début du chantier de construction du nouveau parking de six cents places. Le maire, à l'instar du précédent, était un bâtisseur et il avait décidé de nous surprendre. Après le belvédère, les tentatives de réhabilitation de la Cité, le nouveau tribunal et le curetage incessant du plan d'eau, l'édile avait initié les constructions d'un hôtel de luxe à Clinquey-Bas et d'un parking de six cents places à Clinquey-Haut. « Une connerie monumentale qui permet d'arroser tout le monde avec des pots-de-vin », selon ma mère, mais « au moins ça fait chier le curé ! » avait ajouté mon père. Nous nous étions garés sur l'emplacement réservé au corbillard. Dernier emplacement disponible à proximité de l'église. Les délais n'avaient pu être respectés car cette arnaque au parking – quand il y avait dix voitures garées dans le coin, c'était l'affluence des grands jours – avait été retardée par la découverte d'ossements humains. Des ossements partout, des squelettes par dizaines.

Au moment où nous passions sous le porche, mon père me saisit le coude pour me dire que, si ça n'avait tenu qu'à lui, il n'y aurait pas eu de bouquin de grammaire. Mon coude quitta sa main affectueuse en me laissant tout chose. Il ne m'avait jamais touché. Je n'avais pas souvenir de contact physique entre nous. Il ne m'avait jamais fait de bisous ni frappé, j'étais trop grand dès le départ, puis j'avais des lunettes. Jamais il ne m'avait tenu la main ni passé la sienne dans les cheveux, et le voilà qui me prenait le coude pour me dire ses regrets de ne pas m'avoir fait chier davantage. Qu'importe, j'étais capable de tuer pour la page 27.

Prélude à la messe de minuit. Je m'assis sur le dernier banc au fond. Aussi loin que possible du prêtre et des paroissiens sans être dehors. Mais assis surtout. Ma mère avait cessé de m'interdire définitivement de m'asseoir. Elle considérait que le mal était fait, et puisque aucun corset ne paraissait indispensable, je n'avais qu'à faire à ma guise. Ma guise m'incitait donc à m'asseoir et à apprécier ce geste simple. Même sur le banc dur de l'église Saint-Genfoult, même sous le regard creux des éléments de décoration du fond, même sans croire le moins du monde à une quelconque instance supérieure vaporisée dans l'éther et l'encens. Une fois assis, je me sentais bien partout dorénavant. Mon père et ma mère avaient continué vers le chœur avec mes sœurs pour être au plus près du curé dans l'hypothèse d'un sauvetage par le haut.

Je somnolai pendant la première partie, celle de l'échauffement, les cantiques gnangnan pour la jeunesse agrémentés de messages que n'aurait pas dénigrés une miss France consensuelle. Ça ronronnait : Dieu te sauvera, Dieu est partout, mais Dieu a besoin de sous pour être partout. Vint la communion. Papa se joignit à la file. Maman ne bougea pas cette fois. Il se faufila pour gagner quelques places et avoir une hostie de première fraîcheur. Le prêtre avait du mal avec la distribution. Il était connu pour lever le coude, et son teint tirait vers le carmin ce soir-là.

Mon père, la bouche encombrée par le petit bout d'ongle du corps du Christ, remontait par l'allée latérale dans ma direction. Il s'arrêta à mon banc, cracha l'hostie au sol : « Pfff, paraît que c'est la même recette que la bouffe à poissons sauf qu'ils mettent pas de sel. Dégueulasse, déjà ! » *Sûr que les cathos n'allaient pas t'offrir une tarte aux fraises au milieu de la messe.* Jamais je ne communiais, moi, je n'étais pas assez pur pour ingérer de la bouffe pour poissons. Je serrai les coudes contre mon corps. « Et je tiens à te dire que ton bouquin, je l'ai lu ! C'est chiant à crever mais t'as intérêt à le bosser, 3 de moyenne que t'as. »

Obtenu grâce aux *Ja* que je claironnais quand la prof m'interpellait. Avait-il eu des moyennes, lui ? Il me demandait de bosser mon bouquin. De mieux en mieux. Ils avaient vraiment un problème avec les cadeaux dans ma famille.

« Que la paix soit sur le monde… chantonnait l'assemblée.

— Et la petite pute sur sa plage de merde, alors ça, sans ta mère…

— Plage de merde ? j'ai répété lentement en le regardant dans les yeux. T'y vas fort, papa !

— Si ça avait tenu qu'à moi j'aurais arraché cette page, mais ta mère a pas voulu parce qui y avait un truc de l'autre côté.

— Que la paix soit sur le monde… psalmodiait l'assemblée.

— Je sais que je devrais pas te le dire, mais je te le dis quand même, je l'avais commandé en allemand et le bouquiniste s'est trompé. Tu l'aurais mérité en allemand ! »

Pour moi, ce bouquin était en allemand. Mon géniteur prit alors une mine lointaine. Ensuite, il se gratta les couilles en reniflant avant de me laisser à mon recueillement. L'assemblée donna elle aussi l'impression de se recueillir, réfléchissant sûrement à la possibilité d'accueillir un peu de misère sans que ça rime avec l'hébergement d'un immigré à la maison. Papa bouscula tout le deuxième rang pour reprendre sa place. Il s'assit au moment où tout le monde se levait.

Je demeurai assis. J'étais estomaqué. Mon père avait lu un livre, mon livre. Jusqu'à la page 27 en tout cas. Lui qui se navrait lorsqu'il me voyait lire. Son anecdote à ce sujet : « Je n'ai lu que deux livres dans ma vie, et c'était deux livres sur la taxidermie. » Il l'évoquait lors de son énumération « 1,2,3 ». Il n'avait pris qu'une cuite dans sa vie, il n'avait lu que deux livres, il n'avait eu que trois enfants. L'image de mon père un livre en main me troublait au plus haut point. Il avait des mains à volant, à fusil, à épuisette ou à lance d'incendie. Il n'avait pas des mains de lecteur, mon père. Le missel était sur le rebord. Et pas de photo en page 27, j'avais vérifié.

Derrière moi, les empilements de crânes tapissaient le fond de l'église. Des crânes jaunes, des orbites vides et des trous d'impacts. C'était devant ce spectacle que j'avais repensé à cette phrase de mon père concernant les seins jaunes. Si c'était un conseil, je n'en comprenais pas le sens. Mon père ce lecteur.

Les occiputs avaient été déterrés après les ossements du parking. Au début du mois de décembre. Sous l'église. Un mois plus tôt, l'apparition des squelettes n'avait perturbé personne. Surtout qu'il s'agissait de squelettes sans tête du XIIIe siècle. La vision d'ensemble du renouveau clinquin ne devant pas pâtir de la découverte hasardeuse de dépouilles de gueux, la municipalité s'était contentée de les rassembler dans des bennes puis de les vider dans un recoin du cimetière à la nuit tombée. Rien que du calcium. La terre du futur parking pouvait dès lors être préparée pour accueillir des essences d'arbres rares. J'espérais qu'ils n'allaient pas se relancer dans le cerisier du Japon. La crypte sous l'église n'avait été décelée qu'en décembre. Les crânes perdus y étaient empilés. Un seul peuple paraissait capable d'empiler des têtes sous une église… Et pour la municipalité, les crânes, c'était une autre affaire ! Impossible de fermer les yeux, impossible de les balancer dans un champ ou dans une crevasse, en plus Noël approchait. Maintenant qu'il savait, le curé n'avait pu se résoudre à chantonner au-dessus de têtes décapitées dans une crypte qu'il imaginait certainement transformée un jour en cave à vin.

La solution de secours avait consisté à les rempiler dans le fond de l'église en attendant un signe. Ainsi les occiputs prenaient l'air dans mon dos. Jaunes comme les seins jaunes d'une femme d'ailleurs. Des gros et des moyens, quelques petits. Ils étaient incomplets mais aucun n'était doté d'un appareil dentaire ni de lunettes. Perdu dans mes pensées, je m'aperçus que le financement du divin n'était pas venu jusqu'à moi et que je n'avais plus qu'à ranger les pièces autrichiennes que m'avait données maman – « Si tu crois que Dieu, il prend pas n'importe quelle monnaie ». Je m'abandonnai de nouveau à ma rêverie dans laquelle j'étais jaune moi aussi. La voix chargée du prêtre me ramena à la réalité. Nous arrivions à la fin des litanies : « Le bourg de Clinquey avec son abbaye mérovingienne n'était, à cette période, peuplé que de Germains et de Goths. Eh oui, mes enfants, l'allemand était alors la langue du comté… » À ces mots, mon père dérangea une fois de plus toute sa rangée pour remonter l'allée comme une flèche jusqu'à moi. Une milliseconde, je pensai fuir. Je me levai même. Arrivé à ma hauteur, quoique plus bas d'une bonne tête et demie, il me demanda simplement « Pourquoi tu parles pas allemand, déjà ? Alors qu'eux, déjà ! Tous ces trous du cul sans tête, ils le parlaient, eux ! »

Cette cérémonie était une épreuve globale.

J'avais eu une révélation en quittant l'église. Ma mère avait enlevé la passerelle qui franchissait le fossé après que nous l'avions traversé. Mais ce n'était pas ça, ma révélation : j'avais compris que ma sœur Laurence, qui approchait de son deuxième anniversaire, celle qui avait hérité de mon prénom féminisé car elle avait eu le bon goût de ne pas naître à la Saint-Laurent, était le bon fils.

## 17

Je refermai la fiole de bourbon en regardant le lac. Il ne me restait qu'à mouiller la combinaison pour l'enfiler. La bouée était visible à cinq cents mètres au large. C'est moi qui l'avais placée là en tirant une ligne l'été dernier. Ce soir, je n'avais pas emmené celle que m'avait offerte Patti, la jaune. Elle m'aurait encombré. Le flotteur que j'avais planté là-bas me permettait de brasser mon kilomètre en eau froide sans compter mes mouvements, même si je comptais toujours mes mouvements. J'aimais avoir un repère à atteindre avant de revenir à la rive. Je cessai de penser à Patti. Je ne distinguais plus les lumières du barrage derrière les sapins.

Je m'approchai de l'eau. Elle était noire, elle était dense, elle me plaisait. Je jetai le thermomètre à la baille en arrivant près du plan incliné. 10,6 degrés en surface ; 9,2 à trois mètres. Je n'allais pas descendre à trois mètres. La fraîcheur était relative dans l'effort. Comme le reste.

J'enfilai la combi et les gants. Je me mouillai le visage et le ventre. Il y eut un mouvement sous la surface devant moi. Un coup de queue puissant dans l'onde à quelques mètres. Je n'étais jamais seul dans le lac. La lumière de la lune avait du mal à traverser les nuages qui me surplombaient, mais ma visibilité n'était pas trop mauvaise. Un mouvement, puis plus rien. L'animal était parti. Je pris une bonne inspiration. Le passage d'un monde à l'autre n'était pas le moment le plus agréable de l'expérience.

Je m'immergeai.

La matrice liquide m'accueillit dans sa gangue glacée. Je discernai quelques rochers flous au fond aux premiers mouvements, puis la pente, et plus rien que l'obscurité et le bruit de mes bulles. En quelques minutes, l'eau devint bonne. Je fermai les yeux. J'avais la trajectoire. Je me déconnectai.

# 18

Loin de moi l'envie de me battre pour la place de « bon fils ». Je la laissai de bonne grâce à ma petite sœur bien-aimée. J'avais merdé. J'avais merdé sans rien faire au début. J'avais merdé en toute innocence ensuite. Je commençais juste à essayer de redresser la barre avec un peu plus de conviction.

Cette révélation sur le parvis de l'église, alors que maman nous chuchotait « Grouillez-vous, je vais enlever la passerelle », m'avait libéré d'un poids. La fin de ma quête de reconnaissance, comme si je ressortais d'un jeu, un jeu différent de celui du collège, avec des règles différentes, mais ponctué par ces remarques blessantes qui m'avaient elles aussi fait du mal. Ce jeu aurait pu s'appeler « Grand d'un petit père : la génétique malicieuse » ou « Entre Allemagne et Chine, mon père cet inconnu ».

Une de ses phrases un jour : « Mais parle allemand, bordel, espèce de Chinois ! » – mes lunettes me faisaient des petits yeux. Ses obsessions n'étaient définitivement pas les miennes. Il fallut me rendre à l'évidence. Je n'étais pas le bon fils.

Point.

À la ligne.

Je pouvais m'asseoir sur une relation constructive avec mon père. C'était le seul truc sur lequel je pouvais m'asseoir tranquillement, soit dit en passant.

Cet épisode douloureux m'avait ouvert les yeux quant à l'état du monde qui me cernait. Des abîmés du bulbe pratiquaient des sports collectifs de tous ordres, d'autres se faisaient du fric en magouillant, et toute une catégorie d'illuminés basse tension peuplaient le reste du paysage.

Cet hiver-là, dans le quartier de la Kaukenne, un truc étrange se produisit : plusieurs grands-gros emménagèrent avec leur famille. Au-delà du mètre quatre-vingt-dix pour trois d'entre eux et dans les cent dix-cent quarante kilos. J'avais l'impression d'être en Suède quand je les croisais. Je prenais plaisir à leur dire bonjour. Ils prenaient plaisir à me dire bonjour.

Des individus avec de telles proportions vivaient rarement au-delà de cinquante ans. J'avais lu cette info dans un bouquin d'entéro-gastrologie au CDI du bahut. Ma curiosité en lecture m'amenait déjà loin parfois. Trop de câblage, du gras et un cœur perdu dans un quintal de viande. Jamais en maison de retraite, les grands-gros, jamais en retraite tout court d'ailleurs. J'aurais pu ajouter, après étude de ceux qui s'étaient installés à la Kaukenne, qu'ils étaient tous mariés à des petites bonnes femmes, et que leurs enfants, quand ils en avaient, étaient de grosses perches. Les filles comme les garçons. L'inverse de mes parents, ma mère étant plus grande que mon père, donc moi j'étais tout maigre. J'aurais dû creuser cette étude.

Au cours de ce même hiver, ma mère, flanquée de sa milice, pratiquait différentes activités. Des tartes aux pommes – ma mère avait toujours adoré éplucher des pommes – aux exactions contre le champ qui allait accueillir le supermarché. Le permis de construire venait d'être accordé. Elle recevait les mémères en bas, et elles complotaient. Je n'avais jamais vu un feu de colza d'aussi près. Maman répétait « Mais pourquoi j'ai pas fait une milice avant, sans déconner ? » le soir devant la télévision en épluchant des pommes. Elle avait inventé le racket à la tarte aux pommes et la guirlande d'antivols pour emballer les gros volumes. Elle devait commencer à en embêter certains car elle avait perdu le concours des balcons fleuris en mai. Pas de victoire malgré sa fleur en plastique qui n'avait pas changé. Elle était alors passée à un niveau supérieur, sa manie étant d'attacher les voitures à l'époque. Au sol, à des blocs de béton, à des arbres. Les membres du comité y avaient presque tous perdu un pare-chocs ou un essieu. Elle avait tenté de construire une catapulte avec ses mémères miliciennes. L'idée la taraudait. Mais trop compliqué pour en avoir une de taille respectable. Capable d'envoyer voler une voiture, disons.

À l'autre bout du spectre, mon père s'agitait également. Une extension de la piscine était programmée, et il avait été chargé fin janvier de dissimuler les crânes dans un local technique qui se situerait sous le bassin. Des Helmut, des Rainer. Des Hilde. C'était discret. Ses astreintes devenues statiques à la caserne ne l'empêchaient pas d'inquiéter ses collègues. Pas de remous par contre du côté de l'auto-école alors que nos nouveaux et derniers voisins pensaient à partir s'installer dans le Sud.

Je suivais tout ça d'une oreille attentive. Je dessinais dans ma chambre, je nageais à la piscine, et l'incompréhension mutuelle était notre valeur commune. Pour tout dire, je m'impliquais différemment. J'offrais désormais à mes vieux l'image d'un grand tout en souplesse, disponible et compréhensible, pas trop présent, un juste équilibre.

En mars, je savais demander « *Zeig mir deine Titten bitte !* ». Pas facile à placer, mais c'était la plus drôle des options dont je disposais. Devaient pas voir beaucoup de nichons, les Allemands, avec une phrase pareille. Pour ma mère, j'avais aussi une phrase et quelques mots de soutien : « *Die große Verteilung tötet den kleinen Handel !* » « *Viel Glück* » « *Die Touristen sind alle hässlich* ». Mon père, je le gâtais à l'occasion : « *Dein Aquarium ist wirklich schön* », quand je le croisais. En bonus d'avril, j'avais retenu « *Wasser ist Zukunft !* », entendu dans un reportage. L'enfouissement des crânes sous la piscine relevait un peu de cette théorie. Et puis ce n'était pas faux dans l'absolu.

Toujours en mars, j'avais couru deux tours complets de stade. Pour essayer. Une véritable expérience de dépassement personnel : courir sans raison au lieu de me traîner avec raison. En général, lorsque j'en avais eu une, je n'avais jamais été assez vif pour aller suffisamment loin. J'espérais que cela ne se reproduirait plus.

Au quotidien, je rangeais ma chambre. J'enlevais les toiles d'araignée et la poussière des hauteurs. Je faisais la vaisselle régulièrement. Je refermais les verrous ouverts. Je plaisante, jamais ma mère ne laissait un verrou ouvert.

Dès juin, je commençai à évoquer par petites touches subtiles mon espoir de cadeau pour Noël. Le temps qui passait, la bonne idée, l'autonomie… Je me montrais serviable, prévenant même : je donnais tout. Maman semblait sensible à la possibilité de me voir moins souvent. Mon père m'avait dit qu'il en avait eu une plus jeune.

Je n'avais pas commenté.

Extra-familialement, je me heurtais toujours au même problème syntaxique. Un truc qui revenait fréquemment. De la part de gens que je ne connaissais pas, ou à peine, et qui d'emblée me balançaient des phrases qui se finissaient par : « … basket au moins ? »

Minorité visible.

Étonnant ce « au moins » à la fin, que pouvais-je faire « au plus » ? Voilà ce qui me questionnait, moi ! Soudainement tout le monde s'était mis à me la sortir, cette question ; enfin, pas tout le monde mais assez pour que j'arrive à les repérer avant qu'ils me la délivrent. Une lueur bovine dans le regard, qui aussitôt associait une image de ballon de basket et de grands en pyjama trop court avec leurs pieds qui dépassaient du lit, et paf ! la question. Au moins. C'était un problème, ce « au moins ». Je leur répondais non. Ni au moins ni au plus. Je les comptais également, ces balourds, avec la vague idée d'en défoncer un prochainement. Le centième. Il comprendrait. Au moins.

J'allais toujours nager à la piscine Tournesol. Cinquante centimètres de profondeur à un bord, deux mètres à l'autre et des crânes en dessous : j'avais pied partout. Sur la pointe, certes, mais j'avais pied. J'expérimentais les nages à la recherche de celle qui me conviendrait le mieux. Dans la ligne, que des vieux à lunettes de vue que je saluais parfois d'un « *Wasser ist Zukunft !* » prometteur. Certains m'interpellaient au plot : « Est-ce que tu fais du basket au moins ? » À la longueur suivante, je leur mettais des coups, à ceux-là.

Ma taille était devenue ronde, deux mètres pile. Je n'avais rien pris depuis douze semaines. Beaucoup me disaient : « Espérons que ce soit fini ! » avec une mine angoissée. Le cas échéant, ne me resterait alors plus qu'un rôle de Chewbacca au parc Walibi. Je me rangeais à leurs avis. Je me cognais suffisamment pour savoir que continuer ne serait pas une bonne idée. Si c'était pour dormir sur un tatami ou souffrir d'étourdissements en me levant trop vite, en plus des insupportables « Y fait beau là-haut ? », non merci !

À la rentrée, en revanche, une bonne idée m'avait traversé l'esprit après la demande d'un copain qui voulait que je lui dessine Kim Wilde nue. Je maîtrisais le nu de la page 27, alors j'avais bossé le visage de Kim Wilde. En assemblant les deux, j'avais obtenu une Kim Wilde passablement excitante. N'ayant pas de décor – rien à foutre du groupe de Kim Wilde –, je l'avais intégrée à la chambre de mon pote, où je dessinais ce jour-là. Il avait vachement apprécié. Le bouche à oreille avait ensuite fait son œuvre au bahut, et je reçus rapidement mes premières commandes. Décor au choix. Je visitais, je faisais un croquis au crayon, je fixais un prix. En quelques semaines, j'intégrai Joan Jett à mon catalogue et je me mis à dessiner des femmes à poil dans des chambres d'ados à la tenue discutable presque tous les week-ends en échange de fric, de bonbons, de matériel de dessin ou de litres de Coca. Certains me faisaient mes devoirs d'allemand. Ma moyenne augmentait.

Je prévoyais des dépenses pour le mélange. Après Noël.

Afin d'élargir ma clientèle, je travaillai les courbes de Sabrina. Pas mal de sollicitations pour elle du côté des sections techniques et sport-études. En gonflant les formes de la page 27 et en lui prêtant une bouche malicieuse, j'arrivai à un résultat sympathique. Le marché était porteur. Je couchais les Sabrina, au fusain avec quelques touches de couleurs, dans diverses positions et en tirais de vingt à soixante-quinze francs – mon record. J'avais vendu douze dessins pour Noël. Dont deux Kim la belle et trois Joan la rebelle, mais Sabrina la bonnasse explosait le score. *Kids in America love rock'n'roll, boys, boys, boys.* Souriante ou boudeuse. La bouche humide, les doigts fripons. À ton bureau, sur tes genoux, devant ton armoire ! Sabrina le cul dans ta caisse de Meccano avec ton skate entre les cuisses ou dans ta salle de bains avec ta casquette « Allez les verts ! ». Un marché porteur.

Je me sentais proche d'elle. Personne ne m'avait jamais demandé de la représenter genoux serrés, talons plats et col roulé. Ses gros nichons et ses cuisses fuselées étaient un plaisir à dessiner, mais dans la rue, dans sa vie de tous les jours, au supermarché, à la pharmacie, les gens devaient l'interpeller par un : « Bonjour Sabrina ! Vous êtes une grosse salope j'espère au moins ? » Je compatissais en la dessinant en grosse salope alanguie qui tripotait des haltères Sport 2000 ou des bouquins d'histoire-géographie de classe de première.

Minorité visible.

J'embrassai une fille deux fois cet automne-là, et j'avais bien aimé me baisser pour sentir ses lèvres contre mes lèvres. À refaire.

En décembre, j'avais donc amassé une petite somme et un casque. En intra-familial, j'étais irréprochable. Pas trop présent, courtois, toujours serviable. Je n'avais pas tapé le lustre du couloir depuis la Saint-Glinglin. Je n'étais plus Glinglin. J'avais mis une pression raisonnée tout l'automne pour mon cadeau. J'y croyais. Ils avaient l'air plus détendus eux aussi. Le dernier jour de classe avant la quille hivernale, un terminale m'avait attendu à la sortie du collège. Je le connaissais de vue. Je n'en étais pas sûr, mais probable qu'il ait participé au jeu quelques années plus tôt. Peut-être qu'il était en terminale depuis trois ans, ou que c'était un prof en fait. Il voulait me commander un dessin.

Danielle Gilbert. Un dessin de Danielle Gilbert.

Il avait des photos de Danielle Gilbert.

Je m'étais potentiellement fait agresser par un fan de Danielle Gilbert. Pas très bon pour mon ego mais ce dernier en avait vu d'autres. Je triplai le tarif habituel. Danielle Gilbert nue. Danielle Gilbert nue après une orgie de cassoulet au confit de canard. J'allais lui faire une Danielle Gilbert de compétition à ce con – Ouah, Danielle, bonne comme t'es, j'espère que tu suces au moins ? – et il allait me payer vingt pleins.

Il pleuvait des seaux de glace le premier jour des congés.

## 19

Mon père était en vacances en même temps que moi. Enfin, ce n'était pas réellement des vacances pour lui, il avait été mis à pied par son patron à l'école de conduite. Un élève était « tombé » de sa voiture pendant une leçon. Oh, il ne roulait pas trop vite et il ne l'avait pas poussé trop fort, non, mais il était déjà l'auteur d'une blague identique avec le cousin de ce gars-là. Pour démontrer l'importance de bien clipser sa ceinture de sécurité. Lequel cousin s'était cassé le nez et en avait fait tout un foin – il s'était retrouvé à deux doigts de passer sous un camion qui arrivait en face. Le mec avait parlé de déposer plainte. Papa s'était enferré dans sa ligne de défense habituelle : « J'vois pas de quoi il parle ! » Malgré tout, il avait été mis à pied jusqu'à l'année suivante. C'était la cinquième ou sixième fois de sa carrière. « Rien de trop chiant », comme il disait.

Il s'était posté devant l'aquarium durant les quatre jours qui avaient précédé Noël. Un crâne était apparu à l'intérieur du bocal. Il regrettait d'avoir planqué les autres sous la piscine parce qu'il aurait pu en revendre à des amateurs d'aquariophilie contemporaine. Il ne regrettait pas d'avoir balancé ce con de la bagnole, par contre. Ce con qui ne bouclait pas sa ceinture et ne mettait jamais son clignotant. Papa était un prof de conduite dangereux mais tatillon. À sa manière. Il gambergeait devant un arrivage récent de poissons multicolores. C'était plein de couleurs et de vie, le crâne siégeait à côté du galion en plâtre englouti que je lui avais offert pour la fête des pères. Il était presque beau, son aquarium, cette année. Et fortement illuminé, bien entendu.

Le 24 au matin, ma mère avait hurlé au téléphone : « À la place du champ de colza du père Rose, tu te rends compte, à la place du champ du père Rose ! » Elle tâchait de rallier à la cause une nouvelle milicienne de la bienveillance. Le champ de colza était voué à disparaître. Nous étions dans la dernière ligne droite.

Depuis le début des vacances, maman coupait des pommes l'une après l'autre avec son couteau de ninja quand elle ne démêlait pas des câbles ou des chaînes. Je lui avais offert un épluche-pommes pour la fête des mères. J'étais prêt à tout pour la mettre dans de bonnes dispositions.

Le petit Jésus n'était plus dans le cul de la belette. Il semblait s'être fait la malle. Ma mère l'avait même cherché dans l'aquarium. Un Playmobil le remplaçait dans la crèche.

*Gagner en autonomie ce que j'ai perdu en amour. Avoir un vrai cadeau pour Noël ! Merde, je sais dire « Montre-moi tes seins* bitte schön *» en allemand !* Voilà ce à quoi je pensais en m'endormant depuis juin.

Mon endurance, mon intelligence, mon art du louvoiement, mes efforts déployés, toute cette béchamel devait prendre pour me permettre d'obtenir une mobylette. Ma mobylette. Même une vieille. J'avais un casque et deux ans d'essence grâce à mes dessins. J'étais assez grand pour en avoir une. Je ferais attention, je partirais longtemps pour qu'ils me voient moins souvent, je mettrais mon clignotant si elle en avait un.

Naïvement optimiste, j'abordai ce réveillon avec la sagesse de l'aîné. Les pelouses étaient détrempées, la route était une soupe. Sur la façade du voisin d'en face, il n'y avait plus de père Noël de néons. Le voisin passait l'hiver aux Antilles dorénavant.

Je m'imaginais au guidon de ma meule. Joan Jett dessinée sur le réservoir, Julie m'enlaçant fermement la taille. Julie, la fille dont j'avais connu les lèvres par deux fois mais dont je n'obtenais plus qu'un bonjour distant depuis que je lui avais remis le dessin qu'elle m'avait demandé. Un poney dans sa chambre. Elle adorait les poneys, pas de commentaire. J'allais l'épater avec une mobylette. Mon euphorie me permettait de sentir un mélange d'huile et d'essence quasiment n'importe où.

J'en avais des vertiges.

*Peut-être que j'irai à la messe à mobylette ce soir ?*

Putain, la pensée de dingue !

Le dîner. Classique quoique en évolution lente. Beaucoup plus de persil. Et deux carottes dans le riz. La bouteille de vin rouge. Un demi-verre pour papa. Il grimaça, c'était un vin du Jura, il était devenu pétillant. Ultime réveillon dans la série des Noël décevants. Quelques évocations de ma scolarité et de ma sportivité par mon père. Toujours les mêmes conneries. Je serrais les dents. En fin de repas, ma sœur me dit : « J'aime plus papa et maman que toi. » Celle qui avait trois ans.

Dans la forêt des aïeux de papa, ils lui auraient vendu une tronçonneuse avant de la foutre à la porte.

Nous passâmes enfin au salon. Trois paquets sous le sapin, revenu près de la porte-fenêtre. Le crâne teuton nous fixait du fond de l'aquarium. Quelques poissons commençaient à vaciller sous les néons. Personne ne parlait. Maman, clope au bec, achevait la découpe d'une pomme en fines lamelles. Mes sœurs, le paternel et moi étions figés entre le sapin et l'aquarium. J'avais envie de crier : « Mais filez-moi mon putain de cadeau ! » Cela aurait été une erreur.

Trois cadeaux. Et aucun ne ressemblait à une mobylette. Même en pièces détachées, même le modèle pliable. J'y croyais toujours cependant. Mes sœurs et moi avançâmes. Sur le papier du plus gros cadeau, en forme de boule, mon prénom, « domiNIQUE », écrit à deux mains ou à deux époques différentes. Un casque ? C'était gros pour un casque. Un casque dans un oreiller ? Au toucher, c'était plutôt moelleux. Maman ouvrit son cadeau. Un fer à souder et des barres d'étain. Elle était contente. J'avais les mains moites, les genoux flageolants. Mon paquet était mou à la prise. Une fulgurance : la mobylette m'attendait au garage.

Papa ouvrit son cadeau. Une pompe-filtre pour l'aquarium. Il semblait satisfait et surpris. Maman revint avec deux pyjamas pas emballés pour mes sœurs. Une onde fébrile traversa mon grand corps, j'en avais des étoiles dans les yeux : ma mobylette m'attendait au garage, mon casque emballé dans une couette pour pouvoir me déflorer avec Julie dans la prairie. J'avais tort de douter.

Un bon pour la location d'une toupie à béton tomba du fer à souder. Ma mère pouffa de joie en le ramassant.

Françoise s'extasiait devant son pyjama, elle avait neuf ans, désormais elle mentait. Laurence s'extasiait devant son pyjama, elle avait trois ans, elle ne mentait pas encore. Laurence avait la tête de mon père, c'était troublant. Elle cajolait son pyjama contre sa petite poitrine.

Avec le recul, je me dis que mes glandes devaient encore déconner plein pot à cette époque. J'avais dû m'autofarcir d'endomorphines pour arriver à cette conclusion béate que la mobylette m'attendait au garage. Je déchirai l'emballage à deux mains. Mon cerveau mit de longues secondes à nommer l'objet que j'avais sur les genoux. Il ne voulait pas. Il rechignait.

Un pouf.

Je tenais un pouf brun.

Ils m'offraient un pouf en skaï brun.

Heureusement que j'étais assis, je serais tombé. D'un mètre de circonférence avec une étiquette Motobécane à moitié déchirée. Un pouf.

Julie blottie contre moi sur la route de Talleroy assise sur mon pouf.

J'étais sonné. Méchanceté d'offrir, douleur de recevoir. Mon père avait mis deux autocollants sur le pare-chocs arrière de la 305 avant la nouvelle année : « Si t'as de la peine, viens habiter à la Kaukenne ! » et « Pompier volontaire ! Véhicule prioritaire ! » Je n'ai jamais su si c'était une blague de leur part ou autre chose.

J'ai supputé qu'il s'agissait d'autre chose.

## 20

Je nageais. Huit minutes vingt. Je n'avais dévié que de quelques mètres. Je touchai la bouée. J'avais la gnôle dans ma combi, j'en bus une gorgée en tenant la bouée. Neuf degrés à un mètre de profondeur, me dit ma bite. Et sûrement moins de sept à deux mètres, me dirent mes pieds. C'était mon moment Roland Magdane.

Je flottais quatre-vingts mètres au-dessus de la vallée. La zone la plus profonde du lac, là où s'était trouvé un jour le hameau du Vieux Pré, ses trois fermes et sa chapelle en grès que le barrage avait ennoyés au moment de la formation de la retenue d'eau. Je ne m'attardai pas et me remis en brasse.

Je volais à la frontière des deux mondes. Le premier composé de nuages bas posés sur les formes obscures plus denses des terres émergées. Un éclair de lune à l'ouest. L'autre mouvant, liquide et noir de vie invisible. Mortel. Des chasseurs nocturnes poursuivaient des chassés nocturnes autour de moi. Je n'entendais que le clapotis, apercevais les bulles parmi des contrastes qui probablement n'existaient pas. Parfois j'emmenais une lampe, ce soir j'étais venu léger.

Tendre les jambes, baisser la tête, attraper l'eau avec les bras pour s'y agripper. La repousser pour s'introduire en elle. Souffler et se vider de son air, devenir l'eau, glisser entre ses strates, sans bruit, sans éclaboussure jusqu'à ressortir la tête au loin. Ramener les bras, se remplir d'air à nouveau. Flotter, replier les bras, capituler des jambes, plonger la tête dans l'autre monde. Souffler et recommencer. Deux cents fois pour nager cinq cents mètres. À plat. J'appréciais de nager comme la grenouille.

J'étais à une vingtaine de mètres du bord lorsque j'aperçus des éclats argentés en dessous de moi. Fugaces. Puis plus près, ils remontaient et, soudain, ils se mirent à jaillir de l'eau. Il s'agissait de rousses ou d'ablettes, des petits poissons qui fuyaient, qui sautaient pour échapper à un prédateur, un brochet, des perches. J'entrevis un scintillement une seconde mais rien de précis, même pas une vague forme, puis les poissons disparurent comme ils étaient apparus, et le silence revint, le noir. Je touchai la rive quelques instants plus tard. Bienheureux. Je me débarrassai de la combi et me rhabillai sans traîner. Je rassemblai mes affaires et repris la direction de la maison l'esprit vide.

## 20 bis

Je gagnai la maison déphasé quinze minutes plus tard. Cuit cuit. Je poussai la porte d'entrée. La cuisine était vide. L'escalope toujours par terre, entourée des débris de l'assiette. Je la ramassai. Je nettoyai. Je bus un grand verre de lait.

Le clic-clac était encombré de mes affaires, des CD, des DVD, un lecteur, des crayons, des pochettes de dessin, une sculpture en plâtre, des fringues. S'il s'agissait d'un message, je n'étais pas certain de le déchiffrer correctement. La porte de la chambre était entrouverte. Il y avait une culotte sur la poignée. J'entendais sa respiration.

Je pris une douche rapide. Il y avait une culotte sur la poignée, la porte entrouverte, le clic-clac encombré : je rejoignis Patti dans la chambre. Elle dormait. Elle ronronnait. Il y avait une culotte sur la poignée. Je m'endormis à ses côtés comme une masse.

## 21

« Mais merde, tu vas le décrocher ton foutu TÉLÉPHONE ! J'essaie de dormir, MOI, MERDE ! Dormir, MERDE ! »

J'ouvris un œil face à la masse supposément réconfortante de ma femme. Ses cheveux fous, son visage blafard, sa mine rougie. Cela dit, je n'avais pas mes lunettes. À défaut d'allumer la lumière pour me rassurer, j'ouvris mon deuxième œil pour le relief. Ce qui ne me rassura en aucune façon. Sa main agitait le radio-réveil alors qu'elle hurlait en détachant chaque mot : « Cinq heures dix ! » Dring. « C'est quoi ton problème, sérieux ? Cinq heures dix ! » *N'était-il pas trop tôt pour hurler ?* Je me gardai bien de mettre mes lunettes et de réagir, au risque d'aggraver la situation. *Nous les hommes* – j'aimais ces locutions qui commençaient par « Nous les hommes » et permettaient de dire toutes les conneries possibles en se référant au troupeau –, *on devrait avoir un aperçu de notre femme jeune maman à cinq heures dix du matin avant de l'épouser pour se poser la question : suis-je certain de faire le bon choix ?*

Je finis par chausser mes lunettes et cherchai mon téléphone. Ce n'était pas le moment d'esquisser un de mes sourires à la con. Dring. Je trouvai l'appareil sous la table de nuit. Matthias. Forcément une urgence. J'hésitai à décrocher cependant, j'appréciais d'être seul pour prendre mes appels. Je regonflai mon oreiller pour me donner une contenance.

« Mais dégage et va répondre ! »

Gentille proposition, mais non, je ne bougeai pas. J'avais suffisamment bougé ces dernières heures. Je décrochai face à mon poster de Mudhoney. Celui où ils étaient à poil, rigolards et couverts de boue.

« Tu fais vraiment CHIER ! »

Oui, je ne pouvais le nier, c'était mon activité du moment. Je ne pipais mot. Elle se leva en embarquant la couette, son oreiller et la chaleur du lit. Faisant volte-face, elle me cria d'une voix calcaire : « Tu es une plaie, Dom ! Tu ne pouvais pas dormir dans le canapé ? Pour une fois que j'avais une nuit tranquille ! »

*Mais alors pourquoi la culotte sur la clenche ?* Je tenais l'appareil à une vingtaine de centimètres de ma bouche, main sur le haut-parleur. Je n'avais pas oublié la liste alphabétique égrenée quelques heures plus tôt, mais la culotte et le canapé encombré m'avaient laissé croire… J'étais un euphémisme, mais je savais que tout ce que je pourrais dire serait pire que le silence que je lui opposais.

Patti sortit en claquant violemment la porte.

Cinq heures douze. Le radioréveil pendait au bout de son fil sous la tablette. Les pas de ma grosse princesse outrée s'éloignaient.

« Matthias, quelle est donc la raison de ton appel ?

— Je te dérange pas ? »

Un bruit d'implosion retentit dans l'autre pièce. Pas facile d'imaginer ce que ça pouvait être. *Je te dérange pas ? Quel rigolo celui-là !*

« Penses-tu ! répondis-je tristement.

— J'ai hésité à t'appeler.

— J'ai hésité à décrocher. C'est important ? »

Ça s'était calmé de l'autre côté du mur.

« Tu m'étonnes. J'ai cru voir Mélanie au volant d'une camionnette ! »

Je me redressai d'un bloc : « Qu'est-ce que tu racontes ? Quand ?

— À quatre heures et demie quand j'ai sorti les poubelles du local pour les déposer sur la route. Une camionnette est passée, et j'ai eu l'impression de reconnaître Mélanie.

— L'impression ?

— Plus que l'impression, mais quand je suis remonté dans sa chambre, eh ben, elle y était !

— Tu te fous de moi ? Tu es retourné la voir quand ?

— Je sais pas, il y a vingt minutes…

— Et pourquoi pas direct après ? »

Parce qu'il avait pris le temps de finir son stick avant de revenir du local poubelle, je le savais.

« Et Cindy ?

— J'en sais rien pour Cindy. J'ai encore mal, Dom. Pas question que je me refrite avec elle avant la fin de ma nuit. »

Il voulait que je vienne lui tenir la main ou quoi ?

« Ce n'est qu'une fillette, Matt, qu'est-ce que tu flippes ? Chante-moi *Tell me why* pour voir si ton souffle est altéré.

— Très drôle.

— C'était un fourgon du foyer ?

— Non. Je suis allé voir. Ils sont tous là. »

Avant de décrocher, j'avais pensé : bagarre, agression, overdose, fugue. Perte de contrôle, de virginité, de sang ou de conscience. Tout ce qui pouvait se passer de nuit au foyer de La Dent du diable, mais non. Rien ! Il ne s'était rien passé ! Mon ami fumeur de joints et veilleur dans un dur foyer de la pampa avait eu une hallucination. Un contrecoup du choc avec l'extincteur.

« Tu pourrais venir ? Avant que je finisse mon service. Pour vérifier ! »

Un éclair me traversa le lobe frontal gauche, genre orage électrique de Louisiane dans un bayou écrasé de chaleur. Patti et lui venaient de piétiner les bienfaits de ma nage, je n'avais plus qu'à y retourner. Et il ajouta :

« T'as plutôt un bon contact avec Cindy... »

*Mais je ne suis pas son père, veille sur elle, veilleur !*

« Récapitulons si tu veux bien : tu m'appelles pour me dire que tout est calme, que tu as vu un camion en sortant les poubelles et que Mélanie est dans sa chambre, c'est bien ça ?

— Oui. J'ai hésité à t'appeler, je te dis.

— OK. Tu vas bien m'écouter, mon petit bonhomme ! Tu vas aller vérifier que Cindy est bien dans sa chambre elle aussi et tu me...

— Dis donc, t'es grognon au réveil, non ? »

J'allais lui faire une repartie de la mort, un fauchage dès potron-minet, une basse méchanceté, un souhait d'extincteur dans son cul, un truc comme ça, mais un boucan d'enfer derrière le mur m'interrompit. La porte s'ouvrit à la volée : « Tu sors de la maison ! Tu sors MAINTENANT ! »

Ma princesse dans l'encadrement. Qu'est-ce qu'elle paraissait coriace à cet instant. Excitante, presque. J'avais toujours aimé les coriaces. Je n'aurais pas été au téléphone… Je le glissai dans ma poche de poitrine et attrapai au passage trois babioles, ma veste et mon pouf. Elle se décala avec un rictus rageur. Je sortis de la chambre avec ce que j'espérais être une certaine majesté. La table du salon était recouverte de Post-it roses. J'en pris un : « Je suis malade. » Mon lecteur avait été balancé par terre. Les DVD également, deux avaient été défoncés avec mon marteau, celui avec le manche en métal. *The Big Lebowski* et *Seul au monde*. L'écran de la télévision était allumé sur une émission de Delarue.

La porte de la chambre claqua en faisant trembler toute la baraque. Mon neurone rigolo tenait le cap. Il me disait que si je n'étais pas sorti cette nuit, si je ne m'étais pas baigné au milieu des ablettes en traversant la forêt, si je n'avais pas fait le plein de vannes extrêmement drôles que j'avais eu le bon goût de garder pour moi, ce neurone, mon plus pointu, face à mon DVD du *Dude* détruit, m'informait que, sans ces préalables, j'aurais défoncé la porte de la chambre et que je lui aurais mis une branlée, à ma princesse. Probablement.

Je rabattis le caquet à ce connard de Delarue qui menait un débat sur le cancer avec le nez blanc. Je crus entendre Patti pleurer. Mon paquet de clopes en poche et ma mobylette sous le bras, je franchis la porte extérieure sans oublier de la claquer moi aussi. Une fois dehors, je pris les deux couvertures qui traînaient dans ma voiture et m'installai dans le jardin tel un prince saoudien en exil dans une jachère. La vie était étonnante. Je n'avais pas foutu les pieds dans ce jardin depuis des mois, et voilà que je m'y retrouvai pour la seconde fois cette nuit. J'étalai les couvertures sous l'arbre que j'avais frappé et je m'assis sur ma mobylette en sortant mes clopes et le téléphone.

« T'es toujours là ?

— Oui. Désol…

— Va voir si Cindy est dans sa chambre, c'est tout, revérifie pour Mélanie et rappelle-moi ! »

La maison replongea dans la pénombre à l'autre bout du terrain. Je raccrochai. Je regardais le jardin en pensant à ma vie. Je ferais mieux d'aller dans un bar d'ouvriers pour penser à ma vie. Un de ces bars vosgiens dans lesquels si tu commandes une bière, toute la salle rit avant d'essayer de t'habiller en fille et où, si tu commandes un vin blanc, ils ne prennent même pas le temps de rire avant de t'habiller en fille. L'idée d'un meurtre de masse par dépit me traversa à nouveau l'esprit car j'étais dépité. Il était cinq heures trente. Dans l'hypothèse d'un passage à l'acte, des inconnus en pyjama feraient parfaitement l'affaire. Ah, quelle surprise ce serait pour Patti : « Il tue des familles dans des maisons de plain-pied parce que sa femme lui a détruit son DVD du *Dude* ». *L'Est Républicain*, le journal qui bouge.

Je n'avais pas moufté. Ni hier pendant sa liste de reproches ni tout à l'heure pendant sa crise de nerfs. J'étais bien placé pour comprendre que certaines femmes pouvaient se plaindre de la violence de leurs conjoints. Les insultes, les coups, la rage des faibles.

J'étais à l'inverse. J'étais faible et fort, mais à l'inverse. Mutique, taiseux, renfrogné. À croire que je m'en foutais. L'impression que je lui donnais à coup sûr. Pour elle, pour mon fils, ma ligne de défense était friable. Je ne m'en foutais pas, mais j'étais le seul à le savoir.

J'étais bien sous mon arbre. Le soleil se levait à l'est. Il ne pleuvait pas. J'abandonnai l'idée d'un crime de masse. Je devrais tondre ce jardin une fois par an. Quelle blague. Jamais je ne tondrai un jardin. J'avais été honnête avec Patti dès notre installation. Les jardins ne me concernaient pas. Un jardin abandonné devenait une petite forêt et j'aimais les petites forêts parce qu'elles me faisaient moins peur. Quoique là je distinguais à peine la maison derrière les hautes herbes. De ça, je m'en foutais. J'avais les fesses sur ma mobylette et une clope en main. Puisque le concret m'affligeait, et que le concret c'était moi, où pouvais-je me réfugier si ce n'était dans l'onirisme ? « Il s'installe dans un pommier et refuse d'en descendre tel un euphémisme de dadais perché en quête de solitude. » *L'Est Républicain*, le journal qui bouge.

Je savourai ma clope.

Je m'étais habitué à tout. Aux pantalons trop courts, aux lavabos trop bas, aux lits trop courts, aux distributeurs bancaires à un mètre du sol, aux douches dans la tronche et à tout ce qui pendait des plafonds et percutait madite tronche. Je m'étais habitué. Pour mes jambes, au manque définitif de place derrière un bureau, en voiture et dans la plupart des transports en commun. Pour mes mains, à pouvoir saisir des choses que personne ne pouvait saisir, si hautes, si lourdes, si inaccessibles. À pouvoir caresser deux seins ou porter trois packs de flotte d'une seule main. Au bar, dans n'importe quel bar, à me baisser pour m'appuyer sur le zinc. Dans des couloirs parcourus par des dizaines de personnes chaque jour, ou des sentiers de randonnée traversés par la foule des marcheurs, à être le seul à me prendre les toiles d'araignée dans la face. Parce qu'au-delà d'un mètre quatre-vingt-dix personne n'était passé. Jamais personne. Je m'étais habitué. Je m'étais habitué à baisser la tête. Toujours. Pour ne pas me la cogner, en première intention, mais aussi pour entrer en relation avec les gens de taille normale vivant dans ce monde de taille normale. Ce monde qui m'avait accueilli avec pas mal de difficultés et beaucoup de remarques, ce monde qui n'était que la norme à laquelle il ne faisait pas bon déroger.

J'étais conscient des douleurs passées ou présentes des opprimés et des parias, du racisme, du fascisme, du sexisme, de ces ados dont je m'occupais, des moqueries, des frustrations, mais force était de constater que c'était souvent des nains qui étaient à la manœuvre, des abrutis aux petits pieds qui se considéraient comme grands, avides de fric et de gonzesses longilignes, satisfaits de vivre dans des meubles en bois rare construits par des pygmées, nos amis lointains plus petits donc. Quand un vrai grand traînait dans ce paysage de réussite, c'était le jardinier ou le frère beubeu de la gonzesse longiligne.

La vie en tant que grand ressemblait en tous points au jeu de mon collège. Celui qui dépassait se faisait démonter, et surtout, surtout, celui qui dépassait était obligé de baisser la tête, de se mettre à genoux pour les actes du quotidien, à la banque, au supermarché, et de repousser les sièges au maximum en se disant *Non, c'est déjà le taquet ?* C'était des circonstances atténuantes pour mes errances à mon sens. Si je m'accordais une soirée tueur de masse dans un lotissement un jour, que j'en tuais plein sur leur carrelage ou dans leurs petites chaises, ce serait ma ligne de défense au tribunal.

J'avais la photo d'un mec de deux mètres quarante-sept dans mon agenda. Je l'avais découpée dans un exemplaire du livre des records des années auparavant. Il était avec sa femme devant sa voiture devant sa petite maison des Shetlands. Trop grand pour la photo, trop grand pour sa femme, pour sa maison, sa voiture et la rue. Probablement trop grand pour l'île. Un mec au-delà… Il ne lui restait qu'à s'enfuir à la nage. *Wasser ist Zukunft.* L'avait-il fait ? Mon téléphone sonna : « Ouais c'est moi Dom.

— …

— Elles sont là. Mais… Cindy est toute mouillée.

— Mouillée ?

— Toute mouillée, Dom. Endormie dans son lit habillée et trempée.

— Tu fais chier. »

Je raccrochai.

# 22

« Mélanie ? Mélanie ! Est-ce que tu as entendu ce que t'a demandé madame la juge ? Mélanie ? »

Mélanie me regardait vaguement, comme si j'étais accroché à un parapente très haut dans le ciel. Sa sœur ne me calculait même pas. À sa droite, installée à contre-jour, Clément-Sournois avait une tête de petit vautour affamé, un pansement sur le côté du crâne. Un homme à la peau grêlée, assis à côté d'un yucca, notait tout ce qui se disait. J'aurais pu apprécier ce moment de plénitude au pays de la justice mais il n'en était rien.

Quelques jours s'étaient écoulés depuis ma fin de nuit dans le jardin. Les suivantes, je les avais passées chez Matthias. Patti ne répondait plus. Mais le lendemain de cette nuit de merde, Cindy avait disparu pendant deux jours. Nous n'avions pas su pourquoi elle s'était retrouvée trempée dans son lit, et là-dessus, Franck avait ramené un python mort d'une de ses virées nocturnes. Sans tête, le machin ne ressemblait à rien. Mathurin avait proposé de le cuisiner. J'avais proposé de le congeler pour en faire une sagaie puis de le filer à Adama.

Mélanie avait menacé de se scarifier le bras gauche la veille de l'audience. J'avais négocié pour le droit. Elle avait hésité puis renoncé. J'avais récupéré le compas. Adama avait lancé un caillou dans la tête de la psychologue. Une zone fragile, une tête de psychologue : elle avait fini sa journée à l'infirmerie.

L'audience attendait à présent le retour sur terre de Mélanie. Derrière la juge, trois photos grand format d'enfants étaient accrochées au mur. Les deux sœurs, affublées du même survêtement de marque mais de couleurs différentes, étaient affalées dans leur siège devant le bureau massif. La magistrate était une petite femme boulotte à l'aspect rassurant. A contrario du trentenaire malingre qui lui servait d'assesseur. Hormis un yucca agonisant, la déco n'était constituée que de dossiers empilés. Il y en avait partout. Étagères surchargées, classeurs débordants, une table dissimulée sous une avalanche de pochettes et de chemises.

Les filles somnolaient. La sédation pour tous avait envahi le foyer. C'était le nouveau protocole initié par le directeur. Désormais, l'infirmière pilait tout ce qui lui passait sous la main et en farcissait la nourriture. Il ne fallait plus manger de pain si l'on voulait pouvoir continuer à articuler. Je lui avais demandé encore hier de tempérer ses ardeurs, les ados s'endormaient sans cesse, mais je n'avais pas vraiment été écouté. Ritaline, Diazépam et Tercian avaient toujours été ses amis. En quittant le foyer avec les deux frangines ce matin-là, chancelantes et l'œil trouble, j'avais compris que l'infirmière avait eu la main lourde au petit déjeuner.

Cette dernière m'avait pourtant affirmé qu'elles récupéreraient pendant le trajet. Qu'elles retrouveraient leurs esprits maléfiques en quelque sorte.

Ce n'était pas gagné.

Cindy était effondrée, Mélanie luttait pour rester à flot. Elle leva une petite main pâle et couturée qui pouvait aussi bien signifier « J'ai entendu » que « Allez-vous faire foutre ».

Clément-Sournois voulait les renvoyer chez leur père. Je m'y opposais. La juge hésitait. Elle poursuivit en se grattant le front : « Je comprends tes réticences concernant ton père, Mélanie, son dossier n'est pas très solide, mais comme vient de l'expliquer madame Clément-Sournois, qui représente aussi le directeur, Cindy et toi accumulez les mises en danger au foyer, pour vous, pour les autres adolescents et pour les professionnels qui vous accompagnent, et ces actes m'incitent à envisager… »

Je n'étais pas le seul euphémisme car le dossier du père n'était effectivement pas bien solide. La juge m'avait transmis les éléments en arrivant. Il était sorti de taule quelques mois plus tôt, trafic d'animaux et une mention pour trafic de drogue. Il avait une adresse à proximité de Metz. Il souhaitait remettre la main sur ses filles parce qu'il était leur père. Court argumentaire. Le père avait aussi eu un accident à Clinquey. Le monde était petit. Dégât matériel, alcootest positif, son permis voiture lui avait été retiré. Mélanie émit un borborygme.

« … la possibilité d'un retour chez votre père. Partiel dans un premier temps. »

Je pris la parole. Les filles allaient gicler. Le directeur avait dressé la liste de leurs méfaits pour étoffer l'ordre du jour qui devait mener à la conclusion qu'elles devaient gicler. Le tout était de savoir où. La magistrate nous en faisait lecture.

Quelques chiffres : cinq traumatismes crâniens, dix-sept voies de faits, quatre départs d'incendie, quatorze extorsions avérées, trois tentatives d'intimidation envers des représentants de la loi, trois exhibitionnismes envers ces mêmes représentants. Mélanie avait tendance à mettre des coups de boule et à enfoncer des manches dans les gens quand elle avait un manche en main. Notre métier était d'éviter qu'elle en ait un trop souvent. Cindy aimait foutre le feu et était prompte à se foutre à poil devant n'importe quel représentant de l'autorité quand la situation l'exigeait. Elle me l'avait fait une fois : fillette de douze ans nue qui se tripotait la chatte en hurlant « Non, non, je veux pas ! Lâche-moi, méchant ! » Je lui avais montré la caméra. Elle s'était rhabillée encore plus vite qu'elle ne s'était foutue à poil.

Un seul point positif dans ce dossier qui compilait leurs exactions depuis leur plus jeune âge : le gâteau au chocolat qu'elles avaient concocté pour le groupe la semaine dernière et ce, sans aucun blessé grave, était délicieux. C'était léger comme contrepoids.

Ma marge de manœuvre était réduite au minimum. Les filles allaient être transférées. Le père demandait leur retour. Il était plus que probable qu'il les ait maltraitées petites, même sexuellement, mais elles n'avaient jamais témoigné contre lui. L'hypothèse du retour en famille occasionnerait moins de frais pour la justice. J'avais tenté de le rencontrer avant l'audience. Sans succès.

Il espérait simplement que la juge accède à sa requête. Ce qu'elle n'était pas loin de faire.

Le foyer n'était qu'un bout de route pour toutes ces gamines, mais nous avions interdiction morale de les jeter dans le vide sous prétexte qu'elles étaient trop méchantes avec nous. Notre boulot était justement de nous occuper d'elles, les méchantes et les autres. J'avais en mémoire ma course éperdue autour d'un UGC, bien sûr, et alors… La juge m'écoutait, notait, me posa une question, se plongeait dans ses réflexions.

La psychologue, surmontée de son bandage, donnait également à réfléchir. Payée pour nuire avec la malhonnêteté du désespoir. Elle m'avait dit avant d'entrer dans la salle qu'elle soutiendrait le retour chez le père, parce que le directeur désirait supprimer la mixité du foyer, qu'elles étaient ingérables et que cette option était mieux que rien. Elle occupait un fauteuil à oreilles beige qui lui allait comme un gant.

La juge replaçait ses feuilles en un rectangle impeccable. Elle me fixait d'un regard désabusé : « Qu'est-ce qu'elles ont ?

— La dose maximale, j'imagine. Dans les trente milligrammes en trop je dirais. L'infirmière se lâche depuis quelques jours.

— Je vous demande pardon ?

— Une nouvelle consigne du directeur, vraisemblablement héritée de ses expériences dans le domaine du handicap. Les médicaments de dernier recours ont basculé dans la prévention. C'est plus calme, mais c'est moins constructif. Pour le vrai dernier recours, nous devons utiliser des Taser désormais. »

La juge se passa une main sur la figure.

« C'est très dommageable pour les sœurs aujourd'hui. »

L'assesseur nota la réponse de la juge. La psychologue intervint : « Comme vous le savez, il y a eu plusieurs agressions le dernier mois. Face à tant de violence, les autres enfants sont en danger, nous ne pouvons plus laisser les choses en l'état. Le veilleur de nuit a été agressé voilà pas plus tard que la semaine dernière. Et Mélanie est particulièrement ingérable depuis son retour de fugue. Un éloignement s'avère nécessaire. Et elles ne sont pas contre le fait de partir, il me semble. »

Aucune réaction des concernées.

« Le directeur ne peut se satisfaire d'une non-réponse, conclut la psychologue.

— J'ai cru le comprendre. Vous avez déposé plainte pour les agressions ? »

La psychologue parut surprise par la question : « Non. Mais les éducateurs s'y refusent le plus souvent. »

Elle me regardait comme un petit vautour regarde un petit poulet : *Merde, faut que j'attende qu'il meure*...

« Nous le faisons au cas par cas, précisais-je, mais, de toute façon, la police n'intervient pas. Ou très rarement, disons.

— Le système est défaillant et… »

Je la coupais – en défaillance, je m'y connaissais : « Il le sera encore plus si l'on se débarrasse des filles dans ces conditions, madame Clément-Sournois ! Les remettre chez le père n'a aucun sens. Il a refusé de me rencontrer, on sait qu'il y a un passif de violences, on ne comprend pas ses motivations, c'est du grand n'importe quoi. »

C'était quel genre de nom ça, Clément-Sournois ? Ce n'était même pas une blague potache de mon neurone rigolo. Patience, Clément-Sournois. Articuler son patronyme était déjà le début d'une thérapie. Je ne savais rien de sa vie. Elle devait être la moitié féminine d'un couple malicieux. Madame Sournois épousant monsieur Clément, probablement un terne fonctionnaire, un jour de brume. Fallait juste espérer qu'ils ne se reproduisent pas.

Elle me transperça du regard. Je repris : « Il faut continuer avec elles. Ce n'est pas simple, mais nous devons approfondir la relation éducative. Sans parler du fait qu'elles refusent un retour chez leur père. Elles me l'ont clairement exprimé.

— Et pourtant, elles sont bien silencieuses, là, ajouta perfidement Patience.

— Je pense que si vous aviez la dose de Diazépam qu'elles ont dans les veines, vous ne diriez pas grand-chose non plus, madame Clément-Sournois !

— Sans traitement, ces adolescentes sont ingérables, madame la juge ! Je le répète. Le psychiatre ne dit pas autre chose. Elles entraînent les autres dans leur spirale infernale. Tous ceux que je reçois m'en parlent. »

Elle en recevait à peine quatre ou cinq sur la quarantaine d'ados accueillis au foyer. Les tout mous. Les croyants. Ceux de la catégorie légumes adolescents.

« Elles leur font peur ! Elles les manipulent, les mettent sous pression ! Adama était à table avec Cindy avant de m'agresser… »

Elle se retint d'ajouter une autre accusation envers Mélanie en caressant le large pansement qui lui recouvrait le crâne. C'était de l'altérité thérapeutique : évoquer des moins pires qui souffriraient de la présence des pires pour justifier de virer ces derniers et permettre aux moins pires de prendre leur place pour réitérer la même demande à leur encontre jusqu'à ce que l'heure de la retraite sonne.

« … Et, entre parenthèses, il serait bon que nous puissions rapidement déterminer une audience pour Adama. »

Je me tournai franchement vers elle, si elle pouvait arrêter de vouloir virer tous les jeunes, ça me soulagerait : « Tiens donc, le père d'Adama t'a appelée ? Lui aussi veut reprendre son gamin ? Toxicomane, il faisait pousser des panais en jardinière la dernière fois que je l'ai rencontré. Son dossier te paraît solide ? »

J'aimais jouer au con et la tutoyer. Au grand con. Cela étant, c'était vrai pour le père d'Adama, il faisait pousser des légumes anciens. Elle agita ses petites mains violacées dans l'air, puis leva les bras avec énervement. J'ajoutai, foncièrement sérieux : « J'ai parfois l'impression, Patience, que tu baisses les bras trop facilement. »

Elle me lança un regard accusateur. Licenciée de psycho, option psychologie militaire. « Travaillez votre regard, les filles ! Il me faut du glacial, du frigide, du divin ! Sinon vous ne survivrez pas parmi les ploucs qui constitueront votre clientèle. »

« Ne baissons pas les bras ! » était une de ses phrases favorites pour remotiver les troupes. Je faisais attention aux phrases favorites des gens, surtout lorsqu'elles ne se finissaient pas par « au moins ». Cette femme m'emmerdait. Elle ne servait à rien.

« Si ces deux jeunes filles n'étaient pas atténuées aujourd'hui, ce bureau serait en morceaux, madame la juge. Vous pouvez me croire. Nous ne pouvons plus tolérer cela. »

Atténuées. J'aimais bien le terme. Elles étaient défoncées avec une méchante came légale de labo pharmaceutique, mais atténuées, c'était presque poétique. Penser à m'atténuer un de ces vendredis soir.

« Revenons à l'ordre du jour de cette audience, intervint la magistrate, Mélanie, as-tu quelque chose à nous dire concernant ce qui vient d'être évoqué ? »

Un léger mouvement dans les cheveux de cette dernière, le scintillement d'un œil.

« L'enculé », articula péniblement la jeune fille.

Dire « l'enculé » moins d'une heure après avoir été surdosée, j'étais admiratif du combat mené. Des plus costaudes en prenaient facile pour une douzaine d'heures de statu quo. À ma droite, Cindy avait l'air d'un bébé dans son siège. Une de ses chaussures était tombée. La psychologue jouait avec son collier.

« Pourquoi veut-il vous reprendre, Mélanie ?

— Pour nous emmener en Moselle… »

Rien de bien rassurant.

Mon regard traînait sur les photos derrière la magistrate. Encadrées de bois clair, elles présentaient trois visages d'enfants en gros plan. Un garçonnet métis, une fillette trisomique et une rouquine joufflue. Un échantillon de cette fratrie bigarrée qui ne devait pas nous faire peur, même si, avec leurs grosses têtes, ils n'étaient pas loin d'y arriver. Je pensais cela parce que les enfants blancs sans option supplémentaire suffisaient à ma peur.

« Soit. Je vais rendre ma décision… »

L'assesseur, un genou dans le yucca, se remit brutalement en position prise de notes.

« Je m'oppose pour l'heure à un retour chez le père. Trop d'imprécisions et d'incertitudes. Je me référerai à l'enquête sociale à venir pour statuer ultérieurement. Cependant, entendant vos arguments, les vôtres, monsieur, comme les vôtres, madame Clément-Sournois, j'ordonne une mesure de protection immédiate à l'encontre de ces jeunes filles. D'une durée de quatre à six mois, par délégation mais sous la responsabilité du foyer. En premier lieu pour les mettre hors d'atteinte du père pendant la procédure, et en second lieu pour répondre aux difficultés rencontrées par le foyer. Je m'oppose également à ce qu'elles soient séparées. »

Clément-Sournois reprit sa tête de vautour impatient : « Je me permets de vous faire part de mon étonnement, madame la juge. Nous craignons pour la sécurité des personnels et des résidents. N'attendons pas qu'une situation similaire à celle d'Ahmed Pilouf se reproduise. »

Ahmed Pilouf avait tenté de tuer le moniteur de l'atelier bois par deux fois l'année dernière. S'il n'avait pas été aussi maladroit, il aurait réussi. Il avait été interné en hôpital psychiatrique au Sahel. Ça avait signé la fin de l'atelier bois et le départ de son animateur.

« La situation du petit Ahmed était bien différente, madame Clément-Sournois. Concernant ces demoiselles, charge à vous de leur trouver un lieu de transfert dans les meilleurs délais. Dans six mois au maximum, nous réévaluerons la situation. Vous me tiendrez informée de la destination et me communiquerez les rapports trimestriels de suivi. Nous prévoirons une audience à leur retour. Ne traînez pas. Je n'ai pas envie de les savoir dans les parages d'ici un mois. »

La psychologue arborait ce qui ressemblait le plus à un sourire narquois sur sa face d'opprimée. Elle soupira à l'intention de Cindy : « Quand je pense que cette petite garce a encore tenté d'incendier mon bureau le mois dernier… »

À cet instant, Cindy lui sauta à la gorge. Elle l'attaqua comme l'alien qui sort de l'œuf dans le premier film de la saga. Inattendu. Foutrement rapide. Je saisis la fillette par le col sans ménagement. J'en avais marre des femmes qui se réveillaient de mauvais poil. Patience nous accompagna jusqu'à mi-parcours. Je recollai la petite dans son siège alors que la psychologue retombait dans le sien. De la plus complète apathie baveuse à la fureur incarnée. Elle se dégonfla immédiatement, petite fille perdue.

Nous saluâmes la juge et prîmes congé.

## 23

« Anthony ! Anthony ? Anthony ! »

Où était ce galopin ? Je l'emmenais chez le dentiste cet après-midi. Je lui avais rappelé le rendez-vous le matin même. En l'attendant, je poursuivais la partie de dames entamée avec Jason. Un des plus paisibles du groupe, mais, lorsqu'il lui arrivait de s'énerver, il y avait du vent dans les voiles. Il mesurait un mètre quatre-vingt-dix et je lui rendais vingt kilos.

Pendant les matchs, il se contentait d'habiter les cages de sa présence rectangulaire. Les attaquants venaient s'écraser contre lui. Dans le jeu de dames, il utilisait la même technique. Il ne bougeait que les pions de sa première ligne avec une lenteur exaspérante. Priscilla l'avait chambré sur sa virilité pendant le goûter au gymnase, et il avait ressenti le besoin d'en discuter. Il était aussi poilu qu'un tapis oriental et le renflement dans son short l'obligeait à mettre des coquilles de la taille d'une casserole lors de nos gentils matchs de dingues, mais les mots de Priscilla l'avaient blessé. La fragilité des adolescents n'est pas un leurre. Les rapports troubles au corps. Son truc à lui était de se remplir d'eau quand ça allait mal. Lors d'une autre crise du même ordre, il avait avalé le tube d'étain d'une fontaine qui devait bien faire dans les soixante centimètres de long. Je n'avais pas osé le lui retirer ce jour-là. J'avais eu trop peur de lui arracher la gorge ou la trachée. J'avais attendu qu'il déborde, se retire et s'affale à côté de la fontaine en extase. Ce gros machin atteignait une sorte d'orgasme avec l'eau. Sa potomanie.

Cette fois, je l'avais récupéré une heure plus tôt avec le robinet de la salle de bains enfoncé bien profond dans la gorge, ouvert à fond, impossible à éteindre. Zut. Il ne pouvait résoudre ainsi ses problèmes. Nous l'avions déjà évoqué. J'avais dû couper l'arrivée d'eau générale. *Wasser* n'était pas *Zukunft* pour lui.

Je m'étais assis à côté de lui dans la salle de bains, et c'était là qu'il m'avait fait part des moqueries de Priscilla. Il aurait fait un bon pompier. Blague. C'était ce que je lui racontai pour le dérider. Les lances à incendie avec leurs embouts chromés « dix bars de pression, tu finirais en poisson-lune ». Il pleurait et riait en même temps. Il se détendait. Je lui avais ensuite proposé la partie de dames.

J'avançai mon pion pour essayer de démonter ses trois lignes de défense. Mon dernier coup, il fallait vraiment que je mette la main sur Anthony. J'avais eu du mal à lui dégotter un rendez-vous dans un cabinet dentaire. Et le médecin-conseil, au départ, ne voulait rembourser qu'une dent. Ça dépassait le ratio selon lui. J'avais dû ferrailler pour avoir les deux quenottes. Ferait-il ça à ses enfants ? Ne remplacer qu'un verre sur une monture pour une histoire de ratio ou, ah tiens, je t'ai acheté une belle chaussure, t'auras l'autre l'année prochaine.

Je m'approchai de la fenêtre de la salle de vie. Me penchant, je découvris l'édenté en bas près du transformateur. En train de s'allumer une clope. Trois jours plus tôt, il n'avait encore jamais fumé de sa vie. Une autre facette chiante de ce gosse. Il manquait se faire abîmer chaque jour dans des situations cocasses, mais il prônait la vie saine. Ne pas fumer, manger équilibré. Il prenait la tête à tous les fumeurs du groupe, se causant de nombreux problèmes avec ses congénères. Jusqu'à ce qu'il se rende compte qu'il pouvait coincer les clopes entre ses dents manquantes et épater Mélanie avec son numéro.

« ANTHONY ! »

S'il se tirait je le tuais. Il se contenta de sursauter en panique puis de me regarder d'un air effaré. Jason me tapa sur l'épaule. Il me tendit un dessin de Bob qui ressemblait à Pierre Palmade sans le côté espiègle. « Cadeau. » C'était une autre pratique de ces ados, s'ils n'arrivaient pas à te tuer, alors ils t'offraient un cadeau. Un dessin ou une poule sans tête.

« Ne bouge pas Anthony, j'arrive ! Merci, Jason. »

Je fonçai rejoindre l'autre joyeux avant qu'il se carapate. Il n'avait pas bougé. Sa clope éteinte était calée dans le trou de ses dents manquantes. Nous prîmes la direction du parking. Il ralluma sa cigarette juste avant de monter dans le fourgon : « Tu te fous de moi, Anthony ? »

Il eut une quinte de toux alors que je lui montrais l'écriteau d'interdiction de fumer fixé à la boîte à gant : « Oh, excuse, Dom ! J'ai pas l'habitude. »

Et il avala sa clope. Allumée. Fatigant, même au repos.

« Briquet ! »

Il me donna son briquet. Sur le trajet, il ne parla que de Mélanie et du fait qu'il allait demander au dentiste une dent en or. Je lui répondais qu'il avait déjà les dents jaunes. J'essayai de joindre Patricia pendant qu'il était sur le billard. Sans succès. Sur le retour, la gueule pourtant anesthésiée, zozotant, il était reparti à me saouler de Mélanie. Il l'aimait. Elle l'aimait. La preuve, elle ne l'avait pas fait chier depuis plusieurs jours.

Alors que je quittais le foyer, en fin de journée, le directeur m'accosta : « Ah, Dominique, il faut que je te voie ! Mais ça peut attendre demain. Je finalise. Ça concerne les filles. Leur nouveau lieu de villégiature… »

Bien. Attendons demain, alors.

Sortant du bâtiment, je croisai la psychologue qui se baladait avec son pansement sur le crâne. Elle me faisait la gueule depuis l'audience avec la juge. Cette rapidité dans le transfert ne me rassurait pas. À tous les coups, j'allais me retrouver à les accompagner chez les Talibans. Le directeur m'avait déjà averti qu'il désirait informer les deux sœurs au dernier moment, pour éviter un saccage de départ.

Je traversai le terrain de basket. Ma voiture était en contrebas. Elle avait une forme étrange. Il ne s'agissait pas de cette quête esthétique ratée quant à la conception de sa carrosserie, mais plutôt d'un ajout sur son capot. Une bosse ou une dinde, c'était flou pour moi à cette distance. Une dinde sans tête qui pourrait indiquer que Franck préparait Noël.

C'était en fait un sac. Un sac de sport. Mon sac de sport.

Je l'ouvris. Une enveloppe en papier Kraft avec mon prénom écrit de la fine écriture de Patricia, et dessous, mes affaires, la lampe, la bouée, le poster de Mudhoney plié en huit. Elle m'avait déposé mes affaires sur le capot de ma voiture au foyer de La Dent du diable. La rupture de merde.

Je refermai le sac, le jetai sur la banquette et démarrai.

## 24

Je m'étais effondré dans la douche de Matthias. Et c'est ainsi que mon pote me découvrit. En combinaison et roulé en boule dans son bac. J'avais posé l'enveloppe et son contenu sur la table basse devant la télévision.

J'étais parti me baigner en quittant le foyer. Ma fuite, mon refuge. J'avais brassé mon kilomètre dans la lumière descendante. J'avais repris pied sur la rive, quelques mètres pour rejoindre la voiture. J'avais ouvert le sac. Celui que Patti avait eu la gentillesse de me déposer sur le capot. La bouée, ma lampe, le DVD en miettes du *Dude*. J'avais décacheté l'enveloppe, sorti le dossier qui s'y trouvait, et compris très vite que j'étais beaucoup plus con que je l'imaginais.

J'étais dévasté. Je n'avais rien compris du tout.

J'avais rouvert et refermé le dossier vingt fois. J'avais lu attentivement les trois pages qu'il contenait. Vérifier son nom, son prénom, encore et encore. Le courrier du généraliste, l'hypothèse du spécialiste. Je l'avais lu sur un Post-it, pourtant. Patti était malade. Le dossier médical faisait état de cellules potentiellement cancéreuses, d'une grosseur anormale au sein droit et d'un pet-scan à programmer. Le tout était accompagné d'un rapport d'analyses et d'une FSC, une formule sanguine complète, effectuée dans un laboratoire nancéen.

Mais putain, pourquoi ne m'en avait-elle pas parlé au lieu de me faire des listes de reproches ou de me noyer sous les Post-it ? Je ne lui en avais peut-être pas laissé l'occasion, cela dit. Elle me gonflait tellement avec ses récriminations de jeune mère déçue que je ne l'écoutais plus. Je m'étais barré, je l'avais réveillée en pleine nuit. J'avais même dansé.

Je l'appelai. Messagerie. Je m'excusai, sanglotai, balbutiai, suppliai. Je m'excusai de nouveau, je raccrochai. Je remontai en voiture. Aucun souvenir du trajet, mais je me retrouvai devant la maison. Sa voiture n'était pas là. La poussette n'était pas dans l'escalier. Il n'y avait personne. Je sonnai comme un dératé. J'étais pieds nus. Je pris ma clef. J'entrai. C'était vide, il faisait froid. Je ne savais pas quoi faire.

Je ressortis au bout de quelques minutes. Mes jambes se dérobèrent sous moi sur le perron. Pieds nus. Encore en combi. J'avais oublié que je venais du lac. Je me sentais encore plus con. Elle n'aimait pas que j'aille me baigner au lac et je me repointais en tenue de parfait abruti. Résonna alors un bonsoir clair. J'avais un sixième sens pour les jeunes mais les vieux pouvaient me surprendre. C'était la voisine d'en face. Avec son chat dans les bras. Frissonnant, je lui retournai son bonsoir d'une voix qui n'en demandait pas plus. Elle poursuivit sa balade vers le bas de la rue.

Je recomposai le numéro de Patti. J'eus tout juste le temps de me dire « Ah, tiens, ça sonne » qu'elle décrocha : « Tu as trouvé ton sac ? Tu as trouvé le dossier médical ? Tu as compris ? Tu as compris pourquoi j'ai peur, pourquoi je m'énerve sans arrêt ? Tu as compris que tu m'as laissée toute seule ?

— J'ai compris. Mais tu… »

Aucune idée de ce que j'allais dire après ce « tu » ; elle ne m'en laissa pas le temps : « C'est déjà ça. J'ai besoin de réfléchir. Je suis chez ma mère. Ne viens pas ! Ne viens pas et n'en parle à personne, je ne l'ai dit qu'à toi. »

Elle sanglotait.

« Je ne pouvais pas sa…

— Tu ne sais jamais rien, c'est bien ça le problème avec toi !

— Je t'ai… »

Elle avait raccroché.

Un bruit derrière moi. La voisine était revenue et elle me tendait une serviette éponge tiède. Je la pris et m'essuyai le visage. Je lui dis « Merci, merci, merci ». La serviette me fit du bien. Tellement de bien. Je me sentais tellement merdeux. Un bien fou. Un cancer. Je demandai à la dame si je pouvais la lui rendre le lendemain. « Bien sûr. » De retour dans la voiture, je redémarrai la tête emballée dans la serviette.

J'arrivai chez Matthias vingt minutes plus tard. Quartier de l'Échinelle au 10 de la rue des Grès. Ascenseur. Quatrième étage. J'avais la clef. Matthias travaillait cette nuit. Je balançai la serviette, le dossier, et entrai sous la douche sans même enlever ma combinaison.

Puis plus rien. Plus rien du tout.

« Dom ! Qu'est-ce que tu fous dans la douche ? Réveille-toi, mon pote ! »

J'émergeai d'un coup, le scrutant de mes grands yeux perdus. Matthias était penché sur moi, l'air moyennement inquiet.

« Quelle heure il est ?

— Sept heures trente. »

Matthias rentrait de sa nuit à l'internat. Je me redressai : « OK. Je fais couler un café et je me prépare.

— Tu commences pas à neuf heures ce matin ?

— Euh, si, mais… Mais le boss veut me voir au sujet de Mélanie et Cindy.

— Ah. Tout va bien sinon ?

— Pourquoi tu me demandes ça ?

— Ben, t'as dormi dans la douche en combinaison.

— Ah oui… »

Son père était mort en combinaison de plongée.

« … Enfin non. Patti m'a quitté, je crois bien. Elle a déposé mon sac sur le capot hier soir. C'est fini. Elle est retournée chez sa mère. »

Je lui racontai cette histoire parce que je ne pouvais pas lui dire qu'elle était malade, parce qu'il fallait que je lui dise quelque chose : « Merde. Tu veux pas que je nous roule un joint ?

— À sept heures et demie du matin. T'es malade ! »

Et j'avais ri. C'était nerveux.

## 25

J'arrivai au foyer en avance. Anthony était déjà assis au milieu du terrain de basket. Il était à peine huit heures. Je me dirigeai vers lui. Je ne m'étais jamais retrouvé sur un terrain de basket aussi tôt. À vrai dire, j'évitais de me retrouver sur un terrain de basket : « Mais tu fumes encore ?

— Salut, Dom ! Non, t'inquiète, je fume pas, je m'entraîne ! »

Il zozotait. Un paquet de tabac et des feuilles à rouler déchirées ou froissées étaient posés par terre près de lui : « Qu'est-ce que t'en penses ? »

Il tendit une clope boursouflée qui semblait avoir été piétinée. Je soulevai un sourcil inquiet.

« C'est pour Mélanie. Elle a du mal à se rouler ses clopes en ce moment avec ses coupures. Alors je m'entraîne pour lui en offrir, mais c'est difficile, putain. »

Si c'était pour faire des cadeaux, pourquoi pas… Je m'assis et lui montrai comment rouler à l'envers, le collant vers soi, en insistant sur l'importance de maintenir une pression constante, de ne pas mettre trop de tabac, et de glisser le filtre au bon moment.

« Je sais que je lui plais, Dom. Je te jure ! Et moi, je rêve que d'elle…

— Mais au fait, lui dis-je pour le stopper dans sa logorrhée mélaniesque, comment ça se fait que tu rêves encore, toi ? Et que tu te lèves si tôt ? Les autres sont plutôt au radar depuis une semaine. »

Il était concentré sur sa création, qui n'était pas mal, restait à voir s'il y avait du tirage : « Oh, je bouffe pas n'importe quoi, moi ! Et j'ai compris que c'était dans le pain, ou dans le lait. Je fais gaffe ! Je fume pas, je bois pas et j'essaie de pas manger trop sucré. Et les cachets de Tercian, je les ai toujours refilés à Jason. Ça lui coupe sa potomachin. C'est ce qu'il dit en tout cas. Bon, va falloir que j'essaie…

— File-la-moi plutôt !

— Cimer. Je trouve ça naze de fumer. Ça m'a fait rigoler quand j'avais les trous, mais maintenant que j'ai mes belles dents… »

Il me souriait avec ses deux dents blanches dans sa dentition jaune. J'allumai la clope.

Les minutes suivantes, je l'écoutai pérorer sur ses amours, ses envies, ses drames. Je ne l'avais pas vu aussi serein depuis longtemps. Il me fit du bien. Les autres lui couraient moins après avec le nouveau protocole de sédation. Sa clope était parfaite. Je demeurai à ses côtés au milieu du terrain de basket pendant qu'il en roulait vingt autres, ne pensant plus qu'à la sensation apaisante de la serviette tiède sur ma tête la veille, sans plus lui répéter que Mélanie ne l'aimait pas puisque Mélanie ne pouvait se permettre d'aimer quiconque.

Plus tard, je le raccompagnai dans le groupe avant de prendre la direction du donjon pour m'entretenir avec le directeur. Anthony m'avait fait du bien. Je me répétais.

J'atteignis les dernières marches. La porte du bureau s'ouvrit et le directeur en sortit un arrosoir à la main. Il portait beau. Il était frais. Costume trois-pièces dès le matin, il s'approcha du philodendron qui verdissait l'entrée de son bureau : « Ah, Dominique, tu tombes bien. »

Depuis l'audience, il était chaleureux. J'avais pensé qu'il me tiendrait rigueur de m'être opposé au retour des deux sœurs chez leur père, mais non. Seule Clément-Sournois me la jouait glaciale.

« Il faut que j'aille ouvrir la terrasse. Entre ! J'ai des bonnes nouvelles à t'annoncer. »

Elles devaient l'être, il avait l'air enchanté. Je pénétrai dans l'antre aérien du pouvoir à La Dent du diable. Son bureau se situait à une quarantaine de mètres du sol, tout en haut du donjon. Le seul endroit ordonné du foyer car parfaitement interdit aux adolescents au quotidien. Et lorsqu'ils y étaient convoqués, il leur proposait systématiquement une balade en voiture. La pièce était hexagonale et dotée de huit fenêtres. Meublée style norvégien. Vent froid, bois noueux, chaleur des formes. Un écran plat de belle taille entre les casiers et le summum du summum du norvégien prévoyant, un poêle à bois en dessous d'étagères contemporaines. Modèle Oslo, les étagères. Ne manquait que le jacuzzi, mais un jacuzzi dans un donjon, c'eût été trop, avait dû lui murmurer sa conscience. Un cabinet de toilette se trouvait derrière une petite porte sur la droite. Il surplombait la terrasse extérieure qui faisait le tour de la tour.

Je m'installai dans un siège aux tons clairs, armature bois flotté quoique foutrement confortable, face à son bureau ouvragé par un designer qui avait pris le vent. Le vent froid de là-haut avec de la neige et de la glace dedans. Plateau de verre transparent sur bois pétrifié. Le dirigeant classe et humain m'offrit un café. J'acceptai. Avec un sucre. La cafetière avait une chambre à vide et un compresseur d'arôme, modèle blizzard. Je fus servi en trois secondes. Il prit place de l'autre côté du bureau. Souriant. Il tenait une tasse de thé. Puis il s'exclama en saisissant une télécommande : « Avant qu'on discute, il faut que je te montre… »

L'écran dans mon dos s'alluma. Je fis pivoter le fauteuil. Un cycliste en fond d'écran : une photo de lui sur un vélo dans une pente aride. La mer au fond, un ciel bleu intense avec cinq nuages. Il attendait que je dise quelque chose.

« C'est à la Réunion ? »

Cinq nuages, facile. Comme si je reconnaissais l'endroit.

« Oui ! » La joie emplit son visage. « J'étais parti de Saint-Leu ce jour-là. J'ai traversé l'île en dix-sept heures, pourtant les conditions météo n'étaient pas tiptop. »

Je m'en foutais mais je fis gaffe à ne pas soupirer. Je savourais ce café dans ce bureau tempéré où mon cul était calé dans un fauteuil coussiné à la norvégienne après avoir traîné sur des terrains bien moins accueillants.

« J'étais encore licencié dans les Ardennes à l'époque. »

Il désigna le mur derrière lui où trônaient ses diplômes encadrés, une photo avec Gérard Darmon et une dizaine de coupes.

« J'ai une vidéo à te montrer. Tu as déjà vu un vélo électrique sur une autoroute ? »

Il manipula la télécommande. Il cherchait un fichier, le trouva, et une forme blanche se déplaçant dans un environnement gris apparut. Je replaçai mes lunettes correctement sur mon nez. C'était un cycliste, effectivement.

« Tu vas voir ! Plus loin il dépasse des véhicules ! »

Qu'est-ce que c'était que cette connerie ? Il leur proposait des balades en voiture, et maintenant il me conviait à mater un cycliste qui doublait des bagnoles sur l'autoroute…

« Pour ma part, j'ai connu un pompier qui avait un fusil à pompe. »

C'était mon commentaire troisième degré. Une pratique qu'il n'appréciait que modérément chez un éducateur. Mon père avait été un mentor pour moi dans le domaine de la phrase à la con. Le directeur poursuivit sans y prêter attention : « Cette entreprise a mis au point un vélo électrique qui monte à 140 km/h en vitesse de pointe et qui accélère comme une Porsche de 0 à 50. Regarde-moi ça ! C'est formidable. Tu as vu la selle, il est sanglé dessus ! Il double un camion en pédalant pépère ! Regarde la gueule du chauffeur ! »

Le chauffeur semblait en effet tirer la gueule. Je ne savais pas qu'on pouvait faire du vélo sur les autoroutes du Grand Est. Le chauffeur non plus.

« À quoi ça sert ?

— Les moteurs sont dans les axes des roues. Le foyer est en lien avec cette entreprise pour… À quoi ça sert ? Mais c'est génial ! Tu… »

Je n'étais pas emballé. Il le sentit : « Tu n'aimes pas le cyclisme, c'est ça ? »

Parce qu'il appelait ça du cyclisme, en plus. Mon manque d'enthousiasme était flagrant. Puisque les flics avaient des Subaru et des flingues, est-ce que les éducateurs de La Dent du diable allaient avoir des vélos-fusées et des Taser ? Le cycliste s'accrochait d'une main à la galerie d'une voiture avant de la dépasser en accélérant de l'autre. J'aurais été dans cette voiture, j'aurais baissé une vitre pour lui mettre une beigne.

« Pas vraiment. »

L'homme s'arrêtait ensuite sur une aire et descendait de son VTT. J'aurais été routier sur cette aire d'autoroute, je l'aurais suivi aux chiottes et je lui aurais cassé les deux bras discrétos.

« Je trouve ça complètement dangereux, ce vélo. »

Je vis la déception envahir son visage. Il tiqua dans son beau costume et éteignit brutalement l'écran : « Oui bon, n'en parlons plus alors ! Ce n'est pas pour ça que je t'ai fait venir. Je veux te parler du départ des sœurs. J'ai trouvé un lieu qui pourrait leur convenir et ils ont de la place. Tout est organisé. Tu es d'accord pour les accompagner ?

— Oui, bien sûr, je suis leur référent, mais comment vous vous êtes débrouillés pour obtenir deux placcs si vite ?

— Oh, grâce à l'université de Strasbourg où j'ai fait mon Master en management. J'y ai gardé quelques contacts, notamment un chercheur en sociologie bien connu. »

Il désigna de nouveau ses diplômes encadrés.

« Il a publié plusieurs ouvrages dont un consacré à la sociologie des Inuits. »

Il désigna alors la bibliothèque. Sa démonstration me laissa de marbre. Je fis gaffe, là encore, à ne pas soupirer. Il continua : « Ils sont en lien avec un établissement dans le Nord.

— Dans le nord de Strasbourg ? »

Trois heures de route aller-retour, je m'en tirais bien.

« Une session débute dans quatre jours. Ils n'accueillent que des filles. Troubles du comportement. Non, pas le nord de Strasbourg, enfin si, dans un sens… »

Le dirigeant classe se rejeta dans son siège. La pulpe d'un pouce entre les lèvres, il me dévisagea soudain avec une franchise déroutante : « Dans le Nord, Dominique. Le Grand Nord ! Tu as un passeport ? »

Le Grand Nord de Strasbourg, c'était l'Allemagne.

« En Allemagne ?

— Non. En Laponie. Un centre éducatif renforcé en Laponie suédoise. »

Moi qui délirais sur son penchant norvégien quelques instants plus tôt. Je posai ma tasse dans le repose-tasse du fauteuil : « La vache. Vous ne lésinez pas sur le dépaysement ! »

L'éloignement et l'isolement : les deux mamelles de la prise en charge des CER. Le jeune délinquant était coupé de ses réseaux, de ses amis et de ses habitudes. Les éducs qui bossaient dans ces structures pesaient généralement plus de cent kilos. La plupart des CER que je connaissais, pour y avoir emmené ou récupéré des adolescents, étaient situés dans des trous perdus, à l'étranger souvent, au Maroc ou en Espagne.

Quelques-uns en France. Il y en avait eu un pendant quelques années à Clinquey.

« Départ dans deux jours. Voiture jusqu'à l'aéroport de Strasbourg, puis vol pour Munich où tu seras rejoint par du soutien. Ensuite, direction un bled au nom imprononçable. Un éduc de l'équipe viendra vous y accueillir. Svörg, je crois. Je les ai eus au téléphone. Très sympas. Tu les appelleras pour les détails. La session dure six mois. Faudrait aussi se renseigner pour Priscilla. En ce qui te concerne, ton vol de retour décolle trente-six heures plus tard.

— Vous n'avez pas trouvé plus loin ?

— La lune, Dom ? Ce n'était pas dans nos budgets, haha ! »

Il riait vraiment, ce con.

« Tu en as pour trois jours, le tout en heures supplémentaires, avec un taux plein et les primes de défraiement. C'est bon pour toi ? »

*La vache.*

« Ça ira. Pourquoi pas le Maroc comme les autres ?

— Ça s'est présenté comme ça ! Et puis Cindy aura plus de mal à mettre le feu en Laponie.

— Le père ne s'y oppose pas ?

— Le père ne s'y… Qu'est-ce qu'il vient foutre là-dedans ? On s'en fout, du père, Dominique ! C'est nous qui faisons son boulot et on applique une décision de justice. »

Des corneilles passèrent derrière les vitres.

« Soit. Ah, tant qu'on y est, j'en profite. » Je fis tourner mon fauteuil. « Je tiens à vous redire que je suis opposé au nouveau protocole de sédation. Absolument opposé.

— Je sais. Mais c'est moi qui décide, et la plupart de tes collègues sont satisfaits. Le calme est enfin revenu et, après le départ des filles, on va pouvoir transformer l'atelier, je t'expliquerai. Tu as vu les vélos ?

— Les vélos ? À part celui que vous venez de me montrer, non.

— Une première cargaison est arrivée. Des vélos à retaper. Ils viennent de l'entreprise qui… » Il eut un geste vers son écran. « Bref, je les ai recontactés. Ils s'étaient engagés il y a des années à fournir un quota de vélos annuel au foyer en vertu d'une donation pour l'enfance maltraitée. Or, à la lecture des registres, voilà plus de dix ans que nous n'avions rien reçu ! Nous allons donc les récupérer. »

Je me resservis un café. S'il avait dans l'idée de m'envoyer en rando vélo avec mes zozos pour parcourir la ligne bleue des Vosges, il se fourrait le doigt dans l'œil.

« Je veux mettre en place un partenariat plus large. Intégrer le foyer dans le secteur marchand. Faire évoluer les choses. »

En envoyant des adolescentes en Laponie et en sédatant les autres gosses ?

« Mais j'ai l'impression que tu n'es pas vraiment intéressé ?

— C'est ça. Je préférerais qu'on arrête de défoncer les ados aux neuroleptiques avant de vouloir les mettre sur des vélos.

— Eh bien pas moi. Une dernière remarque concernant le budget animalier. J'ai vu passer des remboursements pour un python et deux koalas. On est loin des poules, là… »

Franck avait découvert une ménagerie chez un particulier de la vallée. Il nous avait ramené une marmotte aussi. Heureusement, la vente de la peau avait suffi à dédommager les propriétaires.

« Oui et non : les tarifs se valent. D'ailleurs, Franck n'est plus en chasse en ce moment. Il aime le pain, Franck. Depuis trois jours, il dort, il bavouille, il chasse les mouches dans le meilleur des cas. Il n'est pas le seul…

— Ah, tu vois que c'est efficace ! Bien, je te raccompagne. Je vais refermer la terrasse finalement. »

Je le quittai en songeant aux deux sœurs. Le périple continuait, les filles. Direction la Laponie. Merde !

# 26

J'aurais pu bien dormir puisque mon fils n'était plus avec moi, mais j'avais mal dormi parce que ma femme n'était plus avec moi. Parce qu'elle était malade et que moi je ne l'étais pas. Et accessoirement parce que je dormais dans le clic-clac d'un pote dont l'appartement était constamment enfumé.

Le cancer. Cette saloperie de mot n'avait cessé de tourner dans ma tête. J'avais fait des recherches sur Internet. Par moments, j'arrivais à me convaincre que ce n'était pas bien grave. Une opération. Les chimios, les nausées, les cheveux qui tombaient. Deux ou trois cellules qui merdaient dans le milliard de cellules qui nous composaient et qu'il fallait juste exterminer. Plus généralement, je savais que c'était grave. Était-ce lié à l'allaitement, à son métier, à sa famille, à moi ? Allait-elle perdre un sein comme Lance Armstrong avait perdu une couille ? Allait-elle gagner le Tour de France ou maigrir et me faire regretter son embonpoint ? Allait-elle mourir ?

C'était une épreuve. Pour elle. Pour nous. Je lui avais envoyé une lettre.

J'avais pleuré en l'écrivant. Cette épreuve, nous la partagerions si elle le voulait encore. Je ne souhaitais pas rajouter de l'angoisse à la douleur. Je m'occuperais de Léon pour la soulager. D'ailleurs, mon fils me manquait un peu. Je ne lui écrivais pas qu'il me manquait un peu, je lui écrivais qu'il me manquait. Que je l'aiderais de toutes les façons possibles. Que je serais là pour son scanner, qu'elle n'avait qu'à me dire l'heure et la date. Qu'elle ne pouvait pas être gravement malade parce qu'elle n'avait jamais été malade. On ne passait pas d'un rhume à l'automne à un cancer métastasé au printemps. Une petite voix me disait que si, c'était possible. Je ne savais que faire de plus. De moins. J'avais posté la lettre.

Je me souvenais de nos débuts. De notre rencontre. De ce festival de courts-métrages qui avait fini par nous saouler, de nos coïts farfelus, de son pull fétiche qu'elle mettait sans arrêt. D'un resto où nous avions ri à nous pisser dessus. Le patron était venu nous voir pour nous demander de nous calmer. D'un concert des Fleshtones, de la caravane d'amour lors de ce concert, des journées passées au lit à mater des séries, de sa première voiture qu'elle surnommait Philomène, des repas colorés qu'elle faisait, des surnoms qu'elle me donnait, de la façon dont je la regardais alors. Elle était rayonnante, elle me rendait plus intelligent, j'avais oublié ces sensations ces derniers temps.

Je me souvenais en particulier d'une fête où elle m'avait convié. Une fête avec ses amis, un barbecue de mai, pour me les présenter. La consécration d'une équipe de handball. Nous sortions ensemble depuis un mois à tout casser. Elle avait insisté. J'étais un sauvage.

Je ne voulais rien avoir à faire avec des sportifs collectifs. Sa meilleure amie y serait, d'autres également, son ex-copain possiblement. Je lui avais simplement fait promettre que nous ne resterions pas plus de deux heures.

La sauterie se déroulait dans une villa située au sommet d'une colline de Champigneulles. Des plates-bandes pentues encadraient l'entrée. Deux garages, un parc arboré et une grande terrasse qui ceinturait tout le premier étage. De nombreux invités étaient déjà présents à notre arrivée. La majorité des mecs étaient en short. Le short rouge de l'équipe de hand. Le couple d'hôtes, à peine plus vieux que nous, dans les vingt-cinq ans, nous avait accueillis chaleureusement. Le salon, vaste pièce ouverte sur l'extérieur, était à peine enfumé. Lui était un collègue de Patti. Nous avions un peu discuté puis rejoint la terrasse. Sur une large table, les bières à droite, les boissons vitaminées à gauche. Un barbecue XXL avec tournebroche et brûleur multi-feux occupait l'angle de la terrasse. Avant de nous laisser, l'homme s'était penché à l'oreille de Patti pour lui murmurer quelques mots, sa femme me parlait handball. Quelle fierté, cette victoire, un peu inattendue, bien entendu. « Et la blessure de Jean-Pierre, quelle plaie, mais bon le Jean-Pierre, il n'a pas choisi d'être goal de hand pour rentrer chez lui avec toutes ses pièces à chaque fois, pas vrai ! » Du coin de l'œil, je vis Patricia rouler des yeux puis me faire un grand sourire. « Est-ce que tu veux des rondelles d'ananas ? » me demanda mon hôtesse. Misère, ça puait la soirée foireuse, je me faisais déjà chier.

Patti se rapprocha, me caressa discrètement les couilles : « Fais pas ton sauvage. Je commence à te connaître. Ils sont petits, ils sont en short, mais laisse-leur leur chance ! Suis-moi, je vais te présenter Vanessa et Claudie.

— D'accord. Qu'est-ce qu'il t'a dit à l'oreille ? »

Elle me lança un de ses regards affûtés désarmants : « Qu'Olivier était déjà bourré et qu'il arrivait avec la coupe. »

Olivier. Son ex. Je m'en moquais d'un olivier. Les oliviers comptaient parmi les arbres qui me foutaient le moins les jetons. L'équipe venait de remporter le championnat inter-cantons du petit ballon qui faisait mal. Je ne m'étais pas suffisamment documenté sur le sujet, pas du tout même. Je gardais vaguement en tête mes quatre entraînements ratés de l'époque où ma mère avait œuvré en faveur de ma tonicité. Patti me tira par la main, nous traversâmes le salon, un couloir encombré d'une partie de l'équipe. À mon passage, un mec en short remonta sa main au-dessus de ses yeux pour me regarder en faisant : « Pfouuuu ! » Je suivis Patti, je pensais pareil.

Claudie était une rigolote en robe d'été, ni rouge ni estampillée HBC Fraize. Dès qu'elle me vit, elle fonça sur moi et me prit dans ses bras en criant : « Enfin je te rencontre ! » Elle était venue avec son frère qui observait l'assemblée comme s'il était puni. Thomas, le frère, rondouillard, l'air triste, me lança un signe de solidarité au passage.

Patti m'entraîna dans la cuisine américaine de la maison, une grande pièce pleine de femmes et de vin blanc. Une seule buvait un jus de fruits. Follement ronde, follement heureuse, follement enceinte. Vanessa, la meilleure amie de Patti. Mignonne quoique en survêtement rouge. Elle me fit une bise gentille, manifestement heureuse de me rencontrer « Ah, tu m'avais dit qu'il était grand, Patti. Ben tu n'avais pas menti ! » Elles se mirent à parler entre elles. J'allais m'asseoir un peu à l'écart pour disparaître de la haute atmosphère. Le lustre n'avait qu'à se démerder tout seul. Vanessa riait beaucoup. Patricia m'envoyait des œillades amoureuses par instants. Je fermai les yeux quelques secondes, même assis j'avais du mal à m'intégrer. Je les rouvris alors que Vanessa racontait que Walter, son mari, avait dû s'arrêter au retour de la deuxième échographie pour vomir. Je notais par devers moi que la prise de conscience de la paternité pouvait dézinguer un corps.

« Un père impliqué, n'est-ce pas ? » s'amusait Vanessa.

*Tu m'étonnes*. Si à chaque fois que son fils faisait un rot l'autre devait courir au-dessus d'une cuvette, il serait un père parfait. Il fallait que je sorte de cette pièce. Je m'esquivai en faisant un petit signe à Patti du genre : « Je vais sur la terrasse me prendre une bière. »

La coupe était arrivée, deux filles court-vêtues l'exhibaient à l'entrée de la terrasse. J'avisai la tireuse installée à proximité du barbecue. À côté, des bols de Curly côtoyant les chips. Toute une tripotée de mecs entouraient les tables. Je m'apprêtai à me servir lorsque j'entendis : « Qui c'est qui a laissé entrer un basketteur ici ? »

Je me retournai. L'homme ne correspondait pas à l'idée que je me faisais de l'ex de Patti, mais c'était lui. Petit mais pas trop. Balèze toutefois. Il vacillait avec un verre de pastis en main : « Quel sport de con, quand même, le basket ! »

Je me composai une tête de curieux, un œil ouvert, un œil fermé.

« Complètement d'accord. Les sports collectifs en règle générale.

— Qu'est-ce que tu dis ? »

Il me paraissait bien bourré. Dans le salon, des gens chantaient autour de la coupe.

« Que je suis d'accord avec toi ! »

Je me servis un demi, levai mon verre vers lui et bus une gorgée. Il me regarda par en dessous, hésitant. Je le sentais à deux doigts de monter dans les tours. Ils avaient gagné et il n'était pas content de devoir regarder quelqu'un par en dessous. Surtout le mec qui se tapait son ancienne copine.

« C'est un truc de chochotte, la bière. »

Je pensai à Patti. À ma promesse de bien me tenir. S'il rajoutait une phrase, j'envisagerais le pire. Défoncer un handballeur pour me faire rectifier par l'équipe entière ensuite. Gâcher ce moment festif par mon manque de collectif. Un de ses potes à proximité de la table le saisit : « Arrête, Ollie ! Viens plutôt m'aider à ramener les bouteilles. »

Avant de lui emboîter le pas, Ollic mc glissa : « Fils de pute ! »

Il devait confondre. Ma mère avait pas mal de torts mais pas celui de marchander son corps. De façon générale, elle ne marchandait pas, ma mère. Je le suivis des yeux en le chauffant chaleureusement d'un grand sourire jusqu'à ce qu'il disparaisse dans la masse.

Le frère de Claudie vint alors se servir une bière et j'oubliai ce connard d'Ollie. Nous restâmes à discuter sur la terrasse. Sex Pistols ou Undertones ? Qu'est-ce qu'il y avait d'autre musicalement ? *Born to be alive* ? Le barbecue crachait sa viande. Hüsker Dü ou Mudhoney ? Oui aussi, mais sûrement pas *L'Encre de tes yeux* qui sortait des baffles. L'ambiance était montée de plusieurs crans. L'une des filles montrait ses seins, les cachait, j'en ai deux, plusieurs handballeurs étaient torse nu, on en a une ! Ils parlaient de la coupe. Ils chantaient : « On a gagné ! On a gagné ! » La musique qui passait me confortait dans l'idée qu'il fallait changer de potes si l'on n'avait que des sportifs pour potes.

La soirée était bien avancée lorsque Patti réapparut soudain : « On se casse, Dom ! On se casse tout de suite. Je vais dire au revoir à Vanessa et je reviens ! »

Je lançai un regard interrogatif à Thomas qui me le retourna. Patti avait l'air fâché. Thomas alla retrouver sa sœur pour tenter de fuir lui aussi. Il n'était pas parti depuis trente secondes que j'aperçus de nouveau Ollie. Il fendait la foule vers moi comme un furieux. Il se frottait une joue. Le jeu de collégiens me revint en mémoire. La version de septembre : celle dans laquelle j'avais enfin pu voir le mec avant qu'il soit sur moi. J'étais seul sur cette partie de la terrasse, à l'écart des autres qui s'arrosaient de mousseux dans le salon ou autour du barbecue. Missile arrivé à ma hauteur, Olivier me fit un méchant mouvement du menton en me touchant du doigt : « Ta gonzesse, c'est une pute, t'entends ? Une pute ! »

Ma mère. Ma gonzesse. Ce mec avait manifestement un problème d'estime pour la gent féminine. Qui plus est, je trouvai le jugement excessif. Même de la part d'un ex en short HBC Fraize le visage tourné vers mon innocence aérienne. Il me postillonnait à la gueule. Il allait m'en mettre une.

De tout ce que m'avait dit mon père durant mon enfance – peu de mots et la plupart incompréhensibles –, il m'était resté un conseil. L'unique conseil efficace que j'avais reçu de lui. Un cristal dans l'opaque de ses enseignements que je pouvais résumer ainsi : « Frappe le premier et frappe fort. Très fort. » En tension, quand les mots s'essoufflaient, premier et fort. C'était un bon conseil. « Et continue à frapper une fois le premier coup donné. Évite la petite tape et évite de te retrouver à te défendre après t'en être pris une en retour. » Un précepte qu'il avait appliqué lui-même dans ses différents métiers. Mon père avait eu de nombreux métiers quoique jamais dans la diplomatie. Pas étonnant.

L'autre connard attendait une repartie de ma part pour m'en coller une. Du genre « Ah, je ne te permets pas… » et bing. Ou « Oh, putain mais qu'est-ce que… » et bing. Souvenir de jeu. Connaissance de ma faiblesse en repartie. Le jeu m'avait appris qu'il y avait un temps pour tout. Mon père, qu'il ne fallait pas perdre de temps du tout.

Je l'attrapai par l'élastique de son short et le devant de sa chemise aux couleurs du club. J'y mis toute ma force, et j'en avais, de la force. Je n'étais plus un roseau dans le vent. Je pouvais être le vent dans le roseau. Il franchit la balustrade de pierre sans même la toucher et sans renverser son verre dans sa courbe de décollage. Bien campé sur mes pieds, belle amplitude dans le geste, force brute à peine contenue. Il s'envola.

J'inspirai, lui émit un « aaaah » étouffé qui s'acheva par un « outch » tout en bas alors que j'expirais. Il n'y avait qu'au boulot que je supportais ce genre d'insultes, les enfants conservaient une part d'innocence, des circonstances atténuantes, les handballeurs, aucune.

À l'intérieur, la fille venait de perdre une nouvelle fois son soutien-gorge et il y avait de la mousse partout. Tout le monde me tournait le dos. Discrétion absolue, je jetai un œil en bas. Ollie était en étoile de mer dans un rosier. Il bougeait mollement. Si je désirais aller au bout de l'enseignement paternel, je devais descendre le finir à coups de pieds. Un pincement dans le dos, Patti était à côté de moi : « On se barre. Mais quel con ! Il a essayé de m'embrasser, tu imagines ! Je lui ai mis une baffe.

— Qui ?

— Ollie. Il m'a coincée dans les chiottes. Il est bourré. »

Je lui pris la main et lui montrai le rosier. On ne voyait que ses jambes et un peu sa gueule. Il n'avait pas l'air frais, le Ollie.

« Il t'a insultée en plus d'avoir insulté ma mère.

— Oh, mon héros ! »

Elle m'étreignit. Elle m'étreignit tout le retour. Elle m'étreignit pendant l'amour. « Oh, mon héros ! » J'avais beaucoup aimé. Je l'avais protégée d'un danger extérieur ce soir-là. Je le ferais toujours. Je l'aimais. Mais d'un danger intérieur… Comment on faisait pour protéger sa femme d'un danger intérieur ? Comment on faisait pour envoyer un cancer voler par-dessus la balustrade ?

# 27

À l'annonce du transfert précipité et de sa destination, les deux sœurs avaient gardé leur calme, la sédation n'y était sûrement pas étrangère. Mélanie avait déploré mollement de ne pas s'envoler pour le Maroc, et Cindy m'avait demandé si on irait à l'aéroport en Mégane. Des questions de princesses voyageuses. Cindy avait ajouté qu'elle espérait qu'il n'y aurait pas une putain de psychologue dans l'autre monde. Ou des débiles qui jouaient au foot. Sûr que la Laponie n'était pas connue pour ses terrains de foot. Sûr que la Laponie n'était pas connue pour grand-chose sinon le père Noël et ses habitants habillés en phoque. La veille, j'avais complété leur équipement avec elles. La panoplie complète pour le bien vivre ensemble par – 30 °C en taille 32 et 34.

Le départ était prévu pour le lendemain. Nous devions quitter le foyer vers neuf heures, l'avion décollait à quinze heures vingt de Strasbourg. Je les accompagnais, et oui, nous allions prendre la Mégane jusqu'à l'aéroport puis un avion, et un autre, jusqu'au fond du congélateur. Deux heures de vol pour cette dernière étape. Peu ou prou la durée d'un *Fast and furious*. J'escomptais que ce soit plus tranquille. Peut-être aurais-je dû faire imprimer ce tee-shirt auquel j'avais pensé après l'épisode du ciné : « Je ne suis qu'un professionnel du social, ce ne sont pas mes enfants ! » Quoi qu'il arrive, je n'avais pas l'intention de courir cette fois. Deux agents nous retrouveraient à Munich. Des sous-traitants du CER « Ice ». Des convoyeurs formés aux transferts d'adolescents souffrant de troubles du comportement et de la conduite.

Je n'en avais pas parlé à Patti. Pas eu l'occasion, puisque je n'avais pas eu de contact avec elle jusqu'à ce matin où elle avait appelé vers huit heures. Oui, elle acceptait que je l'accompagne à l'examen du scanner. Elle en était contente, même. Son généraliste lui avait tenu un discours qui allait dans mon sens. Le scanner pouvait nous rassurer. On survivait au scanner dans tous les cas. Décelées tôt, les trois cellules totimerdantes seraient repérées, encerclées, étouffées. Les statistiques étaient bonnes. Elle était jeune, sans autre pathologie. L'oncologue, lui, s'était montré plus flippant. Sa FSC était préoccupante – c'était le métier de l'oncologue d'être préoccupé à mon avis. Il essayait de lui trouver un rendez-vous le plus rapidement possible. Je lui avais demandé des nouvelles de Léon. Il allait bien. « Et pas de prise de tête pendant l'examen, s'il te plaît. » Elle me l'avait répété par deux fois. Comme si j'avais l'habitude de lui prendre la tête. « Je t'aime », lui avais-je répondu.

« Puisque tu es prêt à t'impliquer et que tu te souviens que tu as un fils, j'aimerais que tu le prennes cet après-midi. J'ai un truc à faire. »

Je pouvais me dégager quelques heures dans l'après-midi, j'acceptai. Et pas uniquement pour elle. Pour moi aussi. Pour nous. J'étais subitement heureux de passer l'après-midi avec Léon. Je le récupérai chez ma belle-mère un peu après quatorze heures avec un sac de matériel de survie et l'écharpe de portage. Patti était déjà partie. Ma belle-mère me mit Léon dans les bras sans même m'offrir un café. Je ne m'attardai pas.

L'écharpe de portage était un mystère pour moi, un mystère que je mis un certain temps à résoudre. Il me fallut visionner plusieurs tutos, et lorsque, enfin, je parvins à un résultat fiable qui allait me permettre de passer le gosse dans le tissu sans qu'il tombe ou étouffe, il s'était endormi. Mon fils endormi. L'avais-je réellement vu dormir depuis sa naissance ? Hurler, manger, chier, oui, mais dormir ? Je n'en étais pas sûr. Je le regardai pendant de longues minutes. Mon père avait-il fait ça avec moi ? Léon tenait son doudou agrippé dans ses petites mains. Sous ses paupières, ses yeux rêvaient. Je ne connaissais déjà plus rien de lui. Si je continuais à m'obstiner, il ne me présenterait pas sa femme et j'ignorerais toute ma vie si elle avait les seins jaunes. Je serais alors devenu comme mon père. Un frisson me parcourut le dos et je me lançai dans des recherches sur la Laponie en attendant qu'il se réveille. Je passai même un coup de fil en Laponie.

Une certaine Kania me répondit. J'imaginai une grande nordique en doudoune avec un harpon sous le bras et des moufles en morse. Je me renseignai quant à la présence d'une psychologue dans l'équipe. Elle pouffa. Cindy pouvait être rassurée. « En revanche, nous avons un bon cuisinier ! » fut sa réponse.

C'était un bel après-midi. Une de ces journées sans pluie ni brouillard dont on se souvenait avec émotion encore des années plus tard dans la région lorraine. Léon se réveilla. Il commença à pleurer puis m'aperçut et s'arrêta net. Il me sourit, je l'enfournai.

Après deux essais, je réussis à me le caler dans le dos avec l'écharpe. Plutôt bien installé, pas la tête entre les jambes en tous cas. Il gazouillait en me bavant sur la nuque alors que je prenais la direction des étangs. La sensation était étrange. Peut-être que pour lui aussi : « Alors, fiston, qu'est-ce que ça te fait d'être à la même hauteur que ton père ? » Il papotait, ou il s'étouffait ? Ah non, il papotait. Sa petite tête m'arrivait juste au-dessus de l'épaule. Il me tripotait l'oreille. Je lui demandai si sa mère lui parlait de moi. Il râla, je n'insistai pas.

Les étangs étaient alimentés par une partie des eaux du lac. Les eaux noires du fond qui passaient sous le barrage pour descendre dans la vallée. J'avais une touche de grand hindou emballé dans mon drap jaune avec une petite bosse dans le dos. Je soupirai d'aise en lui racontant une histoire de sœurs.

« Il était une fois deux princesses qui vivaient dans un château en haut d'une montagne. Malgré cela, elles avaient une enfance de pouilleuses au pays des pouilles. Le nouveau roi du château n'était pas leur père, l'ancien non plus : leur père n'était qu'un affreux, un bonhomme méchant qui voulait les récupérer pour leur faire du mal. Quant au roi, il désirait se débarrasser d'elles. L'aînée des princesses distribuait des coups de boule comme d'autres des bisous, et la plus jeune avait une passion pour les allumettes et les extincteurs. Personne n'avait jamais pris la peine de les aimer. On racontait d'ailleurs qu'elles n'étaient pas aimables. »

Léon semblait beaucoup s'amuser avec mon oreille. Je mentais, Anthony aimait Mélanie.

« Les princesses étaient belles et intelligentes, mais elles se laissaient difficilement approcher. Elles frappaient aussi parfois. Elles avaient détruit un cinéma. Elles n'étaient pas toutes seules dans leur château d'enfants perdus, un de leurs camarades nourrissait une passion coupable pour tous les animaux de la prairie et même d'un zoo. Enfin bon, crois-le ou pas, les princesses doivent s'envoler pour la Laponie… »

Il rota.

« C'est un pays très lointain, la Laponie, le pays du père Noël et de Toupargel. » Léon me tira les cheveux. « Un pays où, quand il ne fait pas nuit, il ne fait que jour. Ton papa, c'est-à-dire moi, tel un chevalier mécréant, type Perceval dans *Kaamelott* en plus grand, doit les accompagner en avion à Östersvall… »

Mon fils poussa un cri. Östersvall. Il fit deux ou trois mouvements, s'étira une fois et, dix secondes plus tard, il dormait comme un bienheureux.

Östersvall. Le boss m'avait montré une vidéo dans l'après-midi qui avait suivi notre entrevue. Elle était sur pause quand j'arrivai dans le bureau – plan large d'un village de maisons de tôle alignées dans la neige – et j'avais eu peur, une seconde, qu'il ne recommence avec son cycliste-fusée. Le directeur avait lancé la vidéo, et des chiens de traîneau apparurent sur la piste qui passait devant les baraquements à la lumière de projecteurs de chantier. Des monticules blancs à côté de motoneiges se révélaient être des autochtones qui applaudissaient. Des monticules plus sombres à côté des maisons se révélaient être des générateurs diesel. Il faisait nuit noire et il devait y avoir du vent, ou alors les sapins avaient gelé courbés. Il n'y avait pas de son. Il ne devait pas y avoir de son là-haut. La webcam du patelin indiquait treize heures vingt-deux. L'heure de la course de chiens.

J'ouvris le sac que je portais sur la poitrine pour y prendre la feuille. Östersvall : 8 700 kilomètres au nord d'ici, et nous étions déjà pas mal au nord d'un climat agréable. 18 000 aller-retour, mon bilan carbone allait en pâtir. Une seule variété d'arbres et 50 000 tonnes de neige par habitant. Je m'adossai à une des multiples variétés d'arbres de cet étang pour approfondir le sujet. Je m'adossai sur Léon. Ma première erreur de père impliqué.

Mon fils passa d'un sommeil apaisé au contact de son père à un réveil paniqué au contact d'un arbre. Je me retrouvai aussitôt à tournoyer, à rechercher le nœud de l'écharpe comme un chien sa queue, ma progéniture hurlant sa désapprobation dans mon dos. Je n'avais pas prévu de situation d'urgence. La chair de ma chair avait besoin d'être rassurée et je n'arrivais tout simplement pas à y accéder. Au bout d'une minute ou deux à tanguer, peut-être plus, peut-être moins, mais ça m'avait paru vachement long, je réussis à passer un bras à l'intérieur du tissu et à en extraire mon fils de l'autre. Il n'était pas blessé. Il était colère. Je tentai de le raisonner, mon père m'en avait fait d'autres, avant de me dire que la solution était possiblement dans le biberon. J'en sortis un d'une boîte isotherme avec Lucky Luke sur le couvercle. Le sac se renversa. J'étais panique. Il était si petit, j'étais si grand. J'inspirai. Une fois la tétine franchie ses lèvres, il se tut. *Yeah!*

La photocopie était à mes pieds. Léon tétant avec conviction, je la ramassai et repris ma lecture. Le texte provenait du site de l'office du tourisme lapon. Si si, il existait un office du tourisme en Laponie. Bientôt un marché de la résidence secondaire ? Je lus à voix haute les quelques phrases sous la photo qui occupait la moitié de la page : « Partout où vous irez en Laponie suédoise, vous jouirez d'un panorama splendide de nature vierge. Cette région mythique vous invite à percer les secrets de l'aurore boréale à l'Aurora Sky Station ou à pêcher l'omble chevalier à la mouche sous le soleil de minuit. Les grands espaces sauvages sont d'une beauté à couper le souffle ; un coin isolé du monde où vous pourrez trouver la tranquilité absolue. » Avec une faute d'orthographe à « tranquillité ». Personne n'était jamais revenu de ce coin isolé pour avoir l'occasion de corriger les fautes. La photo présentait un paysage à la blancheur vertigineuse qui n'était pas sans rappeler la salle à manger de mes parents. Des formes arrondies, des falaises empêtrées dans la glace, une banquise en morceaux. Les seuls contrastes, dans la partie droite du cliché, provenaient des arbres qui semblaient fuir vers l'horizon. Léon était rassasié, il me fixait de ses billes écarquillées pendant que je lui répétais mes passages préférés sous la forme d'une comptine. Il était précisé en post-scriptum – comme si le rédacteur s'était dit « Ah oui, merde, ce serait con de ne pas en parler » – que la couche de neige atteignait vingt-sept mètres par endroits. Vingt-sept mètres. Mis à part quelques traders new-yorkais et les cosmonautes en orbite, personne ne vivait davantage éloigné de la terre mère que ces gens-là.

Retour chez ma belle-mère, la voiture de Patricia était garée dans l'allée. Je sonnai. J'avais pensé à un « Salut, ma chérie » mais je me contentai d'un « Bonjour, ma belle. »

Léon s'éveilla au son de sa voix. Elle nous regardait. Léon dans l'écharpe et moi avec le sac à la main. Je l'avais changé dans la dernière ligne droite et remis devant. J'avais ma conscience pour moi. Elle avait maigri ou c'était moi ? Je le sortis de l'étoffe.

Léon me lâcha pour bondir vers sa mère dès qu'il fut libéré. Il m'avait oublié, bras tendus, jambes en extension. Elle l'enveloppa de ses bras et le cajola. Ensuite, elle se pencha vers moi et m'embrassa. Une bise rapide : « C'est bien. Il n'a pas l'air d'avoir trop souffert… »

Je ne répondis rien.

« C'est demain, Dom. J'imagine que tu allais me le demander. C'est demain à quatorze heures. Il faut y être une demi-heure avant. Je peux compter sur toi ? »

Demain vers quatorze heures, j'étais censé m'installer dans un avion en partance pour le Nord. Siège 44C. Sauf problème au sol avec mes deux fouteuses de merde préférées. Auquel cas je ne serais pas en train de m'asseoir dans un siège côté couloir mais plutôt de poursuivre Cindy sur le tarmac ou de ceinturer Mélanie qui aurait frappé les douaniers. Sans hésiter, je confirmai : « Bien sûr. Treize heures trente donc. C'est où ?

— Au CHU de Brabois à Nancy. »

Pas vraiment sur la route de la Laponie.

« Je serai là. Tu veux que je… »

Sa mère apparut dans son dos, me salua de nouveau. Elle me sembla plus chaleureuse. Peut-être qu'elle avait pensé que j'allais m'enfuir avec Léon tout à l'heure. « Sa femme le quitte pour un cancer, il kidnappe leur gosse en écharpe jaune. » *L'Est Républicain*, le journal qui bouge.

« Non, coupa Patti. Sois là, ça suffira. Comment tu l'as écrit, déjà ? Ne pas rajouter de l'angoisse à la douleur.

— J'en suis capable.

— Je le sais… Tu squattes chez Matthias ?

— Oui.

— OK. À demain alors. »

Et elle m'embrassa une seconde fois. Mais sur la bouche. Je tendis une main vers sa hanche mais mon fils m'agrippa la manche avant de la lâcher en baragouinant « Oh Ter papa ». Ou Österpapa. Ou Östersvall. Personnellement, j'entendis papa, et pourquoi me renverrait-il Östersvall en pleine figure ? Parce que j'abandonnais les princesses ? Non, il était trop jeune pour être aussi calculateur. Patricia recula. La porte se referma.

Je ne pouvais pas accompagner les filles en Laponie.

Je repassai par la maison pour vérifier que tout était en ordre. J'en profitai pour l'aérer. Avant de repartir, je pissai dans le jardin et donnai un coup de pied dans le pommier. Fallait que ça tombe le même jour, merde.

Je pris la direction du foyer de La Dent du diable.

## 28

Le directeur l'avait mauvaise. Je le sentais à sa façon de me regarder pendant qu'il faisait chauffer la Mégane. Les sœurs, je n'aurais su dire.

Personne n'avait voulu ou pu me remplacer au pied levé. Notre entretien de la veille n'avait pas été bien long – « Tu plaisantes ? » ayant été sa seule question. Constatant que non, il n'avait pu que se taire : ma femme passait un scanner pour un cancer, pas facile à minimiser. Il aurait pu choisir de reporter le départ, mais il était déterminé à ce qu'elles partent coûte que coûte. Question d'image, de sérieux, d'engagement. Il avait proposé le voyage à tous les salariés du foyer, sauf à Clément-Sournois, probablement. Aucun n'avait accepté. Aucun ne s'imaginait dans le même avion que Mélanie et Cindy. Les deux agents de Munich, qu'il avait contactés, ne pouvaient se déplacer jusqu'à nous. Trop tard pour réquisitionner qui que ce soit, et la juge, jointe le matin du départ, lui avait interdit de faire intervenir le père. Le boss avait même appelé des compagnies de taxis. Une tentative de sous-traitance audacieuse. Toutes avaient botté en touche. Le directeur avait dû s'y coller.

Il était devant l'entrée avec la voiture à huit heures trente. Les filles étaient assises par terre. J'avais exigé qu'elles ne soient pas sédatées avec la dose « voyage », celle qui vous anéantissait trois jours. Mais à l'aune de mon « désistement » – l'infirmière avait bien insisté sur ce mot à l'arrivée du directeur, « désistement », la salope –, elles avaient finalement bénéficié de ladite dose.

Je me sentais traître. Anthony était inconsolable. Il serrait Mélanie dans ses bras. À tous les coups, elle ne s'en rendait pas compte. Avachies par terre, les adolescentes ressemblaient à deux mottes de filles parfaitement amorphes. Ces deux-là allaient laisser un sacré vide. Je mis les valises dans le coffre, presque trop petit. Le boss me demanda de les installer dans la voiture en me lançant un regard haineux.

Je dus quasiment les porter pour les poser sur la banquette et les sanglai comme des chiffes molles. Le directeur ne les accompagnait que jusqu'à Munich en définitive. Il avait négocié pour que les deux agents les prennent en charge à partir de là.

Je conseillai aux sœurs de faire au mieux. C'était mes mots alors que je me retirai de l'habitacle : « Faites au mieux, les filles ! » Mélanie m'attrapa alors le poignet une fraction de seconde et elle me fit un clin d'œil inversé : elle ouvrit grand un œil et me transperça d'un regard vif, puis elle retomba en apathie. Le chef opta quant à lui pour un regard bovin lorsque je lui fis à nouveau face. « Je saurai m'en souvenir, Dom ! »

Il n'y avait rien à ajouter.

Que notre belle camaraderie semblait loin. Il se pencha et je vis qu'il avait un gilet de protection sous son pull, un truc qui lui protégeait la nuque et le haut du buste. Je remontai la vitre de sécurité pendant qu'il s'installait. Il démarra : « Transmets à ta femme mon soutien. »

Ses derniers mots. Prononcés d'un ton rageur.

Après un dernier signe aux filles, ils partirent. Anthony roulait une clope.

« Tu refumes ?

— Non. C'est pour elle.

— Qu'est-ce que tu n'as pas compris, Anthony ?

— Bah quoi, je leur enverrai. Tu me passeras l'adresse ! »

Je songeai à la pupille perçante de Mélanie. J'avais fortement conseillé au directeur de reporter. J'étais le plus qualifié pour ce transfert. Il n'avait rien voulu entendre. Qu'il se démerde, les sœurs avaient eu leur dose et l'infirmière les avait fouillées.

Ce n'était que des gamines.

Ce clin d'œil inversé ne signifiait rien.

## 29

J'arrivai au centre hospitalier avec une demi-heure d'avance sur la demi-heure d'avance requise. Brabois était un hôpital immense doté d'un unique guichet d'accueil, central et rond, situé dans un vaste hall rempli de dizaines de chaises et de bancs. Je retirai un ticket. Quelques minutes plus tard, je fus orienté au niveau – 1 vers le secrétariat du service des scanners et échographies, tout aussi rond mais plus petit, à la borne duquel je retirai un autre ticket, passant du numéro 5419 au numéro 379. Au bout d'une dizaine de minutes, on m'indiqua le troisième sous-sol. Accès par ascenseur obligatoire. Plus aucun bruit après le niveau – 2.

La porte de la cabine s'ouvrit sur une pièce de la même taille. En face de moi, un guichet désert. Deux portes à droite, une à gauche, un marquage au sol. Tout était interdit au personnel non autorisé sauf suivre le marquage au sol. Les murs portaient des stickers affublés du symbole nucléaire. La porte de l'ascenseur se referma dans mon dos. Des bruits blancs pour l'ambiance. La ligne orange débutait au bord de la cabine. Impression d'entrer dans la salle de repos d'une centrale.

J'avais quitté le foyer avant le déjeuner. Toujours pas de nouvelles du directeur et des filles. Ils devaient être à l'aéroport de Strasbourg à présent. Pas de nouvelle, bonne nouvelle. Rien à foutre de toute façon, je suivais la ligne.

Au bout du couloir, devant une nouvelle porte étanche sans symbole inquiétant, mais simplement siglée « Salon tranquille », je pris un ticket à la borne. Une sonnerie retentit quelque part. Numéro 55. Je poussai la porte du salon. Étrange. Des canapés profonds, des tables basses, des plantes vertes luxuriantes, une lumière solaire. Quelques marches pour y accéder. Lever de soleil en Provence, une odeur de jasmin ou de coriandre, des alcôves, de la musique classique en sourdine. Un loft.

Je tirai sur une plante, c'était du plastique. La pièce était tout en longueur, la lumière provenait d'un plafond vitré, bleu des mers du Sud avec des ondulations. Ce dernier ressemblait au fond d'une piscine éclairée par l'aube. Le mur droit était composé de portes coulissantes qui fermaient l'horizon.

« Hého ! »

Patti. Enfoncée dans un canapé profond. Je ne l'avais pas vue. Merde, j'étais brouillon. Me retournant, je fis tomber un truc, oui, j'étais brouillon, c'était une canne. Je la rejoignis, m'enfonçai à ses côtés, lui caressai le genou sans même y réfléchir. Son visage s'éclaira. Elle avait un magazine devant elle. Elle me prit la main.

Mon Dieu, que cet endroit sentait la mort. L'ascenseur qui menait ici pouvait accueillir un lit, tous les meubles d'une chambre avec en plus les infirmières, les médecins et le prêtre. La salle d'attente ressemblait à un appartement de standing capable d'héberger les proches de tous les malades de l'étage. Je soupçonnai même l'existence d'une salle de bains. Avant que mon neurone débile ne me souffle que je serais mieux ici que chez Matthias, je m'enquis : « Salut, ma belle. Ça va ? »

Question tarte. Je n'avais vraiment rien trouvé de mieux ? Elle allait me répondre : « Ben non, ça ne va pas, comment voudrais-tu que ça aille ? » Et je ne saurais pas quoi ajouter, quoi faire.

« Ça va. Mais j'ai peur, Dom. J'ai peur… »

Elle me serra fort la main. J'étais inquiet de ne pas être à la hauteur, de m'effondrer moi aussi, de devenir froid comme une écaille. Je la pris dans mes bras, elle pleura.

Je n'étais pas le plus mauvais pour les discours de crise. Je me lançai d'une voix apaisée. Je me montrai optimiste. Des mots doux, des mots raisonnables, des mots verts. Je l'écoutai aussi. Sa voix vibrante, profonde. Je la réconfortai, je pleurai une seconde. Elle m'engueula. Elle se moqua, son rire était frais. Nous nous tûmes. L'impression d'un orchestre de cinquante musiciens en sourdine derrière le mur. Une infirmière surgit sans bruit. Patricia tressaillit en l'apercevant. Sa mère lui répétait tout le temps « courage » depuis la naissance dc Léon. Comme si notre fils était une tuile. Ça l'énervait. Éviter de lui dire « courage » : « Quelques cellules qui merdent, ce n'est pas ça qui va te faire peur. »

Elle se passa une main sur le sein, pensive mais décidée, et releva la tête : « C'est vrai. Ce n'est pas quelques cellules… »

Elle n'acheva pas sa phrase.

« Si vous voulez bien me suivre, madame. »

Elles quittèrent la pièce. Clac, fit la porte.

J'observai autour de moi. Un écran de télévision, des magazines. Celui que Patti avait eu en main était un *Marie Claire Idées*. Je sortis mon téléphone avec la vague idée d'appeler le foyer. Savoir où en était le directeur dans son cheminement vers la Laponie. Pas de réseau au troisième sous-sol. Pas plus mal. Je n'avais pas besoin de l'avoir pour savoir s'il courait ou pas vers un nulle part glacé, poursuivi ou poursuivant, dans un contexte délicat ou apaisé de transfert adolescent.

Le scanner durait une heure trente. Aucune envie de remonter à la surface. La bibliothèque était dédiée à l'oncologie et, sur une des tables, à côté d'un jeu d'échecs, une fiche détaillait les différents examens pratiqués à ce niveau. Patti devait se faire injecter une solution de glucose radioactif, et l'appareil détecterait dans quels endroits de son corps, par quelles cellules celui-ci allait être consommé. Les cellules cancéreuses avaient besoin de beaucoup d'énergie. Patti m'avait dit qu'elle demeurerait radioactive pendant quarante-huit heures à compter de l'injection. Qu'elle devrait éviter de prendre Léon dans ses bras pendant ce laps de temps. Les résultats seraient ensuite transmis à l'oncologue. Charge à lui de nous parler de l'été prochain ou pas. Une porte s'ouvrit. Des bruits de pas, un homme dans l'encadrement. Un vieil homme vêtu d'un costume anthracite. Puis une femme plus jeune, qui devait être sa fille, elle lui ressemblait trait pour trait, sinon de denses cheveux noirs alors que les siens était gris.

Elle s'arrêta pour tenir la porte : « Cette chimio doit continuer, papa ! C'est ce que veut maman ! Hein, maman, que tu veux continuer ? »

Ils ne m'avaient pas vu. Elle parlait par l'embrasure. Le père répliqua : « Foutaises. Elle serait mieux à la maison ! »

Le père me vit alors, me salua d'un signe de tête. La fille n'avait pas bougé : « Ne dis pas de bêtises. Maman, tu t'en sors ? Tu veux que je t'aide ? »

Une autre femme passa la porte. L'ombre d'une femme. Le souvenir d'une femme. Elle était d'une maigreur incroyable, flottant dans des vêtements trop grands pour elle. Impossible de lui donner un âge. Elle avait l'air d'une petite fille. Elle avait l'air d'une très vieille dame. L'homme fit coulisser l'une des portes du mur du fond. Celle-ci donnait sur un vaste espace de rangement. Il en sortit un fauteuil roulant qu'il poussa vers sa femme.

« Laisse-moi… m'asseoir… dans ce canapé… Georges, s'il te plaît.

— Tu te fatigues à marcher comme ça », argua la fille.

Le mari lâcha le fauteuil et accompagna sa femme jusqu'au divan accueillant. Elle s'assit dessus sans s'enfoncer. Elle respirait comme un oiseau. Son visage, qui avait dû être replet – sa tenue indiquait que cette femme avait eu de l'embonpoint, une bonne bouille de bonne vivante –, était émacié. Un bonnet de coton lui recouvrait le crâne. Sa peau était diaphane. Ses yeux brûlaient d'un feu intérieur. Sa fille saisit le fauteuil et le rapprocha du canapé, hésita et s'installa dedans, face à sa mère.

C'était la première fois que je voyais une personne atteinte d'un cancer. D'aussi près. Si fluette. Si fragile. Si faible. Quelle maladie horrible. Et lorsque la perte de poids dépassait la moitié du poids initial de la personne, est-ce que le patient était ce qui restait ou ce qui était parti ? C'était typiquement le genre de questions inappropriées qui m'encombraient l'esprit en cas de stress. J'avais la frousse à la voir. C'était égoïste et idiot. J'avais peur pour ma femme, j'avais peur des médecins, j'avais peur de ce loft.

« Tu aurais dû prendre le fauteuil dans la chambre, maman. »

La plume se redressa. Elle lança un regard peu amène à sa fille et parut rassembler ses forces avant de lui répondre : « Laisse-moi… mettre mes fesses… où je veux, Marine. »

Le père s'approcha de moi : « Elles n'arrêtent pas de se disputer. »

Je ne répondis rien. Je ne me sentais pas bien.

« Mais vous savez, il y a des choses plus graves. »

Je sursautai. À mon air effaré, il comprit que je ne voyais pas bien ce qu'il voulait dire.

« Elle pourrait souffrir bien plus », précisa-t-il alors.

La petite dame regarda sa fille en se tenant les mains. Je regrettai de ne pas être remonté à la surface. Je regrettai de ne pas être parti en Laponie. De ne pas être en train de hurler dans un avion en feu parce que Cindy aurait allumé un spray ou Mélanie donné un coup de boule au pilote. De ne pas être en train de hurler tout simplement. Je commençai à transpirer. Ma tête tournait. L'appartement tournait…

« Je…

— Vous n'avez pas l'air bien. Vous voulez un café ? »

Je refusai mollement.

« Oh. Attendez, y a mieux ! »

Il retourna vers la porte coulissante. Ce qu'il y avait de l'autre côté ne cadrait plus avec l'aménagement d'un loft ordinaire. Du matériel médical, deux autres fauteuils, des perches de perfusion, des piles de haricots, de plats bassins, un lit, des tubulures. Il s'enfonça parmi les appareils.

« Il y en a toujours, normalement. J'en prends moi aussi. Pour supporter… »

Ma tension chutait. Je n'osais plus me tourner vers la vieille dame, j'avais peur de me mettre à pleurer.

« Ah, voilà. Vous allez voir. Plus efficace qu'un café ! »

Il ressortit de l'antichambre en traînant derrière lui une bouteille sur laquelle était fixé un masque respiratoire : « C'est pour les familles, dit-il. Il y a du protoxyde d'azote aussi, mais l'oxygène, c'est mieux ! »

Il me colla le masque sur le nez. Je vacillai, des petites lumières dans les yeux.

« Tenez. Ça, c'est le régulateur, et il faut mettre un peu d'eau dans ce récipient. Voilà, vous ouvrez là ! »

Je respirai de l'oxygène pur. À la troisième inspiration, je me sentais déjà mieux. Trois inspirations plus tard, je me sentais bien.

« Ah, vous reprenez des couleurs. Geneviève, t'en veux ?

— Tu sais qu'elle n'a pas le droit avant l'examen, lui rétorqua sa fille.

— Ah oui, c'est vrai. De toute façon, elle n'a plus le droit à rien. » Se tournant vers moi : « N'en abusez pas quand même ! On vient ici depuis si longtemps, je connais cette salle mieux que ma propre maison. Derrière ces portes, il y a une chambre, vous savez. Nous y avons dormi de nombreuses fois l'année dernière. Et la salle de bains. Jamais vu une salle de bains pareille. La douche a plusieurs jets ! »

J'aspirai le gaz comme un goulu. J'étais trempé de sueur mais je reprenais pied. Je me levai pour voir si je tombais. Sa fille remarqua : « Oh, vous êtes grand, vous alors ! »

Je tenais sur mes guiboles.

Geneviève, puisque c'était son prénom, se mit soudainement à vomir. Je repris de l'oxygène.

Un infirmier arriva. La fille tenait la tête de sa mère qui s'était affaissée sur sa poitrine. L'infirmier l'aida à la porter dans le fauteuil.

« J'espère que la chimio ne sera pas repoussée, s'inquiéta la fille.

— Accompagnez-moi, on va la tester », dit l'infirmier.

Les deux femmes sortirent avec l'infirmier.

« Tout ça me fatigue. Je vous laisse. Je vais me prendre un sandwich à la cafétéria. »

Mon masque sur le nez, je lui adressai un signe de tête alors qu'il quittait la pièce. Pas dégueu comme défonce, faudrait que j'en parle à Matthias.

Encore quelques minutes et j'étais en pleine forme. Je décidai de me doucher. Je venais de transpirer comme un marathonien et, effectivement, la douche bénéficiait des dernières technologies en matière de douche. Seul bémol, la musique nous suivait sous la douche. De retour dans la pièce, je rangeai la bouteille et me réinstallai dans un fauteuil. Requinqué.

Je me préparai un café lorsque Patricia revint, escortée par la même infirmière. Elle me sourit, je la trouvai d'une beauté renversante – l'oxygène y était-il pour quelque chose ? Ou son surpoids délicieux par rapport au sous-poids de la petite dame ? Si belle. Je la touchai comme si elle était en cristal. L'infirmière lui serra la main et quitta la pièce.

L'instant d'après, nous suivions en silence la ligne orange pour rejoindre l'ascenseur. Les lumières de la cabine baissèrent d'un cran lorsque les portes se refermèrent. Il y avait un lit dans le fond. J'appuyai sur le bouton lorsque Patti me sauta dessus. Elle me sauta littéralement dessus. Une main dans mon slip, à m'embrasser comme une sauvage. Elle me lécha à pleine bouche, le visage mouillé, les cheveux dans les yeux, ses mains qui gambadaient. Je traversai un vent froid qui masquait une chaleur torride. Je me cognai contre le lit. Elle me déshabilla. Je la déshabillai. Je lui dégrafai son polo cacahouète. J'attrapai ses seins. Ils étaient à la taille de mes mains. Je l'embrassai. Ils avaient toujours été à la taille de mes mains. Ses gros seins dans mes grandes mains. Elle ouvrit mon jean, sortit ma queue, me malaxa, me tripota. Je bloquai l'ascenseur. Je la soulevai, la pivotai pour la déposer sur le matelas et tapai de la bite l'armature du lit en la retournant. C'est frimeur de le souligner, mais je tapai effectivement le lit de ma bite en jetant Patti sur le matelas. Je n'avais pas souvenir de m'être jamais cogné le chibre auparavant, d'où la précision. Je grimpai sur le lit. Je grimpai sur elle. Je la pénétrai avec entrain, elle était merveilleusement humide. Douce, chaude, vivante, tiède. Halètement de concert. Le lit avait des suspensions et des roulettes.

Je la redécouvris bonne comme j'avais oublié qu'elle était bonne. Je la baisai en faisant crisser le matelas. Le lit se déplaçait. Mes grandes mains sur ses cuisses, ses fesses magnifiques, les siennes me griffaient le dos. Elle me fit l'amour, elle me retint, elle me chassa, me reprit… Le lit tapait contre la paroi. Son vagin m'astiqua la bite comme jamais. J'avais oublié qu'elle savait faire ça. Elle cria, j'exhalai. Elle hurla, je couinai, je me vidai, des litres de sperme à mon avis. Je n'osai imaginer la portée nombreuse qu'on pourrait avoir avec ça. Elle cria encore : « Je suis radioactive, je suis radioactive ! » Les portes s'ouvrirent. J'avais oublié qu'on était dans un ascenseur. Elle était haletante, j'étais pantelant. Je devais ressembler à Jason devant un problème de maths. Hagard pour le moins. Les portes s'ouvrirent et c'était eux. Le père et sa fille. Une longue seconde à se contempler. Une seconde interminable avant que le vieux monsieur ne se penche pour appuyer sur le bouton de fermeture en gloussant : « On prendra le prochain. »

Rhabillés, le lit en place, l'ascenseur au niveau – 1, nous dans l'escalier. Patti me déposa un chaste baiser avant de m'abandonner dans le hall. Je pensai redescendre pour me remettre un petit coup d'oxygène. J'étais encore un père de catégorie Z, je n'avais pas demandé de nouvelles de Léon, merde, mais un amant en reconquête de la catégorie B, possiblement de la A, quoique la fin ait été cocasse. J'avais trois appels en absence. Deux du foyer et un de Clément-Sournois.

Je retournai à la voiture. Avant d'appeler Patience, je vérifiai ma bite pour m'assurer de l'absence d'une quelconque photoluminescence ou de troubles associés à l'introduction d'un organe sain en zone radioactive – mais de catégorie A, ça, c'était clair. Patti était la meilleure dans un ascenseur. Mon téléphone sonna. Patience Clément-Sournois. Je ne l'avais inscrite dans mon répertoire que pour avoir ce frisson, ces trois mots affichés sur l'écran quand elle appelait. Faites l'expérience avec une personne que vous n'aimez pas, mettez cet acronyme, PCS, à la place de la personne mal-aimée. Si vous arrivez à décrocher, ces trois lettres vous donneront le cap à tenir. Dans les faits, Patience m'appelait rarement. Je décrochai : « Que me vaut le plaisir, Patience ? »

Rien que ça, c'était bon. Ses parents aussi avaient été psychologues. Psychothérapeutes, précisément. De métier plutôt qu'au quotidien, parce que prénommer un bébé Patience, c'était déjà vouloir transmettre un message. Sa sœur s'appelait Cruauté. Non, je blaguais. Si on avait compté sur les couples de psychologues pour constituer des fratries, la carte famille nombreuse n'aurait jamais existé. Je remballai ma bite.

« Dominique ! DOMINIQUE ! C'est la panique, je n'ai pas de nouvelles ! »

Un instant, je pensai que Patience me parlait du scanner, qu'elle voulait savoir pour Patti. Après tout, j'avais pris ma journée pour cette raison. Je l'entendais pétrir sa boule relaxante : « Il ne répond pas ! Il devait nous appeler avant de prendre l'avion, Dominique. Les filles non plus ne répondent pas. Dominique, le directeur a disparu ! »

# 30

Mes lèvres sentaient ses lèvres et mes poumons diffusaient encore l'oxygène pur. Je m'allumai une clope pour revenir au réel. Patti n'allait pas perdre un sein. Patti n'allait pas perdre la vie, c'était ça qui m'importait et, en conséquence, l'annonce de la disparition de mon supérieur hiérarchique, ce bel homme qui voulait faire du vélo-fusée sur l'autoroute, je m'en cognais l'oignon.

Patience ne disait plus rien. J'aurais pu être à la place du directeur. J'aurais appelé si je l'avais été. Je l'entendais respirer en malmenant sa balle anti-stress.

« Un problème de batterie peut-être ? Ou la Mégane est tombée en panne dans une zone hors réseau ? »

*Ça se passait si bien, les sœurs m'ont offert des dessins qu'elles avaient faits dans la voiture, alors pour les remercier, je les ai emmenées chez Burger King, on s'amusait tant que j'ai oublié d'appeler, de décrocher, un si beau moment...*

Peu probable.

« Dominique, tu es toujours là ? »

Il n'avait pas fini de m'emmerder, ce con.

« J'arrive. »

# 31

Le directeur, je m'en tamponnais, mais pas les sœurs. Manquerait plus que la force vive ait eu un accident parce qu'il s'était laissé perturber par mes deux dinguettes. Il était énervé ce matin, tendu et, à mon avis, c'était le genre à enlever sa ceinture et à oublier son clignotant. Mon père l'aurait défoncé. Je repensai au clin d'œil de Mélanie. Je repensai à pas mal de choses. Faudrait que je fasse l'amour plus souvent. Je repensai notamment à un truc qui existait dans la famille de mon père. Le brave peuple de forestiers du nord de la Moselle. À la façon dont ils réglaient les problèmes avec les enfants qui ne valaient pas le coup. Qui ne trouvaient pas de cèpes, qui n'achevaient pas les sangliers, qui étaient habités par une certaine langueur.

Je n'avais rencontré la mère de mon père qu'une fois, à l'exception du jour de ma naissance. Elle était assise dans son jardin de Brieux avec sa carabine 30/30 sur les genoux. Elle surveillait la rue. J'avais une dizaine d'années et j'étais déjà plus grand qu'elle. Elle m'avait chopé le bras d'une main calleuse puis, d'une voix de rocaille, m'avait révélé : « Avec les gosses, faut toujours penser à faire un trou ! »

Les avortements tardifs avaient été pratiqués par le peuple des forestiers jusqu'à la fin des années 1980. Fallait le savoir et comprendre : le temps d'être sûr qu'on avait vraiment un petit gars qui corresponde bien à ses attentes. Pas trop grand ni trop gros, rustique, bon chasseur, pas geignard ni végétarien. Jusqu'à la vingtaine d'années, c'était possible par là-bas. C'était plus simple aussi à cette époque, suffisait d'un trou. Je n'avais pas pu déterminer si elle pensait à moi ou à mon père en disant cela, mais ce qui était avéré, c'était que papa avait eu deux frères et une sœur qui avaient soudainement disparu du plan de table pour des raisons floues entre dix et seize ans. Ils appelaient ça la mort subite du nourrisson…

Dans le doute, je n'avais plus jamais rendu visite à mamie carabine par la suite.

## 32

Le matin suivant, le directeur réapparut à la grille du foyer. Seul, sans voiture, les yeux injectés de sang. Et que de relâchement dans sa tenue.

« Les petites salopes, les petites salopes, les petites salopes. »

Je fumais une clope dans le parc avec les trois ados qui avaient encore assez de volonté pour s'adonner à cette faiblesse, plus Anthony qui avait encore assez de volonté pour nous casser les couilles au sujet de cette faiblesse. Une voiture avait déposé le cadre dirigeant devant la grille. Clément-Sournois se précipita en courant. Le directeur ne cessait de répéter « Les petites salopes, les petites salopes » alors que nous le suivions dans son bureau. Nous n'en apprîmes pas davantage ce jour-là. Sinon qu'il ne désirait pas porter plainte et qu'il allait se coucher.

Ce ne fut que le lendemain qu'il me convoqua pour me dire qu'il n'était pas content, qu'il allait sûrement virer l'infirmière, qu'il allait sûrement me virer et les petites salopes, les petites salopes…

Son histoire était assez claire, quoique des zones d'ombres subsistent. Ce qui était clair, c'était qu'il s'était fait injecter la dose « voyage » peu avant Strasbourg. Les filles ne devaient pas être si comateuses que ça. Son dernier souvenir était Mélanie lui demandant de pisser. Il avait repris conscience le matin suivant dans une haie le long de la nationale 303. Les filles avaient disparu. La voiture avait disparu. Son téléphone avait disparu. Son pantalon avait disparu. D'où le relâchement constaté dans sa tenue.

Il en voulait à l'infirmière d'avoir raté sa sédation. Il m'en voulait de ne pas m'être retrouvé dans la haie à sa place comme convenu au départ. Bon, les filles étaient bel et bien parties, c'était le seul point positif. Déclaration de fugue à faire pour pouvoir continuer à toucher les prix de journée. Pas de dépôt de plainte pour éviter la mauvaise publicité. Il ne voulait plus en entendre parler. Il espérait juste qu'on retrouverait la Mégane. Si tel n'était pas le cas, on la déclarerait volée d'ici quelques jours. Il réfléchissait également à conserver les places au CER pour d'autres filles, Priscilla et Tabitha notamment. Avant que je puisse faire une remarque, il me somma d'arrêter mes conneries. Il ne pouvait bien évidemment pas me coincer pour mon désistement du transfert – comment allait ma femme au fait ? –, mais il n'avait pas oublié l'épisode du cinéma, dans lequel, selon lui, j'aurais pu agir différemment, en médiateur par exemple, ni l'incident des dents d'Anthony où, selon lui, j'aurais pu agir différemment également, en maîtrisant Mélanie en amont par exemple. Il s'interrogeait quant à savoir si je n'avais pas commis une faute ici ou là, une faute professionnelle, s'entendait. Ensuite, il me souhaita une bonne journée.

Je songeai à l'ex de Patti que j'avais balancé de la terrasse, et l'idée me traversa de faire pareil avec lui. En sortant de son bureau, je passai même par la terrasse pour m'assurer que la hauteur était bonne. Elle l'était sûrement. Peut-être un peu haut, je ne pouvais pas voir s'il y avait un rosier en bas. Je découvris le vélo en me retournant. Dans un renfoncement du bâti. Un beau vélo électrique emballé sous plusieurs couches de plastique. Je l'avais soupçonné de cacher des trucs. Je refermai derrière moi.

Je quittai le foyer pour rentrer à la maison. Je n'avais pas eu de nouvelles de Patti depuis l'ascenseur. Je n'avais pas relancé non plus. Je la savais dans l'attente du rendez-vous avec l'oncologue. Je ne doutais pas qu'elle me préviendrait pour que je sois à ses côtés à ce moment-là, mais l'envie de la voir, elle et mon fils, m'avait saisi sur le trajet.

La maison était vide. Je repartis chez ma belle-mère.

Je sonnai à la porte de cette dernière, et un gamin d'une quinzaine d'années m'ouvrit. Une petite raie sur le côté, le visage ravagé par l'acné au-dessus d'un tee-shirt *Chopin* et des lunettes rondes : « Salut. »

L'idée me vint que le directeur venait de me filer la dose « voyage » dans le café pour se venger et que j'avais pris quinze ans de coma dans les dents : s'agissait-il de Léon adolescent ?

« Salut. Patti est là ?

— Qui c'est ? »

La voix de ma belle-mère.

« Un démarcheur, mémère.

— Ne m'appelle pas mémère. Et qu'est-ce que tu as passé au mixer, Jean-Baptiste ? Des betteraves ? Viens donc me ranger ce bazar ! »

Il me planta là.

Ma belle-mère arriva à la porte : « Ah ! Dominique. Tu l'as ratée de peu. Elle est partie en Alsace à cause de – elle pointa son pouce vers l'intérieur de la maison – Jean-Baptiste. C'est le fils de ma meilleure amie, elle n'en peut plus. Il cherche un stage. »

J'entendis un déluge d'armes automatiques en provenance du salon.

« Jean-Baptiste, arrête les jeux vidéo ! Tu n'as pas des coups de fil à donner ?

— Ah, mémère, tu sais bien que c'est le matin qu'il faut appeler dans les entreprises ! »

Elle se passa une main sur le front.

« Il va me rendre chèvre, celui-là. Ils sont pareils dans ton foyer ? »

Avec une raie sur le côté et un tee-shirt Chopin ? Non, je n'en avais jamais eu, mais il devait bien y avoir quelques similitudes.

« Elle ne t'a pas prévenu ? Ah mais non, je suis bête : elle a laissé une lettre pour toi. »

Une pensée relative à « Nous les hommes » me traversa l'esprit. Nous les hommes, on pensait naïvement qu'une bonne baise pouvait tout arranger, puis on se retrouvait avec une lettre. Tout con avec une lettre.

Elle referma la porte pour retourner engueuler Jean-Baptiste.

*Salut mon amour,*

*Si tu lis cette lettre, c'est que tu as dû voir Jean-Baptiste, le fils d'une copine de ma mère. J'ai besoin de calme et il n'y a pas plus bruyant que ce gosse ! Il passe tout au mixer en écoutant du rap, ce petit con. Je n'ai encore rien dit à ma mère (j'attends de savoir), juste que nous traversions une crise. Je suis partie me reposer chez Vanessa avec Léon. Il pourra jouer avec son fils, ça lui fera un copain. Sinon le moral tient bon. Je te dis dès que j'ai des nouvelles. J'aurais pu t'appeler mais comme tu m'as fait une lettre, je te copie.*

*Je t'embrasse très fort !*

Tout con avec une lettre.

# 33

Anthony avait changé depuis la disparition des sœurs. Il était devenu calme et taciturne. Ce matin, en salle d'informatique, il lisait une bande dessinée.

Sur ordre du directeur, nous avions révélé le minimum syndical aux jeunes : Mélanie et Cindy étaient en fugue. Elles avaient profité d'une pause pipi pour se faire la malle. Rien de surprenant en soit, elles étaient coutumières du fait. Le directeur était ensuite tombé en panne et avait dû rentrer en stop. La Mégane était en réparation dans un garage.

J'avais tenté de sonder Anthony au sujet des filles, mais il avait affirmé ne rien savoir. Il avait soi-disant les boules parce qu'il avait roulé plus d'une centaine de clopes. Son discours sonnait faux, mais je n'avais pas réussi lui tirer les vers du nez. Ce qui m'avait étonné, d'ailleurs. Avec Anthony, j'arrivais toujours à obtenir le fin mot de l'histoire, le fin mot de toutes les histoires, plutôt. Ça viendrait. Quant aux autres, dans le meilleur des cas, le départ des filles les avait soulagés, dans le pire également, mais comme la plupart étaient toujours soumis au cocktail Diazépam-Tercian – le directeur avait remis la pression sur l'infirmière –, personne n'avait vraiment réagi.

J'en avais neuf ce matin en salle informatique. Cinq dormaient plus ou moins, Jordan dessinait, Adama travaillait à une lettre de motivation, Anthony lisait, et Sullivan appelait des compagnies aériennes. Depuis septembre, les mardis et jeudis matin, j'étais censé les aider à rédiger des lettres de motivation et des CV constitués d'autre chose que d'une succession de délits pour, épisodiquement, contacter les entreprises susceptibles de les accueillir dans le cadre d'un stage. Une telle opportunité ne s'était jamais présentée depuis septembre. Même si Sullivan avait fait une journée de stage dans une compagnie d'assurance – il avait dû rendre tout ce qu'il avait volé avant de rentrer.

La salle informatique se trouvait au premier étage du bâtiment principal. Elle conservait cette dénomination car un des ordinateurs y était en état de marche. Un poster, accroché à côté du tableau Velleda, évoquait encore les ambitions pernicieuses qui avaient été les nôtres à l'ouverture de cet atelier : « L'armée de terre recrute ! » À ce jour, aucun jeune du foyer de La Dent du diable n'avait été recruté par l'armée.

Ce matin-là, avant la pause de dix heures, Sullivan explorait des pistes pour son avenir professionnel. Chaque semaine, ou presque, il se prenait de passion pour un domaine qui le motivait jusqu'à la suivante. Cette semaine, l'aviation : les avions, les hôtesses de l'air, les lingettes parfumées. La semaine précédente, c'était l'apiculture. Avec un objectif précis, celui de vouloir dresser des abeilles à l'attaque. Le seul apiculteur qu'il avait pu avoir au téléphone en riait encore.

À l'approche de la récré, ils dodelinaient tous de la tête comme s'il était quatre heures du matin. Certains descendirent avec moi, d'autres non, notamment Sullivan, en ligne avec une compagnie aérienne. Air France probablement car, sur la feuille devant lui, était inscrit *R Frence* au feutre. Après la récré, il conversait encore au téléphone. Il expliquait à une standardiste, ou à un cadre de la sécurité en charge des appels suspects, qu'il était fasciné par les avions depuis les attentats du 11-Septembre, mais qu'il n'était jamais monté dans un avion ni dans un building. Qu'il aimerait bien faire un stage en atterrissage, que si ce n'était pas possible, la conduite des camions de carburant l'intéressait également. Le téléphone de cette pièce était en mode anonyme pour éviter les actions en justice. Je pris le combiné des mains de l'adolescent pour rassurer l'interlocutrice qui devait, dans sa tour de contrôle ou ailleurs, être en train de composer un numéro d'urgence aéronautique. Je raccrochai.

« Sinon, je veux bien essayer un truc sous l'eau, en fait ! »

Sullivan, notre spécialiste de la reconversion professionnelle. Je leur avais passé *K19, le piège des profondeurs* quelques jours plus tôt. À cet instant, je me rendis compte que la bande dessinée était sur la table. Sans Anthony. Je ne l'avais pas vu en bas non plus : « Merde ! Où est Anthony ? »

Et Sullivan, qui tapait « métier sous l'eau » dans la barre Google, de me répondre : « Il avait rendez-vous.

— Qu'est-ce que tu me racontes ?

— Oh, ça va. Je lui ai dit de pas y aller mais il est con, ce con !

— Rendez-vous avec qui ? Je lui ai demandé de rester dans un rayon de dix mètres autour de moi. Il est sorti ?

— Ben, il t'a pas écouté ! »

La recherche Google affichait « plongeur professionnel, métier, étude, diplôme, salaire. »

« Avec qui, Sullivan ? »

Je m'étais rapproché de lui, je pensais aux deux sœurs.

« Avec des gogols. »

Il soupira. Je lui mis la main sur l'épaule. Ma grande main sur sa frêle épaule : « Tranquille, Dom. Avec des gogols, je te jure. Mélanie leur a… Tu diras rien, hein ?

— Non, Sullivan, je ne dirai pas que c'est toi, accouche ! »

Il se pencha vers moi : « Les filles ont piqué de l'herbe à des mecs d'un foyer d'handicapés. Tout un camion. Mélanie est revenue avec de sa fugue la dernière fois. J'y croyais pas, mais les keums sont passés hier. Ils cherchaient les filles. Ils cherchaient le père des filles, en fait…

— Et ?

— Et ils les ont pas trouvées. C'est sûrement à cause d'eux qu'elles se sont barrées.

— Et ?

— Et Anthony a filé rendez-vous à ces gonzes au lac. Pour arranger les choses. »

« Anthony » et « arranger les choses », ça ne collait pas du tout.

« Mais merde, vous avez quoi dans la tête les gars ? Ils étaient combien ces mecs ? Où, au lac, Sullivan ? Pourquoi il fait ça, cette andouille ?

— Il dit qu'il est amoureux de Mélanie. Il est fou, ce type ! Et pourquoi, parce que les filles auraient coulé le camion au lac.

— Où, Sullivan ? Où ?

— Près du barrage. Je peux te montrer si tu veux ! »

Je voulais.

## 34

Trois minutes plus tard, j'avais mis ceux qui ne dormaient pas dans le fourgon de l'atelier parce que c'était le plus accessible du parking. Adama, Franck et Priscilla assis et sanglés sur l'unique banquette, Sullivan à côté de moi, le reste du coffre occupé par le tracteur-tondeuse trafiqué par Mathurin. Rupture dans notre routine matinale. J'avais glissé la batte de l'église américaine sous le siège et un spray au poivre dans le vide-poches de la portière. Anthony en médiateur, quelle folie.

Selon Sullivan, il voulait juste leur montrer le fourgon sous l'eau. Qu'ils arrêtent de rechercher Mélanie. Une bruine froide maltraitait le paysage autour de nous. La tondeuse, mal fixée, tapait contre les parois au gré des virages. Pendant la montée, Sullivan parlait sans discontinuer. Le topo était le suivant : les mecs, des handicapés, venaient d'un foyer du nord de la Moselle où aurait bossé le père de Mélanie et Cindy. Lesquelles auraient piqué le fourgon au père qui l'avait auparavant volé aux handicapés. Ces derniers produisaient et vendaient de la marijuana au pays des trois frontières.

Depuis longtemps. Il y avait un atelier d'horticulture dans leur foyer. Le fourgon volé contenait la récolte. Les sœurs s'étaient vengées de leur vieux et, pour cette raison, celui-ci avait fait la demande de garde auprès de la juge, pour les récupérer et les niquer. Selon les gogols, si l'on se fiait à ce qu'ils en avaient dit à la grille, lui aussi avait disparu. Il devait se planquer quelque part en attendant de remettre la main sur ses filles.

J'empruntai la piste qui passait sous le barrage pour atteindre l'autre rive. Je venais rarement de ce côté-ci du lac. La présence des turbines se mariait mal avec la nage en eau libre. La forêt était dense sur cette berge. Je suivis la rive sur un kilomètre. Un chemin s'enfonçait dans un sous-bois d'épineux et de fougères. Un panache de fumée s'élevait au loin. Le gros moteur diesel du camion ronfla alors que je m'engageais dans la pente qui menait à une série de clairières dégagées pour le débardage. Le lac se situait en contrebas. De profondes ornières nous envoyaient de cahots en soubresauts violents, jusqu'à déboucher sur un terrain dégagé.

Il y avait un fourgon garé sur la rive, « … ilas ble… » déchiffrable sur son flanc. Une affichette handicap à l'arrière. Un feu brûlait. Des palettes avaient été empilées, et les flammes montaient haut dans le ciel malgré la pluie persistante. À proximité du feu, trois hommes, du genre trapus aux épaules carrées, observaient le lac. L'un d'entre eux tenait un bâton. Pas de trace d'Anthony dans le périmètre. J'appuyai sur l'accélérateur et fonçai dans leur direction. Le fourgon de l'atelier était en quatre roues motrices. Il accrochait bien sur la terre grasse. J'essayai de décoincer la batte du siège.

« Là », fit soudain Sullivan en tendant son bras vers la gauche.

Je tournai la tête vers la direction indiquée alors que l'homme au bâton nous mettait en joue. Je n'entendis même pas la détonation qu'une volée de plomb frappait la carrosserie sur le côté droit. Anthony sortit du bois à gauche, lui aussi avait un objet en main. Il parut surpris de voir le fourgon du foyer.

J'allai droit sur le feu, Anthony était sur notre gauche. Je relâchai la pédale et tirai avec une violence certaine le frein à main. L'homme au fusil semblait être en train de recharger. Il était entre nous et le lac. En tant que mécanicien, Mathurin avait plusieurs points forts et un point faible. Ses points forts tout d'abord : il n'avait pas son pareil pour gonfler un moteur et lui coller un système de freinage capable d'arrêter n'importe quoi. Son point faible : les serrures. Il avait longtemps piégé son atelier parce qu'il oubliait de fermer les portes ou égarait ses clefs et devait détruire la serrure, or au foyer de La Dent du diable, rien ne devait être facilement accessible au risque de tout perdre. En dérapage, le frein à main nous envoya dans un demi-tour parfait qui écrasa les gosses sur leurs sièges et propulsa le tracteur-tondeuse contre les portes arrière qui s'ouvrirent sans rencontrer de résistance. Ah, cette faiblesse en serrurerie ! Ma mère aurait pu lui en parler, au survivaliste. La lourde machine jaillit par l'arrière et survola le sol pour atteindre le feu telle une météorite désaxée. Les roues du fourgon patinèrent un instant avant d'accrocher à nouveau. Je repérai Anthony plus haut, à une cinquantaine de mètres, à la lisière de la forêt. Je le vis au moment où je découvris, dans le rétro, la tondeuse qui s'enflammait comme une boule de suif. Certes, ça sentait l'huile dans le fourgon, de là à dire que l'huile pouvait flamber aussi vite ou que ce moteur fuyait, il n'y avait qu'un pas. Derrière moi, les flammes redoublèrent de violence.

Les trois hommes étaient toujours près du feu lorsque j'arrivai à la hauteur d'Anthony qui tenait un râteau en main. Je me penchai pour lui ouvrir la portière tandis que deux des types se rapprochaient dangereusement. Puis il y eut l'explosion. La tondeuse avait bondi à dix mètres avant de retomber en envoyant bouler les trois gusses. Celui qui était sur la rive du lac, qui nous avait tiré dessus avec sa carabine, se retrouva projeté à l'eau ; les deux autres, au sol. Anthony rata la marche et se cassa la gueule en grimpant dans le véhicule.

« Wouah ! firent les ados sur la banquette.

— Merde, qu'est-ce que vous foutez là ? s'étonna Anthony.

— On te sauve la vie, lui répondit Sullivan qui claqua la porte derrière lui.

— Parce qu'on t'aime », ricana Adama.

J'avais tout le monde, même l'os accroché au rétroviseur me souriait. J'étais dans le bon sens, pas loin du chemin. J'avais juste perdu la tondeuse. Le feu crachait une fumée noire d'accident d'avion ou de matière plastique en combustion. Mais quel carburant pouvait utiliser Mathurin pour tondre l'herbe ? Les deux mecs gisaient dans les broussailles. Je les distinguais s'agiter mollement.

« On y va, on y va ! » cria Franck.

Celui qui avait été projeté dans le lac ne réapparaissait pas. Mon pied frôla la pédale d'accélérateur.

Je l'avais vu percuter l'eau. Je l'avais vu perdre son fusil en vol. Surpris, handicapé et volant. Dans le rétro extérieur gauche en revanche, je ne voyais plus rien. Aucun bruissement sur l'onde lointaine. Rien. Merde. Merde, merde.

J'enclenchai la marche arrière. J'appuyai sur l'accélérateur, les portes arrière claquèrent. Je reculai à fond vers la rive.

« Oh, putain, tu fais quoi ? » cria Adama.

Pas facile à expliquer. Quoique si, en fait : « Y en a un qui se noie, je crois. » Je freinai à deux pieds. « Sullivan ! Tu te mets au volant. Si les deux se repointent vers vous, tu te casses. Compris ? J'y vais ! »

Ce qui était bon avec ces ados qui ne comprenaient jamais rien à rien, c'était que dans une situation avec un fusil, du feu, un râteau, de l'eau et Anthony, ils comprenaient.

Je virai mon tee-shirt. Priscilla réussit quand même à dire : « Comme il est pas musclé, lui ! » *Merci Priscilla pour tes encouragements !* Je me tortillai pour enlever mon pantalon. Posai mes lunettes. Gardai mes pompes. L'eau allait être froide. Je le savais. Elle allait être vraiment froide, je le savais. Déjà qu'avec une combi… Sullivan passa sur le siège conducteur en rassemblant mes fringues, avança le siège pour que ses pieds touchent les pédales, me sourit en tripotant l'os. Je franchis la rive en ayant conscience de prendre le risque de mourir en slip dans un lac après avoir laissé les ados dont j'étais responsable au volant d'un camion.

Mon lac. Je descendis le long de la berge. L'eau m'accueillit avec froideur. Les jambes d'abord, un coup d'eau sur la nuque, puis j'y allai complètement. De ce côté-ci, la pente était sévère. Le barrage faisait une cinquantaine de mètres de haut et il n'était pas loin. J'avais une trentaine de mètres de fond. Je nageai dans l'eau noire. La falaise tombait à pic derrière moi. Mais l'eau noire était mon amie. Je me dirigeai vers la zone où j'avais vu l'autre gogol atterrir, à cinq mètres du bord, par là. L'idée me traversa que je faisais n'importe quoi depuis que ma femme avait un cancer, comme me mettre en slip devant les ados habillés et installés dans le fourgon. Je sondai. Eau noire. Eau verte. Eau blanche. Tache jaune.

Je le repérai. En-dessous, à deux mètres-deux mètres cinquante, les bras écartés, sa face de lune vers le ciel. Je plongeai vers lui, eau chaude tellement elle était froide. Je l'attrapai. Je le remontai. Je lui maintins la tête hors de l'eau jusqu'à la rive. Il hoqueta, il respirait, il se laissa faire. Je me sortis du lac en le sortant du lac. Revenir dans l'air me fit du bien. Moins froid que le froid d'en bas. Je le traînai sur la rive, il se débattit mollement. Sullivan recula le fourgon, m'ouvrit la portière et se décala côté passager. Je m'y engouffrai. Je poussai le chauffage à fond et touchai l'os. La tondeuse brûlait toujours avec frénésie. Les deux autres gusses s'étaient redressés. Je bouclai ma ceinture et démarrai comme un joyeux.

« T'as le droit d'être en slip pour conduire ? » demanda Priscilla.

Derrière nous, la fumée se tortillait dans l'air. Attardés ou pas, ce n'était pas leur gène déficient qui les aurait empêchés de nous faire du mal à ces mecs-là. Anthony était à la place de la tondeuse avec son râteau. Les autres répétaient : « T'as vu, t'as vu ! » La route était déserte pour redescendre. La batte dépassait de mon siège. Mon téléphone sonna.

Je n'aurais pas dû décrocher. Bien sûr que je n'aurais pas dû décrocher. Est-ce que Vin Diesel décrochait en pleine course-poursuite ? Vin Diesel n'était peut-être pas un bon exemple. Est-ce que Steve McQueen… Non plus, pas de portable à son époque d'insouciance. Adrénaline, froid, peur, stress, slip mouillé, besoin de me confier : je décrochai.

« Dominique ? Mais c'est quoi ce bazar ? Je suis à la maison, là. Enfin, chez vous ! Patricia rentre demain, je voulais t'aider à ranger et… qu'est-ce que tu as fait ? C'est une vraie porcherie ! Quel genre de vie tu fais subir à ma fille ? Bon sang, tu es un porc ! »

Un sanglot. C'était ma belle-mère.

Tant de tuyaux et de câblages courant dans mon corps : j'avais toujours présenté un risque accru de faux contact selon mon père. Je n'avais eu que ça, d'ailleurs, d'après lui, des faux contacts. Je venais de faire exploser une tondeuse puis je m'étais mis en slip pour plonger dans l'eau glacée. Par contre, je n'étais pas retourné à la maison pour y faire quoi que ce soit depuis que la voisine m'était tombée dessus. Un faux contact, donc. Je serrai l'appareil tellement fort que mes jointures blanchirent : « Mais va te faire enculer, belle-maman ! Va te faire enculer, tu m'entends ! Va bien te faire enculer ! »

Trois fois.

Autant dire que, lorsque je croisai le regard des adolescents assis dans le fourgon, j'avais gagné leur respect éternel.

# 35

« Ah ! Dominique. »

Le ton était compassé, ses éraflures étaient en voie de cicatrisation, son costume était de nouveau classe. Une ride marquée s'exprimait entre ses sourcils. Ma journée s'annonçait mal.

« Entrez, je vous prie », ajouta le directeur.

*Il me vouvoie maintenant*, pensai-je.

La veille, Mathurin m'avait pris le chou au sujet de sa tondeuse alors que j'accompagnais trois ados dans son atelier. Il m'avait questionné. À croire qu'il survivrait mal à une possible fin du monde sans elle. Tout était écrit dans mon rapport d'incident. Son atelier était désormais rempli de vélos, les moteurs repoussés dans un coin. Je l'avais questionné. Ce n'était écrit nulle part. Il m'avait juste répondu que le directeur avait initié un nouveau projet vélo.

J'avais consigné le strict minimum dans mon rapport à l'intention du chef. Anthony, handicapés, carabine à plomb, noyade, retour. Ah, et aussi la tondeuse qui était tombée du fourgon alors que nous sauvions notre peau. Je n'avais pas évoqué une camionnette de marijuana cachée au fond du lac ni l'explosion de la tondeuse après sa chute du fourgon. Le directeur m'avait dit de faire gaffe. Je faisais gaffe : pas de développement inutile.

Mon téléphone bipa alors que je m'installai dans le fauteuil norvégien face à son bureau. Clément-Sournois était déjà là. L'air embêté. Je sortis l'appareil de ma poche en me contorsionnant. C'était un message de Patricia. Comme j'avais demandé à sa mère d'aller se faire enculer trois fois, je redoutai un peu la teneur du message. Le directeur prit place à son tour, je consultai rapido le message : « Rendez-vous demain chez l'oncologue. Les résultats sont arrivés, mais il n'a rien voulu me dire au téléphone. J'aimerais que tu sois là maintenant et t'as intérêt à être là demain 9 heures, 96 avenue Boufflère. Ma mère t'embrasse. Léon et moi aussi. Je t'aime. »

Je relevai la tête et croisai le regard du directeur qui semblait – comment pourrais-je le qualifier ? – courroucé. Il tapotait son sous-main avec impatience. Je devais avoir ma parfaite tête d'ahuri. Sa mère m'embrassait ? L'avais-je titillée par mes conseils pratiques ?

« Dominique, ça ne va pas du tout… »

Je sentis qu'on allait me reparler de la tondeuse. Mathurin avait dû lui chauffer les oreilles. Patience agita une main parcheminée devant son visage.

« … je suis loin d'être satisfait. »

Derrière lui, le ciel gris se troua d'une tache bleue. Événement rare en Lorraine. Cet entretien prenait une tournure qui me déplaisait. Je décidai de ne pas attendre la suite comme le grand pépère que j'étais : « Moi non plus. J'ai appris que les trois agresseurs étaient passés plus tôt au foyer, que vous les aviez reçus. J'aurais bien aimé en être informé avant qu'Anthony ne se mette en danger, et nous tous par la même occasion. »

Il cessa de tapoter. Il lança un regard à Clément-Sournois. Je l'avais déstabilisé :

« Je… je décide des informations à transmettre au personnel ! Et leur visite n'avait rien à voir avec Anthony ! Ils étaient à la recherche du père des filles, et donc des filles. Je leur ai indiqué qu'elles étaient en fugue et ils sont repartis. Mais là n'est pas mon propos… »

Il mit ses doigts en pyramide : « J'ai appris que vous aviez passé le volant à un adolescent de quatorze ans en lui intimant de déguerpir avec le fourgon en cas de nécessité et ce, avec trois autres adolescents à l'arrière !

— Quatre.

— C'est pire. Et sur ce point, il n'y a rien dans votre rapport d'incident. C'est une faute grave. Je me vois dans l'obligation de…

— De ?

— De vous licencier, Dominique. J'ai le témoignage d'une adolescente, vous me voyez…

— J'ai du mal à vous voir ! C'est à cause du transfert, c'est ça ? Ça vous est resté dans la gorge. Sans moi, hier, Anthony aurait dérouillé. Les mecs nous ont tiré dessus, quand même. Des mecs que vous aviez reçus deux jours auparavant. Ça la fout mal, non ?

— Si les parents de Sullivan en sont informés, ils peuvent nous traîner en justice et je ne le tolérerai pas. »

Les parents de Sullivan étaient agriculteurs. Le petit Sullivan conduisait le tracteur de la ferme à cinq ans, et sa première condamnation avait été pour un délit de fuite au volant de la 504 familiale vers l'âge de dix ans. S'il y avait un truc que savait bien faire ce môme, c'était conduire, et ses parents n'y avaient jamais vu aucun inconvénient. C'est la société qui y avait trouvé à redire.

« Vous êtes un bel empaffé ! Et toi, Patience, j'imagine que tu n'es pas là pour assurer un soutien psychologique ? Donc vous me virez ? Je suis vert ! »

Je ne l'étais pas tant que ça. Mais j'imaginais que c'était ce genre d'attitude qu'il fallait avoir dans cette situation. Et ma femme est malade, et mon fils en bas âge, et tout ce que j'avais mis en œuvre avec les jeunes ! Qui allait dessiner Bob Marley ? Qui s'emploierait à les dégoûter des sports collectifs ? Qui corrigerait leurs fautes de syntaxe ?

« Dominique, monsieur le directeur est encore convalescent ! » minauda la psy.

*Mais je t'emmerde. Mais je vous emmerde tous.* Je me contins : « C'est dégueulasse ! »

Je compilai ce que je perdais : les rixes, le sang, les discussions insensées, la nourriture trafiquée, l'inquiétude pour eux, l'inquiétude constante pour eux…

« Le conseil d'administration est informé. Ils soutiennent ma décision. »

Pour bien me faire comprendre que c'était un point de non-retour. J'imaginai la gueule du conseil d'administration : des vieux notables qui se la pétaient en annonçant qu'ils étaient à la barre du foyer de La Dent du diable et qui avaient dû tomber de leur fauteuil Stannah en apprenant qu'un éducateur avait passé le volant à un ado pour satisfaire une envie de baignade après avoir balancé une tondeuse à gazon hautement inflammable sur des handicapés armés près d'un feu. Par contre, rien à carrer de ma relation avec ces ados perdus, de mon travail pour les rendre un peu plus curieux, un peu moins flippés, un peu plus sérieux, un peu moins dangereux. Anthony, Adama, Jason, Franck allaient me manquer. Les deux sœurs me manquaient déjà. Sullivan également. Priscilla moins, et pas uniquement parce qu'elle m'avait dit que je n'étais pas musclé. C'était elle la balance. Cette adolescente était capable de n'importe quelle compromission pour un coupe-faim. Si on lui avait affirmé que le sperme était un coupe-faim, elle aurait passé son temps à sucer. Le boss avait dû lui proposer une balade en décapotable ou une perfusion de l'infirmière pour avoir son témoignage.

« C'est dégueulasse ! »

Je me répétais.

« C'est ton droit de le penser. Mais j'ai insisté auprès du conseil pour que tes primes, départ et reconversion, ne te soient pas retirées. »

Il se gratta le front avec l'intérieur du poignet. Je soulevai un sourcil perplexe.

« Et ce sera conséquent, tu peux y compter. »

Maintenant qu'il m'avait lourdé, le tutoiement était de retour. J'allais ouvrir la bouche, mais il conclut : « On ne peut pas faire tout et n'importe quoi avec les adolescents, Dominique. Je t'ai toujours soutenu, mais Sullivan au volant avec les autres à l'arrière… C'est trop. »

Clément-Sournois m'observait comme une libellule observe une puce d'eau en se disant : elle est grande, celle-là, mais je vais la niquer quand même. Fallait pas que je m'attarde dans ce bureau, sinon j'allais déraper et perdre mes primes et l'un des deux la santé.

« C'est dégueulasse… »

Plus je la répétais, cette locution, moins j'y croyais. J'étais éducateur spécialisé diplômé, grand, j'aimais bosser avec les ados et je savais rédiger un compte rendu en bon français, je retrouverais rapidement du boulot.

« Je dois signer quelque chose ? Parce que je n'ai pas l'intention de traîner. »

Le directeur eut un sourire triste en saisissant des papiers. Patience ajouta : « Si tu as besoin d'un soutien thérapeutique, je suis disponible, Dominique. »

Brrr. Un faux contact me remonta de la colonne vertébrale jusque dans la nuque. *Va te f...* Non, pas celui-là, mais le petit mouvement nerveux que devait avoir tout névropathe en achetant son premier fusil à pompe. Patience me fixait en remettant ses lunettes embuées, et je me demandai comment cette gonzesse pouvait faire de la buée. Je signai les papiers que me tendait le directeur.

« Quelle délicatesse, Patience, mais non merci. Vraiment. Je ne vous souhaite pas une bonne journée à vous deux. »

Je ramassai la copie et me levai. Je franchis la porte d'un pas décidé. La rabattis derrière moi, sans la fermer complètement. J'attendis. J'entendis : « Je m'attendais à pire. »

Je ne saisis pas ce que lui répondit le petit vautour à chignon. C'était l'histoire de ma vie résumée en quelques mots. Je refermai la porte.

Parvenu au bout du palier, j'ouvris celle qui donnait sur la terrasse avec le passe. Je la traversai et m'emparai du vélo que je savais ne pas être destiné aux ados puisqu'il était emballé et planqué – qui plus est, je me souvenais que le directeur avait pris bien soin de refermer l'accès l'autre jour. Je le soulevai, assez lourd pour un VTT, électrique à n'en pas douter, et le balançai sans hésiter par-dessus le parapet, soit d'une quarantaine de mètres de hauteur.

Oups.

Je quittai les lieux ni vu ni connu. En redescendant, j'envoyai un SMS à Patti pour l'assurer de ma présence le lendemain, lui dire qu'il ne servait à rien de s'inquiéter avant d'avoir rencontré l'oncologue, que moi aussi je saluai sa mère, et que je les aimais tous les deux, Léon et elle.

# 36

Les adolescents me firent des cadeaux de départ. Des petites choses issues de leurs cerveaux foutraques. Ni pouf ni livre de grammaire cependant. Je jouais nerveusement avec le porte-clefs d'Adama en patientant dans le couloir du service. Une secrétaire m'avait indiqué le bureau du cancérologue. Je pris place sur une des chaises devant sa porte dès six heures quarante-cinq.

Tôt. Très tôt. Je n'avais pas dormi de la nuit. Mon licenciement aurait pu en être la cause, mais il n'en était rien. J'étais inquiet pour Patricia. Je n'avais cessé d'imaginer ce que le médecin allait nous révéler ce matin. Je n'avais cessé d'imaginer ma femme qui devait imaginer les mêmes horreurs. J'avais quitté l'appartement de Matthias vers six heures. Avant qu'il rentre de sa nuit de boulot pour ne pas avoir à le croiser et lui mentir – « Ben, je vais à la pêche, gros » –, ou discuter d'un licenciement dont je n'avais que faire. Pour le moment.

Adama, pour qui tous les adultes étaient des saoulards, m'avait offert un porte-clefs avec une petite bouteille de bière que j'avais accroché à mes clefs, Jason et Sullivan, des dessins, Franck, un os peint au marqueur, il aimait offrir des os en sus des poulet décapités, Priscilla, un bracelet en toc qu'elle avait enlevé de son poignet, et Anthony, une vingtaine de cigarettes roulées par ses soins. Pour fêter mon départ inopiné, je les avais emmenés au restaurant à Nancy aux frais de la princesse. Le directeur ne m'en tiendrait pas rigueur. Au cours de la soirée, je m'étais senti attristé de ne plus continuer avec eux, puis ce pincement de cœur s'était estompé. Pour la plupart de ces ados, sortir de leur champ visuel revenait rapidement à n'avoir jamais existé. Peu, par exemple, parlaient encore des sœurs. Hormis Anthony qui s'obstinait à rouler des clopes pour Mélanie, bien entendu. Cependant, à notre retour, au moment du coucher, quelques-uns m'avaient semblé au bord des larmes. Et pas les moins durs. Ce n'était que des enfants.

Il y avait peu de passage dans ce couloir hospitalier en cette heure matinale. Celui-ci s'achevait par une large baie vitrée qui donnait sur le parking de l'établissement. Parking qui se remplissait peu à peu. Le ciel prenait des couleurs à l'est.

L'arbre le plus proche de la fenêtre, quoique plus bas de quelques mètres par rapport à l'étage, paraissait mal en point. Il était sec et dépouillé de ses feuilles à partir de sa mi-hauteur. À moins qu'il ne s'agisse d'une essence destinée aux parkings d'hôpitaux. Pas trop pimpante dans les frondaisons pour ne pas insuffler trop d'espoir aux malades qui l'apercevaient d'en haut, verte et feuillue dans sa partie basse pour soutenir le moral des familles en visite.

Patricia arriva un peu après huit heures. Elle avait l'air de ne pas avoir dormi depuis une semaine. Ses yeux brillaient. Elle m'enlaça avant de me faire un doux baiser. Sur nos chaises froides, nous ne parlâmes pas pendant de longues minutes, puis elle dit : « C'est vraiment une maladie de merde, le cancer. Je me sentais en pleine forme avant la naissance de Léon. Putain, c'est comme si se sentir en pleine forme devenait un signe avant-coureur d'un cancer dans notre société tordue. Et l'allaitement ! Je n'arrive pas à m'enlever de la tête que l'allaitement y est peut-être pour quelque chose. J'ai cette boule près du mamelon. Ils m'ont dit que non, que l'allaitement n'y était pour rien. J'essaie de me dire que ce n'est pas grand-chose. Rien qu'une petite boule. »

Elle se mit à pleurer. Je lui pris la main. En sanglotant, elle poursuivit : « Je vais m'en sortir. Quel que soit le verdict, je vais m'en sortir. Je le sais.

— Moi aussi je le sais. »

Elle cessa de pleurer.

« C'est nouveau, ça ? »

Elle désignait la petite bouteille de bière à mon trousseau de clefs.

« Le cadeau d'un jeune. Adama. Il doit penser que je suis alcoolique.

— Que tu es un bon éducateur, plutôt. Parce que c'est vrai, Dom, tu es un bon éduc ! Tes deux gamines sauvages sont toujours là ? Et celui qui tue les animaux ?

— Les filles sont en fugue, mais Franck est toujours là.

— C'est bien. Ma mère t'a appelé pour s'excuser ? »

Pour s'excuser de ne pas s'être fait enculer ? Il ne me semblait pas.

« Euh non…

— Elle m'a dit qu'elle t'avait engueulé pour la maison. C'est Jean-Baptiste qui a tout retourné. Quel petit con, celui-là. Il a organisé une fête chez nous avec deux jeunes du quartier en piquant la clef de ma mère. Elle a tout rangé. J'y suis passée hier et ça va, il n'y a pas eu trop de dégâts. Une ou deux taches et une vitre brisée. Ils ont bu de la vodka-Red Bull, et ils en ont foutu partout, de cette merde. Ça puait encore. Jean-Baptiste est reparti hier, et sans l'ombre d'un stage, tu penses. »

Je lui racontai alors mes aventures au lac, ma récupération foutraque d'Anthony et le sauvetage du noyé. Je lui racontai ce que j'avais répondu à sa mère dans l'énervement. Je me demandai si je ne faisais pas une erreur en le faisant. *Je devrais pas te le dire, mais je te le dis quand même.* Elle rit. Elle fut même prise d'un fou rire. Je me laissai gagner par son rire. Oui, c'était vraiment grossier, mais qu'est-ce que c'était drôle. Deux personnes qui s'esclaffaient dans un service de cancérologie : plutôt original. Au bout de quelques minutes, elle se calma et remarqua : « Je ne sais pas si elle va t'appeler alors. Écoute, quoi que nous annonce le médecin, je me battrai, t'entends ? Et j'arrêterai de te faire chier sur des détails, ta bouée, tes retards parce que les gosses du foyer ont besoin de toi, ce genre de trucs.

— Moi aussi, ma belle, je vais faire des efforts.

— Eh Dom ! Léon, il est à nous deux, tu sais. »

La porte de l'oncologue s'ouvrit à cet instant. Le poids de l'angoisse nous retomba dessus d'un coup. Le bureau était neutre, blanc, médical, avec une simple vitrine à droite contenant des stéthoscopes, un nombre conséquent de modèles de stéthoscopes. Deux sièges face au bureau qui accueillait un écran et un clavier sans autre décoration. Le praticien s'assit derrière, cinquantenaire qui s'entretenait, dégarni, petites lunettes à monture cerclée ; tennis ou golf, un sport de petite balle à tous les coups.

Derrière la fenêtre, des corneilles se posaient en masse sur l'arbre pessimiste. Réunies pour attendre une âme. La vue était la même que celle du couloir. Je ne me souvenais plus dans quelle croyance – quoiqu'il s'agisse plutôt d'étourneaux que de corneilles – des oiseaux avaient la charge d'accompagner l'âme des défunts vers l'au-delà. On les disait psychopompes, le terme m'avait frappé. Les Alsaciens avaient les cigognes et les Parisiens les pigeons mais là, c'était sûrement celtique. Un truc de culs nus en provenance d'une steppe aérée. Jamais je ne pourrai être à l'aise face à un médecin. Jamais je ne pourrai éviter de penser à n'importe quoi face à un médecin pour éviter de penser à ma scoliose et à toutes ces journées perdues debout.

Les corneilles, dans la partie morte de l'arbre, semblaient à l'écoute. La femme spectrale dans la salle d'attente du scanner me revint à l'esprit. Ses vêtements trop grands, son souffle réduit, ses joues creusées. Une âme, pas d'âme ? Peut-être que les corneilles surveillaient l'étage du dessous. Le praticien jeta un œil à son écran, regarda Patti droit dans les yeux. Elle me broyait la main.

« Madame, les résultats sont bons. La tumeur n'était pas cancéreuse. C'était ce que je craignais, mais le scanner confirme le contraire. Sans aucun doute possible ! »

Et il sourit. Un sourire contrit. Patti ouvrit de grands yeux, moi, la bouche. À voir son visage, le verdict était très éloigné de ce à quoi elle s'était préparée mais il faisait son chemin en elle. Elle avait imaginé le pire, elle était prête au pire.

« Est-ce que… Est-ce que vous êtes vraiment cancérologue ? »

La question n'était pas idiote. Je gardai la bouche ouverte. Il se rejeta contre son dossier. Il ne conserva qu'un sourire léger sur sa face de tennisman : « Oui, madame. Je peux vous le certifier. Je suis le chef de ce service d'oncologie et je suis heureux de vous donner moi-même cette nouvelle. Ce qu'on croyait être une tumeur n'est en fait qu'un caillot de sang. Votre généraliste s'est emballé. Ce n'est pas un reproche envers un confrère : cela arrive. Le dépistage du cancer devant s'effectuer dans les meilleurs délais, parfois, et c'est regrettable bien sûr, l'évaluation première peut être surinterprétée. Une échographie aurait pu nous détourner de cette fausse route, mais nous avons préféré le scanner, ce qui n'est pas plus mal somme toute puisque nous disposons à présent de la certitude absolue que vous n'êtes pas malade. »

Je refermai la bouche. Comme pour valider l'annonce, les corneilles s'envolèrent de l'arbre mort. Je dévisageai ma Patti figée par l'information déroutante, puis me tournai vers notre ami : « Je… Il y a quelque chose que je ne comprends pas. Vous… Avant le scanner, notre médecin généraliste se montrait optimiste et vous, pessimiste, n'est-ce pas, ma chérie ? Et là, vous nous dites qu'à partir de ce diagnostic optimiste vous avez émis un diagnostic pessimiste erroné, c'est bizarre, non ? »

L'oncologue parut contrarié par ma question. Il m'observa comme un tennisman jauge un basketteur, avec condescendance. La noblesse d'un art caucasien consistant à se renvoyer une petite balle jaune en short blanc face à la brutalité sourde d'un collectif multiculturel obnubilé par un gros ballon orange. Il se massa le coude, fronça les sourcils : « C'est un peu plus compliqué que ça, monsieur. Je… »

Patti, qui continuait à me serrer la paluche à vouloir m'envoyer en traumatologie en sortant d'ici, relâcha subitement son étreinte : « Mais la FSC ? Elle était alarmante selon vous… J'ai passé des journées terribles depuis le scanner ! Je n'ai pas dormi, je n'ai pas mangé, j'avais même du mal à m'occuper de mon fils. Vous êtes sûr ? Vous êtes vraiment sûr ? Je ne comprends pas !

— C'est assez technique, madame. Et donc parfois difficile à comprendre, mais vous n'êtes pas malade, vous pouvez me croire. N'est-ce pas cela le plus important ? »

Il n'avait pas tort. Son imprimante crépitait.

« Je vais vous donner le bilan de l'analyse. Votre généraliste pourra vous le commenter et je… » Il ouvrit la pochette posée devant lui, en sortit un papier. « Je vais également vous demander de bien vouloir signer ce document. »

Il lui tendit le papier. Je lui pris des mains.

« Faites voir. »

J'aimais lire ce qui était écrit sur les boîtes de céréales, en tout petit sur les contrats, en à peine plus gros sur les paquets de chips. Je lus : « Clause de non-agression juridique, qu'est-ce que c'est que ce traquenard ? »

La moutarde commençait à me monter au nez.

« “… s’engage à ne pas entamer de poursuites contre le laboratoire d’analyses sanguines ni le centre hospitalier…” Vous allez arrêter de nous balader et nous dire la vérité ! »

Je me penchai sur le bureau. Cent kilos de conjoint en échauffement rapide. Il devint cramoisi, avisa la porte comme s’il la trouvait bien trop loin : « Écoutez, les résultats sont bons. D’autres patients m’attendent, je…

— Je ne suis pas professionnel de santé, certes, mais des cellules cancéreuses ne disparaissent pas d’un examen à un autre ! La FSC révélait des marqueurs à foison, vous nous dites qu’il n’y a plus rien. D’où venait le problème ? »

Je le vis déglutir. Mon physique avait toujours pu me servir à ça, à faire déglutir des gens qui commençaient à se sentir merdeux. Il soupira : « OK, OK, calmons-nous. La FSC n’était pas la bonne. Le laboratoire d’analyses s’est trompé. Nous… »

Il n’eut pas le temps de finir sa phrase car, avec une rapidité qui m’étonna moi-même, Patti lui mit une grande claque. Une belle et grande claque. L’oncologue en tomba de sa chaise, tout simplement.

Elle vint s’agenouiller près de lui d’un côté du bureau. Je me déplaçai pour me placer de l’autre côté : « Je travaille dans un laboratoire d’analyses. Non mais c’est quoi cette embrouille ? vociféra ma douce. Vous vous êtes trompés dans mes analyses sanguines ! Le généraliste, le labo, et vous rien ? Vous m’avez foutu une frousse du diable et vous croyez vous en tirer comme ça ? »

Elle le surplombait de toute sa rage. Je le surplombais de toute ma hauteur. Je le scrutais comme une corneille regarde une âme : « Il faut nous expliquer. Et avec des mots simples, puisque nous ne sommes pas des professionnels de santé. »

À voir sa gueule, il regrettait bigrement d'avoir annoncé une bonne nouvelle. Il ne devait pas en annoncer souvent dans sa profession. Il n'était pas formé pour ça. On ne l'y reprendrait plus. Il avait dû croire que ce serait plus simple : « D'accord, c'est un technicien du labo qui a… » Il se redressa. « Sa femme est décédée d'un cancer du côlon en avril et il… il a remplacé toutes les FSC par celle de sa femme pendant plus d'un mois. Un cancer de stade 4. Sans examen plus approfondi, nous n'avions aucune possibilité de savoir quels patients étaient concernés ou pas. Il s'est donné la mort la semaine dernière. »

Il était définitivement plus à l'aise dans l'annonce des mauvaises nouvelles, je m'en doutais. Patti dit : « Ah d'accord. Ben là, je comprends. »

J'aidai le professionnel à se remettre sur sa chaise. Il avait une belle trace de doigts sur la joue.

« Donnez-moi le bilan du scanner. Je vais le signer, votre papier. »

Nous laissâmes un praticien tétanisé dans son fauteuil. Dans l'ascenseur, il n'y avait pas de lit alors nous ne fîmes pas n'importe quoi, mais Patti me confia : « Vanessa m'a proposé une semaine dans les Alpes, juste elle, moi et nos gosses. J'hésitais jusque-là, mais je vais accepter. »

Mon ancien moi aurait renâclé et lâché une remarque prémâchée. Mon nouveau moi était compréhensif : « Ça te fera du bien. J'en profiterai pour remettre la maison en ordre et m'occuper du jardin. »

Ainsi mon nouveau moi parlait d'entretenir le jardin.

Elle me passa une main sur le torse : « Merci, Dom. Une semaine avec Vanessa, et après on repart sur de nouvelles bases. »

Mon nouveau moi paraissait prêt : « Je t'aime, Patti. Dis à Léon qu'il me manque. »

# 37

Chômage. Épanouissement personnel. Glandouille.

Patricia venait juste de raccrocher. Elle m'avait appelé deux fois alors qu'elle n'était dans les Alpes que depuis quelques heures. J'avais fixé mon poster de Mudhoney sur la porte de la salle de bains de Matthias, à qui j'avais demandé la permission. J'avais finalement raconté à mon pote ce qui s'était passé chez l'oncologue. Passé la stupeur, il s'était bien marré, ce con.

Je jouais à Tomb Raider. J'étais décidé à donner un sens à mon nouveau statut dans le non-emploi : kebab-frites ce midi, Valstar la bière des stars fauchées pour le goûter, et retour aux sensations de l'enfance avec des jeux vidéo pour contrer l'ennui qui commençait à me gagner. La pauvre ingénue court-vêtue avait un problème avec des loups et un déficit en armement terriblement emmerdant. Je n'étais pas devenu meilleur joueur avec les années, et la jolie donzelle, pourtant redoutable mercenaire, avait, entre mes mains, tendance à se faire trucider par n'importe quel consanguin dans ces bois pourris. Et maintenant des loups. Il aurait fallu qu'elle soit attaquée par des pandas pour que je parvienne à m'en dépatouiller. Et encore, des pandas en file indienne.

Je la laissai se démerder toute seule en allumant une clope. Une fois. Deux fois. Trois fois elle trépassa dans son short. Sans pitié, les cabots sauvages. J'éteignis la console en quête d'un reportage animalier à la télévision. Pas facile, le chômage.

## 38

« Je me suis demandé si ce n'était pas lui ? s'inquiéta Matthias.

— Lui qui ? »

En deux jours, et après quatre ou cinq reportages, j'étais devenu une sommité au sujet des orques. C'était apparemment la semaine « Vie et mœurs des orques » sur *National Geographic*. L'orque en famille. L'orque et les requins. L'orque et les phoques. J'achevais un reportage concernant les orques en parc aquatique. Triste. Comme tous les aquariums. J'étais incollable sur les orques, vas-y, vas-y, pose-moi une question… Mais lorsque l'on me parlait d'autre chose, j'avais du mal à comprendre de quoi il retournait.

« T'écoute rien ! Je te dis qu'un mec s'est introduit au foyer cette nuit.

— Ah ouais ?

— Ouais ! À deux heures du mat', j'ai été réveillé par du bruit en bas. Toutes les portes étaient fermées sauf celle de la cuisine. Tous les gosses étaient dans leurs plumards. J'ai allumé les escaliers, j'ai gueulé, et puis j'ai pensé à la batte. Alors je suis retourné la chercher, et là, j'ai vu un mec traverser le parc.

— À deux heures du matin ?

— Ouais.

— Un des jeunes ? Tu l'as reconnu ?

— En pleine nuit, tu rigoles ? Il a longé le gymnase et il a disparu. J'en menais pas large.

— T'en as parlé au directeur ?

— Évidemment. Il a dit que c'était Priscilla. Il veut la virer, alors il a décrété que c'était elle. Il veut me voir demain aussi, mais je crois que c'est pour autre chose. "L'absence du grand peut t'offrir des opportunités", je te le cite.

— Oh, et tu crois qu'il parlait de moi ?

— T'es con ou bien ?

— Ce n'était pas Priscilla, pas vrai ?

— Non, j'ai vu qu'une ombre, mais sûr que c'était pas Priscilla.

— Et des dégâts ?

— Pas vraiment, mais je crois qu'il s'est introduit dans la chambre de Cindy.

— Et ce n'était pas Cindy non plus ?

— Sois pas con, Dom ! Peut-être son père ?

— Son père ? Pourquoi son père s'introduirait au foyer alors qu'elles ne sont plus là ?

— Ben, tu te rappelles ce que tu m'as dit, quand même. Si elles lui ont effectivement volé une cargaison d'herbe, peut-être qu'il venait fouiller un peu. Chercher l'herbe, quoi ! Ou des réponses…

— Mais comment il aurait réussi à rentrer ?

— Des passes disparaissent, non ? Il a pu en trouver un.

— Peu probable, mais pas impossible, il y en a quelques-uns dans la nature. »

Mon pote était appuyé à la rambarde du balcon, un pétard à la main, une canette dans l'autre : « Et Cindy m'a dit qu'il viendrait me faire la peau le soir où elle m'a frappé avec l'extincteur. D'ailleurs, j'ai un truc à te dire à ce propos. Tu te souviens de mon flyer, celui que je voulais récupérer quand on s'est pris la tête elle et moi, elle m'a dit qu'elle l'avait montré à son père.

— Si c'était vraiment lui, il t'aurait réglé ton compte cette nuit, non ?

— J'en sais rien. Peut-être que je l'ai dérangé, qu'il savait pas si j'étais seul…

— Ouais. Peut-être que tu te fais des idées aussi. À mon avis, c'était un jeune. Tu ne l'as pas reconnu parce que t'as flippé. S'il y a des clefs qui traînent, elles sont à l'intérieur ou dans les choux. Il y en a un qui t'a enfumé, je pense. Sullivan, Adama ou Anthony. Tu sais, les pères de ces gosses, on les voit rarement quand les gosses sont là, mais ils ne repassent jamais quand ils ne sont plus là. Et le père des filles, il est plutôt occupé à ne pas se faire attraper par les trisomiques à qui il a piqué le fourgon…

— T'as sûrement raison.

— Je pense aussi. La déclaration de fugue a été faite, il est au courant que ses filles ne sont plus au foyer. Qu'est-ce qu'il viendrait foutre dans la chambre de Cindy ?

— Faut quand même que je cuisine Anthony. J'ai ressorti le Taser pour la nuit.

— Fais gaffe à ne pas t'électrocuter avec !

— Très drôle. Ça me rassure, en tout cas, ce que tu me dis. Qu'est-ce qu'il viendrait chercher au foyer maintenant que ses filles se sont fait la malle ?

— Exactement, c'est après elles qu'il en a ! Anthony me l'a affirmé au retour du lac. Elles l'ont soulagé de sa came et elles ont probablement tout coulé dans le lac rien que pour le faire chier. Le transfert en Laponie leur a juste permis de mieux organiser leur fugue, mais elles seraient parties de toute façon. À mon avis, si tu revois passer du monde la nuit, ce sera les handicapés des Lilas. Ils voulaient parler à Anthony quand je l'ai récupéré in extremis. Ils pourraient avoir envie de réessayer.

— Les mecs des Lilas bleus ? Tu déconnes ? Merci de me prévenir. J'avais pas pensé à ça !

— C'est des handicapés, ça doit pas être des mauvais bougres.

— Mais ils doivent l'avoir sacrément mauvaise. Tu t'es renseigné sur eux ou pas ?

— Ouais. C'est un foyer handicap-insertion qui tourne autour d'un gros atelier horticole. Un atelier protégé. Protégé des descentes de flics, surtout. Le père des frangines y a travaillé un temps. Ensuite, il a été incarcéré.

— Ah ouais ?

— Le seul truc bizarre, c'est que le directeur de La Dent y a bossé aussi en tant que cadre administratif.

— Et pas de problèmes de trafic de drogue ou autres signalés ?

— Non, mais même s'il y en avait on ne le saurait pas. L'omerta du social à l'œuvre. Pas de publicité, et dans le monde du handicap c'est encore pire : *no sex, no drug, no fun*, *yes* thune, *yes* neuroleptiques, *yes* casques de cycliste.

— *No fun*, quoi.

— Il y a franchement de quoi les plaindre, mais ces connards m'ont tiré dessus.

— Tu les as fait exploser…

— Pas eux, la tondeuse. Et c'était après, comme dirait Cindy. Celui que j'aurais pu laisser se noyer nous a tiré dessus le premier.

— Je sais.

— Tant que j'y pense, j'aurais un service à te demander.

— Ah bah moi aussi, tiens ! Moi d'abord, mon pote. Concernant le flyer, toujours celui des champis, y en a un qui semble être tombé entre de bonnes mains parce qu'un mec veut m'en acheter. Tu sais que j'en ai toujours un bon paquet dans le placard. Déshydratés ! J'ai jamais réussi à les vendre ! Quel gâchis…

— Je croyais que tu ne dealais plus ?

— Ah mais je ne deale plus ! C'est qu'un stock, le reste des psilos de deux saisons. 100 % naturel et local ! En provenance des pistes de ski, engraissé au bon caca des vaches vosgiennes. La qualité premium, mon gars ! Le mec est intéressé pour m'en prendre. Une petite livraison dans le nord du département, une demi-journée à tout casser. On partagerait 50/50 et je paie l'essence. T'as aucune excuse : t'es sans emploi et t'es nul à Tomb Raider ! »

Je fronçai le nez sans répondre.

« Ça va, mec, c'est que des champis hallucinogènes. Rien à craindre, les flics ont pas de chien à champis, mon pote ! Personne en a rien à foutre des psilos. C'est ni vert ni brun. Rends-moi ce service ! Y aller avec un grand balèze, ça me rassurera !

— Tu as rencontré le mec ?

— Non. Tu m'accompagnes ?

— Non.

— …

— Je n'ai pas encore annoncé à Patti que j'ai perdu mon boulot et je n'ai pas envie de l'appeler de prison pour le lui annoncer.

— On peut se faire dans les trois mille euros !

— Non.

— D'accord. Je t'en reparlerai quand t'auras bu trois Valstar.

— Il m'en faut au moins six, mais ça ne changera rien.

— D'accord. Je t'en reparlerai quand t'en auras bu six. Tu avais un service à me demander, toi aussi ? »

Il me sourit avec chaleur.

« J'aimerais que tu me copies une section du dossier des frangines. Et de celui d'Anthony aussi.

— Le dossier des deux sœurs ? Non mais t'es dingue, il doit faire plusieurs kilos. Elles sont prises en charge depuis qu'elles sont nées et elles plantent une connerie par jour au minimum.

— Uniquement les pages concernant les placements, la liste des familles d'accueil.

— Ah, ouf. Dans ce cas, pas de problème, mon ami. Les dossiers sont dans le bureau du directeur et je le vois demain : je les emprunterai en invoquant mon mémoire de veilleur. Tu vois comme je suis un bon copain, moi ! Je t'héberge parce que ta femme t'a foutu à la porte et je te rends service quand tu me le demandes. Tu pourrais t'en inspirer.

— Non.

— Sale con. Et pourquoi tu veux ces listes ?

— Je crois savoir où elles se planquent si elles ont vraiment préparé leur fuite. Je voudrais m'assurer qu'elles vont bien.

— Sale con sentimental. Et moi, si je me fais défoncer au cours du deal parce que t'es pas là, tu t'en fous ?

— La drogue, c'est mal.

— 100 % bio ! Même les vaches se défoncent avec. En revanche, si tu veux parler de drogue moins naturelle mais foutrement légale, j'ai ramené du pain du foyer.

— Tu veux l'attaquer à la baguette, ton drogué, si ça tourne mal ?

— C'est à toi que je vais en faire bouffer. Non, je veux essayer sur les pigeons ou sur le chien de la voisine d'en dessous. Ça te dit ?

— Tu ne comptes pas faire ça en plein jour ?

Je jouais avec ma lampe torche.

— Non, on va attendre que le soleil se couche. T'as faim ? Je vais nous chercher des kebabs.

— Parfait ! »

Les reportages concernant les orques m'ouvraient l'appétit.

# 39

J'avais lu quelque part, possiblement dans *Télérama* mais plus probablement dans *France Gras et Sauces Magazine*, que l'on pouvait se nourrir exclusivement de kebabs (salade, tomates, oignons, veau, pita et sauce blanche) sans connaître de souffrances extrêmes avant une quinzaine de mois. Équilibré sur le papier, à en croire le journaliste qui avait tenté l'expérience, mais certaines fonctions essentielles avaient tendance à s'altérer au bout de quelques semaines dans la pratique : érection, salivation, vue, puis capacité à se lever seul dès le sixième mois. Ma curiosité titillée, une exploration raisonnée de ce régime s'imposait donc. Ce n'était que mon deuxième sandwich turc de la journée, mais mon cinquième depuis la veille. Le début d'une passion.

En attendant le retour de mon ami serviable – « Tu veux pas une barquette de frites en plus ? C'est moi qui régale, je vais aussi passer à l'épicerie acheter des bières » –, je vérifiai les piles de la lampe. Patti me l'avait offerte quelques mois plus tôt. Un modèle étanche, une reproduction d'une torche militaire de la marine allemande. En même temps qu'une bouée *Alerte à Malibu*, si mes souvenirs étaient bons. La même semaine, en tout cas, la semaine « sport aquatique » chez Lidl. « Puisque tu t'obstines à te baigner en eau libre, de nuit, et sous la pluie, tu auras une lampe étanche et une bouée, c'est non négociable. » À cette époque, Patti me donnait parfois l'impression de vouloir éviter que je me noie pour conserver la possibilité de me tuer elle-même.

« Tu mourras avant moi ! » m'avait crié mon père par la fenêtre de ma chambre à mes dix-huit ans. Il n'avait pas spécifié comment. Des mains de ma femme n'aurait sûrement pas été pour lui déplaire.

Matthias déballa les sandwichs et me tendit une bière. Nous mangeâmes nos kebabs et bûmes nos bières.

« Alors, t'as pas encore dit à Patti que tu étais viré ?

— Pas encore.

— Pas encore, pas encore. Si les résultats du scanner avaient été mauvais, j'aurais pu comprendre. Pas la peine de l'inquiéter s'il lui restait que trois semaines à vivre. Mais là, mon pote, t'es dans la merde ! Tu t'es rendu compte que tu l'aimais encore, pareil pour elle, qu'elle aimait encore te casser les couilles, que tu voulais être un père pour ton fils, la réinstallation approche, et dans toute cette féerie, ça risque de lui foutre les boules d'apprendre ta situation de loser… Même nos pères, tout abrutis qu'ils étaient, ils ont toujours eu un travail ! Le tien en avait même quatre ! Égoïstes et flippés, mais ces cons ramenaient toujours du fric à la maison. À moins que tu envisages de nous faire une “Jean-Claude Romand exploration”, et je te parle pas de les tuer tous, hein, non, simplement de traîner dans des parkings déserts en te rongeant les ongles aux horaires de taf. Mais t'inquiète, je passerai te voir avec les ados parfois. On fera des photos pour que tu puisses les montrer à Patti le soir en rentrant. »

J'aurais bien aimé lui dire de la fermer, mais j'avais la bouche pleine.

« Je te couvrirai, mon ami. Tu le sais. Bon, rapidement, le problème, ce sera l'argent. Tu pourras en demander à tes parents si tu es dans le rouge. Ah non, pas à tes parents, c'est vrai ! Et à ta belle-mère non plus. Tu pourras essayer de vendre ton pouf ?

— Je ne viendrai pas.

— J'y pensais même plus, tiens. Reprends une 16 !

— Merci.

— Mais c'est vrai que, puisque tu remets le sujet sur le tapis, si t'as besoin de thune, pour acheter les magazines que tu liras sur ton parking de merde, par exemple, mon offre tient toujours. Le mec est motivé. On peut se faire des couilles en or, mon gars ! Regarde-toi, la pente est glissante, t'es foutu si tu continues comme ça. Tu as pris deux kilos en même pas deux jours. Et tu perds tes cheveux aussi, non ? Je blague. Une seule solution : tu m'accompagnes et on partage le magot ! J'ai cueilli, tu conduis, on agit. Tu as juste à tirer la gueule et à mettre des claques si besoin : tout ce que tu aimes !

— Non.

— J'avais imaginé la possibilité que tu me dises non.

— Tu me connais si bien.

— Au risque de te blesser, si Patti vous redonne une chance parce que tu t'es engagé à être plus responsable, plus malléable disons, ça va faire mal quand tu vas lui annoncer que tu te retrouves au chômage parce que, entre autres faits d'armes, tu as mis un ado au volant d'un camion. Eh ouais, ça risque d'être chaud, mon petit bonhomme ! »

J'aimais quand il m'appelait mon petit bonhomme. Tout ce qui était petit était mignon, m'avait appris la vie.

« Deux solutions : ou elle te pardonne et tu auras besoin d'une épargne pour ne pas devenir l'homme à tout faire de la maison, ou elle te pardonne pas et elle te refout à la porte. Tu auras alors besoin d'argent pour acheter de l'essence, des bières, des magazines et des kebabs… »

Je soupirai : « Et toi, avec Laetitia, ça va ?

— N'essaie pas de dévier la conversation. Si j'y vais seul et qu'il m'arrive quelque chose, tu auras des remords.

— Oui.

— Donc tu acceptes ?

— Oui, j'aurai des remords, et non je n'accepte pas.

— Putain, tu fais chier, Dom !

— Je ne trafique pas. »

Il écrasa le joint dans le cendrier.

« C'est dommage parce qu'avec ton gabarit, ta bonne tête de chômeur et ton gilet de rustique t'as du potentiel !

— En cas de pépin, les témoignages sont souvent vagues et contradictoires, mais s'il y a un grand qui dépasse dans l'histoire, ils s'en souviennent toujours !

— Tu te baisseras.

— Laisse tomber, je me baisse assez et je refuse d'être utilisé pour mes pseudo-aptitudes de grande brute sarcastique.

— Ah, tu m'emmerdes !

— Mon père a trafiqué toute sa vie !

— Le mien était plus drôle. »

Je le revoyais avec sa grosse langue. Oui, le sien était plus drôle.

« Puisque c'est comme ça, je vais essayer la baguette sur ces salopards de pigeons ! »

Je l'accompagnai. Dimanche soir, qu'y avait-il d'autre à faire ?

# 40

Matthias dispersa la mie au pied de la fontaine des batailles de Raon. Il y en avait eu trois, et une fontaine pour les commémorer. C'était l'une des plus hautes que comptait le bourg de Raon-l'Étape. Elle était ornée d'une statue à l'épreuve des modes : le commandant Raon et deux soldats affairés autour d'un canon embourbé.

Les jambes enfoncées dans la boue jusqu'à mi-cuisses, le premier soldat, la paume en visière, le visage tourné vers l'extérieur, avait la main de son compagnon d'infortune sur la fesse. Et dans le regard… Dans le regard, ce trouble propre à ceux qui s'étaient crus de la race des seigneurs avant de se retrouver à bosser pour Adecco. Le deuxième soldat, censé pousser la lourde pièce d'artillerie, avait le bras gauche qui disparaissait dans son pantalon et le droit tendu donc vers le cul de son collègue. Celui-là n'avait pas de bras droit à l'origine, perdu en bord de route ou oublié dans un atelier des affaires culturelles de Nancy.

Par une idée qui avait dû inspirer l'ingénieur des monuments historiques, l'eau coulait de la bouche du canon dans le bassin de grès sans raison historique, puisque le commandant Raon n'était pas spécialement réputé pour avoir utilisé des canons à eau. Un sentiment d'abandon général se dégageait de cette réalisation recouverte de chiures de pigeons, attaquée par le sel et taguée en différents endroits. Ce sentiment était renforcé par le gradé lui-même, le commandant R. L'homme paraissait détaché de la scène, regardant vers l'épicerie comme s'il voulait un Coca. Il n'était pas à la même échelle que le reste de l'ensemble, en plus, les soldats compris. Sûrement réalisé par un autre statuaire, il était à l'échelle 1,1 ou 1,2. Comme moi, en quelque sorte. Avec des mains en 0,5, cela dit, l'une tendue vers le commerce de proximité – « Je voudrais un petit Coca pour ma petite main ». Je n'avais pas ce souci, les miennes étaient à l'échelle.

C'était ma fontaine préférée des Vosges. Tout comme celle des pigeons du Raonnais qui, bien que moins sensibles à la composition de la scène que nous, les esthètes du social, n'en appréciaient pas moins sa proximité avec l'unique friterie-épicerie-salon du meuble ouverte sept jours sur sept dans le secteur. Son vaste bassin leur permettait des ablutions de pigeon de haute volée, le cul posé sur un des trois gars et leur canon à eau.

Les oiseaux avaient pris leur envol à notre arrivée, une bonne cinquantaine en direction des façades alentour, mais ils reviendraient sous peu. Matthias achevait de disperser ce qui restait de la baguette. Il sortit ensuite de son sac deux Goudale de cinquante centilitres. La place était déserte. Vingt et une heures trente venaient d'être validées par l'église de l'Étape. Le bourg entier était désert.

« C'est l'anniversaire de mon vieux, demain, dit mon pote.

— Ah.

— L'anniversaire de sa mort. »

J'avais compris.

« Trinquons alors. »

Nous ouvrîmes les bières. Mieux valait un père disparu qu'un père qui prédisait ta mort avant la sienne. Celui de Matthias, tout disparu qu'il était, lui avait laissé un coffre ; le mien, toujours en compétition, pouvait possiblement me laisser un truc aussi.

Différents et tellement semblables, nos pères. Le sien avait été une suite d'images sur une musique des années 1980. Le mien n'avait jamais bougé son cul de la Kaukenne. Le sien avait parcouru le monde et travaillé pour FR3 Normandie. Le mien avait sillonné trois rues la mine renfrognée. Et cependant… Cependant nos pères, chacun à sa manière, avaient incarné le modèle défaillant du père parce que peu intéressés en première intention, et pas du tout en deuxième. Et une influence similaire quasi-nulle hormis quelques rares occasions de se marrer. Surtout en ce qui concernait le géniteur de Matthias, en fait, et notamment grâce au coffre.

Mon pote n'avait connu l'identité de son père qu'à l'âge de dix-sept ans. Il avait d'abord cru à un homme qui s'était fait la belle à sa naissance, ce que sa mère avait prétendu toutes ces années. La veille du bac, elle avait annoncé que, en réalité, il était mort la semaine précédente. D'une noyade dans le golfe du Mexique. « Il était cameraman, il lui manquait l'auriculaire droit, il a tenté de réussir dans le domaine du documentaire », avait-elle ajouté. Sale journée que celle des écrits du baccalauréat pour Matthias.

FR3 Normandie avait appelé deux jours après l'accident. La chaîne avait ensuite fait livrer chez eux un livret de condoléances et une compilation des meilleurs reportages dominicaux du défunt en DVD. Des foires agricoles et des fêtes de la saucisse. Miss Courge, le jeu de la pente ou du plus fort pour porter des pneus de tracteur… De visionnages glauques en sujets déprimants, Matthias avait ainsi découvert le deuxième prénom de son paternel, sa signature, à la fin de chaque vidéo. « Maïté. » Comme la grosse qui faisait la cuisine sur une autre chaîne du groupe. Maïté… L'information de trop. Il n'avait pas su quoi en penser. Matthias n'en avait pas, lui, de deuxième prénom. Est-ce qu'il aurait signé avec ? Pas sûr.

À cette époque, mon pote connaissait l'adolescence classique de tout gamin abandonné par son père : un quotidien qui se composait d'un peu de sport, de défonce, de quelques vols et du souvenir d'un rapport non protégé dans une caravane. Sauf que lui avait retrouvé son père affublé du nom d'un quintal du Sud-Ouest spécialiste du poivron, et finalement mort coincé par un mérou.

Il avait laissé tomber le sport.

Le jour de l'enterrement, Matthias avait failli se faire casser la gueule pour quelques grammes d'herbe. La semaine suivante, il y avait eu le coffre. Matthias s'était mis à dealer un peu depuis la rentrée. Il jouait aux échecs. Encore.

Le coffre de son père. Ce que lui avait annoncé le notaire. Son vieux avait tout mis dans une malle, et un notaire avait eu la charge de la lui faire suivre, selon certaines conditions. Son père, censé être parti skis aux pieds et tire-fesses entre les cuisses en direction des Deux-Alpes alors qu'il n'avait que quelques jours, lui léguait une malle. Matthias était resté de longues minutes face au coffre après le départ du notaire. Presque une heure. À imaginer ce que ce père inconnu, se croyant peu ou prou indispensable ailleurs ou habité par une noble mission exigeant sa défection, avait bien pu lui laisser en héritage.

Gourbi, l'intérieur. La malle contenait une combinaison de plongée. Deux caméras siglées de la chaîne locale. Des chaussures. Un projecteur. Trois albums de Jeanne Mas. Plusieurs paires de gants, une casquette, plusieurs masques et des lunettes, un tuba, un colt, et même deux slips ! Derrière le renfort se trouvaient une gourde, un sac à dos, des maillots et des rations de survie à la date de péremption dépassée de plusieurs années. Au fond, un tiroir contenant neuf cassettes VHS complétait le trésor. Huit bandes étaient emballées de cellophane, et la dernière était dans un sac Cora, un bristol calé en travers : « À l'attention de mon fils. Ma dernière bande. Après les autres, Pedro. » En-dessous : « Je pense que GM aurait aimé que je parle en son nom. »

GM. Guy Maïté. Son père. Les chaussures étaient de pointure 40 alors que la combinaison était de taille XXXL. Pedro était le preneur de son. Le père de Matthias, le cameraman terrain d'une télé régionale jusqu'à ce qu'un burn-out redistribue les cartes. Trop de fêtes de la saucisse ou de redites saisonnières. Il avait pété un plomb et commencé à se filmer dans des aventures audacieuses aux quatre coins du monde une dizaine d'années auparavant. Les dernières années de sa vie.

Neuf VHS dont une dans un sac Cora en plastique. Matthias s'était procuré un magnétoscope chez l'épicier qui avait une gamme assez large de produits dans tous les domaines et à tous les prix.

Une grotte. La neige puis l'humidité. Le vent sur la lande irlandaise, une jungle dans la brume d'une montagne costaricaine, une descente en rafting dans le Tyrol autrichien. Le désert australien, bien sûr, et l'eau salée ensuite. Toujours à crapahuter en pleine nature en portant sa caméra jusqu'à la fin. À donner des conseils à la con sur fond de Jeanne Mas : « Ne jamais manger une limace de cette couleur-là… *en rouge et noir* », ou encore « Je ne comprendrai jamais *toutoute première fois* le fonctionnement des marées dans cette région » devant une grosse vague qui arrivait. Et qu'il se prenait. Pour finir planté plus haut sur la plage. *En rouge et noir, j'exilerai ma peur !* La chanteuse constituait l'unique bande-son de toutes les vidéos, excepté la dernière. Celle dans le sac en plastique de la chaîne de supermarchés, le film de cent vingt-sept secondes.

Matthias avait découvert son père à travers ces vidéos. Étrange. J'avais découvert son père à travers ces vidéos. Un gros lourdingue bien cinglé. Sa façon de marcher, de prendre des pauses, de hurler dans le vent. Son père faisant du VTT sur des crêtes sèches. Son père sautant d'un parapente en mer des Seychelles. Son père riant tout seul en Birmanie. Son père égaré dans le désert australien… Sa meilleure performance, celle-ci : quarante minutes sauvages, deux semaines de souffrance volontaire, le dépassement. Sa plus sensible aussi : un homme avec une langue démentiellement grosse en perdition. Nous en étions convenus avec Matthias : c'était son acmé. Musique fluide de Jeanne M. Images joliment contrastées. Maîtrise du dérapage. À compter de cette expérience, il ne s'était plus éloigné de l'eau par précaution. Mais même ça n'avait pas suffi.

Dans le cœur mort du cinquième continent – l'Australie, terre de contraste et de surprises –, son père, parti pour sept cents kilomètres de trek, s'était perdu au bout de trois heures. Complètement paumés, sa gourde, sa caméra et lui. Les températures atteignaient 50 °C en journée, 49 °C la nuit. Pas d'ombre, pas de vent, pas d'eau. Au troisième matin, la boule de feu lui avait transpercé le crâne. Au cinquième, impossible de retrouver ses lunettes de soleil. La gourde était presque vide, mais la batterie de la caméra, encore pleine à 90 %. La charge apparaissait sur l'écran. Le septième jour, il s'était fait piquer la langue. Par une araignée Idabao. Araignée dont la piqure n'était gênante que sur la langue et le sexe. Il en parlait. Il s'estimait heureux… Les vingt dernières minutes du film, après la piqûre, étaient grandioses. On le voyait déambuler avec une langue de cachalot tout en continuant à prodiguer d'incompréhensibles conseils dans ce nulle part grandiose. On le sentait maudire le ciel d'un bleu cobalt. Cinq jours s'écoulaient. Il vociférait. Peut-être qu'il se morfondait. À un moment, il posait la caméra et devenait un point sombre se débattant dans une immensité blanche. Un aborigène l'avait finalement sauvé. Au douzième jour. Dans le film, on voyait l'homme du bush rire comme un bossu pendant de longues secondes. La langue de Guy Maïté avait mis dix semaines à reprendre une forme socialement acceptable. Il aurait dû s'arrêter là :

cesser ses randonnées extrêmes, cesser tout, s'acheter un canapé et se foutre dedans. Ne pas rebondir vers les fonds sous-marins.

Je me gaussais facilement de n'importe quel père, c'est vrai, mais il fallait voir la tête que celui de Matthias avait en Australie, s'obstinant à parler à un interlocuteur invisible jusqu'à la dernière image.

C'était une catharsis, cette vidéo. Sa plus belle réussite. Au niveau de l'image, du son, du scénario, parfait, rien à redire : des rebondissements et des halètements. Petit bémol, j'aurais préféré Snoop Dogg comme bande-son pour ma part. Qu'importe, quand tu survis à ça, tu t'arrêtes. Il aurait dû s'arrêter. Il ne l'avait pas fait. En lieu et place, il avait acheté une combinaison, des palmes et une caméra sous-marine. Mer des Seychelles. Atlantique Nord. Et golfe du Mexique. La neuvième et dernière bande, celle que Pedro avait intégrée à la malle après sa mort. Après un message crépusculaire de l'ingé son sur un écran noir – « Ceci n'aurait jamais dû arriver, c'est tellement triste » –, les images déroulaient pendant deux minutes et sept secondes. Cent vingt-sept secondes d'apnée, trois bulles, et plouf. Terriblement succincte, cette bande. Dénuée de conseils. Plus courte, plus dense, avec un goût d'achevé puisqu'elle se terminait par la mort.

Au premier visionnage, cette vidéo m'avait fait penser à un court-métrage que m'avait montré le responsable d'un festival avec qui j'avais vécu un temps en colocation. Un court de dix minutes, réalisé par un Espagnol dont s'inspirerait Danny Boyle pour son long métrage, *127 heures*, quelques années plus tard. Un mec se coince un doigt – ou un bras ? – dans une crevasse en rando et manque d'y laisser sa peau – en plus du doigt ou du bras. La vidéo du père de Matthias suivait le même scénario mais selon une temporalité différente. Le héros se retrouvait aussi bloqué dans une crevasse, sous-marine cette fois, mais ne disposait que de cent vingt-sept secondes pour être créatif. Entre le mérou qui gobait l'air comprimé destiné à la bouée de remontée, bloquait le passage en gonflant, et GM qui essayait de le transpercer pour ne pas trépasser… Pas facile, la créativité en si peu de temps. Le tout en apnée. Entre le premier plan, les trois bulles et plouf : cent vingt-sept secondes. Il avait échoué. La faute au mérou.

Les pigeons étaient revenus depuis plusieurs minutes. Ils s'étaient posés et avaient mangé le pain. Maintenant ils tanguaient. Nous finissions nos bières en les regardant s'effondrer. Un volatile s'envola du couvre-chef du commandant R. Il eut du mal à prendre de l'altitude. Je l'observai avec cette prescience particulière à la tour de contrôle. En un vol maladroit de gros porteur sous-motorisé, il atteignait péniblement la hauteur des barrières lorsqu'il cessa de voler. Je le vis replier ses ailes, peut-être se penser dans son pigeonnier ou au pieu, et plonger vers le sol tel un petit aéronef ventru. Il le percuta en rebondissant plusieurs fois pour finir pigeon mort quasiment à nos pieds. Ce fut l'un des premiers.

Dans les minutes qui suivirent, ils tombèrent les uns après les autres, direct dans le bassin ou autour de la fontaine. Il pleuvait du pigeon mort. Quelques spasmes, à faire le gros œil. De rares tentatives de redécollage, des grattements, des soubresauts. Matthias, vidant sa bière, exprima un avis clairement empiriste : « Je savais qu'elle y allait fort. »

Je rassemblai mes affaires. Hors de question que je me retrouve impliqué dans un génocide de pigeons pour avoir voulu éviter un trafic de champignons : « Tu fais quoi ?

— Je rentre me coucher. »

## 41

Le lendemain, pendant que Matthias pionçait avant de prendre sa nuit de garde, j'occupais avec détermination la même place que la veille : son clic-clac que j'avais remis en clic. Mon territoire. Mon déjeuner s'était composé d'un sachet de nouilles chinoises avec pour hydratation deux Goudale. J'avais passé l'après-midi à parcourir des ponts brinquebalants tendus entre des falaises dans mon mini-short en jean mais armée de deux solides flingues à présent – flingues qui m'avaient permis de créer un lien plus détendu avec la faune locale, notamment ces putains de loups et les bouseux qui les accompagnaient, que j'avais eu le bonheur de buter sans retenue.

Pour une raison inconnue de moi, je n'avais trouvé aucun documentaire concernant les orques. *Comment se fait-ce ?* s'amusait mon neurone rigolo qui s'était mis en position chômage trente secondes après l'annonce de mon éviction par le directeur. Comment approfondir ses connaissances en profitant pleinement d'une période d'inactivité si la télévision cessait, du jour au lendemain, de diffuser des reportages sur les orques, ces splendides prédateurs noir et blanc dotés de dents en double rangée entourant une langue de soixante-dix kilos, rivalisant avec celle qu'avait eue le père de Matthias en Australie ?

J'avais regardé un reportage sur le Rhin, ses affluents et son écosystème dont les Allemands en short faisaient partie intégrante. Affluents les moins affriolants du monde pour moi qui pratiquait l'eau libre. Une forêt noire avec une eau verte, et tout était dit. J'avais pensé envoyer un mail au CSA : « Rendez-moi mes orques, je suis au chômage, rendez-moi les orques ! » J'avais préféré me rouler un joint et rejoindre Lara dans la jungle pour m'immerger sérieusement dans son écosystème.

Patti m'appela dans la soirée. Je lui manquais. Je lui avais dit que j'avais collé les ados devant un reportage sur le Rhin pour leur faire peur et qu'elle me manquait à moi aussi. Je commençais à faire mon Jean-Claude Romand. J'avais cru bon d'ajouter qu'à son retour je serais plus attentif. Elle avait pouffé. Fille qui pouffe, prochainement la bite te b… Ouais, passons. Elle m'avait demandé des nouvelles de la maison. *No problemo*, je m'étais occupé de tout. J'écourtai, j'étais au travail quand même. Bisous, bisous, bisous.

J'étais heureux pour elle, pour Léon, pour moi, pour nous qui n'étions pas malades, pas désamoureux. Nous qui avions tant de choses à construire encore. Merde, fallait vraiment que j'aille désherber le jardin. De retour de sa nuit, Matthias me découvrit ainsi, mamaillant sur les terres maudites parcourues par Lara, tout en envisageant d'aller tailler un jardin. Il me félicita, sitôt franchi la porte d'entrée : « Wouah, t'as bien progressé ! La vache, t'es passé sur l'autre montagne et t'as les colts .44. T'as encore du jus, en plus !

— Matt, n'en fais pas trop non plus. »

Le tueur de pigeons n'allait pas me lâcher avec son histoire de champis.

J'avais vu les services municipaux ramasser les petits cadavres au matin. Un autre temps fort de ma journée. Les deux employés de la mairie se réjouissaient de l'hécatombe. Enfin, ils n'auraient plus à nettoyer le guano des épaules du commandant Raon.

« Oh ça va, le chômeur. Et devine quoi ? En ce jour anniversaire, le patron m'a proposé de l'aider. Il m'a parlé du vélo, tiens. Celui que tu as balancé du donjon…

— Ce n'est pas moi !

— C'était le mien à l'entendre. Il me l'aurait offert si un grand taré ne l'avait pas balancé de la tour. Il est drôle, le bâtard. Je suis allé parler à l'infirmière aussi. Je lui ai dit que j'avais vu des gosses pêcher avec son pain. T'aurais vu comment elle a flippé ! Tous ces poissons morts, ça allait sûrement jaser. "Vous êtes sûr ?" qu'elle me répétait tout inquiète, "Vous êtes sûr que c'était le pain du foyer ?"

— T'as la forme !

— Tu m'étonnes ! Tout va bien à part un pote qui veut pas m'accompagner en balade. Tu veux que je te parle du directeur ?

— Non merci.

— Arrête. C'est presque un collaborateur à présent. Il sait pas qu'on est potes ce flan, alors il me dit du mal de toi. Mais quel être charmant, sinon.

— T'as pu faire les photocopies des dossiers ?

— Oh, calme-toi, t'as balancé mon vélo du donjon !

— Je vais rouler.

— Ouh là ! C'est bien une première ! Quelques jours de chômage et il se met à rouler des joints. La pente glissante ? J'ai acheté une bouteille de mousseux et des huîtres chez l'épicier pour fêter ça !

— L'épicier vend des huîtres ? Ce n'est pas dangereux ? Fêter quoi ?

— L'anniversaire de la mort de mon père pour commencer. Puis le fait que le directeur m'ait proposé de travailler sur le projet vélo, que tu roules un joint, que j'aie vu personne cette nuit en maraude et que je me sois pas électrocuté avec le Taser. J'ai dormi avec, figure-toi. Tu m'as fait flipper avec les gars des Lilas. Et oui, j'ai pu faire les photocopies de tes listes mais je les ai oubliées dans la voiture, il faut que je redescende. Avant, je tirerais bien une taffe.

— Qu'est-ce que t'a proposé le directeur exactement ? »

Je malaxais le mélange.

« Oh, rien de folichon. De l'aider à charger les vélos quand nécessaire. Mathurin fixe les sonnettes avec les gosses, et moi je leur mets des petites étiquettes "fabriqué par des travailleurs handicapés" avec le drapeau tricolore avant de les charger. J'en ai ramené une pour te montrer mais elle est restée avec les photocopies. Ça concerne que les sonnettes fabriquées dans un institut médicoéducatif mais elles sont attachées aux cadres des vélos. Pas con, hein ? Il touche les vélos gratos et il peut les revendre bien cher en faisant croire qu'ils ont été faits par nos gentils amis siphonnés. Il m'a pas dit combien, mais il m'a dit que si ça marchait bien, dans quelques mois, une fois toutes les filles virées et les garçons sédatés, il essaierait de me ravoir un vélo électrique puisqu'un dingue de grand taré a balancé le mien du donjon.

— L'ordure.

— Sois pas si dur avec mon nouveau sponsor, s'il te plaît. Mon bienfaiteur. Je vais toucher cinq euros par vélo, net d'impôts, et il y en quatre-vingts dans l'atelier en ce moment. Il table sur une centaine par mois dans un premier temps. Cinq cents euros de plus par mois, je crache pas dessus.

— J'en suis heureux pour toi, et si j'ai besoin de fric, je sau…

— Ouh là, n'y pense même pas ! Tu refuses un petit voyage avec un sachet de champis, je voudrais pas te mouiller avec du pognon qui provient d'une arnaque au handicap. C'est carrément immoral. Attribuer des faux certificats à des vélos pour en tripler le prix sur le dos de pauvres travailleurs handicapés, c'est pire que tout, non ? J'ai honte d'y participer mais je sais vivre avec la honte. Bon, il arrive, ce joint ? »

## 42

Plus tard dans la journée, après quelques heures de sommeil, nous comations dans le clic-clac. Je jouais avec ma lampe torche.

« J'ai bien envie de l'essayer. Aller voir où les sœurs sont censées avoir coulé le fourgon… Ou plus loin, au milieu, au-dessus du sillon le plus profond. C'est un cadeau de Patti, tu sais. Je ne l'ai jamais utilisée. Elle a une portée de plus de trois cents mètres si on se fie à la notice.

— Elle est étanche ?

— T'es couillon ou bien ?

— Tu vas aller te baigner maintenant ?

— Oui.

— Je viens avec toi.

— Tu bosses pas ?

— Non, le nouveau fait la nuit. Celui qui te remplace. »

J'avais raté une étape.

« Je blague pas. Je t'accompagne », me répéta-t-il en se dirigeant vers le placard. Il l'ouvrit, en sortit la combinaison de plongée de son père. Puis il prit un sac, y enfonça la combi avec une bouteille, un masque des années 1970 et une serviette d'une couleur incertaine.

J'étais immobile. J'avais raté une étape. Je le dévisageai avec étonnement. Il n'avait jamais proposé de m'accompagner : « Et tu penses enfiler ça ? »

La combinaison de son père. Celle dans laquelle son vieux était décédé face à un mérou gonflé à l'hélium.

« Je l'ai déjà enfilée. J'ai joué à *Call of Duty* avec ! »

Je m'en souvenais. Effectivement. Comme un ancien gros dans une combi-transpi. Personnellement, il m'en faudrait beaucoup pour que je porte un vêtement de mon père, et pas uniquement parce qu'il serait trop petit…

« Ça va le faire ! » ricana-t-il en fermant le sac.

Matthias était plutôt d'un gabarit délicat. Il y avait du caoutchouc en trop dans cette combinaison. On aurait quasiment pu en mettre deux comme lui à l'intérieur.

« Je sens qu'il est possible que je rigole », remarquai-je.

Jusqu'à maintenant, il s'était gaussé de mon étrange passion. La nécessité de « me laver », de m'immerger, d'aller voir le lac le jour ou la nuit, dans le brouillard, sous la pluie. « Ton enfance, Dom, c'est ton enfance que tu laves ! J'ai lu des trucs là-dessus. À mouiller tes traumatismes, c'est ton père que tu fuis dans l'eau si on y pense… » Quel couillon. Je n'y pensais pas. Pas trop. Je me contentais d'y aller seul, Matthias n'avait jamais été intéressé par la baignade. Des douches régulières et de l'eau pour ses pastis étaient les contacts qu'il entretenait avec l'eau douce. L'idée n'en était que plus surprenante, plus encore que de défoncer du pigeon en évoquant l'anniversaire de son père ou de me casser les pieds pour que je l'accompagne dans son deal foireux. Il s'employait à enjoliver mon chômage, peut-être.

« Si je pète dedans, je pourrai flotter. » Il souriait. « Je vais nager avec toi, mon grand. T'es content ? J'emmène la gnôle de grand-mère en renfort ! J'oublie un truc ? Ah, je vais faire un joint pour la bagnole aussi ! »

Non. Il n'enjolivait rien du tout.

# 43

Une vingtaine de minutes plus tard, nous atteignîmes la rive ouest du lac de Pierre-Percée. À proximité de la jetée. Dans le brouillard, l'obscurité et la pluie fine. Matthias avait ouvert la bouteille de gnôle de la grand-mère dans la voiture. Il m'avait parlé pigeon aussi. La gnôle était terrible : trois lampées suffisaient à mettre le feu dans un corps normalement constitué. Matthias en avait bu plus. Il était chaud en arrivant au lac. Après l'avoir tendrement gardée contre lui sur tout le trajet, il enfila la combinaison et perdit forme humaine tout en abordant son sujet favori du moment : « C'est juste une petite balade, Dom. Fais un effort ! »

Il se balançait d'un pied à l'autre, ivre dans son caoutchouc trop grand : « Et surtout, surtout, surtout… »

Le lac nous regardait.

« … Surtout : tu tiens compagnie à ton pote, espèce d'abruti sans cœur ! »

J'enfilai ma combi. Je sortis la bouée du coffre. La sono était dans mon sac. Je posai ma veste de nage sur la banquette arrière, récupérai la lampe torche sur le tableau de bord.

« Je suis de l'espèce des abrutis bornés… »

Matthias ressemblait à un canot dégonflé, un gros machin qu'on jette d'un paquebot ou d'un avion en direction d'un naufragé pour lui donner de faux espoirs avant qu'il coule définitivement.

« Ah, tu fais chier ! »

La nuit était claire au-dessus du brouillard. Le lac, immobile.

« Tu te répètes.

— Tu fais chier ! »

Je soupirai. C'est fou ce que j'aimais soupirer pour m'éviter d'envoyer une repartie cinglante : « Tu réponds rien ? Je vais prendre la bouteille dans la combi. Trop tard pour refaire un joint, j'imagine ? »

Gentil garçon. Mon ami, ma tourmente. *Reste sur la rive*, lui conseillait mon esprit. Je me tournai vers le lac. Je le trouvai bien. Je le trouvai beau. Je l'avais toujours trouvé beau. Pour un lac vosgien alimenté par sept torrents d'eau vive et relié au système d'urgence d'une centrale nucléaire mosellane, fallait admettre qu'il s'en tirait au mieux. Le barrage murait une vallée de trente-deux kilomètres de circonférence. Mélèzes, sapins et pins du Canada pour les végétaux des rives. À droite et à gauche, un sentier de racines serpentait dans les sombres sous-bois. Il n'y avait que deux lumières dans ce monde-là. Celle du trop-plein qui clignotait au large et celle du barrage, un tiret rouge derrière le brouillard. Le bourg de Celles-sur-Plaine, en contrebas du mur de béton, à une dizaine de kilomètres, était invisible.

J'avais emmené la bouée pour pouvoir transporter le lecteur CD. J'avais emmené la lampe pour voir ce que ça donnerait de l'allumer au milieu du lac. J'avais emmené Matthias parce que je n'avais pas pu faire autrement. Je passai la sangle du flotteur *Alerte à Malibu* à ma cheville. « En cas de crampe au milieu du lac, personne ne viendra te chercher ! » m'avait fait remarquer Patti de façon acide ce jour-là au Lidl. « Pour ton bien », avait-elle affirmé alors que je découvrais le bidule jaune caché sous les pommes de terre. Devant une foule de clients qui n'auraient pas compris que je n'accepte pas. Surtout à ce prix-là. Pour faire plaisir à ma femme, enceinte de surcroît, de six mois, et qui ne voulait que mon bien. Oubliant que les cadeaux m'avaient toujours fait peur, j'avais accepté la bouée. Comme tous les cadeaux qu'elle m'avait offerts. Il fallait affronter ses peurs.

Le lac m'appelait. Ses eaux en vaguelettes serrées caressaient la jetée. Viens. Viens.

« Une fois, allez quoi ! » L'homme ivre, de l'eau jusqu'aux chevilles, était à l'affût. « Une fois, Dom ! C'est pas grand-chose, une fois ! » Il me tendit la bouteille. « Avec ton meilleur pote, merde ! Tu regardes le type méchamment, tu parles pas, tu tires la gueule si tu veux ! Et en plus tu conduis ! Tout ce que t'aimes ! Toi, moi et du fric à la clef ! »

De loin, on pouvait croire que je taillais le bout de gras avec un canot pneumatique diminué.

« Je nage jusqu'au machin là-bas avec toi. Tu me montres tes poissons à la lampe et on revient. Si je peux le faire, tu…

— C'est mort. »

Je me mouillai le visage. Je m'immergeai dans l'obscurité liquide. Une poussée. Je ne ressortis la tête que trois mètres plus loin. L'eau était froide, pas plus de 10 °C. Les sapins me toisaient. Les fluides m'enveloppaient d'une chape glaciale. Mon corps s'acclimatait aux premiers temps du froid. J'adorais la mécanique de la brasse. Cette invention d'homme nu pour flotter entre deux mondes. Sa mécanique du geste et la puissance du mouvement. À plat juste sous la surface de l'eau. Je glissais en elle sans la bousculer. J'écartais simplement quelques molécules pour m'introduire, un déplacement doux. Je me faufilais sous la ligne de sa surface liquide, le corps le moins possible dans l'air. Tout contre, à la lisière, mais le moins possible.

Je m'étais habitué à la bouée. Malgré les multiples sens de ce cadeau – je suis ta bouée, tu es ma bouée, j'ai une bouée –, j'avais cherché à quoi je pourrais l'utiliser en attendant la crampe potentiellement fatale. Mon lecteur CD se calait parfaitement dedans et la lampe dessus. J'y rajoutais une serviette parfois. Je traînais l'ensemble cinq mètres derrière moi en prenant le large. J'avais réglé la radio sur France Inter, émission « Bientôt l'heure du dodo, les intellos », je n'entendais rien.

Loin derrière, mon ami le bateau pneumatique s'était mis à l'eau en plusieurs étapes. Il nageait. Il avançait, même. Je brassais vers le trop-plein. Dans la bande supérieure des vingt centimètres d'eau. Dans la bande inférieure des vingt centimètres d'air. Le meilleur moment de mes journées. J'étais harmonie.

Matthias faisait un boucan conséquent, un mélange d'éclaboussures, de halètements et de râles. Lui était plutôt pour le mélange des mondes. Je touchai la margelle du trop-plein une dizaine de minutes plus tard. Un oiseau s'envola. La bouée me suivait, le poste et tout le bordel. Matthias avait encore la moitié de la distance à parcourir. Je saisis le premier barreau de l'échelle, grimpai le long du garde-corps. J'attrapai le poste, intimai à France Inter de se taire, si peu de bruit pour tant d'esprit, enclenchai le CD qui s'y trouvait. Supersuckers. Pas trop fort. Juste assez pour profiter de l'instant, seul sur le solide au milieu du liquide, mon instant roi.

L'oiseau revint, je lui avais piqué sa tour de guet. Matthias approchait en combinaison à demi gonflée avec une détermination certaine. L'air semblait avoir envahi les parties de son vêtement qu'il n'occupait pas. Il ne ressemblait à rien de crédible. Je décrochai la lampe alors qu'il me hurlait : « Si je te demande d'assurer un trajet, je me dois d'assurer un trajet ! »

Je fis comme si je ne comprenais pas. Comme s'il me parlait en allemand. Une petite brise glaciale humide m'enveloppa, le lac frémit.

« On essaie la lampe ? s'enquit-il en touchant la margelle.

— Il faut se placer là-bas, à mi-distance de la bouée des cent mètres. C'est le plus profond. »

Il y avait ce hameau au fond du lac. Ennoyé par l'ouvrage. Quelques fermes et une chapelle. Le Vieux Pré était son nom. En bas, quatre-vingts mètres d'eau recouvraient une route qui traversait jadis un bled à l'air libre. Le tiret rouge du barrage scintillait de l'autre côté.

Je poussai la bouée du pied. Eddie Spaghetti chantait sur sa bite. Je plongeai à côté de Matthias : « Hé ! Attends-moi ! » couina-t-il.

L'eau me saisit les couilles. Matthias me rejoignit en clapotant. Le liquide noir scintillait, l'air était de la ouate et les rives s'enfonçaient dans cette ouate. Je fixai la lampe verticalement sous la bouée jaune. En réalité, je l'avais essayée une fois, mais bien plus près du bord. Quelques poissons, des corégones et une anguille, filant dans le halo, et les souches du fond proche. Le fond du lac avait conservé ces souches, les pieds de tous les arbres coupés lors du remplissage. Des souches jusqu'au hameau, puis la route. Cette lampe devait être un soleil pour les poissons avec sa portée de trois cents mètres. Elle pouvait peut-être même éclairer la route et les panneaux virage dangereux s'ils les avaient laissés.

Il pleuvait modérément à présent. Modérément pour la région. Les deux mondes achevaient de se mélanger. L'eau des nuages, océans en suspension surplombant la Lorraine en permanence, traversait le premier monde pour rejoindre le deuxième, l'aqueux, celui des ruissellements et des eaux sombres, celui qui me plaisait bien. J'allumai la lampe longue portée. Matthias commençait à manifester une dysharmonie entre sa nature intime et les mondes extérieurs par une belle pâleur de la face.

« Il ne reste qu'à mettre la tête sous l'eau, l'informai-je.

— Oh le bordel ! » fut sa réponse.

Il dégonfla une partie de sa combinaison et prit une longue inspiration. Je m'affaissai dans l'aquatique. Le rayon de la lampe éclairait nos jambes, ses palmes, les particules qui flottaient en dessous, des magmas mouvants jusqu'au halo de lumière perdue dans la masse sombre du lac. Mes bâtonnets papillonnaient au bord de ma myopie, pupilles ouvertes au maximum. Quelques rousses apparurent, de la friture et une perche s'enroulaient autour du faisceau. C'était beau, des espèces de filaments s'agitant par devers nous. Nous flottions parmi les petites bêtes du monde liquide. Je regardai mes pieds et ce vide si peuplé, quelle magnificence. Nous étions sous l'eau depuis une trentaine de secondes lorsque je distinguai des mouvements plus bas, dans le halo de lumière perdue, une ombre longue et lointaine, à une trentaine de mètres environ. Une tortue d'eau douce traversa le faisceau bien plus haut, nous frôlions l'onirique. Je la suivis des yeux en l'aimant pour sa grâce de tortue. Elle s'évanouit dans l'obscurité. Une pression sur mon bras brisa ma solitude poétique en expansion : je flotte, je vole, mes soucis sont sur la rive. Un volume de caoutchouc, Matthias, me pinçait le biceps. Il m'indiquait une direction. Sous le faisceau, un gros machin faisait des huit. Une forme sombre qui tournait, apparaissait, disparaissait. Grosse et longue et profonde. Donc peut-être vraiment grosse. Une d'abord. Grise, avec des stries sur le dos. Ce n'était clairement pas une truite. Une deuxième la rejoignit. Aussi longue et large de gueule. À remonter en symétrie autour de l'axe de la lampe, elles grossissaient à vue d'œil. Ce n'était pas des crocodiles non plus. Des brochets géants ? Il n'y avait plus qu'elles, la faune s'était fait la malle. Deux torpilles grises qui se dirigeaient vers nous. Je tirai Matthias vers le haut. C'était bien le rôle d'un ami de tirer son ami vers le haut. Mon système nerveux retrouvait ses pleines fonctions motrices et je crevai grassement la surface. Mon pote, une seconde plus tard : « Tu as vu ces monstres ? hurla Matthias. Putain, on se casse ! »

Et il se mit à nager tel un frénétique. J'osai un coup d'œil sous l'eau, c'était gros, c'était proche. J'embrayai en mode sprint. La corde se déroula au son d'Eddie Spaghetti qui braillait son envie de boire moins, ou plus. La lampe éclairait toujours les abysses lacustres. Trois brasses puissantes et j'étais en passe de rattraper Matthias. Soudain, un souffle d'orque. J'étais expert sur le sujet. Je sentis une masse jaillir derrière moi. Ce n'était pas une orque, mais c'était définitivement gros. La corde se tendit et me stoppa net. Un quart de seconde. Puis je me mis à reculer. Tout simplement à reculer. Curieuse sensation. Matthias s'éloignait, je reculais. Je me débattais comme un beau diable. Le mouvement m'emportait, et impossible d'attraper ma cheville. La corde était accrochée à ma cheville. Elle était en chanvre : c'est solide le chanvre. Je m'emmêlais. L'animal sondait. Une truite géante était en train de m'embarquer vers le hameau du Vieux Pré. Je luttais de toutes mes forces, je descendais.

Dingue, mais un gros poisson m'agitait sa nageoire caudale sous le nez la seconde suivante. J'avais du souffle et de la rage à revendre, mais un gros poisson m'agitait… Je brassai comme un furieux pour ralentir le mouvement. Plus bas, la lampe balayait les ténèbres devant lui. La nageoire était à un mètre de ma tronche. Une putain de nageoire. Un corps de requin gris. Je tirais sur la corde, je tirais sur ma cheville. Je me secouais en tous sens : *bordel, l'eau était mon amie, bordel, pas comme ça*, avais-je envie de hurler alors que j'allais me noyer à cause de cette fichue bouée allemande coincée dans la gueule d'un monstre. Un cadeau pour mon bien ? Et là, d'un coup, la corde se ramollit.

Je la vis remonter vers moi.

J'étais libre. Je brassai cette fois comme un furieux vers la surface, mes tympans me vrillant le crâne. J'étais à une quinzaine de mètres. Les yeux ouverts. La lampe engloutie par les ténèbres. Mais la corde et la tache jaune de la bouée remontaient. Les plus belles brasses de ma vie. Atteignant l'air libre, j'inspirai l'air du premier monde en répandant dans le second mes larmes, et sans cesser de nager. Ma descente vers le Vieux Pré venait de prendre fin.

La bouée émergea des profondeurs, putain, je n'étais pas près de reprendre une corde en chanvre, trop solide, cette vacherie. Que c'était bon, l'air, je savourais comme un goulu.

Matthias avait atteint la rive nord. Sa combinaison n'avait jamais dû aller aussi vite avec quelqu'un à l'intérieur. Je sortis de l'eau et m'effondrai à côté de lui. Il avait déjà la gnôle en main. Je ramenai la corde. De mon paquetage initial, il manquait la moitié : le poste et la lampe. Ma bouée avait été croquée par un monstre. Le lac avait essayé de me manger. J'avais failli prendre une chambre pour l'éternité au Vieux Pré.

Matthias, dessaoulé, articula : « Putain, j'ai failli mourir comme mon père !

— Putain, j'ai failli mourir avant mon père ! » affinai-je.

Je lui montrai la bouée. La mousse était apparente. Arrachée par une dentition qui n'était pas celle d'une perche. Matthias se débarrassa de sa combinaison en se contorsionnant : « Je me baignerai plus jamais de ma vie ! La vache, comme mon père ! »

J'étais content de sentir la terre sous mon cul. Toucher la rive était aussi un plaisir de nage.

« Ce n'était pas un mérou. Je dis ça pour te consoler. Est-ce que les silures ont des dents ? Tu vas choper froid, viens, la voiture est en face. »

Nous avions rejoint une rive relativement éloignée de la jetée.

« Rien à foutre de choper froid. J'en ai rien à foutre ! »

Il était en sous-vêtements et tirait sur son slip en donnant des coups de pieds dans la combi.

« J'irai plus jamais là-dedans ! »

Il parlait du lac. L'étendue liquide tranquille posée dans le creux de la montagne avec son mur et ses ombres. L'autre monde, celui de l'eau et des nymphes, des petites sources et des truites fario, l'autre monde qui tenait à distance les arbres du bord ; l'autre monde contenait aussi des monstres. Comme le nôtre. Sa surface bombée sous la lune avec le trait rougeoyant du barrage au loin. Le ciel s'était vidé de ses nuages. L'astre mort éclairait nos faces blafardes. En Lorraine, il ne faisait beau que la nuit. Je me redressai : « J'accepte de t'accompagner à Clinquey. »

Il cessa de shooter dans la combinaison.

« Super ! On a failli y passer pour que tu te décides, mais super ! »

Il la jeta dans les eaux noires en faisant un grand sourire, en slip et en brandissant la gnôle. Nous bûmes plusieurs gorgées. Plus tard, enfin de retour à la voiture, alors que je démarrai, Matthias marmonna en roulant un joint : « Ne te retourne pas, Dom, mais je crois que le lac nous suit ! »

Je ne me retournai pas.

## 44

« Eh merde ! »

Mon père vient de dire « Eh merde » pour me saluer. Je le reconnais bien là. Une belle concision dans le propos, un vocabulaire simple, une capacité de nuisance au dosage parfait. Molosse pouffe dans sa flûte. La forêt grince autour du chalet, et Matthias, celui-là même qui m'a convaincu de l'accompagner dans la forêt de Clinquey après une expérience lacustre dont je me serais bien passé, demeure stoïque en tirant sur les lanières de son sac rempli de champignons hallucinogènes. Le seul qui a l'air de capter l'étrangeté du moment, c'est l'homme au fusil. Il semble estomaqué : « Putain, c'est ton fils ? Ta femme bloque le chalet et ton fils vient avec l'autre fils de pute ? Sans rire, ton fils ? »

Un nuage de contrition parcourt la face du paternel.

« Oui. »

Papa prend un air lointain. L'autre s'emballe : « Okokokok. Bizarre quand même ! Je pensais que t'avais pas d'enfant ?»

Il pointe son fusil vers moi en disant cela. Mon père, tenant le cactus tel un micro, répond : « Bah si, j'en ai ! Y a Laurence.

— C'est Laurence, ça ?

— Non ! Lui c'est… J'ai une autre fille aussi. Y en a deux. Lui, c'est Dominique. »

L'homme le regarde en plissant les yeux avant de tendre la main vers Molosse.

« Je me doutais pas que t'avais une autre famille que celle-là… »

Papa souffle. Il laisse tomber le cactus au sol puis le piétine d'un pied rageur. Le motard se tourne vers Matthias : « Alors toi, tu sais où ils sont, pas vrai ? » Il montre le cactus écrabouillé par terre.

Mon père paraît encore abasourdi par le décompte de ses enfants. C'est touchant, ces retrouvailles. Matthias paraît abasourdi par la tournure des événements. Il ouvre grand la bouche. *Aurait-il mal compris la commande ?* Le motard continue à l'attention de mon père : « Et si on arrive pas à ouvrir le chalet, je vais le faire là. »

Papa fait « pfff ». J'espère que ce n'est pas de me revoir qui le rend mélancolique. Molosse prend de l'élan. Il percute la porte de la cabane des chasseurs avec son épaule de buffle. La porte se contracte, le chalet lui-même se contracte. Il semble se déporter vers la gauche avant que le battant ne se brise. L'homme armé sourit. Il a le visage étroit, osseux et rouge, son sourire n'arrange rien. Il sort un papier de sa poche : « Enfin ! Et toi ? T'es pas de sa famille au moins ? On s'en fout, remarque. T'as la came ? »

Il jette le papier dans la direction de Matthias. Ce dernier referme la bouche et soulève son sac en me lançant un regard d'agneau pascal constipé : « Oui.

— Bien ! On progresse. Montre-nous ! »

Papa se caresse le ventre pendant que l'autre se frotte les mains. Matthias s'exécute. Les champignons déshydratés sont dans des poches plastique sous vide soigneusement rangées. Papa en saisit une et la tripote d'un air dégoûté : « C'est ça qu'ils prennent à Danvé ? »

*Que veut-il dire ?* Matthias est concentré : « Des psilocybes, oui. Des champignons hallucinogènes des pistes de ski vosgiennes. Cueillis et séchés dans la semaine suivant la cueillette. Deux mille champis par poche. Quatre poches. Ça déboîte ! »

Papa examine la poche. Molosse ressort du relais avec la porte sous le bras et je vois alors ce qui l'avait maintenue fermée : trois antivols aux couleurs vives pendent encore de la serrure. La signature de ma mère. La seule à manier les antivols, les chaînes et les cadenas dans le secteur. Ma poussette en était pleine quand j'étais minot. Son sac à roulettes, ses treillis, autour de ses poignets. Elle avait toujours été passionnée par les verrous, ma mère. Il y en avait eu sept sur la porte de l'appartement à la grande époque. Si entrer s'avérait compliqué, sortir devait être impossible. Ah, que de souvenirs… Je n'ai pas eu davantage de contacts avec elle qu'avec mon père depuis l'obtention de mon permis de conduire. Ma réussite de trop.

« Suis-moi, Matthias. Je vais te filer le fric dans le chalet. Mais j'ai une ou deux questions à te poser avant », lance le motard avec le fusil pointé sur lui.

Matthias ressemble à un greffé du foie qui n'arrive pas à se faire à sa nouvelle glande.

Je m'implique dans mon rôle : « J'apprécierais de voir le fric moi aussi !

— Non mais c'est quoi, votre sketch, les barbots ? J'ai goûté à tes champis de merde, moi ? »

Papa passe les champignons à Molosse, qui doit poser la porte, et me demande : « T'es toujours éducateur dans ton foyer de jeunes trouducs ? »

Ce n'est pas le moment idéal pour évoquer ma carrière professionnelle en déshérence. De toute façon, l'autre ne m'en laisse pas le temps : « Tu crois que c'est l'heure de tailler la bavette, grand con ? »

Molosse lance un regard à mon père pour voir si ce dernier va supporter qu'on insulte son fils de grand con. Selon toute probabilité, oui.

« Le fric ! » je me permets de répéter.

« Je vais t'allumer si tu continues ! » Son doigt se crispe sur la détente du fusil. « Tu vas fermer ta grande gueule ! Excuse-moi, Ser… mais ton fils m'énerve ! »

« Moi aussi, moi aussi », expriment les yeux de mon père qui prend la parole. Papa est capable de dire n'importe quoi n'importe quand. C'est sa force. Ce qu'il fait à l'intention de Matthias : « T'es chinois, toi, non ? »

L'homme et Molosse s'esclaffent.

Il me semble qu'un frémissement traverse de nouveau la forêt. Il faut être en présence d'un père qui ne se souvient pas clairement du nombre de ses enfants et qui voit des Chinois partout pour le ressentir. L'homme armé hoquette de rire puis, soudain, tout se met à bouger.

Molosse est le premier à partir. Il penche en arrière. Sans bruit, pendant un temps élastique, et c'est sacrément bizarre car le chalet semble pencher avec lui. Papa attend une confirmation de ce qui est en train de se passer près de la table. Le motard ne capte rien, il rit encore. Le mastodonte vacille entre eux deux. De plus en plus loin dans la stupeur générale. La nôtre, en tout cas.

Un roulement sourd enfle sous nos pieds. L'arbre du pignon s'incline de trente degrés d'un coup. Une série de craquements secs, puis son tronc se brise alors que le relais lui-même s'éloigne en déchirant ses amarres. J'agrippe Matthias en regardant partir le décor.

Molosse, se débattant, est embarqué avec une partie du paysage. Les arbres suivent. Visualisant pleinement le gouffre en formation à sa droite, Papa a un réflexe de survie. Un bond, un bond vers moi, un bond trop court, hélas. Le manque d'habitude, peut-être. Ses mains griffent le plateau de la table sans réussir à s'y accrocher. Bouche ouverte en un hurlement silencieux, mon père disparaît, englouti à la suite de son fils spirituel et du relais de chasse.

Une moto, surgie de nulle part, est catapultée dans les airs. Elle exécute un soleil avant de sombrer dans le gouffre nouvellement formé. Matthias transpire à grosses gouttes dans mon angle mort. Je serre sa main comme si nous avions huit ans et qu'un gros chien nous grognait dessus, prêt à nous mordre.

Le motard est le dernier à nous quitter. Le chalet a sombré depuis plusieurs secondes lorsqu'il finit enfin de rire. À quatre ou cinq mètres de nous de l'autre côté de la table. Debout avec son fusil sur une corniche coupée de tout. Incapable de comprendre ce qui lui arrive. Dans un ultime sursaut pour échapper à la forêt qui s'affaisse, il fait une pirouette et nous tire dessus en criant : « Fils de puttttte ! » – sûrement au pluriel –, avant d'être avalé par la terre alors que l'écho de la détonation résonne dans la forêt qui achève de se replier sur elle-même. Les gens prennent l'habitude de me tirer dessus, on dirait. Deux fois en quinze jours. Le trisomique énervé, et maintenant ce taré. C'est troublant. Le tir est trop à gauche. Les plombs passent au large. Nous restons hagards pendant de longues secondes. Aucun mot de trop. Des bruits de flotte et de roche plus bas. Aucun geste déplacé. Des arbres brisés qui n'iront pas plus loin. La terre se comprime. Les troncs, les blocs, la boue.

Mon père, ce fugace.

Au bout d'un temps infini, les craquements s'espacent. Les frémissements se font de plus en plus doux. Même les feuilles se calment. Au bout du bout, plus un son, plus un mouvement. La pluie a cessé, seule une cataracte d'eau ruisselle quelque part.

« Il nous a tiré dessus, ce con, constate Matthias.

— C'est la première fois que je voyais mon père dans une forêt. »

J'inspire lentement. Mon ami pète. Je cesse d'inspirer.

L'environnement a bien changé au-delà de la table. La table en elle-même n'a pas bougé, mais toute vie humaine, animale ou musicale qui se trouvait derrière a disparu. La colline, le relais, Molosse, sa flûte, mon père et l'autre hirsute se sont abîmés dans un gouffre béant enchevêtré.

Quinze ans qu'aucun affaissement minier n'avait eu lieu dans la région et il fallait que ce soit aujourd'hui. Oui, la vie est étrange. Tu retrouveras ton père, mais pas longtemps, venait de me murmurer la terre de mes ancêtres. Cette même terre m'avait également donné des nouvelles de ma mère : elle continue de faire chier tout le monde en cadenassant tout ce qui peut l'être. Matthias se dandine au bord de la falaise. Je romps le silence : « Il avait l'air de t'en vouloir, le motard ?

— Ça m'a coupé l'envie de chier », me répond-il.

« Cassc-toi », mc conscillc ma tcrrc.

Nous courons.

Une vraie course d'exaltés. À travers bois et sous-bois jusqu'à rejoindre le chemin menant à la nationale qui serpente sans malice vers l'horizon incertain. Le terrain n'a pas subi de transformation notable aux alentours de notre voiture. Essoufflés et soulagés. Soulagés d'une cargaison de champignons surtout. De l'importance de se garer loin.

Dans la voiture, je compose un numéro d'urgence. Une nouvelle persistance rétinienne se substitue à l'ancienne au fond de mon œil. Celle du paternel me criant de la fenêtre de ma chambre que j'allais mourir avant lui est remplacée par l'image de mon paternel effaré en train de se faire avaler par la forêt avec un relais de chasse. J'informe les secours d'un affaissement minier en forêt de Monlon avant de raccrocher.

Il bruine de nouveau. Ici, on dit qu'il bruine. Ailleurs, on dirait qu'il pleut fort. Question d'échelle. Lorsqu'il pleut réellement fort chez nous, des oiseaux se noient. Je démarre en douceur. Sans faire patiner les roues ni grincer les rapports. Dans un respect absolu du code de la route. Avec la ceinture, les rétroviseurs réglés et le clignotant quand nécessaire. En souplesse.

Papa aurait été fier de moi s'il n'était pas dans un gouffre.

Penser à l'appeler en définitive.

## 45

J'émerge d'un rêve. J'étais dans une galerie de mine terreuse où je me cognais sans cesse, et mon père m'engueulait parce que j'étais trop grand pour marcher dans une galerie de mine. Même pour ça, j'étais nul. Ce sont ces mots qui me réveillent au lendemain de notre sortie dans la forêt de Clinquey, épisode déprimant à plus d'un titre. Molosse n'est pas en train de jouer de la flûte à côté du clic-clac. Papa n'est pas là pour me dire une connerie. Pas d'abruti pour insulter nos mères ou nous plomber comme des lapins. Aucune corneille ne piaille. Je suis seul dans la pièce.

Quel fiasco.

Capable de relativiser, je sais être pragmatique. Matthias ne va pas tarder à rentrer du taf. Lui relativise moins depuis notre retour. C'est une catastrophe à ses yeux. Il a perdu sa récolte, ses petits champignons chéris tout bruns tout secs. Sa came locale haute qualité 100 % bio. Mon père, les deux autres cinglés et Dame Nature se sont associés pour l'en délester. Il avait les boules hier soir. Son acheteur potentiel l'a tenu en joue et a menacé de le torturer. Mon père lui a demandé s'il était chinois. Matthias a passé des heures sombres depuis notre retour. Je l'ai déposé directement chez Laetitia, puis il est repassé prendre quelques affaires avant d'aller au taf, les intestins bloqués. Autre catastrophe.

Sur le trajet, alors que j'étais la prudence faite conducteur, distances de sécurité et régime moteur idoines, phares allumés dès que la luminosité avait chuté au bord du département où il s'était mis à pleuvoir dru dans le brouillard – ici, on dit qu'il pleut dru quand ailleurs on dirait qu'on roule au fond d'une bassine –, alors que la cassette traversait sa zone blanche pour repartir vers l'autre face de l'album des Violent Femmes simplement intitulé *Violent Femmes*, Matthias roulait joint sur joint depuis que nous étions sortis de la forêt. J'avais dû baisser les vitres à l'arrière pour rester en contact. Il s'énerva un temps, affirmant qu'il tuerait le complice de mon père si ce salaud était encore en vie, puis, passé cette menace, il partagea sa crainte de ne plus jamais chier. Il redoutait une occlusion intestinale ou pire. Je tentai de le détendre en soulignant qu'il était en passe d'atteindre le niveau zéro déchet prôné par ces tanches d'écolos qu'il appréciait tant. Il ne sourit même pas. Il passa l'après-midi avec Laetitia. « Heureusement, elle m'a sucé ! » annonça-t-il en rentrant. Je suis hébergé par un poète d'aire d'autoroute. Pour ma part, il n'y avait personne pour me sucer. Patti était dans les Alpes. Pendant qu'il poursuivait : « … et j'ai bu cinq cafés mais j'ai pas réussi à chier ! Même pas un pet, mec ! », une pensée fugace surgit, *deviens une icône constipée de la cause, prends ta carte chez les Verts.*

Dans l'après-midi, j'appelai ma mère. Elle ne répondit pas, même sa messagerie ne se déclencha pas. C'était évidemment pour avoir des nouvelles de mon père en évitant de l'appeler lui. Que lui dire s'il décrochait ? Quel message lui laisser s'il ne décrochait pas ? « Un problème de réseau, j'imagine ? Tu m'appelles dès que tu sors de la mine. Le Chinois voudrait son pognon. Courage, p'pa ! » Mes sœurs n'étaient probablement au courant de rien ou ne me diraient rien.

Seul point positif de la journée en visant large, je pris la tête au constipé pour m'avoir embarqué dans son plan foireux. Il rit jaune, le Chinois. Il me demanda à plusieurs reprises de me taire. En s'allumant une dernière clope avant de partir pour le foyer, il cracha : « J'essaie de fumer utile, moi ! », avec dans les yeux les étincelles de Laetitia.

Le rêve de la galerie de mine m'a débarqué au milieu du salon à quatre heures et des brouettes. J'ai allumé la console. Lara. Une heure ou deux à me débattre avec elle puis j'ai dû m'assoupir. Une sorte de pénombre pourrie. Du bruit dans la cuisine. Matthias en sort avec une bouteille de jus de pomme et s'assoit sur la mobylette : « Tu as dormi ?

— À peine… Insomnie et j'ai fini par jouer à… » Je ne finis même pas ma phrase. L'autre diablesse en mini-short est toujours dans ce même fichu secteur que je n'arrive pas à quitter… « Et toi, ça va ? Tu as pu chier ?

— Toujours pas ! J'ai continué à me remplir de café cette nuit, et de clopes, mais… Et recommence pas avec l'écologie s'il te plaît ! »

Il retourne à la cuisine, allume la cafetière. *Tu perds une fonction essentielle et c'est le début des emmerdes.* J'espère le voir aller à la selle rapidement.

« Les filles sont sur le départ, lâche-t-il (la cafetière crépite et Lara tombe elle aussi au fond d'un gouffre, le suicide de l'avatar, mitraillé au passage par une tribu de consanguins mal fagotés qui rôdent dans les parages), et les autres, celles qui restent, Sabrina, Priscilla, Tabitha, elles ne mouftent plus. Je reprends à midi. J'ai chargé des vélos cette nuit. Une autre cargaison doit arriver. »

Quelle chance.

« Anthony m'a dit qu'il allait se barrer bientôt. On doit accueillir des nouveaux ados aussi. Plus *soft* selon le boss. Sous camisole chimique en gros. Et je dois rencontrer une éduc' de Rouen tout à l'heure.

— Super, tout ça. J'aime bien avoir un pote qui réussit. T'as faim ? »

Il revient avec son mug rempli à ras bord. Bien noir, sans sucre, avec cette odeur compacte de bitume.

« Non, j'ai pas faim. » Il pose sa tasse, allume une clope. « Je suis inquiet, Dom. Vraiment. Comme si le coup de flip dans la combi de mon père au milieu du lac m'avait bloqué certaines fonctions organiques. Je respire moins bien, je chie plus, j'ai perdu mon innocence, je crois bien…

— Et Laetitia ? »

Il feinte une tendre surprise.

« Oh elle, ça va. Elle est ouverte d'esprit, mais je lui ai pas parlé de tout, hein ! D'apprendre que j'ai échappé à un silure, une fusillade et un tremblement de terre lui apporterait rien de bon.

— Tu m'étonnes ! »

*Bienfaiteur de la planète*, aurais-je pu le charrier, *icône de la retenue, hashtag je serre les fesses.*

« Oh ! »

Il ouvre soudain de grands yeux. Une lueur de satisfaction inopinée enflamme ses pupilles : « Eh ! »

Il me lance sa clope, s'engouffre dans le couloir. L'écologiste glapit déjà derrière la porte des W-C. Je finis sa cigarette en écoutant, à mon corps défendant, les bruits de sa libération. J'éteins Lara. J'éteins la clope. Dix minutes plus tard, Matthias revient : « Sauvé, je suis sauvé ! Putain, j'ai dû perdre cinq kilos.

— Et cinq kilos de compost et de méthane pour la planète ! Ton bilan carbone vient de s'effondrer. Épargne-moi les détails.

— Tu parles. Tu peux pas comprendre. Je me suis vu mort tout gonflé comme Elvis, rempli de merde, brrr… Et toi ? Tu as eu Patti au téléphone hier ? Qu'est-ce qu'elle t'a raconté ? Elle veut te voir sortir les poubelles puis te cajoler si tout est bien fait ? Je ne sais pas comment fonctionne votre couple, remarque… Elle est rentrée ?

— Pas encore. Dimanche soir. Elle a pris rendez-vous avec un avocat lundi. Elle aimerait comprendre comment un technicien dépressif d'un labo pharmaceutique a pu trafiquer les relevés.

— Simple, pourtant. Volonté de nuire et imprimante à disposition ! Il est mort, non ? Et si je te suis bien, tu vas me quitter ?

— Je lambine.

— Tu lui as avoué que t'étais au chômage ?

— Ben non… J'ai envoyé des courriers dans trois foyers. J'aimerais avoir une ou deux pistes avant de lui en parler.

— Tic-tac, mon petit bonhomme. T'oublieras pas ton poster en partant.

— Je rentre quand je veux.

— C'est une phrase de voyageurs, ça, non ? Et généralement ils ajoutent : "… Chez toi !", hihi ! Je vais m'allonger un peu. Quelle libération, mon ami. Tu devrais pas appeler ton père ? Rien dans le journal ? Il a sûrement eu le temps de sortir de la mine maintenant. Si tu l'as, demande-lui de me rendre mes champis ou mon pognon.

— Je peux tenter, mais je ne suis pas sûr de comprendre ses réponses. »

# 46

Matthias part se reposer dans sa chambre. Le journal régional est sur la table basse. *L'Est Républicain.* La feuille de chou qui bouge. Je le parcours paresseusement allongé par terre. Résurgence de ma période « Tu peux pas t'asseoir, mon fils. »

Un accident de chasse à Clinquey-en-Forêt. Une overdose et un accident domestique à Clinquey-les-Hauts. Un drame incestueux à Clinquey-Bas. La routine. Un nouvel aménagement du plan d'eau, également à Clinquey-Bas. À base de bambou, de pontons et de cabanes perchées : un projet éco-responsable selon la municipalité qui se refuse toujours à croire, comme les précédentes, que la rivière n'existe plus et que le plan d'eau, l'ancien supposé diamant de verdure, n'est qu'un marécage boueux. « Avec l'aménagement des berges en bambou de Tasmanie, en surplomb de l'hôtel aux trois essences, les cabanes de bois noble n'auront rien à envier à certains bungalows en Amérique du Sud. »

Pour ce qui était des moustiques, c'était déjà vrai.

Dans la rubrique « Suite et rebond » : « L'homme qui, la semaine dernière, à Clinquey-les-Hauts, avait été retrouvé agonisant dans sa baignoire de jardin, est décédé hier à l'hôpital Slip suite à une erreur de transfusion sanguine. Sa femme, qui avait acheté la hache deux jours plus tôt, dans sa frayeur, n'aurait pas transmis le bon groupe sanguin. Elle aurait également évoqué un refus de rapport sexuel de la part de son mari. La piste d'un accident domestique suite à un quiproquo semble donc se confirmer. »

À la page suivante, dans la rubrique « Le val de Clinquey », je trouve quelques lignes en rapport avec notre virée : « Les services des Eaux et Forêts informent les promeneurs d'un mouvement de terrain près du lieu-dit le Relais des chasseurs en forêt clinquine de Monlon à l'écart de Clinquey-Haut. La construction, déjà en mauvais état du fait des incompétences de la société de chasse, a fortement souffert lors de cet affaissement qui a également emporté un demi-hectare de terrain. La zone étant heureusement inhabitée, les services des Eaux et Forêts déconseillent, durant le prochain trimestre, promenades et battues dans ce secteur. »

C'est concis et peu inquiétant. Pas d'évocation d'un flûtiste écrasé par un chalet, ni d'un homme armé par une moto ou encore d'un autre avec des poches de psilocybes. Le journal, toute feuille de chou qu'il est, a suffisamment de finesse pour savoir qu'aucune vallée, et encore moins celle de Clinquey, n'aime à faire la promotion de son sous-sol mouvant quelques pages après avoir enjolivé son plan d'eau puant.

Ne me reste plus qu'à appeler mon père, songé-je en arrivant à la dernière page, « D'ici et d'ailleurs », celle qui s'achève par *Hägar Dünor*, la bande dessinée qui rappelle ce qu'a été Clinquey avant l'avènement de la sidérurgie. La rubrique « Nos ennemis les animaux » attire mon attention : « Pigeons à Raon-l'Étape : la fin des ennuis. »

« Mardi dernier, à Raon-l'Étape, une commune du sud des Vosges, une quarantaine de pigeons ont été retrouvés morts à proximité de la fontaine du commandant Raon. Les habitants du quartier ont envoyé une lettre de remerciement aux services municipaux, lesquels auraient avoué n'y être pour rien. La Ligue des amis de la guerre de 1870, au cours de laquelle s'est illustré le commandant Raon, a revendiqué ce nettoyage. Malheureusement pour eux, l'Ehpad où sont hébergés les deux derniers représentants de cette ligue dément formellement toute sortie impromptue de ses résidents. L'équipe du journal se joint aux habitants du cru pour remercier les auteurs de ce nettoyage quels qu'ils soient. Deux volatiles morts ont néanmoins été confiés à l'institut médico-légal de Saint-Dié-des-Vosges. »

Manquait plus qu'on soit félicités pour avoir éradiqué des pigeons avec le pain du foyer… Je referme le journal. Huit heures et demie. Mon père doit être occupé à nourrir des poissons, récupérer les morts de la nuit avec une épuisette, ou tuer les survivants qui n'ont pas bonne mine. Je prends mon téléphone portable pour me motiver. *Salut, p'pa, comment va*…

Une vision de mon père devant ma voiture surgit dans mon esprit. Je viens de tomber en panne sur une sorte de promontoire face à une grande étendue d'eau. Le temps que j'en descende, ma table a disparu de la galerie de ma voiture. J'avais une table sur la galerie, je le sais. Il y a une salle des fêtes pas loin. Pleine de monde. J'entre et je cherche ma table dans un banquet où des gens mangent sur des tables recouvertes de nappes blanches. Des gens sympas. Je rechigne à soulever les nappes pour retrouver ma table alors qu'eux m'invitent à me joindre à eux. Lorsque je ressors, mon père, devant le capot, me dit d'une voix narquoise : « Ben moi, je sais où elle est, ta table ! »

Je reprends contact avec ma vie à cette seconde.

Le téléphone sonne dans ma main. Je reconnais l'indicatif. C'est un appel du foyer. Il provient du bureau de Clément-Sournois. La psy vient aux nouvelles. J'hésite à décrocher. Je pourrais lui parler du rêve de la table. Je décroche : « Allô.

— Ouèche Dom, tu dormais ou quoi ? »

Ce n'est pas Patience Clément-Sournois. Mon cerveau met un instant à faire le point : « Anthony ?

— Eh ouais, mec, c'est moi. Je te réveille ou quoi ? »

La plupart des adolescents pensent que, quand nous ne sommes pas en leur compagnie, nous dormons pour récupérer de leur compagnie.

« Ou quoi. Que me vaut le plaisir ?

— Que me vaut le… Ahah, t'es bon, Dom ! La psy m'a prêté son bureau. Alors j'en profite pour prendre des nouvelles.

— Elle t'a prêté son bureau ?

— Quasiment.

— Je ne veux pas savoir.

— T'as bien raison. Je lui réaménage, d'ailleurs, le décor était à chier, tu te souviens. Gros bordel. Je veux me faire virer, Dom. Comme toi et les frangines.

— Habille-toi en fille.

— Tu crois ? C'est vrai qu'il y a de moins en moins de filles ici, mais Franck a testé et il est toujours là.

J'en peux plus de cet endroit. Comment tu vas, toi ? Je viens de croiser une éduc. D'un foyer de Rouen si j'ai bien compris. Une bombasse. Elle a rendez-vous avec le dirlo et doit aussi voir l'autre tanche de veilleur. Je rigole, je sais que c'est ton pote, Matelasse ! Elle est bonne, Dom ! Je te jure. Y en a jamais eu des comme ça ici !

— Tranquille, sinon ? »

J'entends le grincement d'un tiroir : « Ouais, mais ça sent la fin des vacances. Oh la vache, y a plein de boules antistress là-dedans ! La salope, elle doit se les mettre dans la fente. »

S'ensuit une série de bruits divers, une chaise qu'on pousse, un bruit de glissière, le tiroir à nouveau : « Tu fais quoi ?

— Je pisse dans son tiroir. Hihi. »

La jeunesse est notre avenir.

« Et les autres ?

— Bah, tu connais, faut faire gaffe à ce qu'on bouffe ou à ce qu'on boit, c'est tout. L'infirmière en met partout, parfois dans l'eau, parfois dans le lait. Et toujours dans le pain, mec ! Franck, il aime le pain. Il chasse les mouches maintenant. Mais sinon c'est comme d'hab.

— J'ai été remplacé, j'ai appris ?

— P'têt bientôt si l'éduc de Rouen plaît au dirlo. Sinon y a un moniteur-éducateur. Il a fait quelques nuits. Il pleure tous les jours. Il est à la ramasse, je te jure. C'est lui qui m'a passé les clefs du bureau de la psy, d'ailleurs. J'ai chopé son portefeuille au passage.

— Et le nouvel atelier vélo ?

— L'autre mécano de merde a d'abord râlé, mais je sais pas ce que lui a dit le dirlo parce qu'il a fermé sa gueule vite fait et il s'est lancé dans le truc comme un ouf. Adama en balance de temps en temps. Peut-être qu'il devrait s'habiller en fille lui aussi. Oh, Adama il les fait chier, tu peux pas savoir ! Il a réussi à casser des vitres du donjon en tir tendu avec des sonnettes hier, ou avant-hier. C'est ça, l'atelier vélo en vrai, Mathurin fixe des sonnettes avec trois beubeus. Jason en a plié deux quand même. Des vélos, hein, pas des sonnettes ! T'as fumé mes clopes ? »

Mon cadeau de départ.

« Oui.

— Super. Je t'en ferai passer d'autres par Matelasse. Ah, je dois te laisser, quelqu'un essaie de forcer la porte.

— Ça m'a fait plaisir de t'entendre, Anthony.

— Grave, moi aussi. Que me vaut le plaisir, elle est bonne celle-là, je vais la ressortir !

— Au fait, dis-moi, tu sais où sont les sœurs ? »

Une infime pause à l'autre bout du fil. Puis un tambourinement furibard agrémenté de : « Ouvre, mais bordel, ouvre ! Défonce cette porte, Guillaume ! » La voix impatiente de Patience. Imperturbable, Anthony reprend : « Bien sûr que je sais où elles sont. Qu'est-ce que tu crois ? Les gogols me l'ont demandé aussi. Mais si je te le disais, Mélanie me tuerait. Bon, faut vraiment que je te laisse, je vais sortir par la fenêtre, c'est plus simple, salut, Dom ! »

S'éloignant du haut-parleur, il cria : « C'est bon, je te rends tes clefs, Guimauve ! T'énerve pas comme ça, espèce de balance ! » Bruits de bûcheronnage et exclamations de thérapeute énervée en arrière-plan.

Fin de la conversation.

## 47

« … guppys de merde. Allô ?

— Salut p'pa. »

Un silence. Il cherche. Mon numéro ne lui a pas donné mon nom. Ma voix lui dit vaguement quelque chose.

« Ah ben tiens, oui, c'est bien !

— Comment va ? »

Un souffle, un nouveau silence, une déglutition.

« Non, c'est mon fils… »

D'une voix traînante. Il renseigne quelqu'un qui doit se trouver dans son périmètre. « Oui, c'est ça, mon fils ! » Quelqu'un qui doit avoir une mine sidérée. Au magasin, peut-être, certainement plus dans les bois. « Et tu tartines de peinture noire sans oublier une vitre. Toute la façade, Kévin ! Les lettrages, surtout ! Et la dilue pas ! »

J'imagine Kévin avec un gros pinceau, j'imagine mon père regardant son téléphone dans sa main, se dire « Ah ouais, merde, mon fils » et finir par lâcher : « Je suis content de t'entendre ! »

Il est vivant et il est content de m'entendre. Choc à la tête probable, des gaz dans la mine, perte des repères. Alzheimer au pire. Il me confond avec cet autre fils qu'il n'a pas eu. Jamais il n'a été content de m'entendre, et jamais il n'a poussé la fourberie jusqu'à mentir à ce sujet.

« Moi aussi. »

J'extrapole. Inspiration. « Moi pas » ne se justifie pas. « Ben pourquoi ? » et il m'aurait répondu « *Weil !* » ou une connerie du genre dans le meilleur des cas. Soulagement tout de même qu'il ne soit pas mort en forêt, ce qui explique, en partie, mon « moi aussi ».

« Quand est-ce que je t'ai vu pour la dernière fois, toi ? Ah oui, hier en forêt. Merci de ton aide. »

L'avant-dernière, tu prédisais ma mort de la fenêtre de ma chambre. Balle au centre. Nous avons vécu des moments tellement intenses ensemble.

« Tout s'est passé si vite… »

J'avais toujours trouvé le temps long en sa compagnie. Une première, donc, que nos retrouvailles en forêt. Plaisantes par leur durée, en tout cas. Nous avions juste eu le temps de renouer contact. Il m'avait dit « Eh merde » et moi « Salut p'pa ». Il était parti ensuite, moi juste après, mais dans l'autre sens. Je me souviens parfaitement de la gueule qu'il tirait en s'enfonçant avec le relais de chasse.

« Putain, c'est vrai : saloperie de forêt, quand même ! Ah, ta mère a raison, rien de plus énervant que ces connards d'arbres ! D'ailleurs, quand on a récupéré la bagnole, on pouvait plus sortir. Ta mère avait mis un cadenas sur l'autre barrière d'accès et il y avait des arbres partout. Molosse a été obligé de prendre la tronçonneuse. Elle sort de prison demain. Mais ils s'en foutent dans la commune, ils profitent même pas qu'elle soit en taule pour retirer les antivols. Alors qu'ils l'ont mise en taule pour ça ! C'est vraiment des glandus.

— Ton pote nous a tiré dessus.

— Ah bon ? Quel con celui-là ! Ben, on l'a pas revu en tout cas. J'ai récupéré sa moto, pour me rembourser des scalaires. Il vous a touchés ? »

Une moto pour des scalaires. Un deal selon mon père.

« Non. Tu ne l'as pas revu ? C'était qui ce mec ?

— Aucune idée, un client du magasin. Il nous fourguait des caisses à un moment. C'était à l'époque des crânes. Je l'avais pas revu depuis des années. Il s'est pointé, il sortait de prison, il m'a pris des scalaires. Devait me les payer, ces poissons. Il pensait revendre de l'herbe pour se refaire, mais ce couillon s'est fait tirer la drogue par ses filles. Faut être débile, non ? Des gamines de douze ou quatorze ans, ses propres filles. Et il arrivait plus à leur refoutre la main dessus. Tu me connais, rien à carrer, j'avais dans l'idée de lui casser les jambes ou de lui prendre un rein pour me rembourser, et puis il y a eu le journal de TF1. Un reportage sur Danvé, sont cons, ces Américains, qu'on a regardé lui et moi sur la télé au magasin, et il me dit qu'il pourrait en avoir, des champignons comme à Danvé, que sa fille lui a passé un papier. Ton pote, le Chinois. L'autre trouduc m'a montré le papier et il a appelé. Moi, ça m'intéressait d'être payé comme ça. Et puis vous êtes arrivés… Je devrais pas te le dire, mais je te le dis quand même, on peut dire que tu nous auras tout fait !

— Comment elles s'appelaient, ses filles ?

— Les petites putes. C'est comme ça qu'il les appelait. Non, attends : il y en avait une qui s'appelait… Molosse a fait une blague là-dessus, attends, monsieur et madame "zetteaufrais" ont une fille… Attends… Mélanie ! Ouais, c'est ça ! Mets l'anisette au frais. Et l'autre, je sais plus. Tu les connais ?

— Non.

— Tant mieux, parce qu'elles sont en foyer à ce qu'il disait et l'herbe venait d'un autre foyer. Des vraies teignes selon lui, mais toi t'es pas du genre à bosser dans un foyer où il se passe des trucs comme ça. » Il se râcla la gorge : « Et paraît que t'as un fils, sinon ? Ça te la coupe, hein ? Tu vois ! Je suis curieux et je pardonne ce mois-ci ! »

Mon père curieux. Ou il s'agit d'un anévrisme dans le frontal gauche avec une dispersion de liquide qui comprime d'autres zones ou c'est une blague. Mon père blagueur, ou c'est un anévrisme…

« Tu pardonnes quoi ?

— Ben tout. Tout ce qu'on nous a fait par exemple. À ta mère et à moi. On fait une remise à plat. Mais attention, je sais des trucs ! Je sais que tu t'occupes de gosses à problèmes, que t'habites dans les Vosges avec une femme dans une maison… »

Je suis estomaqué. Comme dans l'église quand il m'avait annoncé qu'il avait lu mon bouquin de grammaire. Comment imaginer que mon père en sache autant sur moi ? Il n'avait jamais su dans quelle classe j'étais, mes envies, mes peurs, mes dessins, mes diplômes. Mes boulots, mes réussites, mes échecs. Ma vie. Et là, d'un coup…

« … *Ach ja*, quatorze tables, c'est suffisant, Kévin ! Faudra tout ranger pendant, alors pas la peine qu'il y en ait plus. Deux pour les brûleurs, deux pour l'amicalette et la sono. Les autres pour les convives. Ils resteront pas assis de toute façon ! […] T'es toujours là ? C'est par le Coincoin que j'ai appris. »

Le Coincoin était le balayeur de Clinquey-Bas. Il n'était pas surnommé le Coincoin pour rien.

« Un de ses cousins est passé par chez toi. Dans ton foyer. Il a lu ton nom. »

Certains des ados accueillis à La Dent sont vraiment des flèches. Lire un nom, le retenir, faire un lien pour ensuite en parler au Coincoin, c'est du haut niveau.

« Super. »

Mes reparties étaient à côté de la plaque : « Super. »

« Super ? Ouais, c'est une façon de voir. J'imagine que t'as pas d'aquarium à ta maison ? »

*Si j'avais un aquarium, je pisserais dedans, papa.* Je m'abstiens de cette pique relative à sa taille. Tout le monde ne peut pas pisser dans un aquarium, faut avoir de la hauteur ou de la pression. Je préfère la feinte : « Mon fils a treize mois. Il s'appelle Léon. »

C'est mieux que de disserter sur les aquariums ou le pipi en aquarium, mais quelle idée de le relancer. Je sais que c'est une connerie. Aucune chance qu'il y trouve autre chose qu'une source d'angoisse : « Le mien s'appelle autrement. Je te le dis quand même, même si… mais bon, tu vas comprendre ! Écoute, j'organise une… une kermesse déjà, une fête au magasin et je… je voudrais t'inviter. À la fête, ce samedi. Ta mère sort demain. Elle est en taule, je te l'ai déjà dit, non ? Pour son histoire de supermarché.

— Oui, tu m'as dit.

— On peut dire qu'ils m'auront tout fait. Je mange des sandwichs depuis une quinzaine. Mais bon, passons… Je fais une fête pour sa sortie de prison et la faillite du magasin. Et la journée du pardon. Tu viendras ?

— Faut que je m'organise.

— Ça fait d'une pierre deux coups, notre rencontre dans les bois, dis donc. J'ai pas eu le temps de te filer une invitation. Je l'avais dans la poche, j'aurais pu te la donner, mais avec cette putain de forêt. Viens avec le Chinois si tu veux, ou ta grosse. Évite ton fils si tu peux. »

Il pouffe. Éviter le fils : c'était sa ligne de vie. J'ai cru entendre couiner des engrenages cérébraux égarés sous son crâne épais, comme les planches d'un moulin à aubes qui tournerait à l'envers pour renvoyer le courant d'où il vient.

« C'est ta mère qui a fait les bristols, tu sais. En taule. Écoute. Tout s'est plutôt bien goupillé, enfin, pas pour ta mère, même si la taule ça lui plaît bien et que c'est moi qui mange des sandwichs. C'est elle qui m'a demandé de t'inviter. Pourquoi faire, que je lui ai dit, j'ai déjà invité tout le monde, mais tu la connais, quand elle a une idée, c'est foutu.

— Déjà maman va bien, donc ? »

Une question en bonne et due forme, telle que mes parents aiment à les pratiquer. Avec « donc » à la fin. Et « déjà » au début. Ou l'inverse « Donc tu ne parles pas allemand toi, déjà ? » par exemple.

« Bien sûr qu'elle va bien. Elle est dans un monde de verrous et de grilles. Elle a réussi à rentrer des antivols en plus. Elle leur a foutu un de ces bordels ce week-end à la prison. Ça la rassure. C'est une angoissée, ta mère… Enfin bon, tu peux pas comprendre et j'ai mal au bras à tenir le téléphone. Je me suis éraflé dans la galerie et Molosse a perdu sa flûte. C'était celle que je lui avais offerte. Comment va ton pote le Chinois déjà ?

— Pas trop mal. Il a eu peur lui aussi.

— Dans le plan initial, et c'était le seul truc qui nous dérangeait un peu avec Molosse, Maurice voulait le torturer. Pour savoir où étaient ses filles déjà. Mais qu'est-ce que tu cherches tes gosses ? que je lui disais. T'es pas bien, là, sans elles ? Le pauvre type. Et ta mère avait tout fermé, et là tu débarques ! Oh putain, tu m'auras tout fait, quel merdier, je me suis dit. Sûrement pour ça que j'ai oublié de t'inviter. J'y pense, y avait un Chinois à un moment à Clinquey. Il avait ouvert un resto. C'était quand j'étais encore adjoint culturel. Et le mec, pareil que ton pote !

— Quoi ? Il vendait des champis, lui aussi ?

— Non. On lui a tiré dessus ! Faudrait qu'ils se posent les bonnes questions, les Chinois.

— En parlant des champis, ils étaient dans la main de Molosse avant l'effondrement et mon pote aimerait bien récupérer son fric…

— Son fric ? Mais c'est le Maurice qui l'a ! Qu'est-ce que tu viens me faire chier avec ça, Dominique ! Je l'avais dit à ta mère : t'es sûr que tu veux l'inviter ? Parce qu'il est capable de venir ! Mais oui, qu'elle a insisté. Il va chipoter sur tout, que je lui dis, et tu vois ! Même discuter avec toi, c'est difficile ! »

Pourquoi s'emmerder à discuter avec son fils au prénom d'emprunt qui s'en carre des aquariums ? D'une manière générale, il m'avait toujours donné l'impression que discuter était une solution de dernier recours. En vertu de ce manque de pratique, nos discussions étaient le plus souvent inaudibles pour les deux parties.

« Tu sais donner envie, papa. »

Je l'imagine se cabrer.

« Merde alors, qu'est-ce que tu me chantes ? Je te dis que ça ferait plaisir à ta mère ! Et si tu veux un aquarium, il m'en reste un ou deux. Je peux te les faire au prix normal. »

Donc moins cher que le prix gonflé.

« Je m'en fous, des aquariums !

— SssssfsfsfsssaaarggHHH… »

Sorte de soupir téléphonique qui se finit dans un râle rageur.

« Fais comme tu veux. Et si ton pote veut se racheter des dommages qu'il a causés – dis-lui bien que c'est pardon – il a qu'à venir avec toi à la kermesse.

— Je viendrai.

— Je les invite tous, tous ceux qui m'ont baisé ou qui m'ont roulé dans la farine. Je pardonne, on pardonne et on part en voyage avec ta mère. C'est son idée. »

Un silence, puis : « Mais non, ils pourront se garer partout, on s'en fout. Les tables, là, et la bagnole à côté du Point central. Y aura personne là-bas. Deux sorties possibles. Trois en comptant Clinquey-les-Hauts, mais je préférerais éviter, y a plein de ralentisseurs. On rejoindra la nationale en sortant de la sangsue et quoi ? De quoi, merde ! Tu me lâches avec… Ah oui, ah d'accord. (Silence) Kévin te passe le bonjour. Et, ah oui, te gare pas Grand-rue ni au plan d'eau !

— D'accord. »

Le conseil de se garer loin, pas besoin de me forcer pour que j'en tienne compte.

« Je dirai à ta mère que tu viens, alors. Salut, Lau… Salut ! »

Il a failli m'appeler Laurent. Son fils d'un jour.

Mon père en hôte. Qui m'invite à une fête.

Ce n'est pas possible. Il n'en fait pas. Aucune fête n'est faite pour lui parce qu'aucune fête n'est fête pour lui.

Ma mère en taule. Cette info colle plus ou moins. Il faut que vieillesse se passe.

Mon père. Ma mère. Une fête. Je me dois d'aller au bout de cette expérience.

Philippe Katherine. Sous-marinier.

Marine Le Pen. Boulangère.

Émile Louis. Sophrologue.

Il est des associations comme ça. Impossible.

## 48

« Et personne sait où il est ?

— Disparu avec la forêt, selon mon vieux.

— Et c'était le père de Mélanie et de Cindy, ce taré ? Elles m'auront vraiment pas épargné, ces deux chieuses. J'ai été bien con avec ce flyer, faut dire.

— Ce qui est fait n'est plus à faire, disait ma grand-mère après avoir creusé un trou. Cindy a dû lui chauffer la tête. Maintenant que j'y pense, le type au skate-park, la moto, c'était lui à tous les coups. Ce jour-là, Cindy s'était fait la belle quelques heures, en plus.

— Ce mec m'a contacté pour les champis uniquement parce qu'il croyait que je savais où se trouvaient ses filles ? Pourquoi il s'est pas pointé au foyer, plutôt ?

— Il a demandé à récupérer leur garde et il devait un service à mon père, alors peut-être qu'il ne voulait pas se griller. Je l'ai fait fuir au skate-park. Il pensait sûrement que les filles resteraient au foyer le temps qu'il puisse les choper. Peut-être même qu'il pensait qu'il obtiendrait la garde. Il n'a pas réagi assez vite en tout cas. Putain, la Laponie les a sauvées, ces deux-là ! Même si elles n'y sont jamais arrivées. Tu ne m'as pas passé les photocopies, sinon elles sont toujours dans ta bagnole ? Pense à les ramener s'il te plaît. Il s'est dit que ce serait plus simple s'il te coinçait dans un bois avec ton matos. Sans maman et moi, il t'aurait défoncé la gueule dans le relais. Il aurait même pu te faire chanter ensuite : un veilleur de foyer qui vend des champignons hallucinogènes… Ta carrière prometteuse aurait pu en être malmenée.

— Permets-moi de te faire remarquer qu'il n'a jamais fait chanter les handicapés.

— T'as raison, il a préféré leur piquer leur cargaison de petites plantes. Anthony m'a dit où était planqué la marie-jeanne : dans des cactus ! Des petits cactus en pot. La spécialité des Lilas bleus, à l'en croire. Mon père avait un cactus dans les bois avant que tu sortes les champis. Ça m'avait étonné, aussi… Mais plus sérieusement, les trisos sont un peu plus flippants que toi. Et armés ! Ça a pu lui donner à relativiser, au Maurice. Et ils ont un autre avantage.

— Ah oui, lequel ?

— Rien à perdre. La prison, ce serait pire qu'un IMPRO ? Pas sûr, si tu y réfléchis. Les mêmes routines, les mêmes tafs de merde. En taule, la camisole chimique est moins forte et tu peux en sortir, de taule.

— Parce qu'être veilleur de nuit à La Dent du diable, tu appelles ça avoir quelque chose à perdre ?

— Sans mentionner le fait que tu participes à l'escroquerie handicap-cycliste.

— Ouais, enfin pas sûr que ça dure bien longtemps. Une nouvelle livraison de vélos est arrivée, mais on a pas assez de sonnettes, ni de certificats. Et puis y a un budget qui a disparu des comptes. La comptable de l'association est passée hier. Pour voir l'infirmière et lui demander de justifier l'achat de quatorze mille thermomètres à deux euros vingt pièce. C'est elle qui me l'a dit.

— Prendre la température de l'adolescent avec des outils fiables, voilà ce qui m'a toujours manqué. Elle a pu se justifier ?

— Oui. En prouvant qu'elle n'avait jamais commandé de thermomètre de sa vie. Elle a toujours utilisé la douche froide en cas de doute, et ses dernières commandes ne concernaient que la Ritaline et le Tercian. Pour quatre mille cinq cents euros tout de même… On peut en tuer du pigeon avec ça.

— Tu veux ta statue à Raon-l'Étape ou quoi ?

— Ça va pas tarder, je crois. Bref. Hier midi, après que j'ai vu l'éduc de Rouen et géré la nouvelle cargaison, le directeur m'a fait un fromage en me demandant de m'occuper des photocopies des certificats parce que le service qui lui fournissait les sonnettes, et donc les certificats, ne suivait pas la cadence. Il en était tout fier. Les trois mômes de l'atelier, Jason, Jean-Marie et Abdel, quand ils dorment pas sur place, fixent entre trois et quatre sonnettes par jour. Tu parles d'un rythme, mais j'ai laissé pisser. Par contre, je lui ai demandé ce qu'y avait derrière cette histoire de thermomètres, trente mille euros de thermomètres, c'est beaucoup quand même, chef ? Et là, tiens-toi bien, tu sais ce qu'il m'a répondu ?

— Que c'était pour Clément-Sournois. Qu'elle était devenue accro au mercure…

— Presque. D'ailleurs, ta grande copine s'est fait saloper son bureau ! Et comme il faut, tout arraché, sa bibliothèque démontée, ses pots à feutres piétinés ! Même les dessins moches de tous les enfants qu'elle a aidés à faire des dessins moches : déchirés et mâchés pour certains et, tiens-toi bien, cerise sur le gâteau, celui qui a tout dézingué a pissé dans son tiroir à balles ! Celui ou celle, le directeur pense qu'il s'agit de Vanessa, pour ma part, j'opterais pour Anthony ou Adama. Et la Patience, tu sais ce qu'elle a fait ? Ben, elle a rincé ses balles anti-stress avant de les remettre dans son tiroir. Sinon, pour en revenir aux thermomètres à trente mille balles, le directeur a une théorie intéressante. Tu veux la connaître ?

— C'est moi ?

— Ouah, t'es balèze ! Il m'a dit : “Je ne serais pas étonné que ce soit un coup tordu du grand dadais que j'ai renvoyé parce qu'il laissait les enfants conduire. Pourquoi des thermomètres ? Je te livre mon hypothèse parce que j'ai confiance en toi.” J'ai même eu droit à sa main sur l'épaule façon confidence entre bonhommes : “Pour faire croire qu'ils ont été fabriqués au foyer ! Ajouter l'estampille handicap à des thermomètres pour en doubler le prix.” Il avait l'air d'y croire, ce con, quand il m'a raconté ça. Et alors j'ai pensé que tu voulais pas venir pour les champignons, que tu te foutais du fric, parce que t'avais déjà ton plan. Je lui ai rétorqué : “Mais vous avez sûrement raison, chef, c'est fort probable !” Ça lui a fait plaisir. Il aime bien que je l'appelle chef. Après, il m'a dit d'aller faire les photocopies pour les certificats manquants. “Parce que nous, on transforme les vélos !” qu'il a spécifié. Il a pas tort. Bon, avec l'imprimante du foyer, les couleurs sont sorties pastel, roses et bleu-vert, même le blanc paraît louche. Pas sûr qu'on les fourgue aussi facilement avec des certificats pareils, mais bon, et toi : qu'est-ce que t'as foutu des thermomètres ?

— C'est pour mon père. Je lui amène ce week-end à Clinquey. Je cherchais un cadeau à la hauteur de tous les cadeaux qu'il m'a pas faits, et un seul thermomètre, bim, dans ton cul papa, ça m'a paru trop léger. Quatorze mille, c'est mieux. Il est dans une démarche de pardon mais faut pas déconner…

— Il m'a invité alors ? Nommément.

— C'est ça. Il m'a dit, tu peux venir avec ton pote le Chinois s'il veut toucher sa thune.

— Et t'es sûr qu'il parlait de moi ?

— Aucun doute. T'es le dernier Chinois à l'avoir énervé ! L'autre, ils lui ont brûlé son restaurant avant de le mitrailler, mais ne t'inquiète pas, mon père est dans le pardon maintenant.

— Tu seras là de toute façon. Il a juste intérêt à me donner mon fric.

— C'est ça. C'est ce que je lui ai dit, eh p'pa, t'as intérêt à filer son pognon à mon pote le Chinois sinon je tue tes poissons au mercure avec mes quatorze mille thermomètres. Il a flippé. Les cadeaux lui font autant peur qu'à moi.

— C'est samedi, c'est ça ? Et tu dégages dimanche ?

— Oui. Dimanche matin, j'ai un jardin à désherber !

— Tu parles de Patti, là ?

— Non, elle ne rentre que dimanche soir. J'ai deux jardins à désherber, donc.

— Putain si ton père me paie, j'offre un voyage à Laetitia ! Direct. La Norvège.

— Ouais, ne t'emballe pas ! Pour l'instant, le voyage, c'est notre virée à Clinquey-Bas !

— Pas pire que la dernière fois. Je pars là-dessus !

— Moi aussi, et si c'est pire, on fera pareil.

— J'emmènerai du Spasfon, par contre, et des armes. Si Maurice est pas mort dans les bois, que ton père me file l'argent et qu'il est là-haut dans ton bled de merde, je me le fais, le mec ! Il m'a tiré dessus. Tu pourras me prêter ton marteau ? Je pourrais lui casser une jambe par exemple. Oh putain, je vais emmener le Taser aussi.

— En tant que chinois, je te conseille de te tenir à carreau, mais je te prêterai mon marteau si tu veux. Bon, va chercher les fiches, je voudrais y jeter un œil.

— OK. Tu roules un joint pendant ce temps-là ?

— N'en prends pas l'habitude. Laetitia ne devrait pas arriver ?

— T'as le temps de rouler un buzz avant qu'elle se pointe. On mange tous les trois ? Je commence le boulot à vingt-deux heures. »

# 49

« Merde ! Ce n'est pas ce que je voulais. Il y a d'autres fiches. Celles que tu as ramenées sont incomplètes. Regarde, y a que les initiales pour les familles d'accueil, et pas leurs adresses, certaines sont biffées, même. Il y en a d'autres avec le récapitulatif complet des lieux de placement. Je cherche une famille commune et il ne doit pas y en avoir beaucoup avec lesquelles ça ne s'est pas mal fini !

— Franchement, je vois pas pourquoi tu te donnes tant de mal. Elles te manquent, ces gamines ? Mélanie a pas arrêté de fuguer, de se battre et de menacer tout le monde, et sa frangine pareil, et de mettre le feu en plus. Qu'est-ce que tu en as à foutre, de savoir où elles sont ?

— Eh bien, j'en ai à foutre, figure-toi. Peut-être parce que j'ai été viré en même temps qu'elles mais, plus probablement, parce que j'ai l'impression d'en avoir pas fait suffisamment pour elles ! Je sais, c'est la réalité des ados troublés. On s'en tamponne de notre jeunesse, alors celle qui fait chier… Ces gosses traversent toutes les merdes possibles, à épuiser tout le monde jusqu'à ce que le secteur médico-social leur mette la main dessus. “On va vous aider”, “On va vous épauler”, “On va vous remettre d’équerre en supportant vos écarts”, mais ce n’est pas vrai. On se contente de les garder un temps. De protéger la société de leurs exactions. Mathurin disait qu’on pourrait aussi bien être gardiens d’un chenil. Il m’avait choqué, ce con, mais il n’avait pas tort finalement. Des chiens très méchants, des chiens juste méchants et des chiens idiots.

» Les ados qui se rebellent parce qu’ils n’ont connu que l’injustice, ceux qui vivent dans une frustration permanente qu’ils ont du mal à gérer, les fouteurs de merde, pour faire court, et les autres, ceux que leur enfance a brisés, que le collectif a laminés. Parmi cette deuxième catégorie, ceux qui ne remuent plus après avoir un peu remué, ceux dont Clément-Sournois a toujours défendu la prise en charge puisque le calme peut remplacer la tempête. Les chiffes molles, pour faire court. Les patates chaudes sont déplacées, virées, redéplacées, même d’un foyer comme le nôtre alors qu’elles devraient mériter toute notre attention. Mais non, on préfère garder les zombies basse-tension. Parce qu’ils sont lobotomisés et qu’ils arrivent à fixer des sonnettes ! Le ventre mou de toute institution qui se doit d’assurer son effectif alors qu’eux pourraient être orientés dans le monde libre et qu’on pourrait alors se consacrer aux chiens seulement méchants et très méchants. »

Je donne une claque à la table.

« Les remuants qu’on a déjà virés de partout parce qu’ils sont remuants, les vauriens, au sens premier du terme, à qui on a toujours répété qu’ils ne valent rien et qu’en plus ils font chier, c’est pour eux que je suis devenu éducateur spécialisé. Pour alléger les peurs de ces gosses, les désamorcer… Les chiens qui te lèchent la main, ça m'a toujours emmerdé ! Regarde ce que fait le directeur, ton nouvel ami, il vire les filles. C'est dangereux, les filles : elles ont une chatte et un cerveau. Et elles sont parfois pressées de se servir des deux, alors que les mecs ne pensent qu'à leur bite et à peine à leur cerveau… Soyons réalistes, il vire les filles parce qu'elles l'emmerdent, et ceux qui resteront seront apaisés chimiquement, si c'est pas déjà fait ! Ils accrochent des sonnettes sur des vélos pour les plus finauds ! Le foyer est devenu un IME mec ! Pâte à modeler le matin, serrage de vis l'après-midi et coucher à dix-neuf heures. Ah, c'est calme. Mais putain, où est le sens de la prise en charge, là ? Hein, dis-moi ! Ah, ça me dégoûte !

— T'es remonté, dis donc ! Il a bien fait de te virer, mon directeur. T'es trop chien fou pour encadrer des chiens mous ! De toute façon, tu te serais pas épanoui dans ce nouveau mode de fonctionnement parce que, OK, pour la sédation je suis d'accord avec toi, c'est lâche de la part du foyer de faire ça, mais au quotidien, y a pas que des inconvénients ! Je me souviens de mes premières nuits. Les scarifications, les insultes, les départs de feu, les insomniaques qui faisaient chier tout le monde… Je tournais le dos à personne, impossible d'en laisser deux dans les douches, je vérifiais tout le temps que les portes étaient fermées à clef. Je quittais jamais des yeux le téléphone d'astreinte et je rentrais parfois avec une poule. Maintenant, ce que j'ai peur d'oublier quand je pars, c'est mon oreiller, et ce que j'espère juste, c'est que Jason ronfle pas trop fort.

— En t'écoutant, je me félicite aussi d'avoir été viré ! J'en parlerai en ces termes à Patti. Ma vocation est souillée. Pour en revenir aux deux sœurs, je les ai abandonnées. Je ne sais pas ce qui se serait passé si c'était moi qui les avais accompagnées vers l'aéroport, mais je leur avais promis de le faire. Je ne dis pas que ça aurait été mieux, que je ne me serais pas retrouvé cul nu dans un buisson, mais pour ces adolescentes, et c'est là qu'on s'écarte un peu du chenil de Mathurin, les promesses sont importantes. Il faut tenir ses promesses ou ne rien promettre. Je n'étais pas là. J'avais une bonne raison, mais le fait que Patti ne soit pas malade, finalement, ajoute à mon problème de conscience. J'ai rajouté de la trahison à l'abandon. Il faut que je sache.

— De la trahison à l'abandon, t'as un grain, sans déconner. Je te rappelle que Cindy a essayé de m'enfoncer un extincteur dans le cul avant de partir. Qu'au cinéma, si t'avais pas cavalé, t'aurais été lynché. Qu'elles ont volé un fourgon à des personnes handicapées pour le couler dans un lac où t'as failli te faire plomber. Tu aimes les fortes têtes, c'est bien, c'est noble, mais elles sont parties, mon ami. Elles sont peut-être en train de tapiner à Bruxelles ou de charbonner à Mulhouse.

— Peut-être pas. Il faut que je sache.

— Compte pas sur moi sur ce coup-là. Cette section des dossiers est sous clef dans le cabinet de travail. Tu le sais. La petite pièce à côté de son bureau, celle qui donne sur la terrasse. T'avais qu'à les prendre avant de te faire virer au lieu de balancer mon vélo. On va chez Léon, ce soir ? Ou tu préfères le Buffalo Grill ?

— Oui, je sais où sont les dossiers. C'est moi qui les ai rangés la dernière fois que je m'en suis servi, pour l'audience.

— Sans moi, mon pote. J'ai pas les clefs de son bureau, encore moins celles de son cabinet, et je vais pas fracturer les portes sur mon temps de travail.

— Ce que tu peux être pisse-froid parfois. Alors que moi, je t'ai accompagné pour les champis et pour les pigeons… Tant pis, je vais le faire. Il me soupçonne d'avoir volé quatorze mille thermomètres, de toute façon.

— Tu vas faire quoi ?

— Je vais fracturer son bureau pendant ta nuit de travail !

— Je croyais que tu étais trop grand pour être délinquant. Les témoins se souviennent jamais de rien, mais s'il y a un grand parmi les fuyards, ils s'en souviennent toujours…

— Tu seras le seul témoin. Les gosses sont dans le coltar. Cette nuit, vers deux-trois heures du matin…

— Oh putain, je veux pas savoir ! On va aller au grill d'Attila en fait. Je vais me goinfrer pour dormir comme une tombe. Et pour ce qui est du directeur, il te soupçonne pas d'avoir volé quatorze mille thermomètres. Il t'accuse d'avoir vo… Ah, voilà Letti ! Tu évites de lui parler de tes projets. Tu évites de lui parler de ta vision délétère de la prise en charge des chiens méchants. Tu évites de lui parler ! »

# 50

Je laisse les portes se refermer derrière moi dans un chuintement. Le couloir du troisième étage baigne dans une semi-obscurité. Il n'y a que deux veilleuses, et les détecteurs de mouvement sont hors d'usage dans toute cette partie du bâtiment depuis des années. Un billard amputé d'un pied, au tapis déchiré, taché et brûlé, a été repoussé contre le mur de gauche. L'escalier du donjon se trouve au fond à droite. Cet étage est moins jaune pisseux que ceux d'en dessous. Il est agencé en bureaux dont certains sont encore occupés. Pas à cette heure-ci, heureusement, mais Clément-Sournois et le psychiatre y ont un petit pied-à-terre. Les murs ont été repeints il y a moins de cinq ans. Les portes sont changées régulièrement. Unc grille bloque l'accès à l'escalier. Je ne suis pas inquiet, j'ai conservé mon trousseau de clefs, mais elle n'est pas verrouillée. La sécurité s'est relâchée. L'escalier en colimaçon s'élève dans la lumière terne des veilleuses. Je n'entends que les bruits de la chaudière qui pulse tout en bas, une lampe qui grésille et, par intermittence, des frottements étouffés.

À mon arrivée au foyer, il y avait une voiture sur le parking extérieur. Rien d'étonnant, nous sommes en semaine et des randonneurs y garent parfois leur véhicule, à leurs risques et périls, pour se lancer dans le tour du lac ou tenter de rejoindre le rocher en forme de couille du diable qui a donné son nom au foyer. J'ai longé le mur ouest et suis entré par l'arrière du parc, là où le grillage, bien que haut de deux mètres, se laisse suffisamment abaisser pour l'enjamber. Je suis ensuite passé par le parc, rien à signaler sur l'avant des bâtiments. Une fenêtre était ouverte à l'arrière du rez-de-jardin. Une fois à l'intérieur, j'ai traversé en diagonale le secrétariat et les deux locaux techniques avant de m'engouffrer dans l'escalier principal. J'ai entrouvert les portes de deux internats au passage. Pas de bruit, pas de mouvement. Matthias doit roupiller dans le premier. Le second n'accueille plus que quelques jeunes, les dernières filles, notamment.

J'ai pris un pied-de-biche pour défoncer la porte du cabinet et une bombe de poivre. Je suis tout de noir vêtu, jusqu'au petit bonnet *Bauhaus*, et j'avance courbé. Si un témoin témoigne, il dira : « Ah oui, m'sieur l'agent, j'ai vu un grand courbé, sûrement une scoliose. » Je nierai avoir une scoliose. Je n'ai pas emporté mon marteau, je n'ai pas l'intention de défoncer qui que ce soit.

N'étant pas habitué aux effractions, et encore moins à celles dans le bureau d'un ancien supérieur hiérarchique, j'ai les mains moites. Je ne désire que consulter le dossier des sœurs, faire deux photocopies et peut-être pisser dans un tiroir. Quatorze mille thermomètres, le salaud.

J'atteins le niveau supérieur sur la pointe des pieds. L'escalier débouche dans une antichambre. Le philodendron est la seule vie du palier, vie relative car tout indique dans son apparence qu'il regrette d'avoir été monté si haut. La porte qui donne sur la terrasse est fermée mais celle du bureau, entrebâillée. Des échardes de bois jonchent le sol, la serrure est enfoncée. Me vient à l'esprit qu'Anthony, investi dans son projet d'exclusion, a décidé de venir pisser également dans un tiroir du directeur. Possible, même si je le crois trop trouillard pour se promener seul la nuit dans le foyer.

Je m'approche en me collant au mur. Je n'ai pas mon marteau, mais le pied de biche fera l'affaire dans n'importe quel contact rugueux. Une ou deux paroles étouffées. Ils sont au moins deux. Je ne reconnais pas les voix. Deux options s'offrent à moi, hormis celle de faire demi-tour : une furtive consistant à pousser la porte sans bruit, à me glisser dans l'entrée avec ses deux casiers métalliques, courbé à mon maximum, et à choisir le moment le plus judicieux pour attaquer. Mais je n'ai jamais su me déplacer sans bruit hors de l'eau et, même courbé, je fais une taille normale. Reste la solution frontale consistant à claquer la porte et à pénétrer dans le bureau en mode bulldozer avec le pied-de-biche en main en misant sur la frayeur que je pourrais leur infliger. S'il s'agit d'Anthony et d'Adama, ils vont m'entendre.

Va pour la frontale.

Je pousse violemment la porte. Face à moi, les deux casiers de l'entrée renversés, une chaise brisée et un homme de dos, debout dans l'embrasure de la seconde porte. Je n'ai pas le temps de l'atteindre car il se retourne avec une vivacité étonnante pour un homme de sa corpulence. Ce n'est ni Anthony ni Adama, ce n'est pas un adolescent. Il se retourne et me colle le bout d'un canon sous le nez. À un centimètre très précisément du bout de mon nez.

Le fait de me retrouver une nouvelle fois en aussi peu de temps sous la coupe d'une arme à feu me stoppe net. J'envisage de lever les bras lorsque le canon se décale subitement. L'homme qui me menaçait se jette sur moi.

« Ah, merci, merci, merci, merci ! »

Et de m'étreindre avec la force d'un taureau : « Ah, mon ami, tu peux pas savoir comme j'ai eu peur ! »

C'est le trisomique que l'explosion de la tondeuse a projeté dans le lac. La carabine tombe par terre. Il me serre à m'étouffer.

« Mon ami. Mon sauveur ! Je sais pas nager, moi. Que j'ai eu peur !

— Pétunia, lâche-le, merde ! »

Derrière mon nouvel ami, j'aperçois un homme assis à la place du chef. Le bureau a souffert. L'ensemble de la pièce aussi pour tout dire. Le fauteuil classe est encastré dans une bibliothèque. Tout ce qui a pu être renversé l'est. À commencer par les tiroirs et leurs contenus. Nos regards se croisent. Je suis d'accord avec lui. Il faut que Pétunia me lâche, sinon je vais lui foutre un coup de pied-de-biche pour fêter nos retrouvailles : « Pétunia, lâche-le ! Va plutôt voir s'il y en a d'autres ! »

Pétunia desserre son étreinte, les yeux embués de larmes. Il ramasse la carabine et sort : « Tu nous excuses pour le désordre. J'imagine que tu en causeras à ton directeur. Le message est clair, il me semble. »

Il me montre de la main le mur du fond, celui qui, dans un temps pas si ancien, était décoré d'une toile représentant un paysage grandiose de montagne avec un petit point bleu en son milieu – « C'est moi dans le Tourmalet », m'avait susurré, fier comme un coq, le directeur lorsque nous nous aimions encore. Le tableau est au sol, déchiré et piétiné. À sa place, peints à la bombe noire, ces quelques mots : « Premié avertisseman des Lilas bleus : arrête de nous excroqué avec tes vélo sinon il en ora un deuxième ! »

Pétunia revient dans mon dos. La porte du cabinet de travail est fermée.

« J'ai cru entendre du bruit en bas mais j'ai vu personne. Tu es venu seul ? »

J'acquiesce en me retournant vers l'homme assis : « Oui, ça me semble clair comme message. Je n'ai plus trop de rapport avec le directeur, cela dit. Il m'a viré.

— Aïe, et pourquoi ?

— Pour avoir fait exploser une tondeuse.

— C'est vrai que j'ai moyennement apprécié, moi aussi, mais comme tu as sorti Pétunia de l'eau, je t'en veux pas…

— C'est gentil. » Je redresse un siège, m'assois et pose le pied-de-biche au sol. « Je croyais que vous en aviez après les deux sœurs ?

— Les deux sœurs ? Mélanie et Cindy ? Oh non ! On les aime bien, ces gamines. C'est sur le père que je voudrais mettre le grappin. On a joué, on a perdu avec ce voleur ! Pour le moment ! Il a travaillé pour nous y a quelques années. Le gosse que tu es venu chercher, on lui aurait pas fait de mal non plus. C'était lui qui voulait nous parler, et certainement pour nous raconter des conneries. On sait que les sœurs sont en fugue, le directeur nous l'a dit quand on est passés, et donc qu'on a probablement perdu notre cargaison de cactus pour de bon. Qu'ils soient au fond du lac ou ailleurs. C'est la merde, mais ça arrive. Si ce connard nous avait pas chauffés avec ses vélos, on serait jamais venus ici…

— Chauffés avec ses vélos ?

— T'es peut-être pas au courant puisque tu bosses plus ici. Il a réussi à avoir des certificats de travailleurs handicapés pour des sonnettes. On l'a su par l'IMPRO. On a notre réseau, tu penses bien ! Il a bossé chez nous, ton ex-dirlo, tu savais ? En tant que responsable administratif y a deux ou trois ans. Il a eu chaud. Il avait détourné des primes, il a préféré partir. Qu'est-ce qu'il était con. À chaque fois qu'on a des problèmes, de toute façon, et je parle pas de toi, c'est avec des abrutis valides. Ça lui a fait tout drôle de nous revoir à la grille, je pense, mais il s'est bien gardé de nous parler de sa petite arnaque ce jour-là. Quand un de nos potes alsaciens nous a avertis qu'il avait vu des vélos "Dent du diable" en vente avec nos sonnettes pour un appel d'offres équitable solidaire d'une commune de droite à six cents euros le vélo, on s'est dit qu'il fallait qu'on vienne lui passer un message. Si tu prends mon job, tu prends mon handicap et une claque dans ta tronche ! J'espère qu'il comprendra… »

L'autre s'agitait derrière moi : « Myosotis, il faut se barrer !

— Oui, Pétunia, on y va. »

Je relis le message sibyllin bombé au mur. Pas trop de fautes. Par rapport à ce qui peut se faire ici.

Son téléphone sonne. Rihanna, *Diamond*, la sonnerie. Il prend l'appel.

« Oui, Amaryllis, t'as fini ? Quoi ? T'as vu un mec traverser le parc. En courant. Non ? Oh, ce serait drôle. T'es où là ? Tu le suis ! Tu pédales ? On arrive. »

Il me regarde, l'air épaté : « Amaryllis a vu un mec traverser le parc et en sortir en escaladant le portail. Il a l'impression que ça pourrait être Maurice. Quelle belle nuit ce serait si on arrivait à mettre la main sur ce connard en même temps qu'on règle nos comptes avec cet escroc. Allez, Pétunia, on lève le camp ! »

Je n'ai pas le temps de m'y préparer que Pétunia me serre de nouveau dans ses bras : « Merci, mon ami, merci !

— Service.

— Nia ! Fissa ! »

Ils partent sans plus de manière. Je les entends dévaler l'escalier avant que la porte d'entrée se rabatte.

# 51

Seul dans le bureau, je ramasse le pied-de-biche et m'approche de la porte du cabinet. Celle-ci est solidement fermée. N'ayant pas besoin de faire de manières au vu de l'état de la pièce, il me faut tout de même une dizaine de minutes pour briser les gonds, le point faible de l'installation, puisqu'elle est verrouillée par une serrure trois points de l'autre côté. Plus solide que toutes celles du foyer. Je vois le vélo dès que la porte cède.

Joli modèle. Le même que celui que j'ai balancé de la terrasse à première vue. Peut-être même le vélo-fusée autoroute. Une batterie de secours est fixée au cadre avec ce qui semble être un bon gros moteur électrique autour du pédalier. Je le transporte dans le bureau. Je déciderai ensuite de ce que j'en ferai.

Une preuve que je ne tourne pas rond non plus, les vélos électriques m'énervent. Rien à voir avec l'absence d'enthousiasme dont j'avais fait preuve le jour où le directeur m'avait montré sa vidéo du cycliste fou. Non. C'est autre chose, quelque chose en lien avec ma mobylette, celle que je n'ai pas eue.

Dans les heures qui avaient précédé ce Noël-là, malgré mes certitudes de plus en plus fortes d'emmener Julie sur ma bécane dès le lendemain avant de lui faire l'amour dans une botte de foin sur la route de Bucquegnieux au printemps, une inquiétude m'avait traversé l'esprit. Une faille dans mes projections optimistes : et s'ils m'offraient un vélomoteur en lieu et place d'une mobylette ? C'était la honte absolue à l'époque. Cette espèce de croisement débile entre un vélo et un moteur de tondeuse à gazon. Aucun mec sensé de moins de soixante ans n'aurait accepté de monter sur un truc pareil. Et aujourd'hui, sous prétexte qu'il est électrique et caché dans le pédalier, ce foutu moteur, c'est la classe, ce truc ? Vélomoteur de merde. Il a raison, Myosotis, la plupart des valides ne sont que des gros cons.

Un casier métallique est niché entre la baignoire et le lavabo. La présence du casier a justifié l'installation de la serrure trois points. Comme si quelqu'un pouvait avoir envie de tout défoncer pour mettre la main sur les dossiers de placement des gosses perdus. J'allume ma lampe, couvrant la lumière de ma main. J'ouvre le premier tiroir. Les dossiers sont classés par ordre alphabétique. Je trouve rapidement celui d'Anthony, mais nulle trace de celui des sœurs. Nulle trace de celui des filles accueillies en fait. J'explore les autres tiroirs. Les dossiers des filles sont rassemblés dans le dernier. Mélanie. Cindy. L'épaisseur d'un annuaire téléphonique pour chacune. J'en sors les pochettes relatives aux différents placements. Les familles d'accueil sont indexées avec les noms et les adresses. Plusieurs pages pour chacune des filles, une page et demie pour

Anthony. Je renonce à les photocopier parce que la discrétion n'est plus de rigueur à ce stade. Je glisse les pochettes dans mon pantalon. Je sais ce que je vais faire du vélomoteur. Hors de question que je le dérobe pour mon pote qui dort deux étages plus bas. Hors de question que je le laisse pour que l'autre farfelu prenne l'autoroute avec. Hors de question que je le jette par la fenêtre. Je n'aime pas les blagues de répétition, et le directeur m'accuse déjà d'un vol de quatorze mille thermomètres pour se protéger. Inutile de lui donner à penser que je suis également passé cette nuit dans son bureau en plus des trisos.

Je déballe complètement l'objet de mauvais goût. Je suis pressé d'en finir à présent. Je le place dans la baignoire. Elle est grande, elle date du sanatorium, quand les moines prenaient des bains avec les enfants malades. Bien à plat. Je baisse la bonde et ouvre l'eau à fond.

Je renverse les tiroirs du casier en attendant que la baignoire se remplisse, autant suggérer un lien avec le bureau. Je vais briser le miroir quand un souvenir me revient. Sûrement à cause de la baignoire et des moines qui sodomisaient des mômes dedans. Il y a autre chose qui date du sanatorium dans ce cabinet. Le bâtiment abrite quelques endroits secrets qui remontent à cette époque, et il y a une cache dans cette pièce. L'ancien directeur m'en a parlé un soir d'ivresse. Il me l'a même montrée. Elle est dans le mur derrière le casier. Son système d'ouverture se situe sous l'évier. Le vélo grésille déjà alors qu'il n'est même pas encore noyé. Je tire le battant du meuble sous l'évier. Une vieille boîte de sels de bain et une bouteille de Destop m'obstruent la vue. Je vide le tout dans la baignoire, manquerait plus qu'il lui suffise de faire sécher sa merdouille pour la redémarrer. Je glisse la main avec précaution vers le fond du meuble. Il me semble que la petite manette doit se trouver par-là, à côté de l'arrivée d'eau. Je l'ai ! Je m'attends à ce qu'elle soit grippée ; elle bascule sans difficulté, déclenchant un petit clic dans le mur à ma gauche.

Je suis comme mon père. Curieux. Deux dalles de carrelage s'avèrent mobiles. Il y a un système à ressort pour les débloquer. J'appuie dessus, elles s'écartent, révélant une boîte à chaussures.

Je retire le couvercle. Des liasses de billets. De vingt, de cinquante, de cent. J'allais pouvoir m'en acheter, des magazines.

Je coupe l'eau avant que la baignoire déborde. Le vélomoteur a cessé de couiner. Il expire ses dernières bulles. J'y rajoute la batterie de secours avant de sortir du cabinet.

La vision de la débâcle du bureau me rend euphorique. « Premié avertisseman. » Tout est salopé. Le saccage parfait. J'adore ce concept de vengeance handicapée, tellement humaine, tellement efficace, je les aime bien, ces fleurs. Je cajole la boîte à chaussures contre mon torse. Mon honnêteté vient d'atteindre ses limites. J'ai bien volé quatorze mille thermomètres en définitive.

Je referme la porte du bureau. Une idée surgit alors dans mon esprit. Inquiétante, l'idée. Je m'arrête. J'écoute. La chaudière, les radiateurs, le vent derrière la porte de la terrasse.

Maurice. Et si c'était bien Maurice qui avait été aperçu par Amaryllis, tout à l'heure ? D'où venait-il ?

Qu'avait fait ce père taré qui semblait avoir une dent du diable contre mon pote le vendeur de champignons ?

J'emprunte l'escalier principal au pas de charge, la boîte dans une main, le pied-de-biche dans l'autre. Premier étage, je pousse la porte à la volée.

Gros, gros silence. La salle de vie est déserte. Je déverrouille la salle neutre, sans allumer la lumière ni la caméra, et je pose sur la table près de la plante en plastique la boîte à chaussures et les fiches concernant les familles d'accueil. Je referme la salle, retour dans le couloir. J'entends Jason ronfler. La chambre de Matthias doit être celle du milieu.

Deux heures cinquante-huit. Je clenche sa porte. Je laisse mes yeux s'habituer à l'obscurité. La pièce est vide, le lit chiffonné. Les affaires de Matthias traînent autour de la table de chevet.

Merde. Je ressors et bute dans un objet qui traîne au sol. Je me baisse. C'est le Taser. Tout cela est bien mystérieux. Je n'aurais pas eu autant de fric dans une boîte à chaussures en sécurité dans la salle neutre, j'aurais pu me dire que cette nuit prenait une mauvaise tournure. Où est le veilleur ?

Après les dernières chambres, le couloir s'achève par trois ouvertures. Une sortie de secours, condamnée puisqu'on ne peut espérer aucun secours ici, le battant du passe-plat, condamné parce qu'on ne peut plus espérer aucune livraison de la part de la cuisine par ici, et la porte d'une ancienne salle de jeux, condamnée également car sa fenêtre permettait à n'importe quel jeune un peu agile d'atteindre l'escalier de la sortie de secours, et à un moins agile de se blesser gravement en essayant de l'atteindre. Cette salle avait un temps accueilli un baby-foot et le billard qui moisissait deux étages au-dessus. Le fond du couloir est plongé dans une obscurité presque totale. J'y distingue une forme cependant. Un manche. Une ombre. J'allume ma lampe.

Il me faut une demi-seconde pour visualiser ce qui semble être une hache plantée dans le passe-plat. Une hache dans le passe-plat. Rien de réellement étonnant au foyer de La Dent du diable. J'ai connu un gosse qui jonglait avec des machettes. J'hésite à appeler Matthias. J'éteins ma lampe. Je m'approche prudemment.

Nous avons deux haches dans l'armoire blindée, mais ce n'est pas l'une d'entre elles. Les nôtres ont des manches droits. Je tiens mon pied-de-biche, vérifie la sortie de secours, la salle de jeux : fermées. J'appelle Matthias au téléphone. J'entends la sonnerie de son portable de mon oreille libre puis sa messagerie de mon oreille prise. La sonnerie provient de sa chambre au milieu du couloir. Mauvais signe. Je raccroche. Une hache. Je m'en approche. Une hache de pompier.

Le passe-plat porte les traces d'un autre coup. À la Kaukenne, j'ai connu des pompiers, des haches de pompier, un fusil de pompier aussi. Je m'en saisis et l'arrache du panneau. Je sens une gravure sur le manche. Je recule d'un pas et l'expose à la lumière de la dernière veilleuse pour lire l'inscription : « Corps des sapeurs-pompiers de Clinquey-Haut, numéro 5407 ».

Je me frotte les yeux avec la main qui ne tient pas le manche. Serait-il possible que mon père soit si loin de chez lui ? À courir dans le parc pour passer par la grille ? Alors qu'il pardonne et m'invite à une fête ? Non, ça ne peut pas être mon père. Génétiquement, mon père est comme moi : il ne court pas. Je force le coffrage du passe-plat qui s'abat dans un grand claquement. Je me penche dedans. J'éclaire. Le câble du passe-plat est tranché. Il pendouille. De ma longue carrière dans l'établissement et de ma vie, jamais je n'ai mis la tête dans un passe-plat. Dingue : je pensais avoir tout fait ici.

Je tends l'oreille.

Des froissements, des râles. Quelque chose semble s'agiter en dessous, mais je ne suis sûr de rien. La cuisine se trouve deux niveaux plus bas. Soudain, une main sur mon épaule. Je fais un bond de basketteur. Un *backcourt violation* sans panier, me cognant la tête dans le cadre du passe-plat. J'en ressors affolé.

« Oh, Dom, qu'est-ce que tu fous là ? Tu fais trop de bruit ! Putain, c'est quoi votre boxon ce soir ? C'est la deuxième fois. Et tu fous quoi avec une hache et un pied-de-biche ? C'est pas l'heure de tailler les haies, mec ! »

Anthony. Six phrases, trois questions. Je suis bouche bée.

« Sérieux, moins de bruit ! J'ai besoin de dormir, moi ! »

Il est vêtu d'un maillot de Marseille des années Tapie, je tiens une hache de Clinquey : « Je vais me recoucher et steuplé arrête ton bordel, Dom ! Deux fois cette nuit… Merde, tout le monde est pas dans le coma dans ce foyer ! »

Je le regarde regagner sa chambre. Me faire un dernier signe de la main avant de me chuchoter « Et j'ai pas oublié tes clopes, t'inquiète !

— Bonne nuit, Anthony », murmuré-je.

Ses veilleuses, la pièce neutre à droite, la salle de vie au fond. Ce couloir, que je connais si bien, me laisse dubitatif. Et j'entends toujours du bruit dans le passe-plat. La solution est en bas.

L'escalier qui descend au sous-sol débute après le deuxième local technique. Fermé au niveau du rez-de-chaussée. J'ai la clef dans mon trousseau. Fermé au niveau de la réserve. J'ai cette clef-là aussi. Je dissimule la hache entre deux frigos débranchés. Me balader avec une hache de pompier de Clinquey me paraît inapproprié à la situation, d'autant plus que j'ai un pied-de-biche. Le passe-plat se situe dans l'autre pièce, celle des fours et des grills. Derrière cette réserve. Il me faut quelques minutes pour mettre la main sur la clef de la porte de sécurité installée pour la chaîne du froid. Abandonnée depuis que nous avons vendu notre âme à Sodexo.

Une odeur de vieille friture et de plats en sauce m'assaille. Nostalgie du temps où nous avions un cuisinier. Et il aimait la sauce, celui-ci. Tout est encore enduit de graisse figée et empoussiérée. Les entrailles du foyer.

Je traverse l'ancienne cuisine la bombe au poivre à bout de bras. Prêt à tout. Le passe-plat est dans un renfoncement bloqué par différents meubles. Cet endroit a été visité il y a peu, moins de gras, moins de toiles d'araignée. Si je n'avais pas su que le passe-plat était là, je ne l'aurais pas trouvé.

Je dégage les meubles, vire des planches qui gênent l'accès, atteins le sas. La porte est plus large qu'en haut, clouée. Avec le pied-de-biche, j'arrache la plaque. Lorsqu'elle s'écrase à mes pieds, des cactus me dégringolent dessus.

Je crois à des limaces une seconde, à des animaux morts la suivante, puis à des haricots kaki, et enfin à des concombres sortis de leur jus. Marrons, verdâtres, rabougris, presque vivants. Ils me sautent à la gueule. La hache, la thune, le vélomoteur, les handicapés. Je me dépatouille un instant avec ces limaces qui n'en sont pas. Juste des plantes, juste des cactus. Et parmi les plantes mortes, un mollet nu.

Qui s'agite au toucher. Des cris étouffés derrière : « Au secours, au secours ! »

Matthias. Je tire le mollet, et Matthias s'échoue au milieu d'une foultitude de cactus dans leurs petits pots plastique.

Il est trois heures et demie du matin. La journée commence bien.

## 52

Le SAMU ne s'est pas déplacé lorsque Matthias les a appelés. Piqûres multiples de cactus nains, le médecin régulateur lui a conseillé de s'enduire d'arnica et de ne plus les rappeler. Ont-ils encore ce jeune qui les canardait chaque fois qu'ils passaient sur la route de la crête ? Qu'il ne compte pas sur eux pour venir au foyer. Toutefois, si le cœur lui en dit, il peut se rendre aux urgences de l'hôpital où ils ne feront rien de plus que de le faire patienter pendant des plombes avant de l'enduire de cette même pommade dont il lui conseille de se tartiner immédiatement.

Matthias renonce. On remonte ensemble vers sa chambre. De mon côté, je vais récupérer la boîte et les fiches dans la salle de vie pour aller les mettre dans ma voiture.

Quand je reviens, je lui résume les événements de la nuit. La présence des trois gars, le saccage du bureau, ce que j'ai découvert dans la cache du directeur, les dossiers des gosses que j'ai empruntés. Je n'évoque pas la possibilité de la présence de Maurice puisqu'il est convaincu que c'est un des handicapés qui l'a agressé en cherchant Anthony. Je ne lui dis pas non plus que j'ai noyé un vélo électrique dans le cabinet du donjon. Dans son état, il ne comprendrait pas.

Il appelle le directeur pour l'informer de son agression. Je quitte le foyer avant le lever du jour sans croiser personne.

## 53

Je dors lorsque Matthias rentre à l'appartement quatre heures plus tard.

« Dom, Dom, réveille-toi ! Montre-moi l'argent. Montre-moi l'argent ! »

Sa peau est piquetée sur tout le corps, son visage, un peu gonflé, un peu rougeâtre. La boîte est planquée sous le clic-clac. Je la sors et il compte notre butin. Dix-huit mille euros. Si c'est les thermomètres, ils doivent être en cristal.

« Le directeur est passé me voir ce matin. Je lui ai dit ce qu'on avait décidé, j'ai entendu du bruit vers une heure, je suis sorti dans le couloir et, là, j'ai été poursuivi par une ombre armée d'une hache. Coincé au fond du couloir face aux deux portes fermées, j'ai pu qu'ouvrir le passe-plat pour lui échapper. Le casier a dû céder puisque je me suis retrouvé deux étages plus bas dans les cactus… Il a été étonné pour les cactus. Il m'a demandé si j'avais idée d'où toutes ces saloperies pouvaient provenir. Je lui ai répondu que j'en avais aucune idée, que j'avais pas souvenir d'un atelier cactus au foyer et que le cuisinier précédent était pas connu pour ses innovations culinaires. Il m'a demandé d'enquêter auprès des jeunes. Il voulait également savoir si j'avais photocopié les certificats pour les vélos et si je comptais me mettre en arrêt pour ces quelques piqûres. Je lui ai dit que non, pas d'arrêt. Je retravaille que lundi de toute façon. Il m'a alors dit qu'il espérait que les vélos seraient prêts pour la fin de la semaine prochaine. Ajoutant qu'il allait justement y jeter un œil et qu'il repasserait avant que je quitte mon poste. Fin du premier acte.

— Il y en a un deuxième ?

— Oui. Anthony s'est levé et m'a dit qu'il t'avait vu. Je lui ai répondu : "Alors ça, ça m'étonnerait. Tu as pris tes rêves pour la réalité !" Du coup, il m'a passé des clopes pour toi. Il a aperçu le mec qui m'a agressé aussi. C'est même lui qui l'aurait fait fuir en l'engueulant parce qu'il faisait trop de bruit. Ce qui m'a intrigué, c'est qu'il pensait qu'il s'agissait du père des deux sœurs. Tu l'aurais vu s'il avait été là, non ? Comme si y avait déjà pas assez de monde cette nuit, mais d'après lui, le mec aurait crié "enculé de Chinois !" en se barrant.

— Peut-être qu'il pensait que le passe-plat avait été fait par des Chinois ?

— Haha, très drôle. Tu l'aurais reconnu, pas vrai, si ça avait été lui ?

— Probablement. Et tu l'as dit toi-même, Anthony n'est pas super fiable…

— Ce qui me tracasse, tu vois, c'est qu'il t'a bien reconnu, toi !

— J'ai bossé deux ans avec lui et je l'ai sauvé plusieurs fois, c'est normal.

— Ouais. Je pense qu'il s'agissait des mecs des Lilas de toute façon. Il se sont fait le bureau du directeur et se sont dit qu'ils allaient en profiter pour choper Anthony. Y en a un que t'as pas vu, c'est ça ? Attends que je trouve une place handicapée libre, putain, je me gare dessus !

— Bravo, bel esprit ! Quoi qu'il en soit, les sœurs ont dépiauté les cactus et elles les ont planqués dans la cuisine. Elles ne sont pas connes, celles-là ! Et ce deuxième acte, alors ?

— Ah oui, le directeur est donc repassé avant que je parte. Tout pâlot. Il m'a demandé si j'étais monté au donjon. Je lui ai répondu que non, que j'étais coincé dans un passe-plat. Il m'a dit qu'il y avait eu des dégâts dans l'atelier vélos. Que la commande pourrait probablement pas être honorée. Qu'on verrait pour la suite. Sûrement le même mec qui m'avait agressé… Pas la peine d'en faire un fromage. Il allait régler ça en interne et comptait sur ma discrétion.

— Il ne t'a pas parlé du bureau ?

— Non, mais il m'a sondé sur les coins secrets du foyer. Un passage secret dans le passe-plat ? je lui ai demandé. Évidemment, il parlait dans le bâtiment. Je lui ai dit que j'étais pas au courant et que je voulais juste rentrer maintenant. Il m'a conseillé d'aller me reposer mais à voir sa gueule, lui aussi il en avait besoin. Quand je suis sorti par l'arrière, j'ai cru l'entendre sangloter avec Clément-Sournois…

— Le message des Lilas bleus a dû le secouer. Et la disparition de son pognon aussi. Je vais aller le cacher. Je ne veux pas le garder ici.

— Tu penses qu'il pourrait nous envoyer les flics ?

— Pas vraiment. Son histoire de vélos paraîtrait difficile à expliquer, mais avec Clément-Sournois on ne sait jamais…

— Oui, tu as raison. S'il était vraiment en train de chialer sur son épaule, il doit être dans un sale état. Dis donc, je pensais ce matin. Avec tout ce pognon, on n'a plus vraiment de raison de se rendre à la kermesse de ton père samedi, non ? »

Je le fusillai du regard : « Tu plaisantes ? C'est ma famille, mec, et je leur ai confirmé que je viendrai et que tu viendras : ne te dégonfle pas ! »

Il est gonflé. Il a le visage gonflé.

« D'accord, d'accord. T'énerve pas. Je vais aller me pieuter une heure ou deux. Je suis naze. Tu fais quoi, toi, aujourd'hui ? Tu continues à courir en short dans la jungle ?

— Plus tard. Je dois préparer mon départ, plus que quelques jours, mon ami, et je veux d'abord croiser les dossiers des sœurs et d'Anthony pour voir si j'en sors une piste pour leur planque. Faut aussi que j'aille au lac avant le week-end pour planquer le pognon. Sur la route, j'en profiterai pour faire une première utilisation du pactole : je vais louer un tracteur-tondeuse, dans le style de celui que j'ai fait exploser, pour m'occuper du jardin avant le retour de Patti dimanche.

— Cool. Laetitia doit passer tout à l'heure pour m'enduire de pommade. Si tu pouvais être sur ton tracteur-tondeuse à ce moment-là… »

# 54

« Par exemple, des enfants pyromanes au Moyen Âge, il y en avait moins… » – c'est mon prof de français au lycée qui parle – « … parce qu'il fallait frotter des pierres pendant des plombes pour obtenir une étincelle. » Je ne l'ai pas entendu depuis longtemps, monsieur Cermollace, mais je reconnais sa silhouette et sa voix sans problème. Bien qu'il soit de dos. Il essaie de mettre le feu à des cartons : « Puis va-t'en trouver un truc sec à enflammer au Moyen-Âge. Tout était humide à cette époque. » Il se tourne alors vers moi. Il a le visage de Cindy.

Je me redresse effaré et moite dans le clic-clac. Je scrute alentour. Il fait nuit. Vendredi matin. Une heure cinquante-cinq au réveil. Une forme bleutée est penchée vers moi. Une forme qui sent le désinfectant et la pommade apaisante.

« Hé, flippe pas, mon pote ! Je voulais juste m'assurer pour le fric… T'es sûr qu'il craint rien là-haut ? »

Matthias est éclairé en contre-jour par la diode bleue du hub. J'ai planqué le fric au lac. Dans la boîte à chaussures que j'ai placée dans une boîte étanche. Entre les racines d'un arbre creux qu'on ne peut atteindre qu'à la nage.

« T'inquiète, Matt… »

Mes yeux me piquent. J'ai encore dans la rétine le visage d'une vieille Cindy avec la voix de mon prof de français dissertant sur la pyromanie au Moyen Âge. Matthias a une petite mine.

« Personne n'ira le chercher là-bas. » Je m'ébroue. « Les Lilas bleus ont revendiqué leur passage vengeur et le directeur ne t'en a même pas parlé. Faut voir ce qu'il va faire quand il aura fini de pleurer. Aucun fait d'armes n'a été déclaré en tout cas. À part ton accident, bien entendu !

— Les Lilas bleus lui ont foutu les jetons ! »

Je lève les sourcils : « Tant mieux !

— Et s'il t'arrivait quelque chose… »

Il est encore bouffi.

« Du genre ?

— Mort violente ! Par noyade ou en te cognant la tête. Tu te cognes la tête tout le temps. Je vais pas fouiller tous les arbres du lac si tu clamses.

— Mon conseil : remets-toi à la natation ! Et recouche-toi, on va voir les Laroche tout à l'heure !

— Ah, tu fais chier. J'ai aucune envie de courir après les filles. Je suis encore convalescent.

— Si elles me tuent, tu le regretteras toute ta vie et tu passeras tout ton temps libre à fouiller les arbres du lac !

— Ah, tu fais chier !

— Je peux me rendormir ?

— Fait chier. »

Il part vers sa chambre en claudiquant. Je ne me rendors pas. Qu'a voulu me faire comprendre mon ancien prof de français ?

## 55

Nous roulons vers la forêt. Léon m'a dit quelques mots au téléphone. Le duo fleuri des Lilas bleus ne m'a pas recontacté. Pas plus qu'Anthony.

En recoupant les dossiers récupérés dans le cabinet du directeur, j'ai trouvé une correspondance. Une famille d'accueil commune à Anthony et aux frangines. Ils en ont eu sept en commun, mais c'est la seule qui n'a pas perdu son agrément pour violence ou maltraitance sur la cinquantaine qu'ont fréquentées ces gosses au cours des dix années écoulées. Pourtant, elle a perdu son agrément quand même. Possiblement le point de chute des sœurs.

Je trépigne. Je veux vérifier avant de partir pour Clinquey, savoir si les sœurs vont bien, simplement bien. J'ai été leur éducateur référent, merde ! Les deux pestes, les gamines toutes options, Mélanie et Cindy *fight* le monde.

La famille d'accueil en question réside dans une forêt. Mes problèmes avec les forêts ne datent pas de ma dernière rencontre avec mon père. Ma mère enferme des gens en forêt depuis ma prime enfance. Mon père conspue les bois. J'ai percuté un arbre en essayant d'échapper à mes agresseurs aux alentours de la Cité radieuse. Les rapports de ma famille avec les espaces boisés n'ont jamais été sereins. Maman est faite pour vivre dans un champ de colza entouré de barbelés et de miradors. Mon père a été moniteur d'auto-école et gardien d'immeuble. Ce qu'il aime, c'est les routes et les parkings.

Matthias somnole pendant que je conduis. Est-ce qu'une girafe peut ne pas aimer les autres girafes ? Est-ce qu'une girafe est énervée de la faune qui lui passe entre les jambes ? Pourquoi suis-je obligé de baisser la tête pour pouvoir communiquer avec mes contemporains ? Et les poissons exotiques ? Que peuvent penser les poissons exotiques de ce qu'ils voient à travers la vitre de l'aquarium chez mes parents ? C'est troublant de penser que, au sein de mon cercle familial, les êtres vivants dont je me sens le plus proche sont ces abrutis de poissons exotiques. « Tu mourras avant moi ! » m'avait lancé mon père. Ses poissons exotiques sont toujours morts avant lui, et c'est avec eux que je partage ma passion pour l'eau. L'humanité m'emmerde.

Tout à ma méditation existentielle sur la route qui nous mène à la rencontre des sœurs en fuite, je tiens à bonne distance mes soucis concernant notre virée à Clinquey. Une épreuve à la fois. Pour l'heure, promenade dans une forêt vosgienne. Je n'attends de notre destination que des images déprimantes de bout du monde végétalisé avec les deux sœurs planquées quelque part dans le paysage. Rien de pire, rien de mieux qu'au foyer. Une simple forêt vosgienne. Avec ses déluges de sapins plantés sur les terres inclinées baignées d'humidité.

La pénombre règne dans les sous-bois. Mes phares sont allumés depuis la vallée. « Baignées d'humidité » n'est pas exactement le bon terme. Ce n'est pas le Bayou Teche non plus. « Détrempées », voilà le terme approprié. Il s'agit de terres en pente détrempées. Il est dix heures du matin.

La luminosité n'a cessé de décliner depuis Fraize-les-Trois-Torrents, le dernier hameau avant les côtes. Matthias maugrée en se grattant. Il a récupéré des couleurs, mais ce ne sont toujours pas les bonnes. Vacillante au début, la lumière s'est évaporée à notre altitude.

Sur la banquette arrière, un carton à dessins, le Taser dans sa boîte fatiguée – Matthias a insisté pour le prendre –, la bombe au poivre et les restes de plusieurs Burger King. J'ai renoncé aux kebabs. L'ambiance musicale est assurée par le dernier album d'AC/DC. L'album de Charles Manson aurait également pu faire l'affaire. L'enceinte gauche sature les basses.

La route monte vers les crêtes. Ces bois sont sans fin. Deux loups recensés, quelques lynx mal en point. Des frelons gros comme des tourterelles. Vingt lacs et des millions de sapins. Matthias marmonne à présent qu'il n'en a rien à foutre de retrouver les sœurs, que Cindy a tenté de le tuer, que Mélanie lui a gâché ses nuits, qu'il se passerait bien de cette fichue balade.

La chaussée se dégrade. Elle n'est plus qu'un boyau boueux qui serpente parmi des excroissances de gré. Je tiens le volant à deux mains, entre un gouffre vert chiasse à ma gauche et un mur vert noir à ma droite. Agrippés à la roche, serrés tels des disciples d'Epstein autour d'une gamine défoncée, les sapins semblent se tenir par la main. Mon pote me donne envie de me gratter. La vallée dans laquelle se niche la ferme Laroche, celle de la famille d'accueil, doit se trouver derrière ce dernier sommet.

Le paysage se découvre après le passage de cette ultime crête. Une jachère d'un demi-hectare et un corps de ferme en U. Des enclos, des poulaillers, des grumes, des cochons et des vaches. C'est le tableau que j'en garde. Des vaches maigres recouvertes de boue grise où tout ce qui n'est pas en pierre est en bois.

Je gravis la côte. Les roues patinent par endroits. Le pays du sapin s'est fait tout en rondeurs avec des pentes verticales. Je suis déjà venu dans cette planée par le passé. Une fois. Je bossais alors pour un service d'aide à l'enfance d'Épinal, et l'ado que j'accompagnais m'avait guidé. C'était un Grégory, je ne me souviens plus de son nom de famille. Il avait des coupures au front. Il avait été placé dans cette famille en urgence après une alerte au 112. C'est sa mère qui l'avait entaillé. Elle lui avait tracé une croix gammée sur le crâne. Au cutter. Ce gosse n'est pas resté longtemps chez les Laroche. Il a disparu au bout d'un mois ou deux. Après s'être laissé pousser la frange, il a intégré un internat de médecine en dermatologie… Je plaisante. Ce Grégory est probablement mort à l'heure actuelle. Petit, gros, et prénommé Grégory avec une croix gammée sur le front, je ne l'imagine pas enseigner l'histoire dans un lycée.

La planée apparaît après le dernier relief.

« Une famille, et en plus une famille d'accueil, habite vraiment là ? »

Telle est la question que me pose Matthias alors que je me gare au bord du torrent. Il en oublie même de se gratter.

# 56

Effectivement, ce n'est pas Versailles, et je ne pense pas cela parce que toutes les lumières dans le corps de ferme sont éteintes. Ce dernier a été tronqué d'une partie de ses bâtiments. Seules les fondations ont survécu sur la partie droite ; ce qui reste à gauche est en ruine. Le fond est tapissé de lierre. Les rares fenêtres encore visibles sont sales et des débris divers et variés jonchent le sol de la cour. Je ne me souviens pas qu'il y avait autant d'enclos par le passé. Ni qu'ils étaient si hauts et bâtis avec des troncs non taillés. Ils quadrillent le terrain, séparés par des tranchées en zigzag. Ils sont occupés, en tout cas pour les premiers, par des animaux de petite taille qui, de là où nous nous tenons, ressemblent à des moutons noirs et malingres. Face à ce spectacle, Matthias fait « Ah ». Pas la peine d'en rajouter. Une cassette du Francis Cabrel qui aime les arbres aurait été parfaite pour nous rassurer, mais je n'en ai pas. Je coupe le groupe d'Australiens vieillissants. Bout du monde, je m'y attendais, mais il plane dans l'air quelque chose de plus, une sauvagerie inhérente au lieu. Les rares sapins qui occupent l'espace dégagé sont marronnasses, comme les deux arbres plantés près de l'atelier de Mathurin. La terre est gadoue. Des filets sont tendus sur certaines parcelles. Et qu'est-ce que c'est que ces bestioles qui nous regardent avec leurs gros yeux globuleux ?

Les Laroche qui peuplent ce terrain sont des lointains cousins des Laroche qui ont été mêlés à l'affaire du petit Grégory – un autre que celui que j'ai escorté jusqu'ici. À l'instar de la famille de mon père, c'est une de ces familles qui a pratiqué longtemps l'avortement tardif pour résoudre les problèmes de place à table ou de ronds de serviette nominatifs. Ce n'est cependant pas ce qui leur a valu d'être radiés de l'ordre des familles d'accueil par l'ASE lors du grand nettoyage. Trop loin, trop de bêtes, pas d'électricité, pas d'adresse mail, c'est leur rusticité qui a été invoquée pour justifier l'exclusion – en réalité, il fallait sûrement à l'ASE une famille qui ne soit pas exclue pour des sévices avérés sur les enfants accueillis.

J'observe le torrent vrombissant qui me sépare des enclos. Garé non loin, ce qui est une erreur à mon avis – mais Matthias a insisté car il est convalescent et garde un mauvais souvenir de notre balade vers le relais des chasseurs –, j'ai néanmoins décidé de mettre la voiture dans le sens du départ. Simple précaution.

« Je bouge pas d'ici ! clame Matthias en me regardant droit dans les yeux. Je bouge pas de cette putain de voiture ! T'as vu le pont ? »

Le pont qui enjambe le torrent, construit en poutres et troncs de sapin, modèle « petit pont de bois construit pour balancer des gens dans le torrent », est incliné en largeur. Sa partie droite est presque dans l'eau de la cataracte alors que la gauche la surplombe de deux bons mètres. Une tôle tête de mort est fixée à un tronc. Cet environnement me ramène dans le giron paternel que j'ai pourtant peu connu. Une pomme de pin dans une main, un foie de sanglier dans l'autre, et une peau de lapin en guise d'écharpe. Ma grand-mère avait toujours un fusil quand elle était assise dans son jardin.

« T'y vas si tu veux, mais compte pas sur moi pour t'accompagner ! Je le sens pas, ton plan. »

Il tapote de ses petits doigts encore boudinés le tableau de bord. « Ce ne sont que des enfants », aurais-je pu lui rétorquer, mais je suis moi-même en flottement. Dans un espace situé au sud des ruines se trouve ce qui ressemble à une yourte. Une tente circulaire montée entre des gravats d'où s'échappe un mince filet de fumée. Dieu seul sait ce qu'ils sont en train de faire cuire là-dedans.

« OK. Tu vois quelqu'un ? »

Il tressaille : « Mais si je vois quelqu'un, je me tire, Dom ! Je me tire avec ta caisse ! C'est quoi ces bestioles, un croisement entre des tapirs et des antilopes ?

— Je ne sais pas. La fois où je suis venu, il n'y avait que des vaches, des cochons et des gosses.

— Eh ben on en est plus là. Allez, laisse tomber, Dom ! On se tire. Elles sont pas là ! Qu'est-ce qu'elles foutraient là ?

— Il faut que je vérifie.

— Tu fais chier. »

Je descends de la voiture. Le vent dans les sapins provoque ce crissement propre aux montagnes, ce frottement répété comme une plainte énervante. Perplexe, je m'approche du pont. Il est barré de deux tourbillons de barbelés que je n'avais pas vus de prime abord. Sa structure est fixée à une armature métallique qui doit lui permettre de se redresser. Je me retourne vers Matthias qui mime la brasse pour me dire d'y aller à la nage.

Je connais l'eau, toutes les eaux qui ne sortent pas d'un robinet, et cette eau-là est méchante. Froide et en pente. D'une dizaine de mètres de largeur, le torrent explose contre les rochers en déchiquetant la rive avec un grondement sourd. Des langues de brume s'élèvent dans les contreforts de la montagne derrière les bâtiments et un petit attroupement de ces bêtes bizarres à poils longs, des jambes fines avec des têtes de gazelles qui auraient sucé un yéti, commencent à se constituer sur l'autre rive. Je cherche une sonnette ou une cloche pour alerter de ma présence. Il y a une boîte aux lettres. J'aimerais rencontrer le facteur qui fait cette tournée. Par curiosité, je l'ouvre : elle est pleine de crottes de souris.

Plus haut sur la berge, deux pieux sont fichés dans la terre. Je m'en approche pour constater qu'ils soutiennent trois cordes qui traversent le torrent : une pour les pieds et deux en guide pour les mains. Elles rejoignent l'autre rive, accrochées à deux autres pieux surmontés de deux crânes de vache. Un sentier s'enfonce parmi les enclos de l'autre côté. Des crânes de vache, voilà ce qu'ils ont fait aux bovins après que l'ASE les a lâchés. Il ne manque que des chouettes clouées aux troncs des sapins marronnasses pour parfaire l'ambiance.

L'ASE a toujours eu des familles de dernier recours. Au trente-deuxième étage d'un immeuble inhabité, à l'intérieur d'un parc animalier ou dans le nord de la

Moselle cerné par des frontières des quatre côtés et avec des nazis comme plus proches voisins. Je retourne à la voiture, ce n'est sûrement pas la saison du clouage de chouettes : « Je vais prendre le Taser ! »

Matthias est en train de coller un deux-feuilles. Il donne un dernier coup de langue et saisit de son autre main le Taser : « Qu'est-ce qu'il y a ? T'as vu quelqu'un ? »

Des petits doigts boudinés, des yeux rouges, gonflés, la lippe humide et un pétard en main ; dans un film d'horreur, il serait le premier à mourir. C'est toujours les petits gros qui meurent les premiers. Les grandes perches viennent juste après.

« Non, mais y a des cordes. J'y vais, passe-le-moi ! »

Il me fait des yeux qui se rapprochent de ceux des bestioles qui m'observent de l'autre rive, exophtalmie avec des veinules rouges dans le blanc, moins de poils toutefois, mais tout de même la victime idéale de n'importe quel tueur psychopathe en forêt : « T'es dingue, Dom ! Qu'est-ce que t'en as à foutre, de ces gamines ? Tu bosses même plus au foyer ! On a ramassé plein de fric, ça s'arrange avec Patti, tu m'as sauvé du passe-plat. C'est ce que tu voulais, non ? Rentre chez toi. Putain, rentre chez toi, mec ! »

Quand, à son insu, ton meilleur pote bouffi enduit d'arnica te cite Francis Lalanne, plus besoin de psy, plus besoin de drogue, plus besoin de lever de soleil : « Après la kermesse, pauvre laps, après la kermesse ! Passe-moi le Taser ! »

Il bougonne et me le tend à regret.

« Et la pochette de dessins aussi, s'il te plaît. »

Il soupire. L'enfoiré. Le soupir, c'est mon domaine. Je mets la pochette dans mon sac, le Taser itou. Mourir dans les Vosges avec une pochette à dessins, la triste fin d'un homme libre : je suis prêt.

« Tu veux tirer une latte ? » me demande alors la Maïté des cactus.

Je suis tendu.

« Non merci. »

Je claque la portière. Il ouvre la vitre.

« Attends ! J'ai pas de réseau ! Attends, c'est quoi cette histoire de cordes, merde, ce serait trop con… Dis-moi juste où est la thune, Dom ? »

Oui, j'étais d'accord. Il me regardait avec cet air d'incompréhension de petit gros des films d'horreur.

« À partir de la bouée, celle des cinquante mètres, tu prends plein sud vers la berge. Il y a deux grands saules, c'est pas là. La rive s'élève à gauche, un talus plein de broussailles et de petits mélèzes les pieds dans l'eau. Le cinquième, c'est le seul droit, assez grand. J'ai accroché un bonnet de Léon entre les racines. C'est là, dans une boîte étanche. Et fais gaffe si t'y vas après ma mort, c'est profond à cet endroit-là !

— Je louerai un bateau. Hors de question que je remette mon cul dans ce lac. OK, deux saules. Le sapin droit. Tu peux mourir à présent. Je vais lire le journal en t'attendant. Tu me laisses la bombe au poivre ?

— Oui, je te laisse le poivre. »

Matthias tire sur le joint qu'il vient d'allumer, les volutes doucereuses me caressent le visage. Assez traîné, direction les emmerdements.

## 57

Ma petite voix intérieure me chuchote que rien ne m'oblige à savoir, finalement. J'ai été loin de mon fils, aussi loin que peut l'être un père assis de l'autre côté d'un mur, presque aussi loin que l'a été mon père et, à l'inverse, je me soucie de deux gamines qui, dans d'autres circonstances, n'auraient pas hésité à me défoncer la gueule. Ce qu'elles ont déjà essayé de faire, en fait.

Sur la rive d'en face, le paysage est immobile. Aucun mouvement, à part ces bêtes brunes qui me regardent fixement. Sorti des classiques vaches-cochons-lapins, je ne connais rien aux animaux de la ferme. Certes, j'ai participé à l'immolation d'une vache, et Franck nous ramenait épisodiquement des cadavres de bestioles au foyer, mais mon enfance à la Kaukenne ne m'a préparé qu'aux yorkshires et aux poissons exotiques. À la réflexion, ces animaux sont peut-être des lamas. Les Vosges sont une terre d'exotisme. À Gérardmer, il y a eu un élevage de bisons. Si j'entends ou vois un chien, je rebrousse chemin.

Je commence la traversée en posant mon pied sur la corde tout en tenant fermement les garde-corps.

Le torrent bouillonne sous mes semelles. Maladroit comme je suis, ne vais-je point riper ? Je tangue mais relativise. La brume monte de l'eau pour tourbillonner dans l'air froid. Après quelques minutes de concentration tremblotante, je pose le pied sur l'autre rive. Devant moi, le sentier s'enfonce entre les enclos en suivant une douce pente. À gauche comme à droite, des tranchées d'une largeur impressionnante. Au loin, le mince filet de fumée s'élève de la tente mongole. Après un dernier coup d'œil vers la voiture, je m'engage d'un pas vif. Je n'aperçois que le haut de la tente qui a des couleurs passées jaune et noir. Les ruines de l'ancienne ferme se dressent contre le flanc de la montagne. À la lecture des dossiers, venir m'a paru évident. Ça l'est moins maintenant.

Certaines bestioles bêlent à mon passage. Si c'est le bruit caractéristique des hauts-alpages péruviens, je comprends que les mecs par là-bas aient des bonnets qui leur couvrent les oreilles. Un groupe de trois ou quatre animaux me suit tandis que je débouche sur l'esplanade devant la yourte. Ils ont une dentition me faisant penser aux Allemands. Pas au peuple allemand en général, mais aux crânes qui m'ont côtoyé un soir de Noël dans l'église de Clinquey. « *Rentre chez toi* », me susurre Francis Lalanne dans le mien, de crâne. Une mobylette, une vraie mobylette 103, est posée sur sa béquille devant l'entrée de la yourte. J'espère que Maurice ne s'est pas mis à la mobylette après que sa moto a été avalée par la forêt.

Il faut rentrer dans une yourte avec le pied gauche en jetant du lait aux quatre points cardinaux ou un truc du genre, il me semble. J'ai accompagné quelques ados à l'expo sur la Mongolie l'année dernière à Saint-Dié, mais je n'ai pas pu être vraiment attentif aux us et coutumes enseignés par le guide, parce que Sullivan et Priscilla se sont battus avec ledit guide, précisément. Je ne me souviens pas, par exemple, s'il est déconseillé de se présenter avec un Taser sur le seuil d'une yourte. Probablement pas.

Je m'annonce en toquant à la toile et celle-ci s'écarte instantanément. Me dévoilant une petite vieille recouverte de multiples couches de lainages sombres. Elle semble aussi large que haute. Sur son visage buriné, deux yeux d'un vert d'émeraude me transpercent. La main qui tient la toile est aussi grosse que la mienne : « Tu viens pour la laine ? »

La sienne, d'haleine, est chargée, je balbutie un oui-non.

« T'es bûcheron ? »

Ça, c'est mon aspect général.

« T'es rentré sans sonner ? T'as eu du bol de pas avoir rencontré la bête ! »

Intérieurement, je me félicite surtout de ne pas avoir tiré une ou deux lattes sur le joint. Je suis à jeun de toutes substances psychotropes et j'ai déjà du mal à suivre : « Bonjour, madame. Je suis désolé, je n'ai pas vu de sonnette. Je m'appelle Dominique, j'étais éducateur au foyer de La Dent du diable et je... »

Elle me regarde comme on regarde un feu d'artifice, voire une éclipse de lune. Elle lève une main pour me pousser légèrement sur la gauche et, de l'autre, avec une fronde, envoie un projectile derrière moi. J'entends un choc clair puis le bruit d'une chute. Je me retourne pour découvrir un lama allongé les pattes en croix.

« Tu veux une peau ? »

Franck aimerait beaucoup cette question. Tuer des animaux sans raison. Adama également, pour ce qui est de lancer des projectiles avec précision : « Non merci, je cherche Mélanie et Cin…

— Ça fait deux jours que j'essayais d'avoir ce bestiau. C'est bien, il t'a suivi ! J'ai cru que j'allais devoir sortir pour le dégommer. Tu peux me ramener la balle ? »

Le projectile est une balle de golf. Je la ramasse : « Si je te dis cantine, tu me réponds quoi, le grand ? » me demande-t-elle alors que je la lui rends.

Je tente : « Cette nourriture a déjà été mangée ? »

Un sourire éblouissant éclaire son visage. C'est une *private joke* entre les ados et moi depuis que le cuisinier du foyer a été remercié.

« Elles m'avaient dit qu'il y aurait peut-être un grand con qui passerait par ici. T'es pas là pour faire des problèmes ?

— Non, madame.

— Bien. Didi n'est pas là aujourd'hui, mais Mél est en haut. T'as qu'à suivre le sentier. Il fait jour, tu risques moins. Bon, faut que je dépiaute le bestiau. Tu diras à Mél que je l'ai eu. » Elle saisit un grand couteau de boucher. « Mais on se connaît, nous, non ?

— Oui. J'avais accompagné un ado, un Grégory…

— Je me souviens. Grégory, pauvre petit. C'était celui qui était marqué au front, hein ? Pauvre petit. Il avait vachement maigri sur la photo du journal. Il a tué un mec dans le Sud l'été dernier, son beau-père… »

Heureux d'apprendre que Grégory n'est pas mort. Je la quitte et me dirige vers un chemin qui prend naissance à l'ombre des ruines.

« Et fais attention à la bête, quand même ! »

Jetant un œil derrière moi, je n'aperçois même plus la voiture noyée dans la brume du torrent. Le sentier disparaît dans la forêt puis grimpe rapidement vers une crête dissimulée par la végétation. Huit cents mètres plus loin, je rejoins un chemin plus large, carrossable, presque, et qui, après une nouvelle centaine de mètres, débouche sur une vaste prairie dégagée située juste sous un ressac rocheux. Trois poneys paissent dans un parc verdoyant. Une maison occupe la partie centrale du terrain. C'est une villa de deux étages, entourée par une pelouse et des arbustes d'ornement. Une forme humaine est en train de les tailler à l'une des extrémités du terrain. Elle tressaille en m'apercevant, puis se met à courir vers moi avec un sécateur en main : « Oh, Dom ! Oh le con ! Oh, Dom ! Oh le con ! »

Mélanie me saute littéralement au cou. Je me sens con, effectivement. Le bâton que j'ai ramassé dans le bois et le sécateur se heurtent. Elle reste longtemps dans mes bras. Son corps palpite contre le mien. Elle sent le sapin.

« Oh, Dom ! Ça me fout la trique de te revoir ! »

Elle est émue. Pour de vrai. Souvent, les gosses qui ont été les plus durs sont ceux qui sont les plus heureux de nous recroiser lorsque le hasard de la vie nous remet en présence. Quelles qu'aient été les difficultés traversées, ils ne nous en tiennent pas grief, ils se souviennent seulement que nous avons été là pour eux et, sur ce point, nous ne souffrons d'aucune concurrence car personne d'autre n'a jamais été là pour eux.

« Moi aussi ça me fait plaisir de te revoir, Mélanie. Où est Cindy ?

— Elle fait du démarchage. »

Quelques minutes plus tard, je me retrouve dans une cuisine équipée face à une Mélanie qui, en parfaite maîtresse de maison, fait infuser un thé en découpant une tarte aux mûres.

« Pourquoi t'es là ?

— J'étais inquiet.

— Oh, t'es con. T'as vu les alpagas ? »

J'acquiesce. Ce ne sont pas des lamas, donc. Elle continue : « C'est vraiment teubé comme animal. Franck serait aux anges ici. Mylène les élève depuis que l'ASE lui a retiré les gosses. Elle vend la laine. Elle en loue aussi pour débroussailler des terrains. Ça bouffe tout, et à manger, même si c'est pas super, c'est toujours mieux qu'au foyer. Tu veux goûter ? J'ai du saucisson. »

Il est onze heures du matin, je préfère en rester à la tarte aux mûres si c'est possible.

« Anthony m'avait dit que tu nous cherchais, mais putain, je pensais pas que tu nous trouverais !

— Ben si. Je me suis dit qu'une ancienne famille d'accueil pouvait bien être votre point de chute. Puis c'est plutôt discret par ici…

— Ouais, c'est vrai. J'espère qu'y en a pas d'autres qui vont se pointer ?

— Le directeur a d'autres préoccupations en ce moment.

— Ce gros bâtard… J'ai appris qu'il t'avait viré.

— Tu es bien informée.

— Oui, par Anthony.

— Il a pissé dans un tiroir, ce con !

— Oui. Il a bien fait. »

Elle sert le thé. Je croque dans ma part de tarte. Il y a un silence. Elle est belle, même les scarifications sur ses bras paraissent anciennes, et plus rayonnante qu'elle ne l'a jamais été au foyer où pourtant elle rayonnait pas mal.

« Alors quoi ?

— Alors quoi, quoi ?

— Raconte-moi.

— Encore mieux, je vais te montrer. »

Nous empruntons l'escalier qui mène aux étages et, dès les premières marches, l'impression « nid douillet » de la cuisine s'estompe. Les murs sont nus dans la cage, simplement constitués de pierres taillées assemblées au mortier. Elle me précède sur le seuil d'une grande pièce. Ce que je distingue d'abord, ce sont des plaques. Des plaques de plastique de toutes les couleurs plus grandes que des portes. Empilées à même le sol, certaines emballées. Derrière, une machine. C'est une sorte de presse hydraulique avec des vérins, un câblage conséquent sur le devant et une structure générale qui n'est pas sans rappeler une locomotive à vapeur. Elle doit avoisiner les quatre mètres de longueur, et son sommet n'est qu'à une trentaine de centimètres du plafond.

Mélanie prend une plaque de plastique verte d'une cinquantaine de centimètres de long et tournoie en me la faisant passer sous le nez. Peut-être qu'elle écrase des alpagas dans cette machine pour les coller sur du plastique après que la golfeuse les a décanillés.

« Elle est belle, hein ? » Elle caresse la carrosserie de l'engin. « Passe-moi ta main ! »

*Ben, c'est-à-dire que j'y tiens, à ma main.* Elle a sorti d'un tiroir une brique d'une trentaine de centimètres de long sur vingt de large, épaisse de cinq.

« C'est de l'alginate. Allez, donne ta main, on va faire un moule ! »

La prise de risque a toujours été un élément essentiel de mon métier d'éducateur. Sans prise de risque, tu ne transmets que des enseignements généraux à des gosses qui ne s'en laisseront pas conter parce que le général les a toujours piétinés. Elle pose la plaque sur un établi et attend que je me décide. Je le fais.

« À l'envers, maintenant. »

Je m'exécute. À l'envers.

« Bouge pas. Dix secondes. Voilà, c'est bon. Tu peux la retirer. Je vais la faire sécher et tu vas voir, ça prend dix minutes ! Tu veux quelle couleur ? »

Elle allume un four qui se trouve dans un coin de la pièce.

« Jaune. »

Je caresse ma main pleine de résidus en observant la machine.

« Et c'est quoi alors ?

— Du thermoformage. C'est une machine de thermoformage. Tu vas voir ! Tiens, regarde, c'était notre premier essai. »

Elle me tend la plaque verte qu'elle m'a fait virevolter sous le nez. Il y est écrit « EnCuLé » en relief sur trente centimètres de haut.

« Tu peux écrire des insultes en relief ?

— Ben oui, c'est ça, le thermoformage !

— Ça sert à quoi ?

— Ben, à insulter en relief, Dom ! dit-elle en riant. Sinon, tu peux faire des enseignes moins chères, hyper solides, et la palette de couleurs est infinie. Et aussi de la signalisation pour les sorties de secours. C'est surtout ça, notre business. Avec un plastique phosphorescent qui peut être posé au sol, super résistant. On peut marcher dessus sans problème. C'est un mec qui m'en avait parlé au Luxembourg. Quand y a un incendie, la fumée cache la signalisation parce que la fumée monte, mais nous, on la met au sol, la signalisation, et elle est phosphorescente ! Personne peut plus se perdre ! » Elle avait l'air toute fière. « J'avais cette idée depuis que je suis arrivée à La Dent. Il suffisait d'avoir la machine.

— Comment t'as eu la machine ?

— Héhé, basketteur, je l'ai pas volée, t'inquiète ! Trop lourd. Je l'ai achetée d'occas'. Avec mes économies. Regarde comme elle est belle ! Je l'allume. »

Belle, je ne dirais pas ça ; impressionnante, plutôt, surtout au premier étage d'un pavillon.

« Avec tes économies ?

— Hihi. Presque. J'aurais bien aimé que ce soit avec le fric que l'ASE a dépensé en prix de journée pour nous. Trois cents ou quatre cents euros, c'est ça, hein ? Autant de fric chaque jour pour de la merde ! Crois-moi qu'elle nous le doit, ce blé. Mais c'est mon père qui nous a financées en quelque sorte. Et le directeur nous a permis une sortie par le haut. Il voulait nous envoyer en Laponie, cet enculé ! Attends que je croise ses gosses…

— Quand tu dis que ton père vous a financées, tu parles des cactus ?

— Eh, t'es pas la moitié d'un con, toi. Anthony m'avait dit que t'avais pigé certains trucs et que t'avais fermé ta gueule. Eh oui, c'est les cactus des Lilas bleus. C'est pas eux que j'ai volés hein, je les aime bien, c'est mon vieux ! Mon salopard de père qui me voyait pute. Je suis passée dans sa piaule quand je me suis barrée du foyer la dernière fois. Il m'a dit qu'il avait rien pour moi, même pas du pain, ce crevard ; que j'aille me faire foutre comme ma pute de mère. Il m'a dit qu'il se lançait dans le commerce de poissons des îles. J'ai pensé à péter son aquarium mais, avant de me foutre dehors, il m'a raconté qu'il avait volé un fourgon aux Lilas bleus. Il se vantait, le salaud ! Il l'avait foutu au moulin en attendant de le désosser. "Regarde, petite pute, comme je suis futé", qu'il m'a dit. J'y suis allée direct en sortant ! Je savais que les *Myosotis brothers* farcissaient leurs plantes avec de l'herbe, mais je savais pas que le camion en était plein ; même sans ça, je lui aurais volé le fourgon. Il avait laissé la clef sur le contact, en plus. Plus con, tu meurs…

— Tu m'éclaires ?

— Dans chaque cactus, y avait dix grammes d'herbe. De la bonne. Ils sont forts, aux Lilas, ils l'ont toujours été. Eux, ils niquent vraiment le système et en plus tout le monde les aime. Je suis rentrée au foyer avec le fourgon. Ma sœur m'a aidée. Anthony aussi. On a tout récupéré en une nuit et on s'est débarrassés du reste avant que l'autre bâtard ne nous envoie en Laponie.

— Malin ! Vous avez fait quoi du fourgon ?

— Dans le lac.

— Ah merde. Et la Mégane ?

— Dans le lac. C'est toi qui nous as parlé de la falaise près du barrage, du bled qui était au fond, de la route et d… »

Merde, j'ai participé à la pollution de mon lac adoré.

« Figure-toi que Matthias a retrouvé les cactus en essayant d'échapper à quelqu'un.

— Le veilleur dealer de champis ? Trop fort. Comment il a fini dans le passe-plat, ce demeuré ? Il a dû y aller fort sur les champis. J'ai jamais pu le sentir, ce mec. Cindy a filé un de ses flyers au vieux. La gueule qu'il faisait… Elle les avait récupérés en fouillant sa voiture un soir. Il cachait bien son jeu, cet enfoiré. C'était une bonne planque, en tout cas, pour les cactus, la cuisine, non ? On a eu trop peur que ça flotte sur le lac et que tu te piques avec, hihi. On a vendu la cargaison à un semi-grossiste de Longwy. On s'est fait assez de thune pour acheter la machine.

— Où était planquée l'herbe quand vous êtes parties pour la Laponie ?

— Dans la Mégane, la planque idéale. Personne l'utilisait, cette bagnole. On prenait toujours le fourgon pour les sorties ou la décapotable après les conneries. Par contre, pour la Laponie, on savait qu'on partirait avec. C'est la caisse des grands départs, non ? C'est pareil dans tous les foyers. Dans celui où on était avant avec Cindy, ils avaient une Vel Satis qu'ils utilisaient que pour foutre les gens dehors. On te balade en fourgon, et quand tu te retrouves dans une bagnole normale, c'est que t'es viré.

— Pas faux. Je pensais vous accompagner…

— Ouais, tu nous as lâchées, petite fleur ! C'était pas plus mal en fait. Avec toi, on l'aurait joué différemment, mais avec l'autre, pas de pitié ! On a plombé son café au premier arrêt et, avant qu'on se tire avec la bagnole, il était dans les vapes, le gros, on l'a foutu à poil et j'ai pris une photo avec ma sœur nue dans ses bras ! Pour qu'il ne nous fasse pas chier.

— Ah… Malin.

— Tu trouves ?

— Oui.

— Tu veux voir la photo ?

— Non merci. Il l'avait mauvaise quand il a débarqué au foyer.

— Il l'a bien cherché. La Laponie, mec ! Et s'il avait pu nous remettre chez notre père, il l'aurait fait aussi, ce bâtard. Tiens, le moule est sec ! »

Elle prend une feuille de plastique, le moule, introduit ce dernier dans la machine qui ronronne. Elle place la feuille sur le plateau. Elle abaisse le couvercle puis le relève au bout d'une minute sous le nez de la locomotive. Elle saisit alors la feuille thermoformée encore chaude avec ma main reproduite en relief et me la tend : « Et c'est super solide ! Laisse refroidir quand même ! La couleur change jamais, même sous un soleil de plomb ou des pluies d'enfer ! Cindy démarche les boîtes de nuit d'Alsace cette semaine. Signalisations de sécurité internes et enseignes extérieures. Avec les cheveux tirés, on lui donne dix ans de plus… »

Je suis en train de ranger le morceau de plastique avec ma main en négatif dans mon sac, Mélanie voit la pochette à dessins.

« Oh, tu dessines toujours ? Tu me fais un petit truc avant de partir ? »

La gentille fille. Comment refuser ?

Elle s'assoit. Elle parle. Elle fume. Elle rit.

Alors que j'achève mon croquis – Mélanie en premier plan, la machine derrière elle et un alpaga de mémoire dans un coin –, elle murmure : « Dans six mois, si tout se passe bien, on pourra mettre la boîte à notre nom et nous installer pour de bon ! Avec des chevaux et des chiens sur un terrain. L'année prochaine, j'ai seize ans et je serai émancipée. Mylène nous sert de prête-nom pour le moment. C'est pour ça qu'ils ont démonté la ferme en bas et qu'ils ont construit cette maison ici avec les pierres de la démolition. Pour les enfants comme nous. Pour les enfants perdus. Tu sais, Dom, Mylène et son mari, il est mort maintenant, ils ont été ce qui s'est le plus rapproché de parents normaux pour nous et pour pas mal d'autres… »

Je lui donne le dessin. Elle le prend avec un sourire timide : « Il me plaît bien, mais l'alpaga, on dirait une aubergine ! J'imagine que tu vas pas vouloir que je te propose une pipe pour te remercier ?

— Oh, c'est mignon, Mélanie, mais jamais pour un dessin au Bic. Je te souhaite le meilleur, tu sais ! Je vous souhaite le meilleur à toutes les deux. J'espère vraiment que vous allez réussir.

— Je sais, Dom, je te charrie. Merci.

— Ah, une dernière chose avant que j'oublie, Mylène m'a demandé de te prévenir qu'elle avait tué un alpaga. Celui du dessin. Elle se lançait dans le dépeçage quand je suis monté.

— Ah cool, elle va pouvoir donner du steak à la bête. Elle fait peur à mes chevaux, cette vacherie…

— Elle m'en a touché un mot. Quelle bête ?

— Une hyène. »

Je me jure *in petto* de ne plus jamais refoutre aucun pied dans aucun bois.

## 58

Je retrouve un Matthias fébrile derrière le pare-brise de la voiture. Je l'ai quitté dans les violets pastel et le voilà blanc cassé. Jamais à la bonne couleur, mon pote. Il agite le journal dans ma direction. J'aurais eu des infos urgentes à lui donner que je n'aurais pas pu. Avant même de monter, je l'entends qui gueule dans l'habitacle : « Démarre ! Démarre !! Démaaaaaaarre ! »

Des mares, je n'en vois point, simplement un torrent. Une reconversion possible en humoriste de croisière se profile, la misère, mais je suis content. Content d'avoir retrouvé Mélanie vivante. Mélanie et sa machine, Cindy en commerciale du thermoformage. Pas dans un squat avec des aiguilles dans les bras mais dans une forêt de sapins avec des aiguilles alentour. Les filles vont s'en sortir ! Je suis soulagé, rassuré, ému, presque. J'ouvre la voiture, qui est parfumée à la skunk. Jean-Pierre Galland aurait pu habiter sur la banquette arrière avec toute sa famille. Je prends place et baisse les vitres. Le pont penché nous nargue de son angle bizarre et mon ami tout blanc a les yeux tout rouges.

« T'es jolie comme une fleur qui pousse », lui déclamé-je.

*Francis Lalanne : sors de mon corps !* Faut dire que Patti le faisait tourner en boucle à une époque, j'ai gardé des séquelles. Matthias me fixe en défroissant le journal. Il va me dire quelque chose, je le devance : « Perds pas la main et roule donc un joint, petite fleur, au lieu de t'exciter ! »

Il jette un œil inquiet à l'extérieur comme si l'armée américaine lançait une offensive derrière la crête. Je cherche la bande-son adéquate pour essayer de me sortir Lalanne de la tête.

« Bonne idée », répond mon pote.

La vie est simple : en appeler au domaine d'excellence du gaillard pour le calmer. Je glisse dans le lecteur une cassette des Understones. Matthias revient à la charge : « Merde, mais t'étais où, Dom ? T'es parti deux heures ! J'ai flippé, mec !

— …

— Et ces bestioles de l'autre côté du torrent, c'était quoi ? Des chevaux anémiés ? J'ai failli me tirer, je te jure ! Je suis sorti de la bagnole un moment. Ce flip, les oiseaux noirs dans le ciel, le débit du torrent, un côté *La colline a des yeux*, puis le vent a tourné et ça s'est mis à puer la mort… J'en menais pas large, je te jure. J'avais l'impression que l'autre abruti allait se pointer avec son fusil, ou même ton père. Ensuite, j'ai ouvert le journal. »

Je démarre, j'allume une clope : « Les filles vont bien, je te remercie de demander.

— Je m'en tape, des frangines, Dom ! Regarde ! Regarde cet article ! »

Il me tend le quotidien froissé, ouvert à la page des brèves. Je vois « pigeons » dans un titre.

« Lis-le-moi, andouille. Je conduis.

— OK, écoute : "Le mystère s'épaissit dans l'affaire des pigeons du Raonnais. Suite aux dernières analyses effectuées sur les cadavres des pigeons retrouvés autour de la fontaine du commandant Raon la semaine dernière, l'enquête diligentée par les services municipaux semble s'orienter vers de nouvelles pistes. L'autopsie des animaux envoyés au laboratoire médico-légal de Nancy a révélé des taux formidablement élevés d'amphétamines dans l'organisme des volatiles. L'hypothèse que ces pigeons aient pu servir à transporter de la drogue par-dessus notre belle région semble sérieusement envisagée. Certains de ces animaux ont été bagués en Hollande. Et d'autres sont de race belge. Un véhicule immatriculé dans ce même pays aurait d'ailleurs été aperçu dans les parages. La police rechercherait plusieurs individus dont un chauve de grande taille et trois jeunes d'origine maghrébine." »

Matthias a un joint préparé, en fait. Il s'interrompt pour l'allumer.

« Loin de l'acte altruiste que nous avions salué dans nos colonnes précédemment, l'enquête s'oriente donc vers l'exploitation de ces animaux à des fins mercantiles, à savoir le trafic de stupéfiants. Cette affaire, par certains aspects, n'est pas sans rappeler celle dite "des poules folles" qui avait défrayé la chronique à Étival-Clairefontaine l'année dernière… »

À ces mots, il se tait et cherche mon regard, la mine inquiète. Je me souviens bien de l'affaire des poules folles. Nous avions cru un moment qu'il s'agissait de

Franck avant que le voisin de l'agriculteur victime du préjudice ne se fasse pincer. Ce dernier, inquiet de constater que ses poules ne lui donnaient plus d'œufs depuis plusieurs jours, était entré dans son poulailler en pleine nuit. Les poules ne dormaient pas. Elles étaient devenues dingues. Elles l'avaient agressé et même amoché. L'enquête menée par la SRPJ de Fraize avait pu déterminer que les gallinacées avaient été droguées au GHB. Ces animaux n'étant pas coutumiers des bars de la région, où la drague au GHB était effectivement une pratique assez répandue, une surveillance discrète avait été établie autour du poulailler. Un voisin, un homme sans histoires, s'était fait prendre en flagrant délit la nuit suivante. En train d'enculer une poule. Le pantalon baissé, la verge dans le passage de l'œuf, le pauvre petit volatile entre ses mains serrées. La photo, prise par les bleus, reproduite par la presse locale, avait très bien saisi l'instant. Les hivers pouvaient être longs dans les Vosges, et nombre d'hommes isolés dans des replis des ballons finissaient par vivre des histoires d'amour avec la faune locale. Il n'y avait rien de mal à cela puisque l'animal était la plupart du temps consentant, ou pour le moins résigné par différents produits. D'ailleurs, si l'affaire avait été ébruitée, c'était uniquement parce que l'agriculteur était le correspondant local du canard sur la commune. Le violeur avait racheté les poules à son voisin, et l'histoire s'était arrêtée là.

« Putain, tu te rends compte que tu avais raison ! siffle Matthias.

— Raison pour quoi ?

— Pour le grand ! Ils cherchent un grand !

— Un grand chauve ! Ça va, j'ai de la marge.

— Et si la police pense à Franck ? À son passé de tueur animalier ? S'ils remontent jusqu'au foyer, ils trouveront le pot belge de l'infirmière... »

L'herbe rend parano ou dysfonctionnel. C'est ce que je dis aux jeunes pour tenter de les dissuader de cette pratique collective. De toute pratique collective, d'ailleurs : ça vaut pour le foot et le rugby aussi, ce genre d'arguments.

« Flippe pas, mon ami ! Rien à voir avec les poules, cette histoire, parce que, sérieusement, les pigeons : tout le monde s'en fout ! Ils appartiennent à la même catégorie que les rats et les moustiques, celle des bestioles qui ont un trop petit trou de balle pour susciter l'amour... »

Il me tend le joint. Sourit en hésitant. Il s'est fait un film pendant mon absence : « Deux individus ayant dérobé une somme conséquente dans une cache de prêtres pédophiles, eux-mêmes participant à une arnaque au handicap, se retrouvent inculpés pour un pigeonnocide sur fond de trafic de drogue. L'un des coupables, un grand con, accompagné d'un petit surnommé le Chinois, aurait crié : “Ma mobylette, ma mobylette !” au moment de son arrestation. »

Je tire deux taffes avant de lui rendre le pétard : « La juge a validé la sédation des mômes, deux fois plutôt qu'une, et le conseil d'administration soutient le directeur. Personne à l'extérieur ne pense que c'est l'utilisation d'amphétamines sur ces gosses, à doses thérapeutiques, qui les rend tout mous, et le GHB n'est pas une amphète de toute façon. Le foyer a un rôle essentiel dans le système, tu sais. C'est l'île du bouquin *Sa majesté des mouches* ! Les gosses s'entretuent à l'abri des regards, et des îles, il n'y en a pas d'autres dans le coin. Des mouches, par contre, ce n'est pas ce qui manque… Tu ne crois quand même pas que le conseil départemental, la police ou la PJJ laisseraient une enquête sur des pigeons morts faire du tort à la prise en charge des ados tarés et prendre le risque de les retrouver dans les rues de Strasbourg ou de Nancy la semaine suivante ?

— Non, probablement pas. T'as raison. »

Des enceintes s'écoule le titre *Perfect cousin* ; la brume entoure la voiture.

« Alors ne te prends pas trop la tête pour ça, demain, c'est la kermesse de Clinquey !

— Oh là là oui. Bon sang. Si l'autre y est, je lui enfonce un cactus dans le cul ! »

Je m'abstiens de lui faire remarquer qu'en tant que Chinois désigné il n'est sûrement pas judicieux pour lui d'introduire quoi que ce soit dans qui que ce soit dans le secteur de Clinquey. Le silence s'installe dans l'habitacle. La forêt nous regarde passer.

« Et les sœurs, alors, elles deviennent quoi ? me demande-t-il finalement.

— Je n'ai vu que Mélanie. Mais ça a l'air d'aller. Elles ont monté une entreprise d'enseignes lumineuses en relief, surtout pour les sorties de secours. »

Je m'attends à ce qu'il réclame des précisions mais il n'en fait rien. Il finit le joint puis ajoute : « À un moment, alors que je lisais l'article, j'ai levé les yeux et il y avait un chien sur l'autre rive. Juste de l'autre côté du pont. Je l'ai juste aperçu, il a bougé super vite. Comme un pitbull géant. J'ai cru qu'il allait sauter par-dessus le torrent, mais non, il a disparu. Tu as vu cet animal ? C'est le chien de Cindy, peut-être ?

— Non, je ne l'ai pas vu, mais Mélanie m'en a parlé…

— Ah ?

— C'est une hyène.

— Tu déconnes, j'espère ?

— La bête des Vosges, tu connais ?

— Très drôle. C'est Franck, la bête des Vosges ! » Il écrase le joint. « Tu me déposes à Saint-Dié ? Je vais passer la soirée avec Laetitia. Sérieux, une hyène ?

— Oui.

— OK. Rien à ajouter. Je te rejoindrai à l'appart pour aller à Clinquey. Début d'après-midi, c'est bon ?

— Parfait. »

Je décide d'appeler Patricia en arrivant à l'appartement pour lui dire que je serai là quand ils rentreront. Que j'ai hâte de les retrouver.

Une hyène : il est temps que je reprenne ma vie en main.

# 59

Nous approchons de la borne d'entrée de Clinquey surmontée de sa collection de panneaux. Dix-huit heures trente s'affichent sur le cadran du tableau de bord. Il fait gris mais il ne pleut pas. Je ralentis.

Chaque accès au patelin est doté de son lot de panneaux foutraques. Les plus bas sont les plus anciens : « Cœur du Texas lorrain », sur un morceau de ferraille troué à la chevrotine de ce côté-ci du bled, et « Diamant d'eau dans son écrin de verdure », juste grignoté par les pluies acides. Au-dessus trône un grand format entre deux âges : « Val de Clinquey ». Le panneau bleu ciel est décoré de petites fleurs tricolores et de tiges de glycine qui s'entremêlent. Il est, à n'en pas douter, plus clinquant qu'une signalisation annonçant « Vallée de la sangsue aux affaissements miniers réguliers » ornée d'une sangsue rescapée d'un coup de grisou. « Val de Clinquey » est cerné de rectangles en plastique plus récents : « Ville vigilante », « Ville d'eau », « Parking de 600 places » ou encore « Village de caractère bien classé dans le classement des villages de caractère ». Ils n'ont pas osé ajouter « Joyau du bord de mer », et c'est à se demander pourquoi. Pas en raison de l'absence de mer, selon toute probabilité. La borne est chapeautée d'un kiosque en métal aux quatre faces gravées. « *CLINQUEY-* » sur chaque face avec son « Haut », « Bas », « les-Hauts » et « en-Forêt » dans le prolongement.

Lire ces indications prétentieuses me renvoie à mon passé trouble de grande perche adolescente tentant de survivre dans ce bled de merde. Je m'ébroue. Je repense à l'appel de Clément-Sournois ce matin. Elle souhaitait m'annoncer que le directeur était dans la panade. Qu'elle n'avait jamais soutenu mon éviction. Elle tenait à ce que j'intègre bien l'information. Patience m'avait paru triste, mais cette femme avait érigé la tristesse en discipline olympique. Le conseil d'administration s'était aperçu d'étranges mouvements financiers dans les comptes. Quatorze mille thermomètres, ça ne tenait guère, comme explication. Et ce raté avec les deux sœurs qui n'étaient jamais arrivées nulle part confortait leurs doutes. En outre, Mathurin se serait confié, et des preuves auraient été apportées. Selon la psychologue triste – ce qu'en tant qu'euphémisme je peux qualifier de pléonasme –, le conseil est, à présent, persuadé que les sommes d'argent détournées ont servi à maquiller les magouilles du directeur. Ce dernier est convoqué à un entretien préalable de licenciement lundi matin. Je ne peux que m'en satisfaire.

Je tourne la tête vers Matthias. Enfoncé dans le siège passager, il semble avoir retrouvé des couleurs idoines. Presque remis de son bain de cactus et autres angoisses relatives aux pigeons et à leurs trous de balle. Il a même été enjoué au début du trajet avant de délirer après son troisième pétard alors qu'on approchait de notre destination. Par exemple, sur le ton de la rigolade, il m'a conseillé de déposer ma candidature pour le poste de directeur du foyer si le tenant du titre était envoyé dans les cordes. Le drôle. Face à mon air dubitatif, sur un ton sérieux cette fois, il a enchaîné sur sa future paternité envisagée. Je lui ai donné envie de se lancer, à l'entendre. Il veut un enfant de Laetitia. Il l'aime. Ces derniers jours l'ont incité à réfléchir. La cache nous a rapporté un peu d'argent, et son emploi de nuit le préservera des réveils intempestifs de sa progéniture. Il est prêt à tenter le coup… Je ne me suis pas étendu sur le fait qu'il ne vit même pas avec sa nana, encore moins sur les méandres de la paternité, je discute avec un fumeur de joints qui a survécu à une chute dans un passe-plat bourré de cactus. J'ai gardé le silence, continuant simplement à conduire vers la terre de mes ancêtres.

La borne passée, nous longeons le quartier de Clinquey-en-Forêt. Ce qu'il en reste, du moins. L'endroit qui a vu s'épanouir Francis Heaulme avant qu'il ne lui retourne la pareille. Face à nous, la misère des mobil-homes laisse paraître, au-delà des arbres, l'ombre claquemurée de la Cité radieuse Le Corbusier.

Nous pénétrons dans Clinquey-Haut à la rue suivante. À ma gauche, la Kaukenne. Derrière la prison que vient de fréquenter ma mère, le cimetière où des squelettes sans tête avaient été empilés un certain hiver précède le parking gigantesque dont la construction avait révélé lesdits squelettes l'année de mes douze ans. Si cela ne tenait qu'à moi, je me garerais ici, à proximité de l'église symbole du gâchis de tous mes Noël d'enfance et assez loin du magasin de mon père, mais Matthias s'oppose vivement à cette proposition.

Après le croisement de la ferme Rose, je m'engage dans la rue pentue du Vieux-Cloué. Gamin, je pensais que ce nom était une allusion, dans la veine second degré clinquine, à Jésus-Christ sur sa croix. Cette artère descend vers Clinquey-Bas où se trouve le magasin de mon père. Nous sommes en avance. La fête ne doit débuter qu'à vingt heures.

Au sortir de la rue du Metse, le parking du plan d'eau n'est plus qu'à une centaine de mètres. C'est le seul parking de Clinquey-Bas, mais il faut être dépourvu de qualités olfactives pour s'y résigner au stationnement : le diamant d'eau a toujours été constitué de matières plus ou moins en putréfaction. Mon père m'a déconseillé de l'utiliser, de toute façon. M'étant adonné à mes premières nages en eau libre dans cette soupe, je me rappelle parfaitement ses eaux corrompues pestilentielles. Je suis donc le déconseil de mon père et m'évite une confrontation avec ce bidet pour mon retour aux sources.

Le bled n'a pas changé. Les mornes façades des commerces abandonnés côtoient les maisons bouffies d'humidité. Les chaussées moussues sont agrémentées de poubelles débordant de bouteilles d'alcool et d'emballages de fast-food. Avec, de-ci de-là, un élément de décor prestigieux qui n'aurait pas été incongru à Nice ou à Las Vegas : une fontaine de marbre, une façade à colonnades de style byzantin ou l'escalier Renaissance qui relie le diamant de Clinquey-Bas au belvédère de Clinquey-les-Hauts.

Peu avant Le Point central, je repère un emplacement de parking possible qui n'est pas réellement un emplacement de parking possible. Le long d'un immeuble dont l'arrière débouche sur le lit de la rivière. Ce qui a longtemps permis à ses résidents d'effectuer leur tri sélectif directement dans le cours d'eau qui ne courait plus vraiment. Une vieille machine à laver dépasse encore de la vase. Je me faufile entre des jardinières d'herbes folles et deux bacs à gravats abandonnés. Le capot en direction de la rue. Non mécontent de m'avoir appris à conduire, mon père m'a également appris à me garer.

J'aperçois la façade miteuse du bar. La taverne du Point central donnait du cachet à la place, par le passé. Clinquey, outre ses multiples quartiers à trois masures, a en plus un Point central. Le Point central du cœur du Texas lorrain avait eu pour particularité de servir l'alcool à la louche dans n'importe quel récipient et d'accepter les vêtements en guise de paiement. Fermé depuis quelques années, il devait sa faillite à l'installation d'un magasin discount remplaçant la gare ferroviaire de l'autre côté de Clinquey-Bas.

M'avançant un peu plus, j'aperçois la devanture de la banque, dans sa blancheur de virginité opulente. En face, le kebab de l'angle, graisse et suie, ne s'appelle pas « Graisse et Suie » mais « Jean-Pierre Kebab ». Le reste du bâti visible est muré. Le magasin de mon père, invisible pour le moment, est de l'autre côté de la place, derrière la fontaine. Il occupe l'ancienne quincaillerie du patelin. Ma mère y a travaillé dans sa jeunesse, avant d'éponger le sang de papa au bal des pompiers. Matthias collé à mes flancs, nous traversons la place. Les vitres de la façade sont noircies. Le fronton est surmonté d'une enseigne « Laurence Scalaires » qui n'apparaît qu'en transparence sous une banderole tirée entre deux fenêtres : « Paëlla offerte par le corps des sapeurs-pompiers de Clinquey. »

Tiens, c'est nouveau, ça. Laurence, mon prénom temporaire transmis à ma plus jeune sœur. J'ai laissé la hache entre deux frigos du foyer alors que j'aurais pu la restituer à ses propriétaires. Merde. Des tables sont dressées devant la fontaine en marbre taché – comme dans mon rêve où je cherchais ma table volée en bord de mer. Nappes blanches, couverts en plastique pour plusieurs dizaines de personnes. Des amuse-gueules à chaque extrémité, quelques bouteilles d'eau pétillante et des cruches d'amicalette. Au centre, deux brûleurs, posés sur des tréteaux, accueillent deux énormes plats en fonte remplis par ce qui semble être la paëlla des pompiers. Molosse, debout près des plats, touille avec une spatule de géant. Une guirlande lumineuse est suspendue au-dessus de sa tête. M'étonnerait pas qu'elle ait participé aux Noël foireux. Il y avait eu la flûte. Désormais la spatule. Ce mec pourrait avoir une fleur en main que je ne serais pas rassuré.

« Tiens ! »

Matthias me tend le cul de la vieille de son sixième ou septième pétard du voyage.

« Non merci. Je suis déjà fébrile. »

À cette seconde, ma mère franchit la porte du magasin. Elle pousse un diable chargé de trois valises. En forme, les joues bien rouges, l'air concentré. La prison lui a fait du bien à n'en pas douter. Matthias semble fasciné par la vision de ma mère. Je lui en ai tellement parlé. Molosse est encore le premier à nous voir ; il en cesse de manipuler la spatule. Ma mère s'arrête : « Oh, DOMINIQUE ! » Elle hurle mon prénom, comme toujours. « Où est ta femme ? C'est pas ton fils, j'espère ? » Elle dévisage Matthias en fronçant les sourcils. « Je vais faire des croque-monsieur ! T'as faim ? »

Ma mère et les croque-monsieur… Toujours un appareil à croque-monsieur à portée de main. Pour ressouder la famille. Comme les cadenas, ça devait relever de la génétique.

Molosse répond pour moi : « Non, c'est le Chinois. »

Elle lâche le diable. Elle me prend dans ses bras et murmure « Mon fils » d'une voix éthérée. M'a-t-elle déjà serré dans ses bras ? Si c'est le cas, je devais sûrement m'appeler Laurent à cette époque. Elle me repousse : « Tu es venu à notre fête, c'est bien !

— …

— Mais entre donc ! Va voir ton père, il est à l'intérieur ! Je dois… Je dois m'occuper de ça. » Elle me montre le diable et les valises. « Va lui dire bonjour, DOMINIQUE ! »

Pensons retrouvailles, pensons famille. Molosse me regarde comme une montagne regarderait un mouflon blessé. Des toasts sont disposés sur le bord de la fontaine. J'ai la bouche sèche.

Papa.

Je me décide. Je pousse la porte du magasin. Je pousse la porte du magasin de mon père en frissonnant.

L'entrée est sombre. C'est exigu. Des aquariums vides sont empilés le long des murs. Des sacs de bouffe piscicoles. Matthias me suit.

« Attends-moi dehors, je préfère. »

Il n'y a personne dans l'entrée. Mon ami fait demi-tour. J'hésite à appeler. Je n'ai pas appelé mon père depuis longtemps. Jamais, peut-être. Pour quoi faire ? Je contourne les aquariums. Un bureau. De la lumière. Je passe la porte et mon père est là. Assis derrière une table dans un réduit de quatre mètres carrés. Une bouteille et trois verres sont posés sur la table. Une tête de sanglier empaillée est accrochée au mur. Un animal innocent qui a croisé sa route, selon toute probabilité. Ni violé, ni drogué cependant, nous ne sommes plus dans les Vosges. Il se lève lorsque j'entre. Un grand sourire éclaire son visage blafard. Une hésitation, puis il me prend lui-aussi dans ses bras : « Ah, Lau… Dominique, je suis content de te voir ! »

Drôle de sensation. Ma tension grimpe. Dans les bras de mon père après les bras de ma mère. L'impression d'être en phase terminale d'une maladie quelconque.

« Oui, papa, moi aussi. »

Sa tête contre ma poitrine une nanoseconde. Il est content de me voir. Je pense AVC de nouveau. J'ai la bouche vraiment sèche, c'est moi qui fais un AVC. Il me serre toujours : l'impression que cela ne cessera jamais.

« Assieds-toi. Tu veux un verre ? »

Il me sert d'office un verre de bourbon. Je n'avais connu mon père qu'avec sa bouteille de vin de Noël, celle qui durait douze Noël. Il vient de me serrer dans ses bras, il me propose de l'alcool fort, ce n'est pas mon père.

« Je veux te raconter quelque chose… »

Je prends le verre. Puisque mon père désire me raconter des histoires, autant boire. Je m'assois.

« Je vais tous les niquer. »

Ouf. C'est bien mon père. Il commence souvent ses tirades ainsi. Je vide le verre d'un trait.

« Ressers-toi si tu veux ! Ce que j'ai à te dire est… T'as jamais vraiment compris, mais… Bon. OK. J'ai tout perdu, Dominique. C'est aussi simple que ça. Pas hier ou avant-hier. Je ferais pas différemment, mais quand même… Ces fichus crânes ! C'était après le changement de municipalité. Je me suis occupé des crânes. Tu te souviens des crânes ? Les Boches, les corps enterrés sous l'église ? Tout a foiré ! Je devrais pas te le dire, mais je te le répète déjà, ils m'ont baisé et toi, t'étais un boulet, et ta mère n'en parlons pas ! Je t'en veux pas, mais ces glandus de merde m'ont accusé d'avoir volé les Boches, même le curé s'y est mis, mauvais genre, volés pour les vendre en déco d'aquarium, t'imagines ? »

Comme souvent avec lui, je n'ai pas tout compris, alors j'imagine. Je croyais que les crânes avaient fini sous la piscine Tournesol mais, effectivement, l'aquarium de l'appartement en avait contenu un. Un beau avec une trace de taillant dans l'occiput. C'était joli avec les guppys qui se baladaient dedans.

« Attends, regarde ! »

Il ouvre un tiroir et fouille l'intérieur. Je l'observe avec attention. Je lui ressemble beaucoup. Extérieurement, il est plus petit. Intérieurement, il a toujours été en travaux. Je scrute la photo qu'il me tend. C'est une photo de lui. Plus jeune. Il est accroupi devant une remorque accrochée à sa voiture d'auto-école. Je distingue la publicité de l'école sur le hayon. La remorque est remplie d'ossements.

« C'est avec ça qu'ils m'ont tenu pendant toutes ces années. Des photos. C'est la nuit où j'ai ressorti les crânes de la piscine Tournesol… Ils avaient passé au rouleau compresseur le reste, les corps, et ils ont tout mélangé quand ils ont refait la route de Brieux, mais, à cause du curé je crois, ils ont pas osé faire pareil avec les crânes. J'étais l'homme à tout faire de la municipalité, tu sais ! Et quand ils ont senti qu'ils allaient perdre les élections, ils m'ont demandé de tout déplacer. C'est le cinquième adjoint qui a pris les photos. Je le savais pas à l'époque. Ensuite, les photos ont commencé à circuler… J'étais au conseil municipal, et j'étais pompier. Le conseil d'administration de l'immeuble était aux mains du beau-frère du maire. Les auto-écoles de Conflux, comme celle de Clinquey ou de Brieux, tournaient avec les fonds du Rotary…

— Tu…

— Tais-toi. C'est déjà assez difficile comme ça de te parler. J'ai chargé ces fichus crânes tout seul, et puis y avait eu ce connard que j'avais raté quand j'étais pompier, le début d'une vraie galère, et tout m'est tombé dessus ensuite. Mis sur la touche par les pompiers, ça, tu le savais, j'ai été viré de l'auto-école peu après ton départ. Ils se sont servis des liquides que je piquais, l'huile, l'essence, puis le syndic m'a mis dehors. Comme si j'avais tué tous ces crânes ! Je pense que si y avait pas eu ta mère et sa grande gueule, je me serais peut-être retrouvé dans le plan d'eau…

— Mais pourquoi ?

— Oh, arrête avec tes questions débiles ! T'étais parti à ce moment-là, tu t'occupais de tes délinquants ou je sais pas qui. Je suis retourné bosser en forêt. Pas le choix. Avec l'oncle Albert. Plusieurs années à malaxer du hérisson. C'est l'année dernière que la veuve du cinquième adjoint m'a contacté. Elle m'a raconté ce qu'avait fait son mari et pourquoi. Pas pour me faire chier, moi, pour les faire chier eux. Mais ça avait pas marché ! Eux, ils ont pas bougé, et son mari, c'est lui qu'a fini dans le plan d'eau… Ils ont un autre mec, tu sais, pour le ménage, un autre que moi, un cousin du Coincoin, un méchant : c'est au moins le troisième qu'il met dans le plan d'eau. Bon, la veuve voulait me rendre les négatifs et me financer si je revenais à Clinquey pour y remontrer ma gueule. J'ai pas hésité et j'ai ouvert ce magasin au Point central. Pour les faire chier, déjà ! C'était ce qu'avait voulu faire l'adjoint : les faire chier, mais ça avait pas marché. Je les ai fait chier donc, mais pas assez. Avec ta mère, on gagnerait plus le concours des balcons fleuris. Aujourd'hui, c'est la vitesse supérieure…

— Et tu…

— Et je rien. J'ai récupéré les négatifs et tout le bordel le mois dernier. Et plein de photos de cette nuit-là. C'est la dernière celle-là. Je voulais te la montrer avant de la déchirer.

— Pourquoi ?

— Pour que tu voies les trucs à la con que j'ai dû faire pour vous. T'as toujours pensé que j'étais qu'un branque. T'as jamais su ce que j'avais dû faire pour rester à flot dans ce bled de salauds ! J'ai essayé d'avoir ma part du gâteau, mais c'était une pizza surgelée et tout le monde avait déjà croqué dedans… Bien sûr, toi, tu pouvais pas piger ! Quelle merde. On peut dire que tu nous auras tout fait… »

Je me ressers un verre de bourbon.

« Au moins, toi, t'es parti ! Le truc le moins con que t'as fait. Ma seule consolation. J'étais soulagé, la vache. J'ai vraiment été soulagé de te voir partir ! T'as réussi à faire ce que j'ai pas réussi à faire jusqu'à aujourd'hui ! Se barrer d'ici ! Tout le monde est gris dans le coin, tu le sais ? Les salopes sont grises, les fils de pute aussi, les suceurs, les menteurs et les égarés, tous ces bourges… Tous gris ! Costumes gris, chemises grises, âmes grises, argent gris. C'est la vengeance, aujourd'hui ! Avec de l'agneau, puisqu'ils ont foutu de l'agneau dans cette foutue paëlla. Il est temps, comme dit ta mère… Merde, être dans ce magasin, c'était pire qu'être dans les bois avec l'Albert. Mais l'autre pine d'huître s'est pointée, celui qui voulait tuer ton pote le Chinois. Pour m'acheter des scalaires. J'avais jamais autant vendu de ces poissons de merde. Pour les envoyer à des handicapés, qui m'a dit, complétement cintré le mec. Puis il m'a montré le papier de ton copain, les champignons hallucinogènes. On venait de voir un reportage au JT de TF1. Sur Danvé. Danvé aux USA. Ils légalisaient cette merde là-bas. Les psilos, que ça s'appelle. Dix heures de transe à se bavouiller dessus. Comme un signe. Un bon signe, parce que le deuxième, c'est que tu t'es pointé avec l'autre bozo dans les bois et que je me suis retrouvé à ramper dans une galerie… Tout pourri, ce deuxième signe, tu peux me croire. Tu vois, tu m'énerves ! Bon, l'idée d'organiser la fête est venue de ta mère. Voilà. T'es content ?

— Content de quoi ? Tu lui as filé une hache, au mec ?

— Quoi, une hache ? À qui ? Au mec des scalaires ? Pourquoi faire ? Avec des scalaires, t'as pas besoin de hache, plutôt d'un bon vermifuge ! »

Je regarde mon verre avec perplexité, il est encore à moitié rempli.

« Et tu l'as revu, ce mec ?

— Non. Pas au fond de la mine en tout cas ! »

Je fais tourner le liquide ambré dans le verre.

« Y a pas de champis dans le bourbon, t'inquiète, sois pas idiot, le bourbon, il est pas offert par le corps des pompiers ! Ils sont tellement contents de nous voir partir qu'ils nous ont proposé le matos et leur savoir-faire, les anciens collègues… Pour ça que j'ai mis la banderole. Pour les remercier. »

Je vide mon verre.

« C'est gentil.

— C'est ça, gentil. Faire plaisir. Ma mère me disait souvent "Si t'es pas dans le plaisir quand les invités passent, tu le seras quand ils trépassent !" Ils vont tous venir, tu sais ! Sauf le cinquième adjoint, bien sûr, mais les âmes grises : toutes. La fin des antivols et des coups de fusil dans le patelin ; pour rien au monde ils manqueront la soirée ! On fout le camp.

— Sans rire ?

— C'est ça. Sans rire. Ta mère t'expliquera si tu veux. »

Je me ressers. J'en ai besoin. Je me sens merdeux, pas une sensation nouvelle face à lui, mais merdeux différemment. Mon père, cet incompris. Mon père, ce balsa.

« Si t'as des questions, tu te les gardes pour elle.

— Je n'en ai qu'une.

— Prends le pognon pour ton pote, plutôt, et te complique pas la vie. » Il me tend une enveloppe. « C'est ta mère qui… Recompte.

— Une seule question. »

Des questions, j'en ai tout un paquet. Des questions embrouillées, emmêlées ou enfoncées dans mon crâne. Hargneuses pour la plupart. Le fric de notre excursion. Je compte. C'est bien. Que des billets de cinq ou de dix, mais c'est bien.

« Voilà pourquoi ton départ m'a soulagé. Pose-la, ta question. »

Il soupire.

« Pourquoi vous m'avez offert un pouf à la place d'une mobylette pour le Noël de mes quatorze ans ? »

Il devait s'attendre à pire. Il paraît tomber des nues. Une question simple, une réponse simple, tout ce que je désire.

« Ben, parce qu'il était à la cave ! »

Dire que j'avais pensé lui demander pourquoi il m'avait prédit que j'allais mourir avant lui. Il se lève et sort en me tapotant l'épaule. Je m'envoie une dernière rasade de bourbon en regardant le sanglier.

# 60

Devant le magasin, l'affluence commence à se faire sentir. Le paternel a raison, ils semblent être tous venus. Je rejoins Matthias.

Le val de Clinquey, l'immonde vallée de la sangsue, avait été le goulet d'étranglement de tout ce qui se perdait au sud du Benelux. Clinquey, le cœur de l'infâme Texas lorrain, avait été l'arrière-salle dans laquelle l'argent des mines de fer avait été compté et recompté et empoché pendant que le panorama alentour se transformait en un triste Mexique lorrain, où l'argent de tous les trafics avec le même Benelux avait été ensuite compté et recompté et empoché, et souvent par les mêmes.

Ces initiés, les spécialistes du gavage, semblent tous rassemblés sur la place du Point central pour cette soirée de kermesse-paëlla. En costume sombre pour la plupart, robe d'apparat pour leur moitié boulotte lorsqu'elle est encore de ce monde ou, le cas échéant, des ensembles plus légers pour leur secrétaire la remplaçant. Parmi l'assemblée, je reconnais presque tous les notables incontournables des trente dernières années du bourg.

En premier lieu, les deux anciens maires près de la fontaine, l'un toujours à la tête d'une entreprise du BTP plus que suspecte, et l'autre devenu sénateur après avoir initié toutes les magouilles possibles de ce côté-ci du monde. À proximité, l'éternel chirurgien de l'hôpital Slip qui a permis à tant de familles de faire un deuil plus rapide qu'annoncé, voire plus rapide tout court. Avec lui, pérorant devant un petit auditoire, le banquier, dont la banque à la façade immaculée orne l'autre côté de la place, spécialiste des prêts à l'emporte-pièce et des remboursements à l'arrachée. Et le capitaine des pompiers, dont le fils, pyromane, a été un temps accusé de fournir du travail à son père. Un peu à l'écart, l'architecte du patrimoine et sa femme – le géniteur de cette dernière était l'architecte en chef qui avait su convaincre Le Corbusier de construire une Cité radieuse dans un bois brumeux. Déjà installé à une table, l'agent immobilier, un nabot à la peau verruqueuse, à qui l'on devait, sur le papier et sur les panneaux, la transformation de la sangsue en écrin de verdure truffé des pépites ourdies par tous ces bâtisseurs visionnaires. Au bout de cette même table, le commissaire, émacié et jaune, résistant depuis vingt ans à un cancer du foie et des autres glandes. À ses côtés, le dentiste et l'entrepreneur des pompes funèbres. Tous trois avec leur épouse. Le directeur du supermarché, pas de celui qu'il aurait pu ouvrir à la Kaukenne sans l'opposition de ma mère et de sa milice, mais de la supérette discount de Clinquey-Bas, et le pharmacien complètent ce petit groupe. Celui-ci a aussi eu son histoire trouble dans les années 1980. Sa femme avait accouché de leur cinquième enfant à la clinique des Mines, et le petit dernier s'était révélé bien sombre pour la lignée. L'apothicaire, écoutant ses doutes, avait alors décidé de faire un test de paternité qui lui avait appris, dans l'ordre, que ce bébé n'était pas de lui et que les autres non plus, puisqu'il était stérile depuis l'enfance à la suite d'une méningite. Oups. Heureusement, le notable avait été soutenu dans cette épreuve par la municipalité, car Clinquey avait davantage besoin d'un pharmacien distribuant des antidépresseurs que d'un routier, d'un plombier et d'un vendeur en électroménager coupable de jumeaux. Sa femme, clairement malchanceuse malgré un art consommé du mensonge, avait ainsi eu droit à une ordonnance à vie pour réduire ses pulsions à leur plus simple expression, tandis que leurs enfants avaient bénéficié, quant à eux, d'une orientation vers des études lointaines. Assise à côté de lui en cette tendre soirée, elle ressemble présentement, en terme de vivacité et de lueur dans le regard, aux pigeons que nous avons zoqués à Raon.

Ils sont donc tous là. Ceux qui se sont servis de mon père, qui l'ont avili, motivé, défrayé avant de s'en débarrasser un beau matin. Ils se pressent pour l'étreindre. Mon père se laisse faire. Ce qui achève de me convaincre qu'il a bien préparé son affaire. Jamais personne n'a étreint mon père sans être hospitalisé dans la foulée. Il sourit même à certains.

Je me détourne du spectacle. Matthias discute avec Molosse. J'ai l'impression qu'ils finissent un joint ensemble. Les premières assiettes, bien garnies, sont servies. Je m'apprête à aller vers eux, le bourbon fait son œuvre dans mon organisme quand je vois ma mère venir vers moi, le diable vide. Elle fend l'assemblée des convives comme une boule de bowling. Je n'évoque pas sa masse corporelle en disant cela, mais le côté dangereux d'une boule au milieu de quilles vieillissantes. Si l'une d'elles hasardait une remarque, tout sénateur ou chirurgien qu'elle soit, elle ne pourrait ignorer le risque de se retrouver avec un antivol autour du cou accroché à un poteau de Clinquey-Bas.

« Ils sont tous garés au plan d'eau, me dit-elle en s'approchant. J'espère que t'y es pas ?

— Non. Je suis dans la rue plus bas.

— Bien. Nous aussi. » Elle baisse d'un ton. « Je viens d'enchaîner l'accès au plan d'eau. J'ai mis tout ce que j'avais. » Elle me fait un clin d'œil. « Viens à l'intérieur, je vais te faire des croque-monsieur. J'ai installé l'appareil dans la remise. J'irai fermer quand tout le monde sera arrivé, hihi ! »

Je la suis.

« Alors ? T'es pas venu avec ton fils ? T'as bien fait ! »

En tant que grands-parents, mes parents conservent la ligne de conduite qui avait été la leur en tant que parents. Une ligne en eau profonde. Elle ouvre la porte du réduit. La bouteille et le dernier verre propre sous la tête de sanglier.

« Il t'a dit, ton père ? Il a un peu éclairé ta lanterne ? C'est bien que tu sois venu. Tu veux un verre ? Je vais en prendre un moi aussi. »

Elle se penche derrière le bureau, sort une bouteille de Chardonnay entamée. Ma mère qui désire boire un verre avec moi ? La situation me renvoie à mon père lisant mon livre de grammaire. Une exception qui confirme une règle invariable. De ma vie, je n'ai jamais vu ma mère boire un verre d'alcool.

« Il t'a dit qu'on part ?

— Oui. C'est vrai alors ?

— Oui, dans une heure ou deux. Notre avion décolle à minuit. »

Elle sert deux verres de vin. Elle a l'intention d'en boire un. Elle va prendre l'avion. Ce n'est pas ma mère. Faudrait voir si ce clone aime Leny Escudero.

« On a vendu l'appartement. Les voisins de l'autre entrée ont rajouté 10 % pour nous voir partir. Tellement contents qu'on les a invités ce soir…

— Je suis étonné.

— Tu peux. Nous aussi, on s'étonne ! On aurait dû le faire avant. On avait d'abord l'idée de mettre du cannabis dans la paëlla. Mais si c'était pour les faire dormir… Et les autres drogues dures auraient pu leur faire plaisir, sans compter qu'y avait un risque de remonter jusqu'à nous, alors qu'avec les psilos tintin… La bonne idée ! À la télé, ils ont affirmé que les overdoses étaient impossibles et les mauvais délires, quasi assurés. J'adore. De toute façon, les pompiers seront là et c'est leur paëlla ! Ces cons ont insisté pour nous l'offrir. Tu mets de l'agneau dans la paëlla, toi ? Réponds pas, c'est bien possible que t'en mettes. T'as vu qui était dans la file du service quand je suis revenue ? Le grand con. L'organisateur des balcons fleuris ! Ce salopard m'a privée de mon prix sans raison. J'aimerais bien rester pour voir la suite, mais bon, on va pas prendre de risques : je sors juste de prison.

— Tu as bonne mine. »

Ma mère, au milieu des portes fermées, des verrous et des menottes, pouvait difficilement avoir souffert.

« Ah, tu sais faire des compliments, toi ! Tu peux appeler ton copain s'il veut des croque-monsieur.

— Il aide Molosse. Qu'est-ce qui s'est passé ? Pourquoi tu t'es retrouvée en taule ?

— Oh ça. Ils ont pas aimé que ton père revienne à Clinquey pour ouvrir son magasin. C'était le but. Ils ont tout essayé, et je les ai bien embêtés aussi, et puis, depuis six mois, ton père a pris l'habitude d'ouvrir à cinq heures du matin avec la musique à fond ! Boby Lapointe, *La Maman des poissons* en boucle, alors ils ont ressorti cette vieille affaire.

— Laquelle ?

— Celle du bulldozer ! Les bisbilles avec le supermarché pour me faire porter le chapeau. Les salauds. Facile. Avec la Milice de la bienveillance, on leur a fait la misère. Je peux pas le nier, mais c'était des peccadilles, des feux de broussailles, quelques insultes et des immobilisations de véhicules. J'avais le droit de pas vouloir un supermarché sous mon balcon, de Dieu ! Finalement, ils se sont servis de la location du bulldozer pour essayer de me coller la destruction de supermarché sur le dos. C'était pour niveler les pelouses, que je leur ai répété. Un jeune l'a piqué, j'ai ajouté ! Mais j'ai pas été entendue tu penses bien. Le juge est un fils Mivisse, celui qui mangeait de la peinture petit… J'ai eu des circonstances atténuantes, remarque, mais aussi des aggravantes. Le plus drôle, c'est qu'il m'a proposé de faire un court séjour en prison ou de m'engager à plus jamais enchaîner qui que ce soit à quoi que ce soit dans l'intérêt général. Je lui ai dit qu'il pouvait se caler son intérêt général au fond de son petit fion de suceur de Dulux Valentine. J'ai pris vingt jours… Clinquey veut plus de nous, on veut plus de Clinquey.

— Et c'était vrai ?

— Tu as toujours le chic pour poser des questions déplacées. À ton avis ? Ton père avait pas pu me trouver une catapulte cette année-là… En tout cas, le chantier a été abandonné après, alors ça valait le coup ! Ils ont même replanté du colza dans le champ, mais avec la catapulte, ça aurait été mieux, quand même. Tiens, prends un croque-monsieur ! Tu finis pas ton verre ? »

Nous mangeons en papotant sous l'égide du sanglier. Mon père débarque quelques minutes plus tard : « Jénie, ils sont tous servis ! » Il gueule comme le capitaine d'un bateau qui aurait réussi à enfermer tous les passagers dans la salle de bal et qui descend le seul canot de sauvetage alors que le bateau n'a subi aucune avarie pour le moment. « Et certains en reprennent déjà ! » Il sourit comme je ne l'ai jamais vu sourire. Un canot de sauvetage à réaction. Il va falloir penser à partir…

Il s'engouffre dans l'espèce d'appentis qui jouxte le bureau et en ressort les mains chargées d'outils de jardin, pelles, râteaux, binettes et autres hachettes : « C'est des restes de la quincaillerie. S'il leur prend l'envie de jouer avec des outils… » Il me caresse le coude. « Il paraît que les hallucinations peuvent être violentes au-delà de cinquante champignons et, avec ce que nous a filé ton copain, il y en a au moins cent par portion ! J'ai goûté, ça se sent même pas, mais avec l'agneau, c'est pas étonnant, hein ! Tiens, va mettre ceux-là dehors ! J'en sors d'autres. »

Il me tend des pelles et des fourches. Ma mère m'accompagne. Quelques cris étranges commencent à se faire entendre.

« Je vais aller boucler le parking ! J'ai mis des chaînes de section de 20 et mes cadenas blindés ! Ton père me les a ramenés du Luxembourg. Ils s'y connaissent, en verrous, les bourgeois de luxe, je te le dis ! C'est du très bon matériel. Comment ils disent dans la pub pour la sécurité routière, déjà ? "Si tu tiens à tes amis, ne les laisse pas conduire rôtis !" C'est valable pour les ennemis aussi, à mon avis ! Ah tiens, j'ai un cadeau pour ton fils, j'en ai trop de toute façon. »

Elle fouille ses poches, et sa main en ressort avec un cadenas. Un cadenas en plastique transparent muni d'une chaîne tout aussi transparente qui semble sortir de la culotte de la reine des neiges.

« Il est beau, non ? Et solide, tu peux me croire. Ils sont forts, ces Chinois. Le répète pas à ton père ! »

Vasodilatation de tous mes capillaires, le mélange bourbon-chardonnay opère. Je me souviens de Patti inquiète parce que Léon n'arrête pas d'égarer son doudou. À coup sûr le problème est en passe d'être résolu.

« Il faut partir, ma grosse », lance mon père qui continue de sortir tout un paquet d'outils contondants.

Elle répond : « On y va. Attrape l'enseigne aussi. Là où on va, tu t'appelleras peut-être Jean-Pierre… »

Dire qu'ils se comprennent, ces deux-là, c'est merveilleux. Nous restons quelques secondes à profiter des uns et des autres alors que l'air ambiant semble devenir électrique autour de nous.

« Bon, mon fils, c'est pas que… »

Pas question de s'éterniser, c'est sûr.

« OK, maman. Je vous embrasse alors. » J'embrasse ma mère. « Profitez bien de votre voyage. »

Je touche l'épaule de mon père qui achève d'arracher l'enseigne.

« Ouais, salut, Lau… Euh, salut ! »

Ma mère fait une grimace aux dos attablés, mon ultime vision d'elle. Molosse racle les plats pour servir les derniers en quête de rab. Matthias a l'air complètement fumé. Je range mon cadenas invisible au fond de ma poche.

« Matthias, on va se tirer.

— Attends, Kévin me sert un fond de paëlla dans un Tupperware. »

Kévin. J'avais oublié le prénom de Molosse. J'acquiesce en regardant mon pote avec intensité. C'est dans ces instants-là que je prends pleinement conscience que la chance tient une part essentielle dans notre association de malfaiteurs.

« Tu vas en prendre ?

— Et comment !

— Tu ne dois pas voir Laetitia ?

— Je lui dirai que je suis fatigué si je suis fatigué, ou pas, si je ne suis pas fatigué. Je me suis fait balader avec ce matos, et je ne suis pas prêt d'aller en recueillir. Pas de nouvelles de Maurice, sinon ?

— Mon père le pense perdu dans l'affaissement.

— Il est pas venu, en tout cas, cet enculé. Je pourrai même pas me venger. Merci, Kévin. Je t'envoie par mail lcs tutos dc flûtc ! »

La montagne semble ravie. Matthias poursuit en me montrant le Tupperware : « Je t'en filerai si tu veux ?

— Non merci.

— T'es moins fun depuis que t'as retrouvé les deux sœurs. Il est temps que tu retournes auprès de ta femme, je pense.

— Probablement. Grouille-toi ! J'ai l'impression que ça commence à s'agiter dans l'assistance. »

Parmi les convives, les expressions sont de plus en plus ahuries ou déphasées.

« Des champignons dans la paëlla, ils ont pas de limite, dans ta famille ! C'est bon, en plus, j'ai goûté ! Attends un peu, je vais prendre une bière et des couverts en plastique. Je mangerai dans la voiture. »

L'un des convives s'est approché. Il tient son assiette mollement. Je crois reconnaître l'ancien proviseur du lycée. Il tente d'attraper le bras de Matthias et se met à ahaner : « Poulet ? POULET ! POULET !

— T'as raison, il faut pas s'attarder. »

Trois quarts d'heure se sont écoulés depuis le premier service. L'acide se diffuse visiblement dans les esprits. Nous voyons Molosse prendre la tangente sur une toute petite moto. Trois ou quatre gars s'approchent des outils de jardin et les regardent comme s'ils étaient vivants. Ils le sont probablement pour eux. Une femme sauce la paëlla à même le plat, c'est celle du pharmacien, sacrée langue. Elle monte dedans l'instant d'après et s'y assoit en grésillant. À quelques mètres, l'ancien commissaire est en train de flipper grave sur sa chaise. Les notables sont en passe de voir Clinquey-Bas comme ils ne l'ont jamais vu. Avec des couleurs, une faune fantasmagorique, une flore vivante et des visions terribles contrastant avec leur vie chiante. Le sol mou sous l'air dur pétrit leurs synapses frétillantes, leur monde s'éclaire au psychédélisme. Un tumulte débute du côté de la fontaine. Un homme s'écrie : « Les araignées, faites attention aux araignées ! » en arrachant sa veste de costume. Un autre se mord les mains.

« Putain, je t'avais dit que c'était du lourd. Regarde ! »

Je regarde. Les visages sont devenus crayeux. Les yeux, injectés de sang. Des verres se renversent, un type enlève ses chaussures pour y mettre le feu. Un autre, son pantalon, il a un string en dessous, il le retire, il pète la forme. J'ai déjà vu des grosses fêtes en cet endroit, quand le bar du Point central ouvrait les robinets pour les pimpins du bourg, mais celle-ci s'annonce d'un autre calibre, le genre « ultime exploit avant la déconstruction ». Nous quittons la place à reculons alors qu'une femme à quatre pattes sous une table est en train de vivre un rodéo intérieur.

J'attache ma ceinture à la va-vite et allume le contact. Matthias s'est assis avec son Tupperware sur les genoux. J'enclenche la vitesse alors que deux hommes surgissent subitement de l'angle de l'immeuble. Courant à fond les ballons, ils passent devant le pare-brise en agitant leurs bras en tous sens. Peut-être poursuivis par leurs pires fantômes. Le souci avec la psilocybine, son point fort également, ce qui en fait son charme en tout cas, c'est qu'elle peut donner lieu à des joies diverses, hélas traversées par une certaine appréhension liée aux aléas des hallucinations.

Le grand jeu de couleurs contrastées qui n'existent pas, les musiques extraterrestres, la projection des peurs, les insectes baroques, l'absence de lignes droites et les ondulations de l'environnement pendant des heures et des heures… L'acide de ces champignons allume tout ce qui peut l'être dans des zones ignorées du cerveau. Ces synapses jamais connectées qu'il relie soudainement et de façon anarchique au disque dur central en un circuit en évolution constante. Chez des vieux qui n'ont jamais fonctionné qu'au picrate et aux anti-dépresseurs, l'effet se doit d'être remarquable. Si je poussais un peu, j'affirmerais que la consommation de tels produits par des seniors déliquescents n'est guère conseillée, mais je ne suis pas mon père. Une femme, vieille bourgeoise au manteau déchiré, l'étole traînant au sol, passe à son tour l'angle de l'immeuble avec la tête de sanglier dans les bras.

Je démarre en souplesse. Matthias décortique sa première crevette. Des cris résonnent à présent. Un râteau vole et s'écrase à une dizaine de mètres de la voiture. Les deux mecs reviennent à toute blinde. Le premier, presque entièrement nu, poursuit l'autre qui couine comme un porcinet – l'architecte, au passage. J'écourte la checklist pour enclencher la seconde et prendre de la vitesse. L'assaillant se désintéresse alors du gros sac en costume de ville qu'il poursuit et bifurque vers nous. Probablement un mec qui a repris de la paëlla. Armé de ce qui semble être la spatule de molosse, il se met à courir derrière la voiture. Les derniers feux du soleil brillent au-delà de la forêt d'Automne qui surplombe le plan d'eau. Je franchis le pont du Boigot et remonte vers Clinquey-Haut que le mec est encore derrière nous dans la côte du Vieux-Cloué. Je respecte l'effort. Surtout après un repas si copieux.

Alors qu'il rapetisse enfin dans le miroir du rétroviseur, je remplace mentalement, en persistance rétinienne traumatique, l'image de ce père avalé par la forêt avec un chalet de chasse par celle d'un père trinquant avec moi en me racontant ses déboires.

La borne aux multiples informations délirantes annonce la sortie du village. Matthias allume le poste : « Ça monte, mec, putain, ça monte déjà ! »

La voiture sent la paëlla et mon haleine, le bourbon.

« Tu peux éteindre tes phares, s'il te plaît ! »

Il fait presque nuit. Je n'ai aucune raison valable d'éteindre mes phares sauf à vouloir m'encastrer quelque part. Je soupire. Il sort une bouteille de bière de son sac, la décapsule.

« Je me demande si tu n'as pas un problème de boisson en plus ? » lui fais-je remarquer.

Il se fige et je crois une seconde qu'il va me fracasser la bouteille sur le crâne. Un regard furibard d'illuminé. Puis, se relâchant d'un coup : « Ah, boisson ! Bois-son ! Ah d'accord, j'avais compris pois-son ! »

Le voyage me paraît déjà long.

Plus loin, il crie : « Tu l'as vu l'alpaga, là ? L'alpaga là, ahahahaha ! »

Au sortir de la vallée de Monboeuf : « Là-bas, au fond près du moulin, PUTAIN, le MOULIN des ELFES, oh là là les elfes ! » en me tendant son bras dans la figure. Le Tupperware est vide. Il n'a pas touché à la bouteille. Le volume de la musique est réglé au minimum. Il me dit vouloir entendre les bruits de la forêt. Me le répète vingt fois.

Peu de temps avant Nancy : « Y a une bête ! » Je sursaute. Il m'a fait peur, ce con. Il bondit sur la banquette arrière par un saut de cabri et se met à sangloter contre la portière.

Je le dépose à Saint-Dié-des-Vosges quarante minutes plus tard. Devant chez Laetitia. Il a insisté. Il me demande si j'ai le Taser à cause des insectes géants. Je tente une dernière fois de le dissuader de débarquer sous acide chez celle qu'il espère convaincre d'être la mère de ses enfants. Il cherche une lampe de poche. Je renonce. Il s'échappe dans la nuit.

Seul au retour jusqu'à Raon, la musique à fond, je ne peux m'empêcher, au regard de la prestation de Mathias avec sa petite portion, d'imaginer Clinquey au même moment.

Les pompiers doivent être occupés.

Un nouveau panneau sera probablement à ajouter sur les bornes : « Bourg de la déboîte » ou « Mangez-moi, mangez-moi ! »

Au conseil municipal de trancher.

# 61

« Hello, dit Patricia, entrez, entrez vite. Que je suis contente de vous voir ! Presque un an qu'on ne s'est pas vus, non ? Dom n'est pas encore revenu du boulot, mais il ne devrait plus tarder. Oh, Laetitia, tu es magnifique ! Tu es à quel mois ?

— Salut, ma belle. Au sixième. C'est pour février, avant le 18 j'espère… J'aimerais qu'elle soit Verseau comme moi.

— Ah, c'est une fille ? Formidable. Une fille, c'est bien ! Le monde manque de filles.

— Le monde manque de salons de coiffure aussi, on pense donc l'appeler Tiffany ou Hermine…

— Très drôle. »

Patricia passe la main sur le ventre de sa copine enceinte avec une tendresse non feinte. Matthias se trémousse derrière avec une bouteille de vin dans une main et un sac de sport dans l'autre : « Alors, Patti ! Comment va ? Toi aussi, tu es rayonnante !

— Oh, tais-toi ! Je croyais que tu avais arrêté la drogue, mon petit bonhomme ? Je plaisante, hihi, et oui, c'est vrai que j'ai perdu quelques kilos. Léon ! Léon, viens dire bonjour à nos invités. »

Léon, deux ans passés, arrive timidement à la porte du salon. Il ressemble à son père, tout le monde le dit. Le côté andouille en moins pour le moment.

« Mon papa l'est pas là ! dit le petit en s'avançant. T'es qui toi ?

— Un ami de ton papa. Je m'appelle Matthias et elle, c'est Laetitia, ma femme.

— Elle a gros bidou ! Papa l'est pas là ! »

Bon, pour le côté andouille en moins, c'est à voir. Laetitia sourit. Patricia lui prend son manteau : « Il n'y en a que pour lui en ce moment. Les gosses sont injustes, mais bon, je ne veux pas vous dégoûter.

— Je te remercie. Elle est drôlement sympa, votre maison.

— On a déménagé ici peu de temps après votre départ. On en avait marre de l'autre qui sentait encore la vodka-Red Bull. Elle fait deux cents mètres carré sur trois étages. On loue, hein, on n'est pas devenus cons. On est à quelques minutes du centre-ville de Saint-Dié, et puisque Dom a des astreintes maintenant, c'est plus simple. Et vous, vous avez trouvé un endroit agréable ?

— Oui, un grand appartement, répond Laetitia. La mer est de l'autre côté de la rue, et la maternité, à cinq minutes.

— On y est bien, poursuit Matthias. On a même une piscine dans la copropriété. Mais vous aussi, non ? Dom m'a dit qu'elle était tout près.

— Dans l'autre pâté de maisons. Je m'y suis mise moi aussi. Heureusement qu'elle n'est pas ouverte la nuit, parce qu'il irait y nager…

— Tu m'étonnes. Tout directeur de La Dent du diable qu'il est, s'il pouvait vivre en maillot de bain, ce con, il le ferait ! En tout cas, si on m'avait dit qu'on en serait là l'année dernière, j'en aurais ri à me pisser dessus. Dom directeur, je veux dire…

— C'est toi qui lui en as parlé, Matt !

— C'était une blague, Patti. J'avais peur qu'il s'incruste définitivement dans mon clic-clac. Je le voyais plutôt maître-nageur, pas directeur…

— Oui. Il m'a aussi surprise. »

L'entrée est haute de plafond, lumineuse et chaleureuse. Matthias avise un détail sur le mur, se fige subitement : « Nooooon, mais c'est la bouée ! »

Accrochée sous une margelle, presque invisible : la bouée croquée par le monstre des profondeurs.

« Oui. Et si je l'avais laissé faire, elle pendrait au milieu du salon. » Patti soupire. « Mais bon, son père collectionnait les animaux empaillés. Je ne m'en sors pas si mal. On va boire un coup, ça va le faire venir ! Prenez place, je vais chercher de quoi faire. »

Ils s'installent dans le canapé du salon, une belle pièce de facture classique, Léon joue sur un tapis de route en mousse. Il organise la vie d'animaux de la ferme sous un poster de Mudhoney où des gars hilares recouverts de boue ressemblent eux-mêmes à des gosses. Son regard croise celui de Matthias : « Mon papa l'est pas là ! »

Patricia revient avec un plateau et une bouteille de champagne.

« Tu te répètes, petit bonhomme.

— Ça a l'air de rouler, on dirait ? demande Laetitia.

— Oh oui, confirme Patricia. La crise est loin ! Je vais vous dire un truc avant qu'il arrive, pas la peine qu'il ait vent de ça, sinon je vais en entendre parler jusqu'à la fin de mes jours, mais je n'aurais jamais cru qu'il soit un aussi bon père. Vraiment, il assure… Et nous deux, on s'est vraiment retrouvés. Depuis le déménagement. Comme au début. Bon, je ne vais pas vous embêter avec ça. Laetitia, j'ai trois jus différents : pomme, goyave ou multi, et j'ai ramené du champagne mais j'ai aussi du bourbon, de la bière ou du pastis, Matt. Ah zut, les glaçons !

— Mets-moi un bourbon bien tassé, s'il te plaît », répond Laetitia tandis que Matthias écarquille les yeux. « Je plaisante, mon amour, roule-moi un joint, plutôt ! Hihi… Monsieur est devenu super soft depuis que je suis enceinte. Mais vivement dans trois mois, que je puisse me bourrer la gueule un bon coup ! »

Un bruit de moteur se fait entendre, une porte de garage qu'on ouvre : « Ah, le voilà, fait Patti.

— Papa, papa, papa ! se met à hurler Léon.

— Matthias, champagne, c'est bon ? J'ai des noix de cajou, également, et des chips.

— Parfait. Une petite flûte. »

J'entre dans la pièce sur ces entrefaites.

« Moi aussi, une petite flûte, et sans Molosse au bout. Ah, mes amis ! »

Je prends Matthias dans mes bras. Le soulève quasiment : « Ah, mon pote ! »

Je ne l'ai pas vu depuis qu'il a déménagé. Laetitia venait juste d'apprendre sa grossesse. J'avais déjà postulé au poste de directeur. Après une série d'entretiens constructifs avec les membres du conseil d'administration, une évaluation fine de mes diplômes et de mes expériences, j'avais eu le poste juste avant leur départ. Les autres candidats devaient être gluants. L'ancien patron avait été viré en douceur, pas de publicité négative pour le bien de tous. Il avait retrouvé du boulot en région lyonnaise dans un IME d'une association de parents. Nous nous étions partagé les dix-huit mille euros de la cache, plus l'argent donné par mon père pour les champignons. Que de souvenirs.

La cache et le bureau en haut du donjon sont désormais à moi. Je n'en ai aucunement modifié la décoration tape-à-l'œil suédoise. Juste accroché une reproduction des trois *Mondes* d'Escher à la place de l'écran géant redescendu dans la salle télé du groupe 2, et j'enfile un costume chaque matin dorénavant. Ma seule concession au monde des affreux.

Matthias fait un pas en arrière sans me lâcher « La vache ! T'es classe, mon con ! »

J'ai des Doc Martens dix-huit trous quand même, un boxer Ramones sous mon pantalon Boss – cadeau de Patti – et toujours une bouée dans ma voiture. Jamais utilisée encore. Léon passe la surmultipliée en « Papa, papa, papa, papa… »

J'embrasse ma Patti et claque une bise à Laetitia, avant de m'asseoir sur ma mobylette et de me tourner vers lui : « Fiston, fiston, fiston, fiston ! » Il m'attrape et me fait un gros câlin. *Oui, bave sur ma cravate, tu as raison, je ferai pareil quand tu en auras une.*

Patti distribue les flûtes et un verre de jus de goyave pour la parturiente : « À nous ! »

Putain, oui, à nous !

Peu avant que je postule à la direction de La Dent, Matthias avait répondu à une offre d'emploi en Bretagne dans son domaine de compétence premier : la gestion de sites informatiques. Embauché dans un bled du Finistère, il avait pris la tangente, et Laetitia avait investi un local commercial pour y ouvrir son salon de coiffure.

De notre côté, Patti et moi avions déménagé à l'automne, quittant notre maison au jardin fou pour une maison sans jardin. Patricia continue, à mi-temps, à analyser les fluides des Vosgiens dans son laboratoire de Saint-Dié.

« Et les sœurs ? me demande Matthias.

— Oh, les sœurs, elles vont bien ! Mélanie a été émancipée à ses seize ans. Leur père ne s'est pas repointé. Et elles ont leur propre entreprise : Mélacide Sarl. Je te montrerai les différents articles. Je suis un bon client, figure-toi ! J'ai fait changer le nom du foyer, je t'en ai parlé au téléphone. Fini La Dent du diable, vive Les Enfants perdus. Foyer de La Dent du diable, pourquoi pas de La Couille de Dieu tant qu'on y est, et ce ne sont que des enfants perdus, merde ! Au début, j'étais sur une autre piste, mais le conseil ne m'a pas suivi. Un truc en "ile", ça sonnait bien pourtant : enfants fébriles, adultes débiles, société sans style… Les sœurs m'ont fabriqué trois panneaux thermoformés de six sur quatre : "Foyer des enfants et adolescents perdus du département des Vosges." Avec des couleurs inédites dans les Vosges justement, et thermo-luminescents en plus. D'ailleurs, j'ai pris les issues de secours aussi. Cindy est la commerciale. Bluffante en tailleur, tu lui donnes vingt balais facile. C'est drôle, non ? Elle s'y connaît, cette gamine, en incendie. Tu viendras voir, ça te rappellera le bon vieux temps.

— Et les autres ?

— Les autres ? Ils sont toujours là pour la plupart. Priscilla dégobille encore comme elle respire. Adama est revenu après un court passage dans un foyer à Nevers qui l'a viré. Apparemment pour un souci de fourchette lancée à l'aveugle mais droit au but. Il a failli être incarcéré, je l'ai repris en alternance. Sullivan est retourné chez ses parents à la ferme. Mathurin est le seul à être resté de l'ancienne équipe éducative. Comme la fin du monde n'a pas eu lieu, il a choisi de compléter ses trimestres. Je l'ai remotivé avec un projet karting et ça marche. Jordan va à l'école une matinée par semaine. Le foyer est toujours mixte, mais fini les vélos ou ce genre de connerie. J'ai ouvert une médiathèque dans la salle informatique. Une vraie, pas une compilation de bouquins des années 1950. Et Anthony… Il est chez les frangines en ce moment, en contrat de qualif'. Il a un appartement à Clairefontaine et toujours deux dents sur pivot. Et accroche-toi : il sort avec Mélanie depuis plusieurs mois. Incroyable, non ? Comme quoi, avec la foi… Ah, et aussi, Jason continue à boire de l'eau par hectolitre quand il ne va pas bien mais lui aussi participe à l'atelier mécanique. Jason dans un karting, rien que ça, c'est un poème. Ils organisent des courses certains week-ends.

— Tu as fait quoi de Clément-Sournois ?

— Patience est en arrêt, mon ami. Elle a participé à une cellule de soutien psychologique et elle a pété un plomb. Elle a dû être soutenue par les victimes en fait. Elle les a plus fait flipper qu'autre chose. C'était à la centrale. Elle est persuadée d'être irradiée maintenant. Je lui ai conseillé de prendre son temps pour revenir… Et l'infirmière est en préretraite. Tu avais raison pour les pigeons. J'ai pu avoir les résultats d'autopsie des deux volatiles analysés à Nancy : Tercian, Ritaline, en passant par des amphètes, Xanax et un nombre incroyable de molécules, Méthylphénidate, Concepta… Je lui ai agité ça sous le nez, elle a été gentille, elle s'est tirée. La juge des affaires familiales a changé également. Elle est partie exercer ses talents en Corse. Remarque, sa remplaçante n'est pas mieux, celle-là est sensible à la beauté des enfants : elle ne place que les moches. »

Patti se tourne vers Laetitia : « Vous faites chier, les gars, avec vos souvenirs de feu. Laetitia, si ça te tente, on peut aller voir les fringues, je t'ai mis de côté le mixte. C'est à la cave. »

Une fois qu'elles sont parties, Matthias se penche vers moi : « Tu crois vraiment que c'était lui, alors ?

— Oui. Je le crois. C'était juste un bras avec un tatouage de taulard "Hill's Angels" sur le dos de la main, mais on vit moins bien sans un bras. Et avec la faute. Celle que j'avais vue quand il nous a menacés dans le bois de Clinquey. À moins qu'il ait vraiment voulu évoquer les "Anges de la colline" pour faire flipper ses codétenus, ce con. Le bras a été retrouvé à un kilomètre à vol d'oiseau de chez les Laroche. Ils n'ont rien retrouvé d'autre, mais…

— Dévoré par une hyène ?

— Il semblerait, oui.

— Tu blaguais pas, alors ?

— Non.

— Fin méritée pour ce taré. Au début, j'avais peur de le voir débarquer à Plonévez-du-Faou pour me coincer dans une cabane. Cool, donc, et merci encore pour le fric !

— Lequel ?

— La petite prime. Celui des champis et de la cache, on l'a mis dans le salon de Letti. Mais avec la prime, on s'est fait un week-end en amoureux à Molène. Tout le monde l'a eue ?

— Oui. Tout le monde sauf les trop cons. Un dédommagement pour tous. Tous les jeunes, toute l'équipe sauf la psy, l'inf' et l'ancien dir. C'est grâce aux vélos, ils ont bien payé, somme toute. Les deux cargaisons fourguées par le directeur avant son licenciement. Les acheteurs étaient si contents de pédaler sur des bicyclettes construites par des petits handicapés blancs que je n'ai pas eu le cœur de les détromper…

— T'en as filé à tous les jeunes ? T'es fort !

— Non, ça m'a paru normal. J'en ai passé aux voisins aussi, au propriétaire de la vache électrocutée, et même au boulanger, celui qui avait pris le javelot. Avec le solde, j'ai l'intention de remettre la cuisine en état. Ensuite, un cuisinier, et je lance un restaurant d'application au foyer. Mes parents sont à la base de cette idée.

Tes parents ! Qu'est-ce qu'ils deviennent, ceux-là ?

— Attends, accroche-toi, parce que j'ai reçu une carte postale il y a peu. Figure-toi qu'ils se sont installés en Irlande. Dans le sud, près d'Hold Head. Ils ont ouvert un restaurant !

— Sans rire ?

— Sans rire. Qui s'appelle le *White Meal*. J'imagine ma mère aux popottes et mon père au service. Si les Irlandais ne connaissent que la panse de mouton et les trucs bouillis, les repas blancs de ma mère, ça doit leur plaire ! Avec mon père en sommelier, en plus…

— Ils ont pas eu de problèmes après l'orgie de Clinquey ?

— Je ne crois pas, mais tu dois en savoir plus que moi sur le sujet, t'es toujours en contact avec Molosse ?

— Ouais, je l'ai aidé à monter son site internet.

— Molosse a un site internet ?

— *Flute-clinquine.com*, oui. Il y reprend à la flûte tous les standards rock des années 1980. C'est assez marrant. Pour la fête, il m'a dit qu'ils avaient mis plusieurs jours à retrouver certains participants. Il y a eu pas mal de dégâts, quelques blessés… Une dizaine de personnes ont été sorties du plan d'eau, en vie et à poil. Certains avaient été mordus, d'autres ont été récupérés sur des toits ou dans la forêt. Un max de véhicules détruits, encastrés dans les chaînes qui bloquaient le parking. Le commandant des pompiers a été interrogé par la PJJ de Metz, mais comme le commissaire avait été vu en train d'éventrer des chiens sur ordre de Madonna, d'après ce qu'il a raconté, question crédibilité, on repassera… Tous les témoignages étant du même genre, l'affaire a débouché sur un non-lieu.

— Tu te rappelles ce mec qui nous a couru après ?

— Oui. Ça, je m'en souviens. Par contre, ma nuit avec Laetitia…

— Pas étonnant.

— Ben oui. Et les Lilas bleus ? T'as eu des nouvelles de tes Myosotis ?

— Non. Mais comme on a arrêté de marcher sur leurs plates-bandes avec nos faux vélos handicapés, il n'y avait pas de raison. J'ai juste appris qu'ils avaient été distingués par un prix de la fondation de France d'horticulture pour avoir inventé un cactus creux. Ils ont déposé la marque "handicactée" aussi. Je n'imagine que trop bien ce qu'ils peuvent mettre dedans. »

Les filles remontent. Laetitia entre dans la pièce avec un gros carton de layette et autres couches lavables dans les bras. Matthias n'a que le temps de murmurer : « Ils sont forts, pour des handicapés !

— Ils sont forts tout court. »

J'en profite pour resservir du champagne. Les femmes reprennent place. Je me laisse tomber sur ma mobylette. Une craquement résonne. Mon pouf, mon doudou, la trahison ultime de mes parents, la fin de mon enfance, vient de se déchirer sur une trentaine de centimètres. Je couine. Le skaï est fendu comme une vieille peau marronnasse, et les billes de polystyrène s'écoulent sur la moquette.

« Oh merde, renâcle Patti qui n'a pourtant jamais sauté de joie à l'idée de cet élément de décoration au milieu du salon.

— Merde ! je répète d'un ton navré.

— Mède, répète Léon, enjoué. »

Un papier apparaît parmi les billes blanches. Je le saisis. C'est un dessin. Un autre papier dépasse en dessous. Un dessin de Kim Wilde. Kim dans ma chambre d'adolescent dans une combinaison de cuir. Assise au bout du lit que mon père avait scié pour m'empêcher de m'asseoir. Belle comme un cœur, elle me sourit. Je suis interloqué. J'avais oublié l'existence de ce dessin. J'avais également oublié que je m'étais servi de la mobylette pour y ranger des souvenirs. Je suis guimauve avec ma feuille en main. Laetitia récupère l'autre papier et en déchiffre l'énoncé : « Attestation temporaire de permis de conduire ».

Je relève la tête, quitte Kim des yeux. Le permis de conduire. Le papier donné par l'inspecteur noir. Un papier voletant sur le parking le soir même. Mon père me criant que j'allais mourir avant lui par la fenêtre. Putain, le certificat.

« Quand je dis que tu ranges tes papiers n'importe comment… »

Patricia plaisante, mais je l'entends à peine. Laetitia poursuit : « Matthias m'en a parlé, de ton examen, avec ton père sur le siège passager pendant les leçons. Tu nous la racontes, cette histoire ? »

Je suis envapé, ma mobylette, déchirée. Je n'ai pas l'impression que c'est Laetitia qui me parle. J'entends Kim. « Raconte-moi une histoire », elle susurre. *Oui. Oui, Kim. Oui, Kim, rock'n roll.*

« D'accord, mais je me sers un picon-bière avant, j'ai besoin d'amertume. »

# 62

Ce jour-là, le jour de l'examen de conduite, au lendemain de mon dix-huitième anniversaire, j'étais debout sur un trottoir du quartier de la gare à Jonflan-Carny. Moite de cette sueur annonciatrice des épreuves à la con. Mon père se tenait à quelques pas de moi, à ma gauche, en retrait. L'heure appelait le rappel des dernières consignes, mais il ne disait rien. Nous attendions l'arrivée de l'inspecteur. L'inspecteur était noir. Papa avait les boules. Le pire était que ma présence sur ce trottoir découlait d'un cadeau. Un cadeau dans la tradition familiale.

J'avais vécu les onze premières années de ma vie sans cadeau, puis les trois suivantes avec des cadeaux foireux de Noël – successivement la destruction par balles de salle à manger, ensuite la page 27, pour finir par « Ben, parce qu'il y avait un pouf à la cave » – puis plus rien. Après le pouf, les cadeaux avaient cessé. Je ne m'étais pas plaint. J'avais relativisé. J'aurais pu mourir avec ma mère un 9 août en m'appelant Laurent, avoir une scoliose en Dominique à l'adolescence ou me passionner pour les poissons tropicaux quelques années plus tard. Merci bien. Je m'étais fait une raison. J'avais aussi compris que je serais obligé de baisser la tête toute ma vie. Non pas parce que je n'avais pas su éviter un arbre ou que j'étais faible ou soumis ou dépressif, mais parce que si je regardais droit devant moi, je ne rencontrerais jamais personne. Au mieux un chapeau, des oreilles de Mickey ou la crête d'un Iroquois. La vie de grande perche en France. Tous mes contemporains étaient en bas et ils se croyaient tout permis. Je vivais dans leur monde. Ils étaient bien gentils de m'accueillir.

Cette année-là, je préparais mon bac. L'épisode décalcifiant de la mobylette était loin. Obtenir mon bac, c'était partir. Tout simplement. Je dessinais encore pour mes potes. Mon père était souvent un poisson, ma mère, un verrou, les autres personnages, des femmes nues pour la plupart. Les filles qui traversaient ma vie me soupçonnaient d'une forme rigolote de maladie mentale.

Novembre. Scolarisé en terminale D, j'écoutais les White Stripes. Je me crêpais les cheveux. J'avais acheté des corsaires. Mon père entra dans ma chambre un samedi. Pas banal, mon père dans ma chambre – sauf à scier un banc. Pour me souhaiter un bon anniversaire. En avance, donc. Ou en retard. J'étais né en août, nous étions début novembre. Pas banal, donc.

Je me souviens d'être allongé sur mon lit avec un James Hadley Chase. James Hadley Chase était un vrai pote pour moi pendant mes années lycée et je ne lisais jamais autant que les week-ends chez mes parents à Clinquey.

Du point de vue paternel me découvrant allongé, débraillé, les pieds hors du lit, lisant, j'avais tout faux. Mon père n'entrait jamais dans ma chambre, je ne pouvais pas y être préparé. Ce samedi-là, il me regarda avec sa tête de limande renfrognée et me dit : « J'ai décidé… de t'offrir… le permis de conduire… pour ton anniversaire. » Mon paternel dans ma chambre, décidé, bougon, mon anniversaire, le permis de conduire. Une sacrée surprise. Une fichue poisse. Un cadeau.

James Hadley ne pouvait rien pour moi.

Je n'avais pas été le bon fils, celui qui aurait adoré porter ses cannes à pêche ou remplir ses aquariums. C'était ma faute, mais tout père de merde qu'il avait été, un enfant normalement constitué aurait sauté de joie à l'annonce de son permis offert. Pas moi. Rien à foutre d'apprendre la conduite. Encore moins sous sa férule. J'avais désiré une mobylette et j'avais eu un pouf. Fin de non-recevoir.

Serrant mon livre, en tort de A à Z, je fis cette réponse : « C'est gentil de penser à moi, mais non. Je ne suis pas intéressé. » Il m'avait regardé avec cette tristesse infinie qu'il avait dans le regard lorsqu'il me regardait. « Écoute, grand con, c'est mon patron qui m'oblige ! Tu comprends ? Alors tu fermes ta gueule et tu vas y aller ! »

Le patron de l'école de conduite offrait le permis au fils aîné de ses moniteurs. C'était une tradition. Il ne restait que les timbres fiscaux à payer. Mon père était donc obligé de me faire ce cadeau. Reculant avant de claquer la porte, il conclut son intervention par : « Tu commences le code dès lundi et t'as pas intérêt de tirer au flanc ! » Je tordis mon livre à le déchirer et rétorquai à travers le battant : « Tu ne peux pas lui dire que ton fils valable est une fille et qu'elle n'a que six ans ? »

Non, il ne pouvait pas. Mince.

J'avais commencé à me fader des séries de diapos au sous-sol de l'auto-école dès la semaine suivante. Des longues heures à faire des choix entre quatre possibilités. Il était persuadé que je n'aurais pas le code et que ça s'arrêterait là. Il me l'avait dit dès le début. C'était un truc sérieux, le code de la route, autre chose qu'un bac, qu'un livre ou qu'un sport de tapette en maillot de bain. Je me planterais. Il le savait.

Je l'ai obtenu au mois de février. Du premier coup. Il m'avait toisé comme si j'avais gagné le concours du plus bel enfoiré. « Tu m'auras tout fait. » Je ne me contentais pas d'être nul en slip allongé sur mon lit à « bouquiner », j'étais capable de réussir en l'état.

La suite avait consisté en des leçons de conduite en sa compagnie. En dehors des horaires d'ouverture de l'auto-école la plupart du temps. Tôt le matin. Tard le soir. Nous aurions pu apprendre à mieux nous connaître.

C'était un cadeau.

Mon père me baladait pendant ses heures de cours avant de s'occuper de moi. J'aurais bien aimé travailler mon bac, mais non, ce n'était pas possible car le bac n'était pas un cadeau. J'étais comprimé à l'arrière de la voiture d'auto-école en attendant mon tour. J'étais en trop. Je ne voulais pas être là. Personne ne voulait que je sois là. Mon père avait son avant-bras droit bronzé à la portière.

À plusieurs occasions, je l'avais découvert affable avec ses élèves. Voire enjoué avec ceux qui mettaient bien leur clignotant en tournant la tête. C'était troublant de le voir prévenant et drôle, j'ignorais cette facette. Mais quand venait mon tour, il cessait ses simagrées d'enseignant cool et reprenait son rôle de naze en avisant son fils dans le rétroviseur alors qu'il pensait sa journée finie. « Si tu crois que ça me fait plaisir de risquer ma vie bénévolement avec toi au volant. »

Je maugréais, je pataugeais. Mon père si proche de moi. Il me soupçonnait du pire, je repoussais le siège au maximum, ce n'était pas assez. C'était une bagnole restreinte, c'était une voiture française. Je réglais les rétros. Je démarrais, je calais. Je démarrais de nouveau, et mon siège retombait dans le cran précédent, et je calais à nouveau. J'étais perdu. Il me niquait par un petit mot dès qu'il le pouvait. Et il le pouvait tout le temps. En son domaine. Assis à côté de moi, le corps blanc, l'avant-bras bronzé. Je démarrais et mon père me hurlait : « Le frein à main ! »

Il n'était pas enclenché, le frein à main, mais je calais.

De mars à juillet.

Au fil des séances, il me répétait que je ne comprenais rien. Trop grand, trop con, incapable, dangereux. Comme pour l'allemand ou le sport, j'étais inadapté à la conduite. Mon genou touchait le levier de vitesse, mes couilles, le volant : trop grand pour ne pas en devenir gênant.

Pesants. Ces moments partagés entre un père et son fils. Simplement pesants. Je lui avais déjà tout fait d'abord. Mais pesants pour nous deux, et cela avait été mon unique satisfaction. J'étais le plus nul des apprentis conducteurs qu'il ait jamais eus dans sa bagnole. Et ça faisait vingt-cinq ans qu'il était moniteur d'auto-école. Je m'étais permis un : « Oh, t'es sûr, p'pa, t'as dû en voir, quand même ? »

Oui, il était sûr.

Cela relevait du miracle que nous n'ayons pas eu d'accident pendant ces leçons. Il appuyait sur les pédales de contrôle aux pires moments. Il s'écriait au milieu d'un carrefour : « Le feu, le feu, le feu !… Ah non, il n'y en a pas dans ce carrefour, c'est vrai ! » « Serre ta droite, abruti, serre ta droite ! » Il n'y avait rien à gauche. « Surveille ton rétroviseur gauche, putain, le gauche, mais t'es con ou quoi ? La gauche, ils t'ont pas appris ça, à l'école ? » Il freinait avec sa pédale double, il accélérait aussi. Il tenait la poignée de la portière comme une vieille femme affolée. « Putain, ça me rassurera vraiment si tu l'as pas ! » ou « J'ai vu un reportage sur les mecs comme toi, des géants débiles en Allemagne, sont tout mous et ils ont pas le droit de conduire là-haut. »

Oui. De tendres moments entre un père et son fils.

En juin, alors que débutaient les épreuves du bac, quand je fermais les yeux, j'entendais sa voix me crier « Les panneaux, les panneaux, les panneaux, merde ! » J'avais néanmoins obtenu le bac en juillet avec la mention assez bien. Malgré lui.

« Dieu me fait payer un truc ! » Mon père avait balancé cette phrase lors de ma dernière leçon de conduite, la veille de l'examen du permis.

# 63

Même Léon est captivé par mon histoire, je continue.

En ce matin blême, nous étions donc, papa et moi, au bord du trottoir de Jonflan. La rue, bordée de bâtiments aux fenêtres obturées, ressemblait à une planète morte après une attaque klingon. Pourtant, ce village, comme Clinquey, n'avait connu que des affaissements miniers mineurs. La gare ferroviaire desservait certes des rails en montagne russe, et quelques bâtiments s'étaient lézardés ou avaient perdu de la hauteur, mais rien de plus. Les anciens quais grillagés, tristement tagués par des gauchers, étaient d'ailleurs visibles derrière le carrefour éclairé par l'unique lueur du coin, celle d'un bar-tabac glauque qui constituait à lui seul une rue commerçante à l'échelle de la région.

Face à nous, l'escalier majestueux de l'ancien Hôtel des impôts était recouvert d'affiches prônant la révolte avant le suicide. L'endroit donnait envie de démarrer, et surtout de ne pas caler, sans nul doute. C'était sûrement pour cette raison que l'examen du permis de conduire débutait ici.

Appuyé contre le panneau « Stationnement réservé aux débiteurs », papa se touchait le ventre en me regardant avec une expression soucieuse : « Quel est donc mon lien avec cette andouille, déjà ? » À cette heure matinale, les lieux étaient déserts. Un chien fouillait les poubelles sur le carrefour. Nous étions en avance.

Mon père fit soudain deux pas dans ma direction. Levant son avant-bras bronzé, celui qui était toujours appuyé à la portière manche retroussée, il se frotta le nez énergiquement. Il paraissait hésiter. Je m'imaginai alors une fraction de seconde un possible encouragement de sa part. Il se figea à ma hauteur, livide. Une connexion avait dû se faire dans son cerveau de pédagogue et, à voir son visage soucieux, elle ne se faisait pas souvent.

Son regard glissant sur moi, il scruta avec une attention extrême une voiture bleue garée plus bas, devant le bar-tabac. Lâchant un sifflement, il se tourna vers moi et m'informa d'un détail qui, me dit-il sans rire, venait de lui traverser l'esprit : la lecture d'une plaque minéralogique à une distance définie faisait partie de l'examen du jour. C'était un incontournable. Un point essentiel. Une évidence. Un contrôle visuel éliminatoire. Et cette distance était celle qui nous séparait de la voiture bleue.

Que celui qui n'a jamais pensé tuer son père me jette la première pierre. Des mois à mater des diapos dans un sous-sol merdique suivi d'innombrables séances à me faire chier dans la voiture en sa compagnie déprimante sans que jamais, jamais, jamais, il n'ait abordé ce « détail ».

J'étais myope comme ma mère, astigmate comme ma mère, tout comme ma mère. Malgré la correction importante de mes verres de lunettes, le lointain demeurait dans un flou artistique auquel j'avais fini par m'habituer. Flou dans lequel avait toujours résidé mon père avant ces vacheries de leçons, d'ailleurs, flou dans lequel se trouvait cette voiture bleue.

Mon père, ce fourbe.

Déstabilisé. Rageur. Je la regardais avec dégoût, cette bagnole. De là où j'étais, je pouvais en donner la couleur. À grandes enjambées, je descendis la rue humide. À dix mètres, toujours la couleur et la galerie. Je titubais, il venait de me coincer. Enfin, disons à quelques mètres, une fois les yeux presque collés à la plaque, les chiffres se sont imprimés clairement sur ma rétine : 2014 AJ 54. Je les lui gueulai dans le petit matin frais, ces chiffres.

J'en frissonnai. Je fulminai. Le traître. Juste pour m'empêcher d'avoir le permis. Si je n'étais pas le bon fils, lui n'était pas le bon père. Erreur de casting. Cette matinée relevait du rite initiatique en plus. Tandis que je revenais vers lui, il m'avait lancé, satisfait : « C'est foutuuuu ! » Puis il avait mouliné des bras en criant aux nuages que, dans sa famille, tout le monde avait une vue parfaite ! Surtout le Jean-René qui voyait les microbes. Ensuite, le silence était retombé entre nous. Jusqu'à l'arrivée de l'inspecteur. Sa voiture s'était arrêtée le long du trottoir. Papa effectua une sorte de cabriole pour s'en éloigner avant qu'il en descende.

Comme il l'avait souligné la veille au soir devant l'aquarium : sept poissons morts la veille d'un examen, ce n'était pas bon signe, mais alors là, un inspecteur noir, difficile de faire pire ! Il avait annoncé la sentence avec une petite dose de haine dans sa voix de jaloux : en plus d'être noir, l'homme était inspecteur.

Dédaignant mon père, ce dernier me fit signe d'approcher. Un autre candidat était assis sur la banquette arrière. La place conducteur venait de se libérer. Tout ce qui énervait mon père m'attirait à cette époque-là, et quiconque pouvait m'extraire de cette relation plombante recueillait mon assentiment total. Je m'installai au volant.

Je reculai le siège à fond, j'expirai. Après avoir réglé les éléments de sécurité, les rétros, le frein à main, le point mort, je lançai le moteur. J'enclenchai la première et, regardant dans les rétroviseurs, je vis mon père frapper une canette de toutes ses forces avant de tourner au coin de la rue. L'idée d'une quelconque utilité du permis de conduire me traversa alors, pour la première fois de ma vie, l'esprit sans me retourner l'estomac.

Je conduisis merveilleusement bien ce jour-là. Avec une parfaite gestion des environnements, des freinages comme des accélérations, de l'anticipation et de la douceur avec le régime moteur. Coups d'œil appropriés dans tous les rétroviseurs possibles et un final en apothéose avec un créneau serré. Je venais de valider une hypothèse : mon père en moins sur le siège passager, c'était de l'assurance en plus. L'autre candidat prit la suite, nous étions alors au milieu du circuit de l'examen.

Affalé sur la banquette arrière, je ne prêtai guère attention à la prestation de mon camarade et formulai mon vœu le plus cher : plus jamais mon père à côté de moi dans aucune bagnole. Je fus ramené à la réalité par une phrase de l'inspecteur qui lui demandait de lire une plaque d'immatriculation.

Nous étions revenus dans la rue de l'Hôtel-des-Impôts. Tout en haut. Le circuit était une boucle, sûrement adaptable au nombre de candidats. L'inspecteur désigna une voiture blanche garée devant l'ancien bâtiment de l'administration. Le candidat lut la plaque sans difficulté. Cochant l'ultime case correspondant à l'ouverture de ses droits à rouler. L'inspecteur se tourna ensuite vers moi en reprenant ma fiche. « À votre tour. » Avec un geste de la main en direction du pare-brise, il me montra alors la voiture indiquée par mon père une heure plus tôt. La bleue. Je ne distinguai qu'une tache de couleur bleue.

La vache !

J'eus une sorte de décharge électrique. L'inspecteur s'apprêtait à ajouter quelque chose – probablement que l'on allait avancer, la voiture bleue était vraiment loin, mais je ne lui en laissai pas le temps. Ce fut comme un jaillissement en provenance de mes tripes : « 2014 AJ 54 ! »

Il se figea, me dévisagea avec curiosité. Comment un bigleux affublé de verres à double foyer pouvait-il lire une plaque que lui-même était incapable de lire à une telle distance ? Un court mais intense regard soupçonneux. D'un autre côté, il était insensé de penser qu'un grand échalas moite ait appris toutes les plaques du bled pour réussir l'examen du permis de conduire. Cette théorie avait néanmoins dû l'effleurer une paire de seconde. La tache bleue de la voiture avait une hauteur de quelques centimètres à tout casser. Après un ultime froncement de sourcils perplexe, il valida ma case vue d'aigle et nous annonça que nous étions reçus tous les deux.

Bravo, les gars.

En définitive et malgré tout, j'eus mon permis de conduire grâce à mon père ce jour-là. Je l'aurais bien fêté avec lui, mais il n'était plus là lorsque je suis descendu du véhicule de l'inspecteur. Je passai au tabac acheter un paquet de clopes, c'était le moment de m'y mettre. Sur le cavalier près de l'entrée, il y avait la première page du journal local : « *L'Est Républicain*, le journal qui bouge » et, en dessous, la une du jour avec le même lettrage : « Il tue sa femme à Liverdun et se suicide à Nancy. » Je trouvai la formule drôle – un journal assassin qui bouge pour se suicider. L'esprit même de la Lorraine. J'en achetai un exemplaire avant de m'allumer une clope.

Deux jours plus tard, informé de ma réussite, mon père me foutait à la porte.

Fin de l'histoire.

« Super. On va pouvoir passer à table », dit Patti en me donnant une pichenette.

## 64

J'ai envie de faire trempette. Je ne suis retourné que trois fois au lac ces sept derniers mois. Un peu avant notre expédition dans les bois mouvants de Clinquey, et un peu après. Pour dissimuler la boîte étanche qui contenait le fric détourné par mon prédécesseur, puis pour la récupérer. Ce furent des rapides allers-retours en plein jour jusqu'aux racines de l'arbre droit.

Je n'ai pas oublié le gros poisson. Comment oublier cette nageoire caudale qui essayait de me descendre vers la chapelle du Vieux Pré ? La panique qui m'avait envahi, l'asphyxie qui me guettait, la surface qui s'éloignait… La bouée croquée est accrochée dans l'entrée, pour que je n'oublie rien.

J'en avais acheté une nouvelle au printemps. Sans arrière-pensée, sinon celle que l'eau libre ne se limitait pas à un lac vosgien méchant, et que ma Patti était toujours à cheval sur ma sécurité nautique. À ce titre, elle avait évoqué la possibilité de passer nos vacances d'été en Ardèche, et je l'imaginais bien insister pour que je sois équipé d'une petite bouée, mais nous étions allés en Bourgogne, finalement.

Cette bouée neuve traîne dans le coffre de ma voiture, encore dans son emballage d'origine. Elle est d'une autre couleur que la précédente puisqu'elle est orange. Des fois que le jaune énerve les gros poissons d'eau douce. Le reste du matériel se trouve dans ma veste de nage et dans le sac de sport que j'utilise pour me rendre à la piscine. La combinaison est pliée sur une étagère dans la buanderie.

Presque huit mois sans eau libre.

Après la visite de Laetitia et Matthias, j'ai envie d'y retourner. Je préviens Patti. Il fait jour. Il fait beau. Je prends la bouée. J'aime tellement ça. Elle comprend. Les risques sont maîtrisés, et un pêcheur a sorti un brochet d'un mètre soixante-dix au début de l'hiver. C'était peut-être l'un des deux bestiaux qui nous ont agressés. Le plus petit, à voir sa taille, mais un gros poisson quand même.

Arrivé au lac, je dépose ma veste de nage et j'enfile la combi devant la voiture. J'ai du mal à entrer dedans. J'y arrive après quelques contorsions. Le soleil est à son zénith. Aucun nuage. Le ciel se languit en différents bleus pastel avec un savoir-faire certain. Il fait un temps magnifique. Idem pour le lac, mais ses teintes sont plus profondes, moins délavées, toujours plus intense, le lac. Il est à son niveau maximum. L'eau de la neige l'a bien rempli au printemps, et la centrale ne doit pas avoir besoin d'être trop refroidie à l'autre bout du circuit. L'eau est fraîche, brillante, sombre, à moi. Son eau est à moi. Mon lac.

Après avoir déchiré l'emballage de la bouée, je m'éloigne de la voiture par la rive opposée à la jetée. Je suis en quête d'une confirmation. Trois pas, et je m'immerge avec félicité. Je change de monde. Je cherche un truc. Le fond s'éloigne. Le lac m'accueille. L'eau, mon amie.

La zone où j'ai sauvé le gars des Lilas bleus est un peu plus loin. J'adore le silence des premières brasses, juste sous les surfaces, la liquide comme l'aérienne. L'errance entre les deux mondes débute. La fluidité de mon corps. Les éclaboussures de l'air. Les bulles de l'eau. Elle est transparence. C'est l'eau des neiges. La gravité blanche puis les torrents lui ont fait suivre la pente jusqu'à se regrouper en millions de mètres cubes autour de moi.

Ma bouée des cinq cents mètres a disparu depuis longtemps. Au bout de vingt minutes, sortant d'un méandre, je longe la falaise de la rive nord, celle qui borde la vallée profonde du Vieux Pré. Des myriades d'alevins et quelques truites me suivent, me croisent, m'évitent. Rien de bien gros. Deux colverts approchent, viennent à la rencontre de l'animal qui, comme eux, se balade le cul dans l'eau. Je mets la tête sous la surface. Je cherche. À une dizaine de mètres du bord, enfin, je trouve.

Une tache blanche dans l'opaque.

Je plonge à mi-parcours. Elle est en bordure du plateau qui annonce la pente rude vers les trois fermes ennoyées. Assez grosse, blanche sale, anguleuse et floue. Je n'en distingue pas davantage, juste une certitude. Je remonte à la surface. C'est à une vingtaine de mètres de fond. Cinquante mètres en voyant large pour l'aller-retour. Une centaine de secondes à tout casser. Il ne me reste plus qu'à aller voir.

Je décroche la bouée qui s'éloigne lentement vers la berge. J'inspire, j'expire, plusieurs fois pour préparer mes petites alvéoles pulmonaires à l'apnée. Le ciel me sourit. Je prends ma respiration, et en route. La descente dure une vingtaine de secondes. L'eau s'assombrit, des matières en suspension, le fond qui se rapproche. Devant, de plus en plus près, empêtré d'algues mais garé comme dans l'air : un fourgon. Ses essieux sont enfoncés dans la vase d'une forêt d'euglènes, le toit dégouline de mousse. Je passe ma main sur la portière. Je peux juste distinguer : « … ilas b… » qu'il me faut remonter. La Mégane doit être à proximité, mais je me fous pas mal de la Mégane.

Je regagne la surface pour rire à gorge déployée.

# Merci

Remerciements pour ceux et celles qui ont toujours été là et ceux qui ont été là au bon moment. Quelques noms : Denis Guthfreund, mon lecteur alpha indéfectible. Magali Aggoune pour ses rires. Mes enfants pour leur humour et leurs soupirs. Michel Laugier, mon correcteur épique. Valérie Guépin et sa famille pour leur présence. Cédric Piriou sans qui rien ne serait arrivé. Évidemment Émilie de Turckheim, petit nuage. Pierre-Jean Macchini, mon punk préféré. Ariel Pellini pour son soutien immédiat et…
… Gé Pellini et Sébastien Couloigner, les deux hommes de l'huile de coude ! Sa femme Sabrina Bessières. Michael Huit pour ses fruits et ses danses. Les Marty, mes amis des bois. La rivière pour le reste.

Une pensée pour Éric « Croque la flotte » K. Morlot, décédé en 2018 d'avoir vécu trop fort.

Composition et mise en pages
FACOMPO, Lisieux

Pour plus d'information :

www.lisez.com

Imprimé sur du papier issu de forêts gérées durablement.

Imprimé en Espagne par Liberdúplex
en avril 2023
N° d'impression : 108328

POCKET – 92, avenue de France, 75013 Paris

S32705/01